Ostseeliebe mit Leuchtturmblick

Winterherzen

Evelyn Kühne

Impressum

© 2023 Evelyn Kühne

ISBN: 9783757965471

EK Books
Elbweg 3
01612 Nünchritz
Mail: evelyn-kuehne@mail.de

Lektorat/Korrektorat: Christine Rosenthal

Cover-Design by Nancy Salchow
www.nancysalchow.de

Unter Verwendung der Grafiken
#80380654 © by UllrichG, #170144613 © by by-studio, #598134350 © by angela0982, #553010840 © by JMBee Studio

Alle Grafiken unter Standard-Lizenz erworben bei Adobe Stock: https://stock.adobe.com/

Herstellung und Druck über tolino media GmbH & Co. KG, Albrechtstr. 14, 80636 München. Printed in Germany.
Fragen zu Produktsicherheit an: gpsr@tolino.media.

Ostseeliebe mit Leuchtturmblick

Winterherzen

Evelyn Kühne

Die Autorin:

Evelyn Kühne wurde 1970 in Radebeul bei Dresden geboren.
 Schon immer galt ihre ganze Liebe den Büchern und dem Lesen. Doch bis sie selbst zur Autorin wurde, sollte eine gewisse Zeit vergehen.
 Nach einer Krebserkrankung wurde das Schreiben für sie die beste Strategie zur Krankheitsbewältigung. Schnell schrieb sie sich mit ihren Romanen in die Herzen ihrer LeserInnen.
 Ihr Schreibmotto lautet: Schokolade in Buchform. Oder Wasser in die Badewanne, dazu ein Tee oder Glas Rotwein und für eine Buchlänge entführen lassen.
 Sie lebt heute mit ihrem Mann, Hund und Katze in der Nähe von Meißen.

Kapitel 1

Da war ein nervtötendes Brummen, das einfach nicht aufhören wollte. Nicht, als Luise sich auf die andere Seite drehte. Nicht, als sie die Bettdecke über ihren Kopf zog und sich die Ohren zuhielt. Es vergingen weitere Sekunden, bis sie begriff, dass das Brummen von ihrem Handy stammte.

Mühsam öffnete Luise ein Auge, tastete suchend über das Bettlaken neben ihrem Körper und bekam das Telefon endlich zu fassen. „Winter", murmelte sie verschlafen.

„Luise? Moin, hier ist Bernd."

Schlagartig war sie wach und riss ihre Augen auf. Es war stockfinster im Zimmer. Nur auf die Ecke, in der ihr Kleiderschrank stand, fiel der Schein der Straßenlaterne vor dem Haus. „Sag jetzt bitte nicht, dass …"

„Doch, ich befürchte es", unterbrach Bernd sie. Der war Ortspolizist hier in Warnemünde und wenn er mitten in der Nacht bei ihr anrief, konnte das nichts Gutes bedeuten.

„Verdammte Scheiße, wie spät ist es denn?"

„Kurz nach zwei."

„Wie bitte?" Mit einem Ruck fuhr sie hoch und landete mit ihrem Scheitel haarscharf unter der Dachschräge über ihrem Kopf. „Das darf doch nicht wahr sein."

„Willst du oder soll ich mich kümmern?"

„Lass mal, ich geh schon", erwiderte Luise seufzend. „Und danke, Bernd, dass du angerufen hast."

„Für dich doch immer. Das weißt du doch. Wir könnten ja auch mal wieder einen trinken gehen, oder?"

Luise versuchte, den sehnsuchtsvollen Unterton zu ignorieren. „Ja, könnten wir, wenn ich mal wieder mehr Zeit habe", sagte sie und blieb dabei bewusst vage.

„Ach, nun hör schon auf. Du hast nie viel Zeit. Aber ich geb die Hoffnung nicht auf", erwiderte Bernd mit fester Stimme.

„Ich danke dir trotzdem", meinte sie, betätigte den Schalter ihrer Nachttischlampe und kämpfte sich nebenbei aus dem Bett. „Bis dann mal." Luise warf das Handy zurück auf die Bettdecke, streifte ihr Nachthemd ab und schlüpfte in einen bequemen Jogginganzug, der auf dem Stuhl neben der Badezimmertür lag. Dann warf sie einen kurzen Blick auf das Thermometer am Küchenfenster und erschauerte. Drei Grad, auch das noch! Spontan wählte sie eine dickere Jacke, wickelte einen Schal um den Hals und zog ihre mit Fell gefütterten Stiefel an. Auf leisen Sohlen schlich sie die hölzerne Treppe hinunter, öffnete die Haustür und sog tief die kalte Luft ein. Atemwölkchen stiegen in den Himmel. Sie wandte sich nach links, zum schmalen Durchgang zwischen den Häusern, an dessen Ende ein hölzernes Türchen lag.

Sekunden später lag der *Alte Strom* vor ihr, eines der Wahrzeichen von Warnemünde. Zu dieser nachtschlafenden Zeit wirkte er wenig spektakulär. Dort, wo im Sommer tagsüber tausende Touristen entlang flanierten, die traditionellen Schiffe bewunderten, Fischbrötchen kauften und mit angriffslustigen Möwen kämpften, herrschte nun Stille. Kein Wunder, es war nicht nur mitten in der Nacht, es war auch November. Keine allzu beliebte Zeit, um ans Meer zu reisen. Da war das Wetter schlecht und die ersten Stürme tobten.

Luise liebte diese einsamen Momente, in denen die Gehsteige leer waren und die Stadt ganz ihr zu gehören schien. Normalerweise, aber nicht heute. Nachts um zwei und bei drei Grad Außentemperatur.

Mit schnellen Schritten marschierte sie los, immer am *Alten Strom* entlang. An der nächsten Weggabelung nahm sie den schmalen Durchgang, hinüber zu Leuchtturm und *Teepott*. Während ersterer seinen Lichtschein über Warnemünde warf, als wolle er die Stadt beschützen, reckte letzterer seinen futuristischen Schatten dunkel in den Nachthimmel.

Luises Weg führte zur breiten Strandpromenade, die sie auf einem der schmalen Übergänge Richtung Stadt verließ. Sie marschierte rechts herum auf die Strandstraße, die, wie ihr Name schon sagte, dem Verlauf des Meeres folgte. Hotels, Restaurants und Geschäfte reihten sich wie Perlen auf einer Schnur aneinander. Und dann, endlich, war die schmale Gasse erreicht, in der die Bar ihrer Mutter lag.

SW stand auf dem beleuchteten Schild über der Tür. Schlagermelodien dröhnten nach draußen. Sie wollte einen Blick durch die Fenster werfen, doch diese waren beschlagen, als wollten sie verbergen, was im Inneren geschah. Luise atmete einige Male tief durch, ehe sie die Tür aufriss. Alkoholgeschwängerte Luft schlug ihr entgegen. Als Erstes nahm sie die großgewachsene schlanke Frau wahr, die in einem mörderisch kurzen Mini auf hohen Hacken über den Tresen tanzte – ihre Mutter Swantje. Dazu hatte Swantje ihre Arme in die Luft gereckt und sang lautstark mit: „Eine neue Liebe ist wie ein neues Leben, bamm, bamm, bamm." Jeder Takt wurde vom rhythmischen Knallen der Schuhe begleitet. Ein Pärchen und drei einzelne Männer hatten sich um den Tresen versammelt, klatschten oder grölten den Schlager mehr oder weniger textsicher mit.

Niemand nahm von Luise Notiz. Bis sie sich der Musikanlage näherte und den Ausschalter betätigte. Die plötzlich einsetzende Stille sorgte für einen Moment der Verwirrung.

Swantje geriet kurz ins Schwanken und sah sich unsicher um. Luise befürchtete schon, sie würde vom Tresen stürzen. Doch dann fing sie sich, während ihr Blick auf ihre Tochter fiel und sie die Arme ausbreitete. „Lou", rief sie und stöckelte auf der schmalen Tresenplatte zu ihr. Seitlich waren drei Trittstufen angebracht, über die die Sängerin den Tresen erklimmen konnte. Swantje wollte hinabsteigen, geriet aber erneut ins Schwanken. Augenblicklich eilte einer der Männer, ein kleiner Dicker mit Halbglatze und Bierbauch, herbei. Er reichte ihr galant seine Hand und benutzte die andere, um Luises Mutter am Hintern zu stützen. Die kicherte kurz. „Achim, du sollst doch nicht immer so stürmisch sein." Endlich hatte sie sicheren Boden unter den Füßen. „Lou, wie schön, dass du mich mal besuchen kommst."

„Hast du mal auf die Uhr geschaut?", fragte Luise leise und ignorierte den Kosenamen, den sie so sehr hasste.

„Wenn ich ehrlich sein soll, nicht. Wir sind gerade am Feiern, meine Freunde und ich. Wir genießen das Leben." Sie warf die Arme in die Luft und drehte sich im Kreis.

Einer der Typen trat näher und betrachtete Luise von oben bis unten. „Wer ist das denn?", fragte er misstrauisch.

„Das ist meine Tochter Luise."

Der Mann begann zu grinsen und starrte Luise unverhohlen auf den Busen. „Und da bist du sicher? Sie wirkt so anders als du."

Swantje kicherte erneut. „Ja, ihr fehlt ein bisschen die Lockerheit. Aber das lässt sich ändern. Komm schon, meine Lou! Was willst du trinken?" Luises Mutter drehte sich zu den Flaschen mit alkoholischen Getränken um, die hinter ihr in den

Regalen standen. „Wir hatten vorhin eine ziemlich fabelhafte Mischung …"

Luise trat näher, fasste ihre Mutter ein wenig härter als eigentlich notwendig am Arm und zog sie zur Seite. „Mama, Bernd hat mich angerufen."

„Bernd? Oh, wirklich? Wie schön! Du hättest ihn mitbringen können. Wenn ich mich recht entsinne, ist er doch seit Jahren scharf auf dich. Besonders seit du nicht mehr mit Felix zusammen bist." Swantje zwinkerte ihr zu.

„Mama, es ist nach zwei, deswegen hat er mich angerufen. Und weil er gerade im Dienst ist, verstehst du?"

Ihre Mutter kniff die Augen zusammen, betrachtete sie konzentriert und schluckte auf einmal. „Schon nach zwei, sagst du?"

Luise deutete auf die ziemlich geschickt in einer Ecke angebrachte Wanduhr. Kein Wunder, Kneipengäste sollten sich nicht um die Uhrzeit scheren, sie sollten Getränke ordern und das Heimgehen vergessen. „Genauer gesagt, ist es bereits halb drei. Ich hoffe, du weißt, was das bedeutet."

„Ja, schon, aber meine Freunde und ich haben ein bisschen gefeiert. Das Leben ist so kurz und der Tod so lang." Dieser laut vorgetragene Ausspruch sorgte für Begeisterung und lautstarke Zustimmung bei den Anwesenden.

„Genau, lass uns weitersingen." Einer der Männer näherte sich der Musikanlage und wollte diese einschalten.

Mit drei, vier schnellen Schritten war Luise bei ihm. „Die Musik bleibt aus und ihr solltet jetzt nach Hause gehen", sagte sie energisch. Der Mann starrte sie mit blutunterlaufenen Augen an und schwankte leicht. Einen Moment befürchtete sie schon, er könnte die Hand gegen sie erheben. Doch Luise hielt seinem Blick solange stand, bis er schließlich zu Boden schaute. „Und das gilt für alle hier."

Mit leisem Protest streiften die Gäste ihre Jacken über und verließen plötzlich erstaunlich schnell die Bar. Bis auf Achim, den Typen, der Swantje an den Hintern gefasst hatte. Selbstbewusst baute er sich mit verschränkten Armen neben der Tür auf.

„Was ist mit dir?", fragte Luise. „Ich hatte doch klar gesagt, dass ihr alle den Abflug machen sollt."

„Ich warte auf deine Mutter", erwiderte Achim anzüglich und wackelte mit seinem Hintern.

„Verstehe. Bist du auf Urlaub hier?"

Verwirrt sah er Luise an und nickte.

„Fein, dann wirst du ja irgendwo ein Zimmer haben, oder?"

„Im *Neptun* drüben." Er deutete mit seinem Daumen in die ungefähre Richtung.

„Noch besser. Dann hast du es ja nicht weit bis zu deinem Bett. Schönen Heimweg."

Swantje registrierte den kleinen Wortwechsel, schwieg aber. Als der Mann ihr einen hilfesuchenden Blick zuwarf, drehte sie sich weg, bis er schließlich ebenfalls die Bar verließ.

„Ich hoffe, die hatten alle schon bezahlt, also gleich, nachdem sie ihr Getränk von dir bekommen haben."

Swantje hoch unsicher die Schultern.

„Also haben sie nicht bezahlt, obwohl ich dir empfohlen hatte, es so zu machen." Luise seufzte.

„Behandle mich nicht wie ein kleines dummes Mädchen", sagte Swantje scharf. „Ich bin immerhin deine Mutter."

Luise hob eine Augenbraue. „Ach, wirklich? Manchmal zweifle ich daran, *Mama*", sagte sie mit einer unüberhörbaren Betonung auf dem letzten Wort. „Egal, es ist deine Bar. Komm, lass uns gehen."

„Auf keinen Fall."

Luise beobachtete, wie ihre Mutter durch den Raum schwankte. „Was willst du denn jetzt noch machen?"

„Aufräumen."

„In deinem Zustand? Keine Ahnung, wie viel du intus hast."

„Ich hab nur ein paar Drinks zusammen mit den Gästen genommen. Das macht man so, aber das kannst du ja nicht wissen. Du bist nicht in der Gastronomie."

„Ich weiß dafür andere Sachen, nämlich dass du in dein Bett gehörst."

Swantje sank auf einen der Barhocker und sah sich um. „Ja, vielleicht sollte ich wirklich schlafen gehen."

„Prima, zieh dich schon mal an. Ich räum noch schnell die Gläser in die Spülmaschine und den Rest machst du heute Nachmittag, okay?" Luise erledigte die wenigen Handgriffe und holte dann Swantjes Jacke aus dem kleinen Büro, weil diese immer noch reglos auf ihrem Hocker saß. „Ich bring dich nach Hause."

„Das brauchst du nicht. Du solltest um diese Zeit auch im Bett liegen." Swantje erhob sich und taumelte leicht.

„Komm schon." Luise nahm den Arm ihrer Mutter. „Ich könnte eh nicht schlafen nach der ganzen Aufregung."

Als sie die Bar verließen, schien die Temperatur noch weiter gefallen zu sein. Auf den Scheiben der geparkten Autos hatte sich eine leichte Raureifschicht gebildet.

„Es wird Winter", sagte Swantje und atmete tief ein. „Aber die Luft ist herrlich, so frisch und klar. Eigentlich könnte man jetzt noch einen Spaziergang machen." Im Schein einer Straßenlaterne musterte sie Luises entgeistertes Gesicht. „War nur ein Scherz." Sie hakte sich bei ihrer Tochter ein und stakste los. Es waren nur wenige Schritte bis zu ihrer Wohnung.

Früher, als Luises Eltern noch zusammen gewesen waren, hatten sie am Rande von Warnemünde ein ganzes Haus besessen, mit einem schönen Blick auf endlos grüne Wiesen. Luise erinnerte sich an unbeschwerte Kindheitstage, in denen sie auf Bäumen herumgeklettert war, Buden gebaut oder

Kaulquappen am kleinen Fischteich beobachtet hatte. Dann war alles im Zuge der Scheidung ihrer Eltern verkauft worden. Heute lebten andere Menschen dort und Luise mied seitdem die Gegend wie der Teufel das Weihwasser. Es hätte ihr einfach zu weh getan, zu sehen, dass jemand anderes jetzt dort glücklich war.

„Wie geht es Nick?", fragte ihre Mutter, während sie um die nächste Ecke bogen.

Bei der Erwähnung ihres Bruders seufzte Luise leise. „Ich bin sicher, du weißt das besser als ich. Immerhin geht er bei dir ein und aus."

„Ja, vermutlich hast du recht. Aber, ihr solltet trotzdem langsam mal wieder miteinander reden. So ein Theater. Nur wegen einer winzigen Meinungsverschiedenheit. Der reinste Kindergarten."

„Es war keine kleine Meinungsverschiedenheit, sondern viel mehr. Außerdem reden wir miteinander – das, was notwendig ist. Und ich würde das ungern mitten in der Nacht mit dir ausdiskutieren, noch dazu in deinem Zustand."

Swantje schaute sie kurz an und zuckte dann mit den Schultern. „Wenn du meinst. Auf meinen Rat hörst du ja sowieso nie. Wir sind da." Sie kramte in ihrer Handtasche nach dem Schlüssel, gab schließlich auf und streckte Luise die Tasche entgegen. „Hier, schau du nach."

In einem Seitenfach wurde Luise schließlich fündig und schloss die Haustür auf. Gemeinsam stiegen sie in die erste Etage. Swantje tappte zuerst in die Küche und hielt ein Glas unter den Wasserhahn. Durstig trank sie es leer. Es folgte ein weiteres und dann noch eins.

„Trink nicht so viel", riet Luise leise. „Dir wird sonst noch schlecht."

„Mir ist schon schlecht." Swantje stellte das Glas auf den Spülenrand und sah Luise prüfend an. „Was ist das denn, zwischen deinem Bernd und dir?"

„Er ist nicht mein Bernd, sondern lediglich früher mal mit mir in eine Klasse gegangen."

„Aber er will was von dir", stellte Swantje grinsend fest.

„Schön für ihn. Aber ich will nix von ihm und Punkt."

„Du meine Güte, trauerst du etwa immer noch um Felix?"

„Darüber würde ich ungern mit dir sprechen, Mama. In Beziehungsdingen wärst du als Ratgeberin nicht unbedingt meine erste Wahl." Zack, das hatte gesessen.

Swantje zuckte zusammen. „Du wirst mir wohl nie vergeben, dass ich mich von deinem Vater getrennt habe." Sie presste ihre Hand auf den Magen. „Ich glaub, ich geh jetzt schlafen. Lass uns ein anderes Mal weitersprechen."

So, wie sie war, ließ ihre Mutter sich aufs Bett fallen. Luise zog ihr Schuhe, Rock und Shirt aus, nahm dann die Decke und legte sie über sie. Dabei streifte ihr Blick eine Fotografie, die auf Swantjes Nachtschrank stand. Sofort entstand ein Kloß in ihrem Hals und sie schluckte schwer. Das Bild zeigte eine Familie in glücklichen Tagen. Es war im Sommer entstanden, während einem der wenigen Urlaube, die sie gemeinsam verbracht hatten. Da das Geschäft immer vorgegangen war, hatten Nick und Luise die Ferien meist mit ihren Großeltern verbracht. Doch einmal hatten ihre Eltern ein Haus in Schweden gebucht. Es hatte idyllisch an einem See gelegen, war aus Holz und ochsenblutrot angestrichen gewesen. Gleich am ersten Tag waren Millionen von Mücken über die Neuankömmlinge hergefallen. Die Urlaubsfreude hatte dies nur bedingt mindern können. Es waren herrliche Wochen gewesen, mit ganz viel gemeinsamer Zeit und Luise hatte sich damals gewünscht, dieser Urlaub möge ewig dauern. Er endete dann doch und der Alltag holte sie wieder ein. Aber noch heute waren die Erinnerungen an diese Tage voller Liebe und Glück so präsent, als wären sie erst gestern gewesen.

In diesem Moment rollte Swantje sich auf die Seite, zog das neben ihr liegende Kopfkissen zu sich und umschlang es, als wolle sie jemanden umarmen. „Geht es deinem Vater gut?", fragte sie leise.

Irritiert blieb Luise stehen, und sah sich zu ihr um. Vermutlich hatte sie sich verhört.

Doch da fuhr Swantje fort: „Kommt Kai klar?"

„Wie meinst du das?" Luise trat noch einmal näher und beugte sich hinunter. Swantje seufzte, sie hatte die Augen geschlossen und Luise war sich unsicher, ob ihre Mutter noch wach war.

„Das ist doch eine ganz einfache Frage: Ich will wissen, wie es ihm geht?" Endlich machte sie die Augen auf und sah sie an.

„Er wurschtelt sich so durch. Mal besser, mal weniger gut."

„Also kommt er klar", stellte Swantje fest. „Das ist gut."

„Warum willst du das wissen? Du hast dich all die Jahre nicht für ihn interessiert und nie nach ihm gefragt."

„Das ist nicht wahr! Ich hab mich immer für ihn interessiert. Die ganze Zeit. Verrückt, oder?" Ihre Mutter begann zu kichern. „Ach, egal." Sie schwieg, strampelte mit den Füßen und ließ diese am unteren Rand der Decke hervorlugen. „Nein, es ist nicht egal. Ich vermisse ihn, manchmal so sehr", murmelte sie. „Sein Schnarchen, seine Blicke, seine Berührungen, alles. Manchmal denke ich fast, ich würde ihn noch lieben, aber das ist …" Gleichmäßige Atemgeräusche erklangen, Swantje war eingeschlafen.

Luise stand wie erstarrt vor ihrem Bett. Hatte ihre Mutter diese Worte tatsächlich gerade gesagt? Sie war es gewesen, die unter allen Umständen die Scheidung gewollt und damit alle in einen regelrechten Schock versetzt hatte. Die Ehe wäre ihr zu eng geworden, der Horizont mit ihrem Mann zu klein. Swantje hatte von Freiräumen gesprochen und das es Zeit wäre, endlich mal nur an sich selbst zu denken. Dann war sie gegangen und hatte alles aufgegeben – das gemeinsame Restaurant, das gemeinsame Haus, das gemeinsame Leben. Von einem Tag zum anderen war alles vorbei gewesen.

Während Swantje wie befreit erschienen war, war Luises Vater Kai in ein tiefes Loch gestürzt. Er führte die ehemals gemeinsame Gaststätte *Herz der See* allein weiter. Aber mehr schlecht als recht. Zusammen mit seiner Swantje war er unschlagbar gewesen, aber allein?

All die Jahre war Swantje egal gewesen, wie viele Scherben sie zurückgelassen hatte. Aber jetzt, in diesem Moment, hatte sie nach Kai gefragt.

Luise strich die Bettdecke glatt, beugte sich zu Swantje hinunter und gab ihr einen leichten Kuss auf die Stirn. Sie spürte deren Alkoholatem und betrachtete noch einmal das Bild auf dem Nachtschrank. Dann zog sie leise die Tür hinter sich zu und stieg die Treppe nach unten. Bei jeder einzelnen Stufe fragte sie sich, ob dieser Ausbruch dem Alkohol geschuldet gewesen war. Aber sagte man nicht immer, dass kleine Kinder und Betrunkene stets die Wahrheit sprachen?

Auf dem Gehsteig angekommen, lief sie zu ihrer Wohnung. Inzwischen war es nach drei. Zeit, noch ein paar Stunden zu schlafen. Doch fast schon automatisch schlugen ihre Beine den Weg Richtung Meer ein. Es zog sie an den Ort, den sie am meisten liebte, der sie in schweren Stunden aufgefangen, ihr immer wieder Kraft gegeben hatte. Der Ostsee konnte sie alles anvertrauen, ihr Glück, ihre Zweifel, ihre Sorgen. Sie plätscherte manchmal leise und sanft an Land, wirkte harmlos und glatt wie ein Spiegel. Doch dann ließ sie ihre Muskeln spielen, donnerte tosend ans Ufer, ließ die Mole erzittern und verschlang ganze Strandabschnitte in ihrem gierigen Schlund. Die Ostsee hatte viele Gesichter und war doch immer gleich.

Luise passierte die breite Strandpromenade, lief vorbei an einem der Toilettenhäuschen und dann durch die Dünen hinunter zum Strand. Am oberen Rand blieb sie stehen, hockte sich auf einen der Poller, die die Dünen abgrenzten, und schaute über den breiten, leeren Strand aufs Wasser. Es war eine ruhige Nacht. Kaum ein Windhauch kam übers Meer gezogen und das Wasser war dementsprechend ruhig. In der Ferne blinkten die Lichter von Leuchtturm und roter und grüner Mole. Letztere waren zwei Leuchtfeuer, die man auf weit ins Meer gebauten Molen errichtet hatte, um den Schiffen die Einfahrt zum Hafen zu weisen.

Luise musste an ihre Oma Ruth denken, die eine ernste, ruhige Person gewesen war und sie auf ihre ganz eigene Art geliebt hatte. Zusammen mit ihrem Großvater hatte sie die Firma von Luises Urgroßeltern groß gemacht. So groß, dass *Strandkorb-Winter* irgendwann jedem in Warnemünde ein Begriff gewesen war. Im Sommer hatte Oma meist vor ihrer kleinen Bretterbude am Strand gesessen und Strandkörbe verliehen. Abends hatte sie sich oft um ihre Enkel gekümmert und ihnen selbst erfundene Geschichten erzählt. Ihren Bruder Nick hatte dies immer gelangweilt, aber Luise hatte nie genug bekommen können. Atemlos hatte sie Oma Ruth gelauscht, wenn die vom Meeresgott und seinen Windsbräuten erzählte oder vom Leuchtturmherz, einem Ring, den eine Kapitänsfrau am Strand vergraben hatte, die mit dieser Gabe darum bat, ihr Mann möge heil nach Hause kommen.

Und manchmal, wenn Luise traurig gewesen war, hatte Ruth sie in ihre Arme genommen und sanft an ihre Brust gedrückt. „Solange der Leuchtturm jeden Abend sein Licht erstrahlen lässt und die Wellen rollen, so lange ist alles gut. Hier liegen deine Wurzeln, hierher kannst du immer zurückkommen oder am besten gleich dableiben. Wir sind Küstenkinder und tief im

Land, ohne den Meereswind um unsere Nase, gehen wir ein. Glaub mir."

Bis jetzt hatte Luise sich an den Rat ihrer Oma gehalten. Sie vermisste nichts und konnte sich nicht mal annähernd vorstellen, Warnemünde zu verlassen und woanders zu leben. Und dennoch spürte sie Zweifel, die gerade in solchen Nächten mit aller Macht nach oben drängten.

War das, was sie hier tat, wirklich noch das, was sie wollte? Sehnte sie sich im Stillen nicht nach etwas ganz anderem? Die Antwort kam sofort und dennoch versuchte sie verzweifelt, sie zu ignorieren. Luise hatte sich für etwas entschieden und nun musste sie es durchziehen. Familie Winter machte das so. Die kapitulierten nicht einfach, die blieben dran. Nur ihre Mutter hatte hingeschmissen und ob sie jetzt glücklicher war, konnte sie wohl selbst nicht sagen.

Luises neuer Lebensabschnitt hatte damit begonnen, dass sie sich vor einigen Jahren auf die Idee ihres Großvaters Otto eingelassen hatte. Jahrelang hatten Oma und Opa den Strandkorbverleih geführt. Später ergänzten sie das Angebot durch den Verleih von Fahrrädern, einige Ferienwohnungen und schließlich eine Glühweinbude, die im Dezember auf dem Warnemünder Weihnachtsmarkt stand. Die Geschäfte liefen prächtig, das Geld sprudelte. Dann starb Oma Ruth und Opa Otto wurde älter. Anfangs wurschtelte er mit seinem engen Mitarbeiter und Freund Fred immer noch vor sich hin. Doch irgendwann begann er, sich mehr und mehr Gedanken um seine Nachfolge zu machen. Sein Sohn Kai hatte seit seiner Trennung von Swantje mit sich selbst genug zu tun und war somit raus aus der Nummer. Außerdem hatte Luises Vater *Strandkorb-Winter* nie übernehmen wollen. Er liebte seine Gaststätte. Strandkörbe und Fahrräder verleihen – niemals! Blieben noch die Enkel Luise und Nick. Und die lud Opa Otto eines schönen Tages zu einem Ausflug auf die Ostsee ein. Dafür hatte er extra ein kleines Boot bei einem seiner zahlreichen Kumpels gechartert.

Luise, die Schifffahrten schon immer gehasst hatte, weil ihr dabei ständig schlecht wurde, ging bereits mit einem mulmigen Gefühl an Bord. Noch im Hafen hatte sie nach schlagkräftigen Ausreden gesucht, um an Land bleiben zu können, und fuhr am Ende doch mit hinaus aufs Meer. Gegen Opas Argumente war jeder machtlos. Und doch sollte ihr mulmiges Gefühl recht behalten. Zuerst war ihr furchtbar schlecht geworden, ganz im Gegensatz zu Nick, der sein Gesicht in den Wind hielt. Weit draußen auf der Ostsee legte Opa Otto bei einem leckeren Mittagessen, bei dem Luise keinen Bissen zu sich nahm, seinen Plan auf den Tisch. Sie sollten die Firma zu gleichen Teilen übernehmen und *Strandkorb-Winter* in eine schillernde Zukunft führen. Opa malte ihnen die kommenden Jahre in den buntesten Farben. Auch wenn diese bei Luise aufgrund der Übelkeit ein wenig blasser ausfielen. Benebelt von Magenschmerzen und mehreren Anisschnäpsen, die angeblich gegen das flaue Gefühl im Bauch helfen sollten, versprach sie, über alles nachzudenken. Obwohl sie den sofortigen Impuls verspürte, auf der Stelle abzulehnen.

Natürlich, *Strandkorb-Winter*, das war eine Institution, die auf keinen Fall untergehen sollte. Ihre Familie hatte zu viel Kraft, Energie und Nerven in diese Firma gesteckt. Aber Strandkörbe vermieten, Fahrräder an den Mann bringen und im Winter Glühwein ausschenken? So sahen Luises Zukunftspläne nicht aus, im Gegenteil.

Und dennoch hatte Opa Otto, der alte Fuchs, den Zeitpunkt perfekt gewählt. Luise hatte ihren letzten Job vor einigen Monaten geschmissen, da sie mal wieder bei einer Beförderung übergangen worden war. Sie hatte damals bei der Stadtverwaltung in Rostock gearbeitet, auf einem Posten, den man nicht aufgab. Es sei denn, man war verrückt und riskierte seine sichere Altersversorgung. Nun, verrückt war Luise eigentlich nicht. Aber sie kündigte trotzdem. Und das nur, weil Beatrice Berner mit der üppigen Oberweite und den noch üppigeren unechten Lippen eine Stelle bekommen hatte, für die sie weder das Köpfchen noch die Qualifikation besaß. Dafür hatte sie ein mehr als gutes Verhältnis zu ihrem Chef, das nicht an der Bürotür, sondern im Bett endete. Man hatte Luises Bewerbung mal wieder übersehen oder übersehen wollen. Als ihr Chef dann noch die Dreistigkeit besaß, ihr zu sagen, dass er hoffe, sie würde auch weiterhin ihr ganzes Wissen mit ihrer Kollegin teilen, brannten Luise alle Sicherungen durch. Sie pfefferte ihm den ganzen Mist vor die Füße, kündigte und ließ sich von ihrem Arzt krankschreiben. Die nächsten Tage ging sie an kein Telefon, ignorierte das Schrillen ihrer Türklingel und stellte sich mit wachsender Begeisterung vor, wie im Büro alle absaufen würden. Dann würde man sich die Sache noch einmal überlegen, dann würde ihre Stunde schlagen und sie den Posten vielleicht doch noch bekommen.

 Man soff ab, man rief bei ihr an, stellte tausende Fragen, aber man überlegte sich die Stellenvergabe nicht noch einmal anders. Die Dame mit dem üppigen Busen blieb auf ihrem Posten und Luise nichts anderes übrig, als sich einen neuen Job zu suchen oder zu Kreuze zu kriechen. Letzteres wäre einem glatten Eingeständnis gleichgekommen, dass sie ohne diese Arbeit nicht konnte und schied somit aus. Das nun folgende Problem war nur, dass die Jobauswahl hier oben nicht allzu breit gefächert war. Und so landete Luise schließlich als Zimmermädchen in einem Hotel. Sie hätte auch bei ihrem Vater in der Kneipe anfangen können oder in der Schlagerbar ihrer Mutter, aber schon allein die Vorstellung hatte sie erschaudern lassen.

Also schüttelte Luise ab sofort fleißig Betten auf, putzte Klos, ließ sich von pingeligen Gästen anpampen und von einigen männlichen Besuchern auf den Hintern starren, während sie Duschkabinen schrubbte.

Genau in diese Phase schneite Opas Einladung zur Schiffspartie. Luise überlegte ein paar Tage. Sie fuhr mit der Fähre rüber in den Ortsteil *Hohe Düne*. Das machte sie immer bei Problemen, spazierte stundenlang am Strand herum und versuchte, das Für und Wider abzuwägen. Schnell stand für sie fest, dass sie einfach nur raus wollte aus der Schürze der Zimmermädchen. Also vielleicht doch Unternehmerin werden, eine Firma führen? Aber zusammen mit ihrem Bruder Nick, der in ihrer Familie ein wenig aus der Reihe fiel und sich bisher nicht gerade mit Durchhaltevermögen, Zielstrebigkeit und Disziplin hervorgetan hatte?

Ihre beste Freundin Pia und deren Mann mahnten zur Vorsicht und rieten, sich zunächst alle Zahlen der Firma genau anzuschauen. Aber ganz ehrlich, machte man das denn? Immerhin ging es hier um Opa, dem Tausendsassa in der Familie, der aus allem, was ihm vor die Füße fiel, pures Gold machte. Dem Opa, der immer verkündet hatte, wie toll die Geschäfte liefen.

Luise blieb skeptisch und versuchte, mit ihrem Bruder zu reden. Doch Nicks Entscheidung war schon auf hoher See gefallen. Er war Feuer und Flamme für Opas Vorschlag, auch wenn er das inzwischen nicht mehr wahrhaben wollte. Seine Beweggründe waren ein Arbeitsplatz am Strand und permanente Kontakte zu jungen, sehr attraktiven Damen. Nick malte sich die Zukunft in den schönsten Farben aus und ließ Fakten, die irgendwie dagegen sprachen, unter den Tisch fallen. Und dazu zählten definitiv Zahlen. Man müsse das Leben mit rosaroter Brille anschauen und nicht so bitterernst nehmen, dann würde alles gleich viel leichter, behauptete er. Dazu kam, dass Nicks berufliche Situation ebenfalls nicht rosig war. Er jobbte bei einem Kumpel in dessen Kfz-Werkstatt und war noch nie ein großer Freund von schmutzigen Händen und Dreck unter den Fingernägeln gewesen. Dann schon lieber im Sommer Strandkörbe vermieten und Glühwein auf dem Weihnachtsmarkt verkaufen.

Luise ließ weitere Tage verstreichen, bis sie Opa nicht mehr länger hinhalten konnte. Denn dem war ihr Zögern nicht entgangen und außerdem vollkommen unbegreiflich. „Mensch Lütte, nu aber mal Butter bei die Fische und zugesagt." Noch einmal fuhr sie mit der Fähre ans andere Ufer, zählte mit Muscheln ab, ob sie nun sollte oder doch nicht, und sagte am Ende Ja. Manchmal sollte man doch einfach nur das tun, was einem der liebe Herrgott – oder wer auch immer – vor die Füße warf. Und außerdem, das Leben war kein Wunschkonzert. Hach, ihr fielen einige mutmachende Sprüche ein, die so bestätigend klangen.

Luise und Nick unterschrieben die notwendigen Papiere, starteten voller Elan in ein neues Zeitalter, wie sie es selbst nannten, und legten los. Doch schneller als gedacht wurde klar, dass die goldenen Zeiten von Opas Unternehmen vorüber waren. Mit typisch norddeutscher Sturheit hatte Otto seine Firma geführt und dabei die Zeichen der Zeit außer Acht gelassen. Dazu gehörten dringend notwendige Reparaturen und Modernisierungen der Ferienwohnungen, die Anschaffung neuer Strandkörbe, aber vor allem der Blick zur Konkurrenz und über den eigenen Tellerrand. Das böse Erwachen für Luise und Nick kam schnell. Da war Opa aber schon aus dem Rennen und Luise wollte ihm nicht mal einen Vorwurf machen. Er hatte sie nicht absichtlich in den nach unten brausenden Fahrstuhl geschubst. Otto glaubte immer noch felsenfest daran, bis zum Schluss alles richtig gemacht zu haben. Vielleicht hatte auch die Krankheit dazu beigetragen, die anfänglich von niemandem bemerkt worden war. Erst allmählich begriffen alle Familienmitglieder, dass mit Opa etwas nicht stimmte. Er war nicht einfach nur ein bisschen sonderbar geworden. Opa Otto war krank. So krank, dass er am Ende aus seiner Wohnung ausziehen musste. Doch jedes Mal, wenn Luise ihn in seinem Altenheim im Zentrum von Warnemünde besuchte, sprach er von den guten Zeiten, von heißen Sommern, von Urlaubern, die seinen Fahrradverleih gestürmt hatten und wie gut er und Oma hatten davon leben können. Opa hatte die Probleme vergessen, die auch bei ihm schon aufgetaucht sein mussten, die er aber verbissen ignoriert hatte, weil sie nicht sein durften. Man saß die Sache aus, bis sie sich eines Tages von allein erledigte. Viele Jahre hatte das gut funktioniert, am Ende aber nicht mehr.

Nach einem Jahr mit der neuen Firma hatten Luise und Nick begreifen müssen, dass es so nicht weitergehen konnte. Den entscheidenden Nackenschlag hatte ihnen ihr Steuerberater mit einem Nachzahlungsbescheid verpasst, der sich gewaschen hatte. Schweren Herzens verkauften sie die Ferienwohnungen, deren Modernisierung sie sich eh nicht hätten leisten können. Von den Einnahmen wurden ein paar neue Strandkörbe angeschafft, Schulden beglichen und Geld zurückgelegt. Dieses Geld war ihr Notgroschen oder, wie Luise es immer nannte, der letzte Rettungsanker, falls alle Stricke rissen. Und sie hoffte inständig, sie würden es nie brauchen.

In den Folgejahren lief es gut, die Sommer waren heiß, die Betten ausgebucht, und Warnemünde quoll über von erholungssuchenden, meereshungrigen Menschen. Das Konto füllte sich und Luise verstand allmählich, dass Opa eben doch recht gehabt hatte. Sie investierten, schafften einige neue Fahrräder an, bauten die Glühweinbude um und hofften, damit für alles gewappnet zu sein.

Aber dann wendete sich das Blatt. Auf verregnete Sommer mit gähnend leeren Stränden folgten warme Winter, in denen kein Mensch Glühwein trank und Eisbuden Hochkonjunktur hatten. Dazu kam die Konkurrenz im Ort. Einige alteingesessene Warnemünder verloren ihre Pacht am Strand an andere Bieter. Die rüsteten auf und es begann eine Art Wettstreit, an dem die Geschwister sich nicht beteiligen wollten und konnten. Da wurden Imbissbuden und Bars eröffnet, Liegestühle und die neuesten Strandkorbmodelle angeschafft und der Komfort für die Gäste von Jahr zu Jahr verbessert. Sicher, auch bei Familie Winter gab es Getränke und ein paar Kleinigkeiten zu Essen, so wie es immer gewesen war. Aber alles war kleiner, familiärer. Man kannte sich und manche der Gäste kamen schon in dritter Generation, um sich hier einen Strandkorb zu mieten und zum Mittag selbstgemachten Kartoffelsalat und Wiener Würstchen zu essen. Das machte Mut, aber würde es sie retten?

Dann kam einer der kraftvollsten Nackenschläge, und zwar in Gestalt von E-Bikes. Die elektrischen Fahrräder, mit denen es sich so traumhaft leicht fuhr, eroberten den Markt und machten auch vor den Fahrradverleihern nicht Halt. Anfangs redeten Luise und Nick sich ein, dass dies nur eine Phase wäre. Aber ganz ehrlich, Akne zu haben, das war eine Phase, aber nicht das Aufkommen von E-Bikes. Das war eine mächtige Welle, die über den Ort hinweg rollte. Auf einmal wollten alle nur noch elektrisch fahren. Konkurrenten schafften mit einem Schlag Dutzende dieser Räder an. Luise und Nick machten es wie Opa Otto und versuchten, die Sache auszusitzen. Aber mittlerweile hatten sie begreifen müssen, dass in der kommenden Saison eine Entscheidung fallen musste – neue Strandkörbe, weil die alten inzwischen marode waren oder E-Bikes. Wieder wurde Geld benötigt. Deswegen hatte Luise eisern gespart und sich selbst so manchen Monat kaum Geld aus der Kasse genommen. Sie war eh nur im Geschäft und kaum daheim. Sie ging nicht schick essen oder ins Kino. Sie gönnte sich ab und zu mal einen abendlichen Aperol mit ihrer besten Freundin Pia und das war´s. Am Saisonende hatte sie Kassensturz gemacht. Und schnell wurde ihr klar, es würde nicht reichen. Aber da war ja noch die Notreserve.

Nick sah die Sache klar. „Wir müssen das Geld angreifen, klare unternehmerische Entscheidung", verkündete er und ließ lässig seinen Flipflop am Fuß baumeln.

„Und wenn was passiert? Etwas Unerwartetes und wir dafür Geld brauchen?"

„Dann wird sich auch das finden. Du siehst einfach zu schwarz, Schwesterlein. Du musst viel positiver denken."

Nun hier, mitten in der Nacht, fragte Luise sich, ob es wirklich daran lag. Musste man einfach nur aus tiefstem Herzen positiv denken und ab diesem Moment war das Leben das reinste Wunschkonzert? Aus guten Gründen zweifelte sie daran. Und dennoch warf der Leuchtturm noch immer seinen Lichtschein über die Stadt. Wenn ihre Oma Recht hatte, musste irgendwo ein Hauch von Hoffnung sein.

Kapitel 2

Mit spitzen Fingern massierte Luise einige Stunden später ihre Kiefergelenke. Beim letzten Gähnen hatte es verdächtig geknackt. Kein Wunder, gähnte sie doch ohne Ende und bei jedem Mal stärker als zuvor. Ihr fehlten einige Stunden Schlaf und die ließen sich auch durch drei Tassen schwarzen Kaffee und einen Espresso der besonders starken Art nicht aufholen.

Missmutig stützte sie ihre Ellenbogen auf die Tischplatte und legte den Kopf auf die Hände. Sie war todmüde und fragte sich, was sie hier eigentlich tat. Denn bei der aktuellen Wetterlage war es wenig wahrscheinlich, dass jemand das Geschäft betreten und ein Fahrrad ausleihen würde. Es regnete seit Stunden, dazu pfiff ein rauer Wind um die Häuser, der welkes Laub vor dem Laden herumwirbelte.

Das Beste wäre es, den Verleih zu schließen, nach Hause zu gehen und sich ein paar Stunden Ruhe auf der Couch zu gönnen. Doch augenblicklich schlug das schlechte Gewissen in Form von Opa Ottos Arbeitsmotto zu: „Ein Winter bleibt immer auf seinem Posten. Es gibt nichts Schlimmeres, als dass ein Kunde vor der verschlossenen Tür steht und zur Konkurrenz abwandert."

Außerdem wartete da noch Arbeit auf sie. Da war eine Mail ihres Steuerberaters, die Luise Schweißtropfen auf die Stirn trieb und Fragen, die bei ihr hundert weitere Fragen aufwarfen. Seufzend wandte sie sich wieder ihrem Bildschirm zu, als ein Schatten die Eingangstür verdunkelte. Die Tür öffnete sich und ein Mann schob sich herein – ihr Bruder Nick. Zumindest nahm sie an, dass es Nick war, trug der doch vor seinem Gesicht einen in dickes Papier gehüllten Blumenstrauß. Sekunden später lugte er dahinter hervor, grinste und sagte: „Moin."

„Moin", erwiderte Luise knapp und starrte hochkonzentriert auf ihren Bildschirm.

„Viel zu tun?", fragte Nick.

„Hm." Sie schielte kurz zu ihm hinüber. Oh nein, das war ja klar. Wenn nichts mehr half, setzte Nick seinen Dackelblick auf. Das hatte er als kleiner Junge schon immer getan und sie damit regelmäßig in den Wahnsinn getrieben. Wenn er so schaute, wurde jeder schwach, am Ende auch sie. Und das wusste er ganz genau. Er zog sogar die gleiche Schnute wie damals vor vielen Jahren, als er sie sooft zur Raserei gebracht hatte.

Nick, ihr Bruder, der Mensch den sie auf der Welt am meisten liebte. Erst recht, seit sich ihre letzte Beziehung erledigt hatte und sie wieder Single war. Nick, dieser attraktive Mann mit den dunklen Haaren und der athletischen Figur, die ihm einfach so zufiel, ohne das er sich stundenlang im Fitnessstudios quälen musste. Auf den ersten Blick würde niemand vermuten, dass sie Geschwister waren. Luises Haare waren dunkelblond und fielen ihr bis auf die Schultern. Sie war schlank, hatte aber keinerlei sportliche Ambitionen. Ansonsten verbanden sie und ihren Bruder die gleichen vollen Lippen und die blauen Augen, die bei ihm durch die dunklen Haare noch intensiver wirkte.

Nick war ein Luftikus, sagten viele. Er war charmant, konnte gut plaudern und im Sommer umlagerten zahlreiche junge Frauen seine Strandkorbvermietung. Aber er hatte auch eine andere Seite, die die meisten Menschen nicht kannten.

Als Luise vor zwei Jahren vor den Scherben ihrer Beziehung gestanden hatte, war es Nick gewesen, der ihre Sachen aus der gemeinsamen Wohnung geholt hatte. Weil sie sich nicht getraut hatte, aus Angst, dort auf ihren Ex oder dessen neue Flamme zu treffen. Er hatte ihre Tränen getrocknet, sie einfach nur gehalten oder ihr heiße Schokolade gekocht, wenn sie deprimiert gewesen war. Nick hatte Felix in die Flucht geschlagen, als der geglaubt hatte, es nun doch noch einmal mit ihr versuchen zu wollen und sie immer wieder mit Anrufen, Blumen und Besuchen genervt hatte. Nick hatte ihr einige Monate später geholfen, zurück ins Leben zu finden. Er hatte sie zu unzähligen Partys mitgeschleppt, zu seinen Freunden, zu Konzerten und Kinobesuchen, bis Luise allmählich Boden unter den Füßen bekommen und ihr Lächeln wiedergefunden hatte. Er hatte sie aufgebaut, gestärkt und ihr immer wieder versichert, dass sie etwas Besseres als Felix verdient hatte.

Ihr Verhältnis war alle die Jahre eng gewesen. Enger als bei anderen Geschwistern. Was vermutlich daran lag, dass ihre Eltern mit ihrer Gaststätte mitten in Warnemünde beruflich stark eingespannt gewesen waren. Ab einem gewissen Alter war es für Luise selbstverständlich gewesen, sich um den kleinen Bruder zu kümmern, seine Hausaufgaben zu kontrollieren oder Pflaster auf die Schrammen am Bein zu kleben. Obwohl sie sich oft gestritten hatten, hielten sie im Endeffekt immer zusammen. Sei es in der Schule oder bei anderen Problemen. Ja, Nick war ein Windhund, doch wenn es darauf ankam, konnte sie sich auf ihn verlassen, immer. Doch auf einmal hatte sich auch das geändert.

Denn seit einigen Wochen war Nick nicht mehr wiederzuerkennen. Schuld daran war irgendein Typ, der ihren Bruder einfach am Strand angequatscht und zu einem Fotoshooting eingeladen hatte. Das Shooting hatte stattgefunden, die Bilder waren toll geworden und nun glaubte Nick, zu etwas Höherem berufen zu sein. Ganz aus der Luft gegriffen war diese Idee nicht, denn ihr Bruder war nun mal ein ziemlich attraktiver Mann. Er hatte alles, was es für eine erfolgreiche Karriere als Model brauchte. Zumindest theoretisch.

Denn Luise glaubte nicht an diesen Plan und verfolgte mit Argwohn, wie Nick seine eigentliche Arbeit am Strand mehr und mehr vernachlässigte. Er ging nun regelmäßig ins Fitnessstudio und bewarb sich auf Modeljobs. Einige Male hatte Luise auf ihre Aushilfen zurückgreifen müssen, weil er irgendwelche dringenden Termine gehabt hatte. Ausgaben, die ihre ohnehin nicht prall gefüllte Kasse noch mehr belasteten. Er reiste zu Castings quer durch Deutschland, kam einen Tag später enttäuscht zurück, weil er wieder nicht in die engere Auswahl gekommen war. Doch dieser Typ machte ihm auch weiter Hoffnungen.

Luises Meinung hatte von Anfang an festgestanden. Man zog ihrem Bruder das Geld aus der Tasche und spielte mit dessen Träumen. Sie hatte schon einige Male versucht, mit ihm über ihre Ansichten zu sprechen, doch der ließ sich nicht beirren und hielt an seinem Plan fest. Dieser unerschütterliche Glaube an das Unmögliche ließ sie sich die berechtigte Frage stellen, ob es eventuell doch möglich war, dass Nick eines Tages als Model durchstartete.

Bis vor kurzem hatte sie seine Eskapaden mehr oder weniger still ertragen, immer in dem Glauben, sie würden sich von allein erledigen und Nick würde die Lust verlieren, wie meistens, wenn er mit irgendeiner Schnapsidee um die Ecke kam. Doch vor vier Wochen hatte sich alles geändert und seit diesem Moment herrschte Funkstille zwischen den Geschwistern. Sie hatten gestritten, sich angeschrien und Luise war diesmal nicht bereit, nachzugeben. Denn diesmal betraf es nicht Nick allein, sondern auch sie.

Es war an einem kühlen Tag mitten im Oktober gewesen. Ein besonderer Tag, denn es nahte der magische fünfzehnte Oktober, der Termin, an dem der Strand laut Warnemünder Vorschrift leer sein musste. Es galt für alle Pächter, so spät wie möglich, aber dennoch rechtzeitig die Strandkörbe in ihr Winterquartier zu bringen, in dem sie in den folgenden Monaten gelagert und für die kommende Saison aufgearbeitet wurden. Das war für alle eine Mammutaufgabe, die nach dem immer gleichen Schema ablief. Natürlich kam mittlerweile moderne Technik zum Einsatz. Anders als in früheren Zeiten, in denen man mit Pferdefuhrwerken den Strand geräumt hatte. Arbeit war es trotzdem geblieben und das immer gleiche Spiel, jeden Tag zu nutzen und dennoch niemals zu spät zu räumen. Denn sonst drohten Bußgelder und noch schlimmer, der Ausschluss von der Vergabe der Stellplätze. Denn die wurden nicht etwa einfach innerhalb der Familie weitervererbt, sondern mussten alle drei Jahre mit einem guten Konzept, aber vor allem mit Zuverlässigkeit und Ordnung neu erkämpft werden. Dies musste an oberster Stelle stehen, hatte ihr Opa ihnen schon immer eingebläut und sie hielten sich eisern und penibel daran.

 In den ersten Oktoberwochen war ihnen der Wettergott noch einmal hold gewesen und hatte goldene Tage mit fantastischen Sonnenuntergängen gebracht. Ihre Strandkörbe waren gut gebucht worden und hatten die Notkasse für den Winter noch ein bisschen füllen können. Nun aber war das Wetter umgeschlagen. Am Nachmittag war die Temperatur gefallen, jede Stunde um einige Grade mehr. Dazu kam ein stürmischer Wind, der die Ostsee aufpeitschte und Wellen an den Strand donnern ließ. Der Sommer war endgültig vorbei und damit die Saison. Höchste Zeit, die Strandkörbe - ihr wichtigstes Kapital - in Sicherheit zu bringen.

Unruhig beobachtete Luise die Uhr. Gleich vier. Am liebsten hätte sie das Geschäft geschlossen, um ihrem Bruder Nick zu helfen, der sich um die Strandkörbe kümmern wollte. Doch ausgerechnet heute ließen sich einige Urlauber mit der Rückgabe der Fahrräder Zeit und kamen mit reichlich Verspätung bei ihr an. Sie versuchte, sich nichts anmerken zu lassen, ein paar Floskeln zu sagen und zu lächeln.

Nachdem alle Formalitäten erledigt waren, drehte Luise hastig eine letzte Runde durchs Geschäft und kontrollierte, ob alle Fenster und Türen verschlossen waren. Dann holte sie ihr Rad aus dem Anbau, um zum Lager zu fahren, verharrte aber noch einen Moment auf dem Gehweg und sah in den Himmel. Dunkle Wolken jagten über ihr dahin. Das Dünengras auf der anderen Seite der etwas höher liegenden Strandpromenade tanzte auf und nieder. Dahinter lag das Meer. Sie musste nur ein paar Schritte laufen und konnte einen Blick auf die Ostsee riskieren. Und natürlich auf den Strandabschnitt, den sie und ihre Familie schon seit vielen Jahren gepachtet hatten. Sie konnte schauen, ob alle Arbeit erledigt war und die Strandkörbe sich dort befanden, wo sie hingehörten. Doch dieser Blick auf den Strand hätte so gewirkt, als würde sie ihren Bruder kontrollieren wollen. Selbst Nick wusste, wie wichtig dieser Tag war. Energisch schwang sie sich in den Sattel und radelte los.

Luise passierte die Villen ganz am Ende der Promenade, wo es selbst im Sommer etwas ruhiger und beschaulicher war, weil der quirlige Teil von Warnemünde ein Stück entfernt lag. Sie fuhr weiter, vorbei am *Aja-Hotel*, das ihr anfangs als Fremdkörper erschienen war, sich aber inzwischen in das Ensemble der Häuser eingefügt hatte. Gleich danach erreichte sie das *Neptun-Hotel*, das noch ein Stück höher in den Himmel ragte. Wie immer schaute Luise nach rechts und bemerkte die vielen Menschen, die in der legendären *Broilerbar* auf ein leckeres Hähnchen warteten. Dieses Haus war schon zu

DDR-Zeiten Kult gewesen. Ihr Großvater hatte von der Bauphase und der Zeit nach der Eröffnung Geschichten erzählen können und Luise hatte ihm nur zu gern zugehört. Ein Reisebus parkte vor dem Hotel und spuckte gerade eine größere Gruppe reisender Senioren aus.

Luise ließ Meer und Strandpromenade hinter sich und bog in die Kurhausstraße ein. Ihre Fahrt ging am Park mit seinen mächtigen alten Bäumen entlang, wo sie feststellte, dass die sonst von Jugendlichen belagerten Bänke verwaist lagen. Kein Wunder, pfiff doch inzwischen ein auflandiger Wind durch den Ort und trieb die Menschen ins Innere der Häuser. Es wurde Winter und die Tage kürzer. Luise fuhr weiter geradeaus, passierte ein paar Geschäfte, hob ab und zu die Hand, um jemanden zu begrüßen, und erreichte schließlich die Schnellstraße, die auf direktem Weg nach Rostock führte. Ihr Ziel lag auf der anderen Seite und sie wartete einige Minuten ungeduldig an der Fußgängerampel, die mal wieder nicht umschalten wollte. Als sie an der einfachen Halle, die in einem Gewerbegebiet in der Nähe der gigantischen Parkplätze für die per Auto Anreisenden der Kreuzfahrtschiffe lag, ankam, war es stockdunkel. Zu ihrer Erleichterung sah sie dort schon von weitem den Pritschenwagen stehen, mit dem ihr Bruder heute die letzten Strandkörbe hatte in Sicherheit bringen sollen. Alles war erledigt und ihre Bedenken vollkommen unbegründet gewesen.

Luise wollte gerade die Tür zur Halle öffnen, als ihre Hand ins Leere griff und eine Gestalt auf sie zustürmte. Ihr Bruder Nick stoppte sichtlich erschrocken und starrte sie an, als wäre Luise einem Horrorstreifen entstiegen.

„Oh, du bist schon da", stammelte er und biss sich auf die Unterlippe.

„Was heißt, du bist schon da? Ich habe das Geschäft sogar verspätet geschlossen, hab den schnellsten Weg genommen und hier bin ich. Kann ich noch was tun? Wollen wir schon mit der Reinigung beginnen?" Luise musterte ihren Bruder verdutzt. „Aber willst du mit diesen Klamotten etwa arbeiten?" Sie deutete auf die hellen Jeans und die moderne Jacke, die Nick bereits gegen seine Arbeitskluft getauscht hatte. Dann schob sie sich an ihm vorbei ins Innere der Halle. Ruckartig blieb sie stehen. „Moment mal, was ist denn hier los?"

„Was meinst du denn?", fragte Nick und gab sich ahnungslos. Doch die leichte Röte auf seinen Wangen sprach Bände.

„Wo sind die anderen Strandkörbe?"

Nick hob die Schultern. „Keine Ahnung, das waren alle."

Luise wirbelte wutentbrannt zu ihm herum. „Wie bitte? Willst du mich verarschen? In den vergangenen Jahren konnten wir hier vorn gerade mal ein Klapprad abstellen, so voll war die Halle. Jetzt passt hier ein Jeep rein und es wäre immer noch reichlich Platz vorhanden. Dafür gibt es eigentlich nur zwei Erklärungen: Entweder der feuchte Sommer hat unsere Strandkörbe einlaufen lassen wie zu heiß gewaschene Klamotten, oder aber ..." Sie machte einen weiteren Schritt auf ihn zu. „Oder du hast nicht alle Strandkörbe geholt. Also?"

Nick stöhnte leise und warf einen Blick auf seine Uhr. „Ich hab doch heute diesen Termin in Rostock, der, von dem ich dir neulich erzählt habe. Da ist dieser Wettbewerb und ich wollte ..."

Luise hob ihre Hände. „Verschone mich! In letzter Zeit hast du ständig irgendwelche Termine und drückst dich vor allen möglichen Aufgaben. Wenn ich ehrlich sein soll, hab ich inzwischen vollkommen den Überblick verloren."

„Jetzt übertreibst du aber wirklich maßlos. So schlimm ist es nun auch nicht."

„Wirklich nicht?" Sie trat noch näher an ihn heran. So nah, dass ihre Nasenspitzen sich fast schon berührten. „Darf ich dich an die letzten vier Wochenenden erinnern, an denen du nicht ein einziges Mal Dienst machen konntest? Immer waren da irgendwelche super wichtigen Termine. Alles ist an mir hängen geblieben. Ich hab nichts gesagt oder zumindest nicht viel. Das war anscheinend der Fehler. Ich hätte auf den Tisch hauen und protestieren sollen. Aber jetzt ist Schluss. Du hattest diese eine Aufgabe und du wolltest dich allein darum kümmern, nämlich um die Strandkörbe."

„Nur eine Aufgabe ist gut, es ist die größte Aktion des ganzen Jahres", jammerte Nick. „Nicht zu vergleichen mit deinen paar Rädern und dem anderen Kram."

„Wir können nächstes Jahr gerne tauschen. Ich übernehme den Strand und du die Fahrräder. Aber dann ist nichts mehr mit: ‚Darf ich dir den Rücken eincremen?', ‚Wollen wir heute Abend einen trinken gehen?' und deinem anderen Chichi. Also überleg dir gut, wofür du dich entscheidest."

Wieder sah Nick verstohlen auf seine Uhr. „Im Grunde würde ich ja echt gerne mit dir diskutieren, aber …"

„Aber was?", fragte Luise und merkte, wie ihre Stimme sich überschlug.

„Ich hab sie doch übernommen, die Strandkörbe. Nur halt nicht alle. Ich dachte, ich wäre schneller fertig, aber Fred ist auch nicht mehr der Jüngste und dazu kam der Wind und der Regen."

„Dann hättest du doch einen deiner unzähligen Kumpels anquatschen können. Mit dir am Strand abhängen können sie doch auch. Die Sache jetzt auf den armen Fred zu schieben, ist das Allerletzte."

„Ich schieb es doch gar nicht auf Fred. Ich will es dir nur erklären. Den Rest mache ich morgen oder übermorgen. Immerhin ist der fünfzehnte erst in zwei Tagen."

Luise zerrte das Handy aus ihrer Tasche und rief eine Seite mit Wetterprognosen auf. „Wenn du hier vielleicht mal einen

Blick drauf werfen könntest?" Herausfordernd hielt sie ihm ihr Telefon unter die Nase.

„Und wenn schon! Meist kommt es anders, als die dort prophezeien", winkte Nick ab.

„Und wenn es nicht anders kommt? Du brauchst nur vor die Tür zu gehen, da siehst du, wie es steht. Wenn wir den Strand nicht am fünfzehnten geräumt haben, weißt du, was passiert. Im nächsten Sommer müssen wir uns für die kommenden Jahre neu bewerben und es gibt genug Leute, die bereits mit den Hufen scharren und nur zu gern unsere Pacht übernehmen wollen. Wir sind eh schon der kleinste Anbieter. Unser Pfund war bis heute, dass alles geklappt hat, dass man sich auf uns verlassen konnte, verstehst du? Es ist der gute Name *Strandkorb-Winter* und wir können ihn nicht wegen deiner angeblich super wichtigen Sachen aufs Spiel setzen."

„Herrgott, Lou, ich hab aber heute keine Zeit", schimpfte Nick genervt. „Es ist wirklich wichtig."

„Du hast nie Zeit und hör auf, mich Lou zu nennen. Du weißt, wie sehr ich das hasse."

„Okay, dann eben Luise. Es ist halt alles nicht so einfach. Du stehst hinter dem Ganzen hier viel mehr als ich", brach es aus Nick heraus. Sie sah ihm dennoch an, dass er den letzten Satz, kaum das er ausgesprochen war, bereute.

Luise wich ein Stück zurück. „Was sagst du?" Perplex sah sie ihren Bruder an.

„Du hast mich schon verstanden. Du wolltest die Strandkörbe, den Fahrradverleih und die Glühweinbude viel mehr als ich. Das ist einfach dein Ding, war es immer schon. Ich dagegen hab andere Träume und Wünsche, die irgendwie außerhalb von Warnemünde liegen. Und diese Erkenntnis wird mit jedem Tag größer."

„Es geht also wieder um deinen blöden Modelkram."

„Es ist kein blöder Modelkram. Es ist eine Chance, und zwar eine megageniale. Wenn das klappt, dann sage ich Adieu, Warnemünde. Ach was, Adieu, Deutschland, hallo, Amerika, …"

Luise stieß die Luft aus und beugte sich beschwörend nach vorn. „Das sind doch Hirngespinste. Bis jetzt hast du nicht einen Auftrag an Land gezogen. Und überhaupt, du hast mit mir zusammen auf diesem Scheiß Kahn gehockt und von Opas Plan erfahren. Wenn es nach dir gegangen wäre, hätten wir auf der Stelle ja gesagt. Du hast mich genervt, weil ich so lange überlegt habe. Am Ende hast du die Verträge mit unterzeichnet, und zwar freiwillig. Niemand hat dich gezwungen, ich hab dir keine Knarre an den Kopf gehalten. Und jetzt knickst du ein?", fragte sie gefährlich leise. „Du willst mich hängen lassen und sagst mir, ich würde hinter der ganzen Sache viel mehr stehen?"

„Gott, Luise, ich hab es doch nicht so gemeint. Es ist nur, da ist dieser Wettbewerb, bei dem meine Chancen wirklich gut stehen. Heute ist der Vorentscheid und wenn ich jetzt nicht fahre, dann …" Nick wollte ihre Hand ergreifen, doch Luise entzog sie ihm. „Ich mach es wirklich gleich morgen, spätestens übermorgen. Broders hat auch noch nicht alle Körbe reingeholt."

Die Erwähnung ihres ärgsten Konkurrenten brachte Luise nochmal so richtig auf die Palme. „Broders, dieser Vergleich hinkt ganz gewaltig. Er hat zehnmal mehr Leute zur Verfügung und die entsprechende Technik. Ganz ehrlich, du bist ein Arsch und kotzt mich an. Erst sagst du, alles geht klar und nun?" Luise schnaubte wütend. „Weißt du was? Hau doch einfach ab!" Einen winzigen Moment hoffte sie, Nick würde sich besinnen und erkennen, was jetzt wirklich wichtig war. Er würde dableiben, zurück in seine Arbeitsklamotten schlüpfen und mit ihr zusammen zum Strand fahren.

Doch das tat er nicht, im Gegenteil. Er drückte einen Kuss auf ihre Wange und flüsterte: „Bist die Allerbeste, Schwesterchen, aber das weißt du ja. Du hast einen gut bei mir." Und schon fiel hinter ihm die Tür ins Schloss.

Luise blieb allein zurück. Seufzend sank sie auf eine umgedrehte Kiste, stützte ihre Ellenbogen auf die Knie und starrte die Strandkörbe an, die Nick ins Trockene geholt hatte. Was sollte sie tun? Wen konnte sie fragen? In Gedanken ging Luise sämtliche ihrer Bekannten und Freunde durch.

Das Klingeln ihres Handys holte sie zurück in die Gegenwart. Luise erkannte die Nummer ihres Vaters. „Ja, Papa", meldete sie sich.

„Sag mal, stimmt es, dass ihr immer noch die Strandkörbe draußen habt?"

„Woher weißt du das denn?"

„Was ist das für eine bescheuerte Frage? Ich lebe hier und hab meine Leute überall."

Luise verdrehte die Augen. „Es stimmt. Nick wollte sie heute reinholen, aber dann musste er eher weg."

„Und nun? Was soll werden? In zwei Tagen ist der fünfzehnte." Obwohl ihr Vater in ihrer Firma nichts zu sagen hatte, gab er sich manchmal wie der Chef persönlich. Aber vermutlich war er einfach nur besorgt, weil er wusste, was auf dem Spiel stand.

„Wir machen es morgen."

„Morgen? Hast du dir mal den Wetterbericht angeschaut?"

Luise zählte innerlich bis zehn und versuchte, die Wut, die sich mit aller Macht den Weg nach oben bahnte, in den Griff zu kriegen. „Ich habe ihn gesehen, aber ich kann ja nicht zaubern. Wenn du natürlich unbedingt willst, kannst du mir gerne helfen."

„Besser nicht, sonst krieg ich vielleicht wieder Rückenschmerzen. Außerdem hab ich in der Gaststätte genug zu tun", sagte Kai schnell.

„Und da bist du ganz sicher? Es herrscht so eine Stille im Hintergrund."

„Ach, die Leute sitzen alle draußen. Ich wollt ja auch nur mal hören, was bei euch los ist. Na denn, bis später, mien Deern." Ein Tuten erklang in der Leitung und sie war keinen Millimeter weiter.

Im Grunde gab es nur eine Lösung. Luise wählte eine Nummer. Es klingelte, dann meldete sich eine weibliche Stimme. „Brockels."

„Ingrid, hier ist Luise."

„Ich hab es schon gesehen."

„Ist Fred da?"

„Ja, ist er."

Luise biss sich auf die Unterlippe. „Könntest du ihn mir mal geben?"

„Er ist gerade zur Tür hereingekommen, Luise, und total durchgefroren."

„Ich weiß, aber ..." Den Rest ließ sie offen.

„Warte, ich reich dich weiter."

Am anderen Ende erklang leises Gemurmel, dann meldete sich Opa Ottos einstiger Angestellter, der Luise bis heute die Treue hielt, obwohl er längst in Rente war. „Was ist denn?"

„Ich ruf wegen der Strandkörbe an."

„Ist mir schon klar", grummelte Fred.

„Das Wetter soll umschlagen."

„Hab ich deinem Bruder auch gesagt, aber er wollte ja unbedingt Feierabend machen und hat mich nach Hause geschickt."

Luise seufzte. „Könnest du vielleicht noch einmal herkommen?"

„Was? Jetzt? Bei aller Liebe, es ist inzwischen dunkel und ich friere wie ein Schneider", knurrte Fred. „Eure Mätzchen gehen mir gewaltig auf den Wecker. Früher hätte es so ein Theater nicht gegeben. Gut, es ist nicht deine Schuld, Luise, aber trotzdem."

„Das verstehe ich. Du hast natürlich absolut recht. Weißt du, wo Nick den Schlüssel für das Quad hat?"

„Luise, du willst doch wohl nicht bei der Dunkelheit und ganz allein die Strandkörbe reinholen. Das geht doch gar nicht."

„Was bleibt mir denn anderes übrig? Ich werd schon jemanden finden, der mir hilft."

„Jemanden finden, so ein Unsinn. Da muss jeder Handgriff sitzen. Die Körbe sind eh in einem miserablen Zustand. Wenn sie noch mehr beschädigt werden, kannst du gleich einen Kredit aufnehmen oder die Bude schließen. Warte mal." Es folgte ein unterdrückter Wortwechsel am anderen Ende. „Ich bin in einer Viertelstunde da", sagte Fred und legte auf.

Luise fühlte sich schrecklich. Einmal mehr wurde ihr bewusst, wie dünn das Drahtseil war, auf dem sie sich bewegte. Es genügte ein leichter Windhauch im falschen Moment und sie würde zu Boden stürzen. Daran musste sich etwas ändern. Nur was?

Sie zog sich warme Arbeitssachen an und wartete draußen auf Fred. Schon nach kurzer Zeit fühlten sich ihre Füße an, als hätte sie gerade ein Bad in der Ostsee genommen und der Sturm wurde immer stärker. Endlich kam Fred, knallte die Tür seines Autos zu und stampfte zu ihr. Noch ehe sie etwas sagen oder sich bei ihm bedanken konnte, winkte er ab. „Scheiße ist das. Und das geht nicht gegen dich, Luise. Deinem Bruder solltest du mal die Hammelbeine langziehen. Und nun, lass uns loslegen."

Gegen neun war es geschafft. Endlich stand auch der letzte Strandkorb sicher in der Halle. Das war nicht nur Fred zu verdanken, sondern zwei anderen Strandkorbvermietern, die sich angeboten hatten, ihnen zu helfen. Luise tippte darauf, dass Fred seine Kontakte hatte spielen lassen. Vielleicht war es auch ihr Vater gewesen. Egal wer, Luise war das alles schrecklich peinlich. Es würde die Runde machen und sich wie ein Lauffeuer im Ort verbreiten. Ja, man half sich hier in Warnemünde, auch wenn man eigentlich Konkurrenten war. Doch zu diesem Einsatz war es nur gekommen, weil ihr Bruder die Firma im Stich gelassen hatte. Luise nestelte in ihrer Tasche herum und wollte den beiden Männern etwas Geld in die Hand drücken.

„Lass mal stecken, Mädel", brummelten sie. „Behalt dein Geld lieber. Wir haben es für Otto getan und dass ihr auch weiterhin eure Pacht behalten dürft." Sie hoben die Hand und gingen und Luises schlechtes Gewissen wurde noch stärker.

Als sie weg waren, fiel sie Fred um den Hals. Luise konnte einfach nicht anders und heulte los. Hilflos tätschelte der ältere Mann ihren Kopf. „Schon gut, meine Lütte, schon gut. Und nun lass mich Feierabend machen. Sonst redet Ingrid morgen kein Wort mehr mit mir."

„Ich danke dir. Was wäre ich nur ohne dich?"

„Ihr müsst euch zusammenraufen, Mädel, oder eine Entscheidung treffen. Nick hat mir von dieser Sache in Rostock erzählt, diesem Wettbewerb. Ich meine, ich verstehe ja nicht viel davon, aber er wirkte irgendwie ziemlich entschlossen. Was willst du machen, wenn er wirklich weg möchte? Willst du meine Meinung hören?"

Luise nickte zaghaft.

„Manchmal ist ein Ende mit Schrecken besser als ein Schrecken ohne Ende. Ist ein blöder Spruch und dennoch wahr. Aber es gibt da noch etwas." Fred kratzte sich am Kopf.

„Ich weiß ja nicht, ob du es schon gehört hast, aber sie wollen die Pacht erhöhen. Du weißt schon."

Luise winkte ab. „Ja, das Gerücht hatten wir schon ein paar Mal. Sie haben auch gesagt, sie wollen den Strand europaweit ausschreiben. Passiert ist nie etwas."

Ernst sah Fred sie an. „Ich glaube, diesmal ist es nicht nur dummes Gerede, sondern die Wahrheit. Einer meiner Kumpels hat es mir vor einigen Tagen gesteckt. Der arbeitet nebenbei ein bisschen für Broders. Ich wollt´s eigentlich für mich behalten, weil du schon genug Sorgen hast, aber nun dachte ich …"

„Du meine Güte, wenn das wirklich wahr wäre, dann sehe ich schwarz."

„Na ja, kommt Zeit, kommt Rat, wirst schon sehen", grummelte Fred.

„Ich brauch keinen Rat, sondern ein Wunder."

Fred sah sie einen Moment an und strich dann über ihre Wange. „Bist du denn auch bereit für eines? Ich meine, gehst du mit offenen Augen durchs Leben? Erwartest du ein Wunder oder wünschst du es dir bloß verzweifelt und glaubst eigentlich selbst nicht dran, dass es jemals passieren wird? Denk mal drüber nach. Denn wenn du so unterwegs bist, triffst du vielleicht irgendwann ein Wunder, das sich dir direkt in den Weg stellt und du steigst einfach drüber."

„Findest du nicht, wir beide sollten endlich mal wieder ganz normal miteinander reden?", holte Nick sie zurück in die Gegenwart und wedelte mit den Blumen in seiner Hand.

„Keine Ahnung." Immer noch fixierte Luise stur den Bildschirm.

Ihr Bruder begann in einem der Schränke zu kramen, holte eine Blumenvase heraus und füllte sie mit Wasser. Dann platzierte er den Strauß auf ihrem Schreibtisch. „Gefallen sie dir?"

Widerwillig nickte Luise. Die Blumen waren wirklich schön. Es waren Rosen in drei verschiedenen Farben. Nick hatte sich Gedanken gemacht oder zufällig das Richtige gekauft. In ihrem tiefsten Inneren spürte sie, dass es nach vier Wochen Schweigen wohl an der Zeit war, einen Schritt auf ihn zuzumachen. Luise straffte ihren Rücken. „Sie sind echt toll, danke. Magst du einen Kaffee?"

Über das Gesicht ihres Bruders zog ein breites Grinsen. „Aber gerne doch."

Minuten später stellte Luise einen gefüllten Pott vor ihn und nahm wieder am Schreibtisch Platz.

„Du nicht?"

„Ich hatte schon genug Kaffee, meine Nacht war kurz." Luise erzählte ihm von den Ereignissen in Swantjes Bar.

„Der liebe Bernd. Hat also mal wieder den offiziellen Dienstweg umgangen. Wenn das rauskommt, ... Er scheint wirklich ein mächtiges Auge auf dich geworfen zu haben."

„Aber ich nicht auf ihn", sagte Luise trocken.

„Ja, wie auch immer. Und Mama?"

Sie hob die Schultern und überlegte einen Moment, ob sie Nick von Swantjes Fragen nach ihrem Vater berichten sollte. Da sie aber wusste, dass ihr Bruder sich mit Kai nicht besonders verstand, behielt sie die Sache für sich. „Lassen wir das lieber." Sie musterte Nick kurz. „Was ist denn nun mit diesem Wettbewerb?"

„Du meinst mit *Mister Ostseewelle*?"

Luise nickte.

„Willst du das wirklich wissen?", fragte Nick gedehnt.

„Würde ich sonst fragen? Es stand ja einiges über diesen Wettbewerb in der Zeitung. Ich habe ein paar Mal reingeschaut, also eher zufällig."

„Na ja, bisher lief es ganz gut. Ich bin eine Runde weiter", sagte er. „Von anfänglich tausend Bewerbern sind noch hundert übrig."

„Das sind doch schöne Nachrichten, herzlichen Glückwunsch." Luise lächelte leicht. „Und wie geht es nun weiter?"

„Es gibt noch drei Runden. Eine ist am kommenden Wochenende. Da ist das Ziel, auf die Longlist zu kommen, also unter die letzten zwanzig Bewerber. Über die kann dann online abgestimmt werden. Und Mitte Dezember ist das große Finale, bei dem der offizielle Sieger verkündet wird, der eine Kampagne in ganz Mecklenburg erhält. Aber so weit will ich noch gar nicht denken", schränkte Nick sofort ein. „Es sind noch einige Schritte zu gehen …"

„Den ersten hast du immerhin schon gemacht. Warum wirkst du dann so, als wärest du bereits rausgeflogen. Plagt dich etwa immer noch das schlechte Gewissen wegen der Strandkörbe?"

„Das auch, zumindest ein bisschen", gestand ihr Bruder. „Ich schwöre." Dann machte er eine kurze Pause. „Es gibt aber noch etwas, über das ich mit dir reden muss."

Luise stützte ihre Ellenbogen auf den Tisch. „Lass mich raten. Du brauchst noch mehr freie Wochenenden und unsere Glühweinbude auf dem Weihnachtsmarkt kann ich ganz allein bespielen."

„Quatsch, das Finale ist doch schon Mitte Dezember und ob ich bis dahin komme, ist fraglich. Aber diesen Sonntag bräuchte ich frei."

Luise winkte ab. „Kein Thema, bei dem Wetter will eh kein Mensch ein Fahrrad ausleihen, also ist das Frei genehmigt. Was ist denn am Sonntag?"

„Ein Fotoshooting in Rostock. Aus den Bildern wählt eine Jury die letzten zwanzig Kandidaten." Nick trank einen Schluck Kaffee. „Aber das ist nicht alles."

„Immer noch nicht? Worum geht es denn noch?", fragte sie und konnte nicht verhindern, dass sich in ihrem Magen ein mulmiges Gefühl breitmachte.

„Es gibt doch diesen Typen - Roman. Du weißt schon, der mich unten am Strand angequatscht und zu diesem Wettbewerb eingeladen hat. Jedenfalls, wir haben uns vor einigen Tagen in Rostock getroffen und da hat er mir ein Angebot gemacht. Roman betreibt eine Agentur in den Staaten und sieht gute Chancen, für mich Jobs heranschaffen zu können. Er würde mich unter seine Fittiche nehmen, mir einen Vertrag anbieten und unter Umständen könnte ich …" Nick verstummte.

„Könntest du was?"

„Könnte ich in den Staaten als Model durchstarten. Er meinte, Typen wie ich würden dort drüben gesucht. Männer, die nicht mehr so super jung sind, sondern schon ein paar Lebensjahre hinter sich gebracht haben."

„Du bist fünfunddreißig und nicht fünfzig", erwiderte Luise trocken.

„Aber genau diese Zielgruppe wird verstärkt gesucht. Er würde mir also einen Vertrag anbieten, aber es gibt eine Bedingung", fuhr Nick fort.

„Ich nehme mal an, dass es sich bei dieser Bedingung um Geld handelt."

„In gewisser Weise schon, denn ich müsste zumindest einige Zeit in den Staaten leben. Hier von Europa aus lässt sich die Sache langfristig nicht zum Erfolg bringen." Nick verstummte.

Luise starrte aus dem Fenster. Gerade ging draußen ein heftiger Regenschauer nieder. Auf der ein Stück höher gelegenen Promenade stemmten sich Urlauber verzweifelt in den Sturm und versuchten, ihre Schirme oben zu behalten. Der Wind rüttelte sie durch, ließ ihre Umrisse durch die Wassermassen verschwimmen. Luise fühlte sich so ähnlich, durchgerüttelt irgendwie.

„Und für diese Zeit in den Staaten brauche ich natürlich Startkapital", fuhr ihr Bruder fort. „Meine Ersparnisse sind aufgebraucht. Ich musste mir für das nächste Shooting einen entsprechenden Anzug kaufen. Du glaubst gar nicht, wie teuer so was ist, wenn man es nicht von der Stange kauft. Aber ich habe es geradeso hingekriegt."

„Nun, das ist ja schön", murmelte Luise.

„Schön schon, aber da ist ja diese Sache mit Amerika. Ich muss mich in den nächsten Tagen entscheiden und das kann ich nur, wenn ich weiß, dass ich auch die entsprechenden Mittel habe."

„Du könntest einen Kredit aufnehmen", schlug sie vor.

Nick lachte freudlos. „Soll das ein Witz sein? Mit welchen Sicherheiten denn? Meinen monatlichen Einnahmen aus der Firma oder der Chance, Modell zu werden? Und überhaupt, ich will keinen Kredit", erwiderte Nick trotzig. Er leerte seinen Kaffeepott und stellte ihn mit einem leichten Knall auf den Schreibtisch.

„Und was willst du dann? Was erwartest du von mir? Sollen wir gemeinsam eine Bank überfallen?", fragte Luise. „Oder soll ich mal kurz den Zauberstab schwingen?"

„Nein, ich denke, das wird nicht nötig sein. Es gibt noch eine Möglichkeit."

Es dauerte einen Moment, bis sie die Bedeutung von Nicks Worten erfasste. „Wie meinst du das?" Sie sah ihn forschend an, hob dann die Hände und schüttelte den Kopf. „Oh nein, wenn es das ist, was ich denke – vergiss es."

„Das kannst du so nicht sagen! Immerhin gehört dir das Geld nicht allein, sondern uns beiden."

Luise sprang auf und beugte sich über den Schreibtisch. Beinahe beschwörend sah sie Nick an. „Dieses Geld ist unser absoluter Notgroschen. Geld, das uns den Hintern rettet, wenn mal gar nichts mehr geht. Geld, das wir vermutlich bald dringend brauchen werden. Denn Fred hat mir anvertraut, dass die Pacht erhöht werden soll."

„Ach, damit drohen sie schon seit Jahren und was ist passiert? Nix."

„Diesmal sollen die Gerüchte aber stimmen. Fred hat sie aus erster Hand. Außerdem müssen neue Strandkörbe her. Die alten sind dermaßen marode, dass sie unseren Gästen vermutlich unter dem Hintern zusammenbrechen. Also habe ich vorige Woche schon mal Kontakt zu einer der günstigeren Firmen aufgenommen, die noch einigermaßen schnell liefern kann. Und ein Angebot liegt uns bereits vor."

„Ohne mich zu fragen?" Nick hob einer Augenbraue.

„Ja, es war sicher nicht richtig. Aber ich wusste nicht, wie lange unsere Funkstille noch anhält und wollte etwas tun. Es geht um nichts anderes als *Strandkorb-Winter*." Luise schluckte, ein Kloß aus Wut saß in ihrem Hals. „Du warst neulich auch einverstanden, als wir über die neuen Körbe gesprochen haben. Erinnerst du dich?"

„Natürlich." Nick schlug seine Beine übereinander. „Natürlich erinnere ich mich, dass wir das mal angerissen haben. Und ich weiß selbst, wie alt die Körbe sind und die Räder und der Rest auch." Er hob seine Hand und machte eine Bewegung, die alles einschloss, auch Luise. „Doch all das ändert nichts daran, dass ich mein Geld will, oder besser, meinen Anteil", sagte er mit harter Stimme. Dabei zitterte sein rechter Mundwinkel, für sie ein deutliches Zeichen von Unsicherheit. Schon früher, als er noch ein kleiner Junge gewesen war, hatte sie genau gewusst, wenn er sich einer Sache sicher war oder nur so tat. „Ich hatte dir ja schon angedeutet, was ich über meine Zukunft denke, wegen Warnemünde, aber auch *Strandkorb-Winter*."

„Angedeutet, du sagst es. Du hast mir Brocken an den Kopf geworfen. Einfach so, ohne mal in Ruhe mit mir zu reden."

„Nun, wir reden doch gerade."

Luise seufzte augenrollend. Tausend Dinge lagen ihr auf der Zunge. Doch die würden die Stimmung erneut anheizen und für Unfrieden sorgen. „Und du bist ganz sicher?"

„Ich weiß es nicht, Luise." Nick strich sich über das Gesicht und stöhnte. „Ich hab halt einen Traum und da ist dieses Angebot und das hier …" Er hob seine Hände. „Das ist irgendwie nichts mehr meins."

„Urplötzlich? Vor einigen Wochen bist du noch jeden Morgen beschwingt zu deiner Bude am Strand gegangen und hast dich auf deine Bikinischönheiten gefreut. Und jetzt? Jetzt lässt du mich hängen", stellte Luise flüsternd fest. „Du lässt mich mit dem Laden im Stich, um Model zu werden und von jeder Litfasssäule zu grinsen?"

„Es geht doch nicht um diesen Wettbewerb oder die blöden Litfasssäulen. Es geht darum, dass jemand an mich glaubt und mir eine Chance gibt. Und die will ich ergreifen. Einfach, damit ich später einmal sagen kann: ‚He, ich habe es gewagt. Ich bin vielleicht auf die Schnauze gefallen, aber ich habe es zumindest probiert.'"

„Probieren? Findest du nicht, dass du für mal ein bisschen austesten reichlich viel von mir verlangst? Denn es geht hier nicht nur um dich, sondern auch um mich."

„Dass weiß ich doch. Frag mich nicht, wie lange ich darüber nachgedacht habe, wieder und wieder. Und Mama sagte auch …"

„Mama? Na toll. Da hast du dir ja die richtige Ratgeberin rausgesucht. Aber gut, wenn du meinst." Luise knallte ihren Laptop zu. „Dann kann ich im Grunde ja gleich zur Gemeinde fahren und verkünden, dass wir uns zukünftig aus dem Strandkorbverleih zurückziehen. *Strandkorb-Winter* ist Geschichte. Ein Glück, dass Opa nicht mehr viel mitbekommt. Es würde ihm das Herz brechen."

„Das du immer so übertreiben musst. Niemand hat gesagt, dass du die ganze Firma schließen sollst. Das Geld für nächstes Jahr ist doch da. Es hat mit unserem Notgroschen nichts zu tun", sagte Nick, inzwischen leicht verunsichert. „Und die Strandkörbe kriegt Fred schon wieder auf Vordermann gebracht, irgendwie."

„Irgendwie, ja, das klingt so richtig nach dir. Nach keinem Plan und einem Sicherungsseil, das andere Leute für dich spannen sollen." Luise schnaufte. „Das Beste wäre, du würdest jetzt gehen." Sie stand mit einem Ruck auf und lief hinüber zum Tresen, einfach nur, damit sie irgendetwas tat. „Und deine beschissenen Blumen kannst du auch gleich wieder mitnehmen."

„Lou", bat Nick. „He, nun beruhige dich doch. Lass uns in Ruhe reden."

„In Ruhe reden? Soll das ein Witz sein? Hau ab, verschwinde. Oder geh zu unserer verrückten Mutter. Von der kannst du, was bekloppte Ideen angeht, noch einiges lernen." Luise kramte im Regal mit den Aktenordnern herum. Sie nahm sich vor, kein Wort mehr mit Nick zu wechseln.

Eine Weile spürte sie noch seine Anwesenheit, doch dann fiel die Tür ins Schloss. Vorsichtig sah sie sich um. Nick war wirklich gegangen und sie allein.

Kapitel 3

„Scheiße", stieß Luise zwischen zusammengepressten Zähnen hervor. Dann holte sie Schwung und trat mit aller Kraft gegen einen Pappkarton, der neben dem Regal stand. Was immer er enthielt, war hart, ließ ihren Fuß schmerzen und trieb ihr die Tränen in die Augen.

Nick, dieser verdammte Verräter, der nur an sich dachte! Er wollte ihren Notgroschen haben, die Rücklage, die beim Verkauf der Ferienwohnungen übrig geblieben war. Natürlich gehörte das Geld nicht ihr allein, aber es gehörte auch nicht ihm, sondern *Strandkorb-Winter*.

Seufzend massierte Luise ihren schmerzenden Fuß, als hinter ihr die Türglocke schellte. Garantiert war Nick mit noch mehr Argumenten zurückgekommen, um weiter auf sie einzureden. Voller Wut drehte sie sich um und hob ihre Hand. „Du kannst gleich wieder abdampfen und dir deine dämlichen Sprüche für jemand anderen …" Die restlichen Worte erstarben. Denn in der Tür stand nicht Nick, sondern ein ihr unbekannter Mann in einem dunklen Mantel und mit einer lässigen Jeans. Auf seinen Kopf hatte er eine Strickmütze getragen, die er nun abstreifte und ausschüttelte.

In diesem Moment begann das Telefon zu klingeln.

„Entschuldigung, ich bin sofort für Sie da", murmelte Luise und hob den Hörer ab. „*Fahrrad- und Strandkorbverleih Winter*", meldete sie sich routiniert.

Der Mann trat an den Tresen, lächelte und sah sie sichtlich amüsiert an.

„Was, *Strandkorbverleih Winter*, das soll wohl een Scherz sein", erklang eine unverkennbar sächsische Stimme am anderen Ende.

„Nein, wir heißen wirklich so", erwiderte sie gelassen. Kein Wunder, hatte Luise diesen Scherz doch schon hunderte Male gehört.

„Das is aber wirklisch ein orischineller Name. Strandkörbe und Winter."

„Ja, mag sein. Womit kann ich Ihnen denn helfen?", fragte sie und musterte nebenbei verstohlen den Mann, der sich gerade Regentropfen von seinem Gesicht wischte. Eigentlich wirkte er nicht wie jemand, der ein Fahrrad mieten wollte.

„Wir sind gerade auf Kurzurlaub bei Ihnen und morschen soll das Wetter ja een bissel besser werden als heute. Sagte zumindest die Frau am Tresen von unserm Hotel. Wie sehen sie das denn?"

„Ähm, keine Ahnung", erwiderte Luise verwirrt. Ihr Besucher machte sie ein wenig nervös, verfolgte er doch jede ihrer Bewegungen mit den Augen.

„Is ja och egal. Ich wollte Sie fragen, ob Sie auch E-Bikes haben, also zum Ausleih."

„Ja, natürlich."

„Das is prima, isch brauche zwanzig Stück."

Luise zuckte zusammen. „Zwanzig Stück?", fragte sie verblüfft. „Nein, tut mir leid. So viele haben wir nicht."

„Oh, das ist schlecht. Wir sind eine Reisegruppe und nu einmal zwanzig Mann. Dann wird das mit uns beiden nüscht und ich rufe eben den nächsten Verleih an. Gibt ja zum Glück noch andere hier", meinte die sächsische Stimme und legte auf.

Luise widerstand dem Drang, den Hörer auf den Tresen zu pfeffern und wandte sich stattdessen ihrem wartenden Kunden zu. „Entschuldigung für die kurze Wartezeit. Was kann ich für Sie tun?"

„Ähm, ist es gerade schlecht?", fragte der Mann mit einer wohlklingend tiefen Stimme.

„Wegen des Anrufs?", hakte Luise irritiert nach.

Er grinste breit. „Aber nein, eher wegen Ihrer Begrüßungsworte mit Abdampfen und so."

Sie spürte, wie sie dunkelrot anlief. „Ähm, die Worte galten nicht Ihnen."

„Na, das erleichtert mich nun aber wirklich. Sie waren dermaßen in Rage, dass ich nicht der Adressat Ihrer Ansprache sein wollte."

Du meine Güte, musste er sie so ansehen, so intensiv und besonders und … „Was kann ich denn nun für Sie tun?"

Der Mann lächelte, verbeugte sich kurz und reichte ihr die Hand. „Fabian Fromm und – Sie können im Grunde nichts für mich tun, aber ich etwas für Sie."

Oh Gott, hoffentlich gehörte er nicht so einer seltsamen kirchlichen Verbindung an. Wir bringen ihnen eine frohe Kunde und so. Aber seltsamerweise verwarf Luise diesen Gedanken auf der Stelle. Stattdessen konnte sie ihre Blicke kaum von ihm lassen. Seine Augen waren grau, die Haare dunkel, ein leichter Dreitagebart schmückte sein Kinn. Die Figur war sportlich und der halblange Regenmantel ausgesprochen schick. Wieder trafen sich ihre Blicke und Luise fühlte plötzlich, wie ihr Herz schneller schlug. Mein Gott, was war das denn? Er war einfach nur ein Mann, der ihren Laden betreten hatte. Hunderte Männer hatten das in den letzten Wochen getan. Doch zugegeben, hatte keiner sie so angesehen. Hastig schaute sie weg. „Ach, tatsächlich? Und was wäre das?", fragte sie mit zitternder Stimme.

Fabian Fromm öffnete seine Aktentasche und entnahm ihr ein Prospekt. Dieses legte er auf den Tresen, als wäre es ein wertvolles Kunstwerk. Luise warf einen Blick auf das in schönsten Farben gestaltete Cover und seufzte innerlich. „Ach, ich vermute mal, Sie sind Vertreter für Fahrräder. Tut mir leid, aber wir haben kein Interesse."

„Sind Sie ganz sicher? Wir haben auch E-Bikes im Angebot, im Grunde sind diese unser Spezialgebiet und ich durfte gerade Ihrem Telefonat lauschen und …"

„Wir haben dennoch kein Interesse", erwiderte Luise knapp. „Wenn das dann alles war? Wir schließen nämlich in wenigen Minuten."

„Ach, wirklich? Es ist doch noch nicht mal zwölf und auf dem Schild an der Tür steht, Sie hätten bis fünf geöffnet."

„Sind Sie nebenbei auch noch bei der Gewerbeaufsicht tätig, oder wie?", fauchte Luise. „Es sollte doch mir überlassen sein, wann ich meinen Laden öffne und schließe, oder?"

Zack, das hatte gesessen. Einen Moment war Herr Fromm aus dem Takt. „Entschuldigen Sie, es geht mich natürlich nichts an. Ich dachte nur …" Er deutete nach draußen. „Es wird wohl wegen des Wetters sein. Die Straßen sind wie leergefegt. Alle sitzen im Warmen."

„Es ist November", erwiderte Luise einen Hauch versöhnlicher. „Da toben die Sturmbräute auf dem Meer und doch kann schon in einer halben Stunde die Sonne scheinen. Wobei ich Ihnen da heute keine Hoffnung machen möchte."

„Daran muss ich mich wohl erst noch gewöhnen. Ich arbeite noch nicht lange an der Ostsee und noch kürzer als Fahrradvertreter."

Oha, jetzt wollte er wohl auf Mitleid machen. Aber mit dieser Masche war er bei ihr an der vollkommen falschen Adresse. „Na, wie auch immer, ich muss noch einige Räder nach drinnen schaffen. Also entschuldigen Sie mich bitte."

„Soll ich Ihnen helfen?", bot er an und legte seine Tasche ab.

Luise musterte ihn erstaunt und hob abwehrend die Hände. „Das ist wirklich nicht nötig, aber dennoch danke."

„Ich tue es gern, wirklich." Ein warmes Lächeln trat auf sein Gesicht. „Nicht, weil ich Ihnen was verkaufen will, sondern einfach nur so. Sagt man nicht: Leiste jeden Tag eine gute Tat und dir werden Wunder widerfahren."

„Ist das ein Bibelspruch?"

„Keine Ahnung, aber mein Opa hat ihn mir immer gesagt und der hatte ein langes glückliches Leben mit vielen Wundern. Also hatte er anscheinend recht."

„Der Regen wird Sie noch mehr durchweichen", warnte Luise und schlüpfte in ihre Wetterjacke.

„Schauen Sie mich an, ich bin schon nass wie ein begossener Pudel und hab Ihnen den halben Laden vollgetropft." Er lachte verschmitzt.

Luise stimmte in sein Lachen ein und nickte dann. „Also gut, wenn Opa das sagt, kann man wohl nichts machen. Ich habe auch einen Opa, der allerlei kluge Sprüche drauf hat. Kommen Sie." Draußen auf der schmalen Freifläche vor dem Geschäft standen eine Handvoll Räder akkurat nebeneinander. Sie mussten gerade stehen und genau ausgerichtet sein, darauf legte sie Wert. Wenn die Menschen oben auf der Promenade entlang flanierten und nach unten sahen, bekamen sie vielleicht Lust, sich bei ihnen ein Fahrrad zu mieten. Zwei Aufsteller hatten ihren festen Platz, genau wie die Fahne, die, wenn das Geschäft geöffnet hatte, neben der Eingangstür wehte. So war es schon immer gewesen und so würde es auch immer sein. Nur im Inneren des Verleihs hatten sie einiges verändert. Mit frischen Farben waren die Wände aufgehübscht worden und ein Kumpel hatte den dunklen Tresen mit hellem Holz verkleidet. Nun wirkte alles freundlicher und einladender. „Die Räder müssen dort in den Anbau und zum Schluss dann noch die Fahrradanhänger da drüben."

„Wird gemacht." Fabian Fromm nickte und schnappte sich das erste Rad. Gemeinsam mit Luise schaffte er binnen kürzester Zeit alle in den Anbau und nickte zufrieden. „War das alles?" Neugierig ließ er seine Blicke über die eng stehenden Drahtesel schweifen. Nicht alle waren die unbedingt modernsten, aber sie wurden gut gewartet, fuhren wie der Blitz und das allein zählte.

„Danke für Ihre Hilfe. Das ist alles."

„Einen schönen Fuhrpark haben Sie da."

Forschend sah Luise ihn an. „Wollen Sie sich über mich lustig machen? Ich weiß genau, dass wir nicht auf dem neuesten Stand sind."

Fabian Fromm legte seine Hand auf einen Fahrradsattel. „Allein darauf kommt es doch gar nicht an. Es zählt am meisten, mit wie viel Liebe und Hingabe man sein Geschäft führt. Die Räder werden bei Ihnen in Schuss gehalten, das sieht man."

Luise schaute zu ihm auf, er war einen halben Kopf größer als sie und sein Aftershave duftete nach etwas, was sie sehr mochte, im Moment aber nicht definieren konnte. Überhaupt fiel es ihr schwer, in seiner Gegenwart einen klaren Gedanken zu fassen. Der attraktive Mann verwirrte sie, dabei tat er gar nichts, sondern sah sie nur an. Aber wie er das machte, war anders als jeder Blick, den Luise bisher auf sich gespürt hatte. „Ja, das mag sein." Sie nahm den Schlüssel, vom Haken und sperrte die Tür zu.

„Und was machen Sie jetzt?", fragte er sie, während sie gemeinsam zurück in den Laden gingen.

Luise zog ihre Jacke aus, hängte sie an den Haken und drehte ihm den Rücken zu. Vielleicht war es besser, wenn sie ihn nicht mehr ansah. Tatsächlich zog Klarheit in ihren Kopf und ihr Herzschlag beruhigte sich. Fabian Fromm war ein ganz normaler Mann, nicht mal besonders schön. Nein, einfach normal. Und er gab sich freundlich und charmant, weil er Fahrräder verkaufen wollte. Diese Masche zog er vermutlich immer dort ab, wo er auf eine Inhaberin traf. Und sie war eine solche. Luise fühlte sich bei diesen logischen Erklärungen ein Stück erleichtert. Aber da war ja noch seine Frage, die im Raum stand. „Jetzt? Jetzt fahre ich nach Hause und widme mich meiner Lieblingsbeschäftigung, der Buchhaltung."

Fabian Fromm wischte sich gespielt über die Stirn. „Puh, das klingt nach wenig Begeisterung. Sie haben mein Mitleid."

„Danke, aber ich befürchte, Ihr Mitleid, bringt mich kein Stück weiter. Und das Finanzamt wird es auch nicht zufrieden stellen."

„Ja, da will ich Ihnen wirklich keine Hoffnung machen." Er zögerte einen Moment und schließlich sah Luise ihn wieder an. „Gut, ich will meine Frage gerne noch einmal anders stellen: Was machen Sie heute Abend?"

Es prickelte in ihrem Bauch, stärker und stärker, als würden Schmetterlinge darin herumflattern. Luise fuhr sich mit der Zunge über die Lippen. Eine Einladung zu einem Treffen mit einem sehr interessanten Mann, das war verlockend. Einige Sekunden war sie geneigt, sich darauf einzulassen. Doch dann sagte sie: „Heute Abend, bereite ich für die Familie das Abendessen zu, bringe meine Kinder ins Bett und hoffe auf ein gutes Programm im Fernsehen." Mit einem Ruck drehte sie sich zu ihm um und sah ihm ins Gesicht. Na bitte, war da nicht ein leichtes Zusammenzucken? *Tja, lieber Fabian, heute hat deine übliche Masche nicht funktioniert. Damit hast du nicht gerechnet.*

„Das klingt nach einem vollen Programm", erwiderte er ohne erkennbare Regung. „Da wünsche ich Ihnen einen schönen Abend und zunächst viel Erfolg bei der Steuererklärung."

„Danke", erwiderte Luise amüsiert. „Vergessen Sie Ihren Katalog nicht." Sie wedelte mit der Broschüre. Dennoch konnte sie sich des Eindrucks nicht erwehren, dass er sie durchschaute.

„Den dürfen Sie behalten", winkte er ab. „Falls Sie doch irgendwann mal Ihren Bestand an E-Bikes aufstocken wollen."

„In absehbarer Zeit nicht", meinte sie. „Wir sind mit unseren normalen Rädern mehr als zufrieden. Immerhin ist hier oben das Land platt, es gibt kaum Berge. Wozu dann ein E-Bike fahren?" Genauso hatten sie am Anfang gedacht, inzwischen hatte sie die Realität eingeholt. Kein Wunder, wenn einem der Wind ordentlich ins Gesicht pustete, fuhr es sich mit einem elektrisch angetriebenen Rad viel leichter.

„Meine Nummer steht für alle Fälle auf der Rückseite. Nur, falls Sie es sich anders überlegen. Schön, dass wir uns kennengelernt haben." Fabian Fromm hob die Hand und verließ den Laden.

Luise blieb wie angewurzelt stehen und schaute ihm hinterher. Ein Hauch von Bedauern machte sich in ihr breit. Ob er sie zum Essen eingeladen hätte? Wie wäre es gewesen, länger mit ihm zu reden? Wie wäre es gewesen, einfach mal wieder mit einem Mann einen unbeschwerten Abend zu verbringen?

Sie musste an ihre Mutter Swantje denken. Die hätte die Einladung auf der Stelle angenommen, voller Spontanität und ohne sich irgendeinen Gedanken zu machen. Manchmal wünschte sie sich, ein paar dieser mütterlichen Gene geerbt zu haben, doch Luise war nun einmal, wie sie war.

Dennoch eilte sie ans Schaufenster, um noch einen Blick auf Fabian Fromm zu erhaschen. Sie trat sogar nach draußen unter das kleine Vordach und spähte die Straße entlang. Doch er war bereits verschwunden und das war auch besser so. Kopfschüttelnd rief sie sich selbst zur Ordnung. Für solche Dinge hatte sie keine Zeit. Und für Träumereien in Bezug auf die Männerwelt schon gleich gar nicht. Männer waren tabu und sie kam bestens ohne sie aus.

Und dennoch wurde ihr plötzlich bewusst, dass sie die Sorgen rund um Nick und seine Forderungen für einige Momente vollkommen vergessen hatte. Hatte es an Fabian Fromm persönlich oder einfach nur an dieser kleinen Ablenkung gelegen?

Seufzend löschte Luise das Licht und hängte das Geschlossen-Schild in die Tür. Dann trat sie nach draußen und warf einen Blick Richtung Himmel. Dunkle Wolken jagten dahin, ballten sich zu mächtigen Gebilden zusammen und sahen bedrohlich auf sie herab. Der Regen hatte für einen Moment nachgelassen, doch das konnte sich schon in den nächsten Minuten ändern. Bis hierher hörte sie die Wellen der Ostsee tosend an den Strand donnern. Bei solchem Wetter gab es für Luise kein Halten mehr. Energisch zurrte sie die Kapuze ihrer Jacke fest und marschierte in ihren Gummistiefeln zum Strand, bis sie unten am Meer angekommen war. Die See bäumte sich auf, Wellen türmten sich Richtung Himmel, wurden höher und höher, bis sie zusammenbrachen, nur um gleich darauf neu zu entstehen. Eine dichte Schicht aus Muscheln und Steinen bedeckte den Sand. Dazwischen lagen Quallen, die das Meer an Land gespült hatte und die nun um ihr Leben rangen. Sie konnten nur auf eine mächtige Welle hoffen, die sie wieder mit nach draußen nahm. Ansonsten würden sie sterben, hier und jetzt. Es war die Hoffnung auf ein Wunder. Beinahe wie bei ihr selbst.

Allmählich stapfte sie los, stemmte sich in den Wind, der sie taumeln ließ und ihr beinahe die Kapuze vom Kopf riss. Möwen kreisten über Luise und stießen schrille Schreie aus, wie um sich zu beweisen, dass der Sturm ihnen nichts anhaben konnte. Der Strand war fast menschenleer. Nur ganz in der Ferne erkannte sie drei kleine Punkte, die Menschen zu sein schienen. Luise kniff ihre Augen zusammen und wischte sich eine Träne vom Gesicht. Sie fixierte den Leuchtturm, der spielzeugklein am Horizont stand. Er war da, wie immer. Aber sie ... Jetzt und hier, in diesem Moment begriff Luise, dass ihre kleine heile Welt mal wieder wie ein Kartenhaus zusammenfiel. Das, was sie als stabil angesehen hatte, wackelte, wurde unsicher. Nichts im Leben war sicher, das hatte sie begreifen müssen, als die Sache mit Felix passiert war. Für immer und ewig hatten sie sich einst geschworen. Dann war da eine andere Frau gewesen, nichts Festes, nur ein kleiner Flirt. Aber auch der hatte gereicht, um das Ende einzuläuten und Luises Leben in seinen Grundfesten zu erschüttern.

Und nun wieder. Ohne Nick machte alles keinen Sinn. Sie konnte die Firma nicht allein führen. Natürlich war es leicht, ihrem Bruder für alles die Schuld zu geben, aber war das auch richtig? Egal, das große Elend brach mit aller Macht über Luise herein. Mit jedem Meter, den sie zurücklegte, wurde es schlimmer.

Heulend stolperte sie Richtung Leuchtturm. Zum Glück waren tatsächlich nur wenige furchtlose Spaziergänger unterwegs. Immer wenn einer in Sicht kam, heftete sie ihren Blick auf den Boden. Luise hielt erst an, als es nicht mehr weiter ging und vor ihr die Steinmauer der grünen Mole auftauchte. Immer noch heulend setzte sie sich auf einen Stein und blieb dort hocken, bis ihre Zähne vor Kälte klapperten. Wenn sie nicht bald ins Trockene kam, würde sie sich den Tod holen. Aber sie wollte nicht heim.

Luise brauchte einen Menschen, der Verständnis zeigte, sie in den Arm nahm und ein klitzekleines bisschen mit ihr mitlitt. Dafür kam im Grunde nur eine Person in Frage, ihre älteste und beste Freundin Pia. Entschlossen marschierte Luise los, quer durch die Dünen und kam direkt neben dem *Teepott* raus. Im Wahrzeichen von Warnemünde brannten Lichter, Menschen aßen zu Mittag. Andere hasteten, so schnell es ging, über den freien Platz am Leuchtturm. Ihr Weg aber führte sie mitten in die Warnemünder Altstadt. In eine der Straßen, die im Sommer von zahlreichen Touristen geflutet wurde. Kein Wunder, die parallel zum *Alten Strom* verlaufende *Alexandrinenstraße* war ein Kleinod, auf der es sich herrlich bummeln ließ. Hier, mitten im prallen Leben, lag das Bestattungsinstitut, das Pia und ihr Mann seit vielen Jahren führten. Leider hing zu Luises Enttäuschung ein Geschlossen-Schild in der Tür. Dies konnte nur bedeuten, dass Pia einen Sterbefall hatte oder gerade bei einer Beerdigung war.

Seufzend schaute Luise die Straße hinunter. Gleich um die Ecke lag die Gaststätte ihres Vaters. Ihr Papa, ihr Fels in der Brandung, der Mensch, den Luise immer abgöttisch geliebt hatte, weil er einfach immer einen Rat gewusst hatte und in der Lage gewesen war, alles zu reparieren. Der Kai hat goldene Hände, so hatten alle gesagt. Von einer Minute auf die andere hatte sich alles verändert. Auch sein kleines Kartenhaus war in sich zusammen gestürzt, und zwar in dem Moment, als Swantje verkündet hatte, sich von ihm trennen zu wollen. Ab diesem Tag war Kai zu einem Schatten geworden. Ja, er lachte noch, scherzte mit seinen Gästen, doch seine Augen strahlten nicht wie früher, wirkten stumpf und traurig. Auch auf die Gefahr hin, dass der Besuch sie noch mehr deprimierte, schlug Luise den Weg zu ihm ein.

Die schmale Veranda vor dem Haus, auf der ein Heizpilz stand, der in der kühlen Jahreszeit den Gästen Wärme spendete, lag verlassen. Regentropfen schimmerten auf den Möbeln. Welkes Laub häufte sich unter einem der Tische. Von außen schien es, als habe die Gaststätte geschlossen, da kaum eine Lampe brannte. Luise streifte die Kapuze nach hinten und trat ein. Über ihr klingelte melodisch eine Glocke und kündigte einen neuen Gast an.

Das *Herz der See* war leer. Weder auf den rustikalen Sitzbänken, noch den Hockern direkt am Tresen saß jemand.

Das Radio, das sich auf einem Wandbord neben der Schwingtür zur Küche befand, dudelte leise vor sich hin. Tatsächlich brannten nur zwei, drei Lampen. Der Rest des großen Gastraumes wirkte finster und wenig einladend. Wie meistens stand ihr Vater hinter dem Tresen und hielt ein kariertes Geschirrtuch in seinen Händen, mit dem er ein Glas polierte. Bei ihrem Eintreten schaute er auf, begann zu lächeln und kam auf sie zu. „Moin, meine Lütte, was machst du denn hier, bei diesem Wetter? Gar nicht im Verleih?"

„Moin, Papa", sagte sie und nahm seine üblich stürmische Umarmung gelassen entgegen. „Ach, ich hab den Laden zugesperrt. Kommt eh kein Mensch."

Prüfend sah Kai sie an, hob ihr Kinn ein Stück in die Höhe und schüttelte dann den Kopf. „Hast du geheult?"

„Quatsch, das kommt nur durch den Wind. Ich bin am Strand langgelaufen."

„Und vermutlich von einer Welle erwischt worden, so nass wie du bist. Du Verrückte, du. Eines Tages kommt eine der Windsbräute und nimmt dich mit nach draußen auf hohe See."

Luise musste lächeln. „Das sagst du mir schon, seit ich ein kleines Mädchen war und bis jetzt ist nichts passiert."

„Warte nur ab, ich hab dich gewarnt." Kai stupste sie sanft auf die Nase. „Aber im Ernst, dort draußen braut sich was zusammen. Ich glaube fast, es wird bald den ersten richtigen Wintersturm diesen Jahres geben. Aber warte, ich hol dir erstmal ein Handtuch."

Wenig später reichte ihr Vater ihr ein bretthartes Handtuch, mit dem sie ihre Haare trocken rubbelte. „Apropos Winter, du hast ja schon die erste Weihnachtsdeko aufgestellt." Luise deutete auf einige Figuren, die Kai in jedem Dezember hervorkramte und im Regal hinter sich platzierte.

„Ja, sie fielen mir vor einigen Tagen in die Hände und da dachte ich … Habt ihr schon alles für die Glühweinbude besorgt?"

Falsches Thema, Papa, dachte Luise, vollkommen falsches Thema. Nach außen aber lächelte sie. „Ein paar Besorgungen müssen wir noch machen. Der Rest ist zurechtgelegt. Wir haben ja noch ein paar Tage Zeit wegen des Aufbaus, der Dekoration und so weiter."

Kai nickte zufrieden.

„Und bei dir so? Wenig los heute? Sind ja gar keine Gäste da?"

„Ja, es ist recht ruhig." Er drehte ihr den Rücken zu und verschwand hinter seinem Tresen.

„Vielleicht solltest du mal ein paar mehr Lichter anmachen. Von außen denkt man, du hättest geschlossen."

Einen Moment wurden Kais Augen schmal. „Das kostet nur unnötig Geld und bringt nichts. Außerdem ist die Zapfanlage kaputt und nun warte ich auf den Techniker."

Luise musterte die menschenleere Gaststätte und schwieg. Stattdessen musste sie an alte Zeiten denken, in denen die Gäste Schlange gestanden hatten und oftmals abgewiesen werden mussten. Sie wusste, dass das *Herz der See* schlecht lief. Das war zum großen Teil Kais Schuld. Er ließ sich gehen, war manchmal schroff und unfreundlich. Solche Dinge sprachen sich herum. „Wann will er denn kommen, der Techniker?"

„Na, ich hab ihm Dampf gemacht. Ständig ist was kaputt, obwohl das Ding erst wenige Jahre auf dem Buckel hat und ich es echt pfleglich behandle." Kai strich sich über das schüttere Haupthaar. Wie immer trug er eine ausgewaschene Jeans und dazu eines seiner Shirts mit den Namen irgendeiner Band auf der Brust, die Luise meist nicht kannte. Sein Bauch war seit ihrem letzten Treffen noch ein wenig runder geworden. Sie störte das im Grunde nicht, war sie doch auch nicht unbedingt eine sportliche Person. Doch ihr Vater hatte erste gesundheitliche Probleme und deswegen sorgte sie sich um ihn.

Kai musterte sie erneut. „Ist wirklich alles in Ordnung bei dir? Du siehst so komisch aus, mal abgesehen vom Wind, der dir in die Augen gepfiffen hat."

„Mit geht's gut, hab nur bisschen schlecht geschlafen, oder eher, ein bisschen kurz." Sie quetschte sich auf einen der schrecklich unbequemen Barhocker, streifte ihre Jacke ab und legte sie ausgebreitet neben sich.

„Willste was trinken? Aber Bier ist nicht, wegen ..." Kai deutete auf den Zapfhahn.

„Papa, es ist noch nicht mal eins. Da trink ich doch kein Bier."

„Hast du auch wieder recht. Was willst du denn dann?"

„Eine Apfelschorle", sagte sie schließlich.

Kai lächelte. „Du meinst, so eine wie früher?"

„Hm, mit ganz viel Apfelsaft und nur einem Spritzer Wasser."

„Die mach ich dir." Er bückte sich, kramte in den Fächern unter dem Tresen herum und stellte schließlich das fertige Getränk vor sie. „Koste mal."

Luise nahm einen Schluck und schloss die Augen. „Beinahe wie früher. Nur der Apfelsaft schmeckt ein bisschen anders."

„Kein Wunder, der Willy, von dem ich früher immer die Säfte bezogen habe, hat vor einem halben Jahr aufgehört." Ihr Vater seufzte. „Alles ändert sich, nichts ist mehr wie damals."

Sie beschloss, auf diesen letzten Satz lieber nicht einzugehen. Sie war auch so schon deprimiert genug.

„Ähm, hast du eigentlich mal was von deiner Mutter gehört?" Kai polierte weiter Gläser, als wäre nichts gewesen, doch sie sah ihm die Anspannung deutlich an.

„Ja, vor einigen Tagen", antwortete Luise vage. Den wahren Grund ihres Treffens behielt sie lieber für sich. „Warum fragst du denn?"

Kai hielt das Glas ins Licht und wienerte dann weiter. „Man erzählt sich, sie hätte was mit dem einen Typen, der im *Teepott* kellnert. So ein junger Bursche mit rabenschwarzen Haaren, athletischer Figur und keiner einzigen Falte im Gesicht. Sieht ein bisschen aus wie unser Nick."

Luise zuckte mit den Schultern. „Keine Ahnung, weder ob Mama mit dem Typen was hat, noch wer er eigentlich sein soll." Sie nippte an ihrer Apfelschorle. Allmählich kroch die Kälte in ihren Körper. Vermutlich hätte sie doch um einen heißen Tee bitten sollen.

„Ich frag ja auch nur."

„Aber das hatten wir doch alles schon, Papa. Ihr seid seit Jahren geschieden. Weil Mama es so wollte, aber du auch. Es war damals das Beste, für euch beide. Das hast du immer wieder gesagt."

„Ja, natürlich. Das hab ich gesagt." Kai versank in dumpfes Brüten.

„Und jetzt? Was ist los?" Auf einmal stand ihr die nächtliche Szene mit Swantje wieder vor Augen. Speziell die Worte ihrer Mutter. „Vermisst du sie?"

Erschrocken zuckte ihr Vater zusammen und hob die Hände. „Um Gottes Willen, kein Stück. Sie ist vollkommen verrückt geworden. Sieh dir nur mal die bunten Klamotten an, die sie jetzt trägt. Furchtbar! Wobei, neulich hatte sie so einen Mantel an, der ihr wirklich gut stand." Kai strich sich über den Kopf und seufzte. „Sie lief ein paar Meter vor mir, wollte auf die Post. Da hab ich sie gesehen, zufällig natürlich nur. Wie das hier nun mal so ist."

„Ach, Papa, vielleicht solltest du die alten Geschichten endlich mal ruhen lassen. Vielleicht solltest du dir jemand Neues suchen."

„Du meine Güte, meinst du etwa eine Frau?"

Nun verdrehte Luise doch die Augen. „Na, einen Hamster meine ich nicht unbedingt."

„Nein, nein, diese Zeiten sind vorbei." Er sah auf ein Foto, das neben der Bar an der Wand hing. Es zeigte Kais Gaststätte in besseren Zeiten, damals, als er sie noch zusammen mit seiner Swantje geführt hatte. Als der Rubel gerollt war und das *Herz der See* noch angesagt gewesen war. Als sie sogar in einem Reiseführer erwähnt worden waren und das Fernsehen mal bei ihnen gedreht hatte.

Luise legte ihm die Hand auf den Arm. „Papa, Mensch, das bringt doch alles nix."

„Weiß ich, aber manchmal vermiss ich sie einfach eben doch." Kai schluckte und Luise musste sich beherrschen, nicht den Tresen zu umrunden und ihn in den Arm zu nehmen. Denn das würde alles nur noch viel schlimmer machen. „Was machst du denn an Weihnachten?", fragte er.

„Was soll ich denn schon groß machen? Mein Papa kommt zu Besuch und ich mache Kartoffelsalat nach Omas Rezept und am Nachmittag holen wir Opa auf eine Stunde zu uns", antwortete sie augenzwinkernd. „Wenn wir Glück haben, schaut Nick vorbei, futtert die halbe Schüssel leer und verschwindet dann wieder." Vielleicht ist Nick aber um diese Zeit, schon an einem ganz anderen Ort, dachte Luise.

Da kam ihr Vater auch schon auf die andere Seite und nahm sie in den Arm. „Ach, meine Kleine, was für Aussichten. Verbringst Weihnachten mit lauter ollen Kerlen. Du solltest dir auch wieder jemanden suchen. Die Sache mit Felix ist ebenfalls schon eine ganze Weile vorbei." Er strich ihr eine Haarsträhne hinter das Ohr.

„Und woher soll ich einen Typen nehmen? Ich kann ja nochmal am Strand schauen, ob ein Mann angespült worden ist, lebend, meine ich", sagte Luise mit einem amüsierten Unterton. Doch seltsamerweise musste sie auf der Stelle an Fabian Fromm denken. Hastig leerte Luise ihr Glas.

„Männer gibt es genug, auch hier in Warnemünde."

Zum Glück rettete sie ein Mann in blauer Montur, der die Bar ihres Vaters betrat. „Moin, Kai, sag mir nicht, das Scheißding ist schon wieder kaputt", knurrte er und ließ eine Ledertasche auf den Boden fallen. Werkzeuge klimperten. Dann verschränkte er die Arme und musterte den Tresen.

Ihr Vater hob die Arme. „Was soll ich denn machen?"

„Das kann ich dir ganz genau verraten: Eine komplett neue Zapfanlage einbauen lassen. Oder Kontakt mit den Brauereien aufnehmen, die ich dir genannt habe. Ich hab das Teil schon so oft repariert. Wenn wir uns nicht so lange kennen würden und du mir mal richtig aus der Scheiße geholfen hättest, dann ..." Er schob Kai unwirsch beiseite. „Und nun lass mich mal schauen."

„Ich bring nur schnell meine Tochter raus."

Forschend sah der Mann sie an und schüttelte dann den Kopf. „Das ist deine Lütte? Die hat doch manchmal da drüben gesessen und Bilder gemalt, oder?" Ein strahlendes Lächeln entblößte eine breite Zahnlücke, die ihm ein unverwechselbares Aussehen verlieh. „Mensch, groß biste geworden."

Luise lächelte. „Sind ja paar Jahre vergangen."

„Aber dein Vater hat immer noch die gleiche Zapfanlage wie damals."

Draußen auf der kleinen Terrasse nahm Luise ihren Vater ins Gebet. „Sag mal, was meint der denn? Warum lässt du die Zapfanlage reparieren, auf deine Kosten? Wendet man sich da nicht an seine Brauerei? Da gibt es doch irgendsolche Modelle, oder? Man bezieht Bier und bekommt dafür allerlei Dinge, zum

Beispiel eine Zapfanlage, die gewartet wird, ohne dass man selbst Geld in die Hand nehmen muss."

„Ich verkauf mich doch nicht an irgend so eine Bude", meinte ihr Vater verächtlich.

„Aber früher wart ihr doch auch an eine Brauerei gebunden? Und es gab nie Probleme." Forschend sah sie ihn an. Plötzlich dämmerte es Luise. „Liegt es an den Abnahmemengen?" Kai schwieg, wollte sich stattdessen eine Zigarette anstecken. Doch sie nahm ihm die Schachtel weg. „Antworte mir bitte."

Da rief der Monteur von drinnen. „Kai, verdammte Scheiße, kommst du mal?"

Sichtlich erleichtert deutete ihr Vater nach drinnen. „Bis später, meine Lütte, ich muss." Und weg war er.

Luise fühlte eine leichte Beklemmung. Wohin sie auch schaute, gab es in ihrem Leben Baustellen. Und als wären die bereits vorhandenen nicht schon genug, machte ihr Bruder auch noch neue auf. Langsam schlenderte sie nach Hause und stieg die Treppe zu ihrer kleinen Wohnung hinauf. Dann legte sie sich auf die Couch und schaute in den Sturm, der um das Haus pfiff. Regenschauer prasselten gegen ihre Scheibe und ehe Luise es sich versah, war sie tief und fest eingeschlafen.

Kapitel 4

Schrill drängte sich der Wecker in Luises Träume. Sie tastete über den Nachttisch, fand schließlich die Schlummertaste und drehte sich noch einmal auf die andere Seite. Diese fünf Minuten Zugabe waren ihr kleiner allmorgendlicher Luxus, den sie sich schon viele Jahre gönnte.

Als der Wecker erneut zu klingeln begann, streckte sie sich und schaute einen Moment an die Decke, die von dunklen Balken durchzogen war. Dann wanderte ihr Blick zum kleinen Fenster. Etwas war anders an diesem Morgen und gleich darauf bemerkte sie die weiße Schicht, die auf dem unteren Rand des Fensterrahmens lag.

Mit einem Satz war sie aus dem Bett heraus. Es hatte geschneit, zum ersten Mal in diesem Jahr. Schon als Kind war dieses Ereignis jedes Mal aufs Neue für sie ein ganz besonderer Grund zur Freude gewesen. Sie erinnerte sich, wie sie früher heimlich und leise die Treppe nach unten geschlichen war. Dann hatte sie die hintere Tür geöffnet, die direkt auf die Terrasse und in den Garten geführt hatte, und war nach draußen gegangen. Mit nackten Füßen war sie durch den Schnee gelaufen, hatte die Kälte an ihren Fußsohlen gespürt und die Spuren betrachtet, die sie hinterlassen hatte. Luise hatte ihre Handflächen ausgestreckt, Schneeflocken aufgefangen und zugesehen, wie diese geschmolzen waren. Nur ein Mal hatte ihre Mutter sie dabei inflagranti erwischt und ihr ein mächtiges Donnerwetter verpasst. Doch als Luise genau hingesehen hatte, war da ein Lächeln in Swantjes Augen gewesen.

Luise öffnete ihr Schlafzimmerfenster ganz weit und schaute auf die dünne Schneeschicht, die aussah, als hätte ein Bäcker Puderzucker über der Stadt verstreut. An einigen Stellen war der Schnee bereits geschmolzen oder es waren nur noch schmutziggraue Reste übrig geblieben. Doch auf dem winzigen Sims vor ihrem Fenster lag eine unberührte Decke. Wobei das nicht ganz stimmte. Am Rande sah Luise die Abdrücke von Möwenfüßen. Sie musste lächeln, beugte sich noch einmal weit nach vorn und atmete tief die kalte Luft ein.

Dann ging sie in die Küche, wählte auf dem Display der Kaffeemaschine ihren standardmäßigen Wachmacher und hüpfte unter die Dusche. Eine Viertelstunde später stand sie fertig angezogen mit ihrem Kaffeepott in der Hand am Fenster ihrer kleinen Dachwohnung und schaute auf den *Alten Strom*. Möwen schrien schrill und irgendwo in der Ferne tutete ein ziemlich großes Schiff, das vermutlich gerade den Hafen verlassen wollte. Das Ufer der Mittelmole war nur zu erahnen und versank im Nebel, der urplötzlich aufzog und sich immer weiter Richtung Land schob, als wollte er alles einhüllen.

Luise liebte ihre kleine Wohnung mitten im Herzen von Warnemünde. Auch wenn hier an der Touristenbummelmeile kaum echte Anwohner, sondern meist nur noch Urlauber für ein paar Tage in Ferienwohnungen lebten. Im Sommer war es wegen der vielen kleinen Geschäfte, Restaurants und Kneipen in den urigen Häuschen laut. Dazu kamen die dem Fischverkauf dienenden Kutter, die bis in die Abendstunden die Gäste mit den Köstlichkeiten des Meeres versorgten. Oftmals lag Luise um Mitternacht noch wach und beschloss felsenfest, sich zum Ende der Saison eine neue Wohnung zu suchen. Doch dann kam der Herbst und mit ihm die Stille. Abends wurde es schneller dunkel, die Temperaturen sanken und die Gäste flüchteten ins Innere der Kneipen. Daran änderten auch die unvermeidlichen Heizpilze nichts, die überall aufgestellt wurden. Luise konnte dann sogar mit offenem Fenster schlafen. Am Morgen lag Dunst über dem Wasser und nur wenige morgendliche Spaziergänger oder Jogger drehten ihre Runden. Die Kreuzfahrtschiffe blieben fern und schipperten durch wärmere Gefilde am anderen Ende der Welt. Für einige Monate wurde Warnemünde ein fast schon verschlafener Ort an der Ostsee. Alle Umzugspläne waren vergessen und Luise genoss ihr kleines Reich mit allen Sinnen. Sie liebte die schrägen Wände, die knarrenden Balken und die winzigen Räume, in denen man von allein dazu neigte, nicht zu viel Krimskrams anzuhäufen und sich auf das Notwendigste zu beschränken. Die alten Mauern gaben im Winter Wärme ab und hielten im Sommer die Wohnung wunderbar kühl. Und dann war da noch ihr klitzekleiner Balkon, der nach hinten raus lag, zum Innenhof. Abends saß Luise, wann immer es ging, auf ihrem bequemen Klappstuhl und las ein gutes Buch, bis ihre Augen wegen des schlechten Lichts zu brennen begannen. Doch nun waren die Möbel verstaut und wurden erst im nächsten Frühjahr wieder hervorgeholt.

 Selbst damals, als sie zu Felix in dessen schicke moderne Wohnung nach Rostock gezogen war, hatte sie ihr kleines Reich, das sie vor vielen Jahren für einen vergleichsweise lächerlichen Betrag gekauft hatte, nicht aufgegeben. Luise hatte die Wohnung einfach zwischenzeitlich an eine Freundin vermietet. So sehr Felix sie auch mit Kaufangeboten, die ihre kühnsten Träume überstiegen hatten, gedrängt hatte. Nach der Trennung von ihm war sie hierher zurückgekommen. Und allmählich waren ihre Wunden geheilt, Stück für Stück, was auch an diesen alten Mauern gelegen hatte. Nein, diese Wohnung gehörte ihr und sie würde sie behalten, bis es eines Tages vielleicht gar nicht mehr ging und ihr das Wasser bis zum Hals stand.

Luise schloss das Schlafzimmerfenster, schüttelte Bettdecke und Kopfkissen auf und stopfte einige schmutzige Sachen in die Waschmaschine, die sie heute Abend anstellen wollte. Wenn sie nicht zu spät nach Hause kam, sonst gab es wegen des Gerumpels Ärger mit den Nachbarn.

Zum Schluss packte sie einige Kreuzworträtselhefte, die sie in den letzten Tagen besorgt hatte, in ihren Rucksack und zog die warme Jacke über. Sie eilte die steile Treppe nach unten und öffnete die Tür zum Innenhof. Hier, zwischen den Häuserwänden, blieb nicht viel Platz. Da waren die Mülltonnen, eine kleine Sitzecke für die untere Wohnung und eine schmale Rabatte. Ihr Blick fiel auf den Rosenbusch, gleich neben den Mülltonnen. Raureif vermischt mit Schnee lag auf den Blättern. Sonst war von der weißen Pracht nichts mehr zu sehen. Seufzend quetschte Luise sich mit ihrem Rad durch den schmalen Gang, der zum Hoftor führte. Eng standen die alten Häuser beieinander. Ganz so, als wollten sich die Gebäude gegenseitig gegen die rauen Winde, die oft von Norden über die See gepfiffen kamen, schützen.

Mit einer Hand betätigte Luise die Türklinke, mit der anderen hielt sie ihr Rad und schob es nach draußen. Wie jeden Morgen galt ihr erster Blick einem Fenster im Erdgeschoss. Dahinter lebte, solange sie sich erinnern konnte, die alte Tine. Und die war immer schon alt gewesen, zumindest aus Luises Sicht. Sie war eine Kapitänswitwe mit schlohweißem Haar und wässrig blauen Augen. Ihr Mann war eines Tages nicht mehr heimgekehrt. Er hatte nur einen kleinen Fischkutter gesteuert und kein riesiges Schiff, so dass es nur wenige Betroffene gab, aber dieser Fakt macht das Leid der Hinterbliebenen nicht kleiner. Seitdem lebte Tine ihr Leben allein. Anfangs hatte sie noch Fisch verkauft, genau gegenüber auf einem der Kutter. Nachdem sie in Rente gegangen war, zog sie sich mehr und mehr in ihr kleines Reich zurück. Im Sommer saß sie oft am

Fenster und ertrug mit stolzer Verachtung die neugierigen Blicke der Touristen, die an ihr vorbei ins Innere des Hauses schauen wollten. Tine war keine nette, umgängliche Frau. Sie war norddeutsch verschlossen und dazu stand sie auch. Luise war seltsamerweise von der ersten Minute an mit ihr klargekommen, was wohl auch daran lag, dass sie von hier stammte und keine Zugezogene war. Sie nahm Tine, wie sie nun einmal war, und kümmerte sich nebenbei ein bisschen um die alte Frau. Wenn sie sprachen, dann nur wenige Worte. Man machte keinen großen Schnack und das war gut so.

Auch heute klopfte sie, wie jeden Morgen, an die Scheibe, wartete einen Moment, bis sie eine schwache Handbewegung hinter der Gardine wahrnahm. Es ging Tine gut, alles war in Ordnung.

Luise trug ihr Rad die wenigen Stufen hinab und schwang sich dann in den Sattel. Die ersten Meter legte sie vorsichtig zurück, um zu testen, wie glatt der Belag unter ihren Reifen war. Erst auf der langgezogenen Strandstraße gab sie Gas. Einen Zwischenhalt musste sie noch einlegen und beim Bäcker frische Brötchen besorgen. Dann hatte Luise alles, was sie brauchte.

Opa Otto erwartete sie bereits und blickte aus seinem Fenster im ersten Stock wie ein Kapitän auf der Suche nach dem rettenden Land. „Luischen", rief er ihr zu und sie winkte nach oben. „Hast du alles bekommen?"

„Klar, Opa", erwiderte sie und schloss ihr Fahrrad ab.

Wenig später nahm sie den alten Mann in ihre Arme und stellte fest, dass Opa wieder ein wenig schmaler geworden war als noch beim letzten Mal. „Sag mal, isst du überhaupt was?", fragte sie mit gespielter Strenge.

„Aber ja doch. Gestern gab es Königsberger Klopse, die schmeckten genau wie früher bei Oma und ich hab sogar zwei Portionen gegessen."

„Hm, dann will ich das mal glauben."

„Hast du Brötchen mitgebracht? Ich hab schon alles bereitgestellt", sagte Otto und deutete auf den Tisch, auf dem Teller und Tassen standen.

„Hab ich, Opa."

„Und die Kreuzworträtsel?"

Luise winkte mit den Heftchen.

„Braves Mädchen", sagte er lächelnd und drückte sie kurz an sich. „Kaffee kommt gleich." Er schlurfte nach draußen und kam wenig später mit einer Kanne zurück. In der Zwischenzeit sah sie sich in seinem kleinen Reich um, rückte die Bilder auf seinem Nachtschrank gerade und goss ein wenig Wasser auf die beiden Orchideen auf der Fensterbank. Viel Platz war da nicht. Doch Otto lebte in diesem Zimmer allein und das war gut so. Anfangs war er zusammen mit einem anderen alten Mann untergebracht gewesen. Die beiden Herren hatten sich nicht verstanden. Wollte der eine Radio hören, sehnte sich der andere nach einem kurzen Schläfchen. Otto war immer unglücklicher geworden und hatte sich bitter bei ihr beklagt. Etwas, das er früher nie gemacht hatte. Aber was war schon noch wie früher? Ottos Welt wurde kleiner, jeden Tag ein bisschen mehr. Luise fürchtete sich schrecklich vor diesem einen Moment, in dem er sie nicht mehr erkennen würde. Und sie wünschte sich, er würde noch ein wenig länger bei ihr bleiben.

Seitdem Opa hier war, fand sich Luise aller zwei Wochen bei ihm ein, um gemeinsam mit Otto zu frühstücken und über Hinz und Kunz zu reden, wie er sich immer ausdrückte. Dabei verging die Zeit wie im Flug und obwohl Luise sich diese Stunde, besonders im Sommer, mühsam freiräumen musste, genoss sie die Zeit mit dem alten Mann sehr. Sie wusste nicht, wie lange ihr Opa noch leben würde, wie viele Male sie seinen Geschichten noch lauschen konnte. Nach ihm würde niemand mehr erzählen, wie er Oma beim Tanz im Kurpark kennengelernt hatte, wie die Ostsee mal ganz weit zugefroren gewesen war und wie sie früher vor den Hotels herumgelungert hatten in der Hoffnung, einem gut betuchten Paar die Koffer nach drinnen schaffen zu dürfen.

„Hast du schon gesehen, Opa? Draußen hat es geschneit."

Unsicher wanderte Ottos Blick zum Fenster. Dann begann er zu grinsen. „Du willst mich ollen Mann wohl veräppeln."

„Aber nein, Opa. Willste gucken gehen?"

Er winkte ab. „Ich glaub es dir schon, könnte aber schwören, dass gestern noch Sommer war. Ist denn dann auch bald Weihnachten?"

„Klar, Opa, ich hab gestern schon mit Kai besprochen, dass wir dich am heiligen Abend wieder zu uns holen. Du weißt schon, Kartoffelsalat und so."

Opa schmierte großzügig Butter auf sein Brötchen und kleckste Marmelade darauf. „Da freu ich mich. Kai war ja auch schon lange nicht mehr da. Aber die …" Otto sah auf das Bild, das Luise ihm vor einem Jahr geschenkt hatte. Darauf war die ganze Familie abgebildet und einige Male waren sie die einzelnen Personen schon durchgegangen, weil Otto nicht mehr gewusst hatte, wer nun wer war. „Na, die Linke da, die hat mich besucht."

Luise folgte seinem Finger und sah, dass Otto auf ihre Mutter deutete. Dass Swantje hier gewesen war, schloss sie auf der Stelle aus, sagte aber nichts.

„Und, Luise, was gibt's Neues? Laufen die Geschäfte?", fragte Opa weiter.

„Sie laufen Opa."

„Das ist schön. Siehste, hab doch gleich gesagt, es ist wie ein Lottogewinn, wenn ihr beiden in die Firma einsteigt."

Zufrieden mümmelte Otto an seinem Brötchen. „Die Fahrradverleiher und die Strandkorbbesitzer, das waren die angesehensten Leute im ganzen Ort. Vor denen haben so manche einen Bückling gemacht. Na ja, da waren natürlich noch die Hotelbesitzer, ganz klar. Aber das war eine eigene Riege. Wie sieht es denn in den Ferienwohnungen aus? Gut gebucht?"

„Alles voll, Opa", schwindelte Luise. Sie und Nick hatten es nicht übers Herz gebracht, ihm die Wahrheit über den Verkauf der Wohnungen zu sagen. Das hätte Otto das Herz gebrochen und verstanden hätte er es sowieso nicht.

„Fein, das freut mich wirklich. Was macht denn Nick? Hab ihn lange schon nicht mehr gesehen?"

„War er denn vorige Woche nicht da?", fragte Luise. Eigentlich wechselten sie und ihr Bruder sich mit den Besuchen immer ab.

„Nee, war er nicht. Hab ihn schon Monate nicht mehr gesehen."

Prüfend sah sie ihren Opa an und wusste nicht, ob diese Aussage nun der Wahrheit entsprach oder der Demenz entsprungen war, die immer stärker den Geist ihres Opas veränderte. „Dem Nick geht's gut."

„Das ist schön." Opa sah ihr plötzlich direkt ins Gesicht. „Sag mal, mein Luischen, habt ihr die Strandkörbe schon reingeräumt? Bald ist doch der fünfzehnte."

„Alles erledigt, Opa, schon lange."

Otto nagte weiter zufrieden an seinem Brötchen, gähnte einige Male und Luise begann allmählich auf ihre Uhr zu schauen. Ihre Besuche dauerten nie lange und sie wusste von einer der Schwestern, dass Opa danach tief und fest schlief vor Erschöpfung, als würde er für diese Momente seine ganze noch verbliebene Kraft zusammensammeln.

„Musst los, oder?", stellte er sachlich fest.

„Ja, hab noch paar Sachen zu erledigen." Sie räumte das Geschirr auf das bereitstehende Tablett und nahm einen Lappen, um den Tisch abzuwischen.

„Musst dich nicht entschuldigen. Ich weiß doch, dass ihr immer viel zu tun habt. Grüß deinen, …, na den, der ein paar Mal mit hier war." Otto klopfte sich auf die Schenkel. „Schön, dass du mich besucht hast. Ich freu mich immer so sehr."

„Weiß ich doch."

Otto schlurfte zu seinem Kleiderschrank und holte eine flache Schachtel unter seinen Unterhemden hervor. Dann kramte er ein bisschen darin herum, holte schließlich zwei Fünf-Euro-Scheine heraus. Nachdenklich sah er erst den einen und dann den anderen an und hielt sie ihr hin. „Hier, mein Mädchen, such dir einen aus. Aber wähle weise."

„Ach, Opa, das sollst du doch nicht machen."

„Quatsch, ich alter Mann brauch nicht mehr viel. Ich krieg doch hier alles und für den Schein kannst du einige Male tanken gehen. Hab schon gelesen, dass die Preise wieder nach oben gegangen sind. Zeiten sind das, schlimm. Also los, wähle."

„Danke Opa", sagte Luise, griff sich einfach einen der beiden Scheine und schluckte. Ein Kloß aus Traurigkeit blockierte ihre Kehle und die Wut über eine Krankheit stieg auf, die einen Menschen zerstörte und ihn jeden Tag ein bisschen weniger werden ließ.

„Haste dir auch genau überlegt, dass du diesen Schein willst und nicht den anderen?" Listig grinste Otto sie an.

„Nee, Opa, der Schein ist genau richtig."

„Wenn du das so sagst, dann muss es auch stimmen. Ich musste nämlich gerade an die Sache mit dem Geldschein denken und wie ich Oma damals kennengelernt habe. Zwei Zehner hatte mein Chef da auf seinem Schreibtisch liegen. Sie waren als Prämie gedacht, weil ich so viele Überstunden gemacht hatte. Er meinte, ich sollte mir einen aussuchen. Hab ich gemacht und bin zur Tür raus. Doch draußen denke ich: ‚Nee, das ist der Falsche.'"

Luise, die diese Geschichte schon unzählige Male gehört hatte, lächelte wissend.

„Also bin ich zurück, hab den Schein getauscht, bin zufrieden nach Hause und dann am nächsten Sonntag von diesem Geld zum Tanz in den Park gegangen. Am Nachbartisch saß eine Blonde, mit langen Zöpfen, zusammen mit ihrer Freundin. In Stellung waren sie in Rostock und nur mal zufällig hier. Die Blonde hat mir gefallen, also hab ich sie zum Tanz geholt. Und dann, ein Jahr später, wurde sie meine Frau." Otto wischte sich gerührt über seine Augen. „Nun isse schon so lange nicht mehr. Hat mich allein gelassen, wo wir uns doch nie trennen wollten."

„Ach, Opa." Behutsam umarmte Luise den alten Mann. „Ich hab den richtigen Schein und bin sicher, er wird mir Glück bringen."

„Das hast du nämlich auch verdient, das Glück."

„Bis in zwei Wochen, Opa, und wenn zwischendurch was ist, ruf an."

„Mach ich, mien Deern."

Sie umarmte ihn noch einmal und verließ das Heim. Wie jedes Mal rang Luise draußen nach Luft und sog diese tief in ihre Lungen. Sie fühlte sich befreit und gleichzeitig voller Trauer. Dabei ging es ihrem Opa hier gut. Man kümmerte sich um ihn, er wurde versorgt. Aber es machte ihr zu schaffen, ihn, der seine Freiheit immer so geliebt hatte, in einem kleinen Zimmerchen eingesperrt zu sehen.

Luise wischte mit der Hand die Regentropfen vom Sattel und fuhr einige Straßen weiter, bis zum kleinen Supermarkt im Herzen des Ortes. Der Schnee von heute Morgen war nun vollkommen verschwunden. Es herrschte graues Novemberschmuddelwetter. Luise stellte ihr Fahrrad ab, betrat das Geschäft und schnappte sich einen Korb. Sie umrundete Paletten voller Schokoweihnachtsmänner, Pfefferkuchen und Dekoartikel von schön bis geschmacklos. Luise legte ein Paar Joghurts, zwei Packungen Tee und eine Tafel Schokolade, die für den Notfall bestimmt war, wie sie sich einredete, hinein. An der Kasse saß Frauke, mit der sie vor vielen Jahren zusammen die Schulbank gedrückt hatte. Frauke war eine lebhafte Person, die das Herz auf der Zunge trug und meist eher zu viel als zu wenig sagte. Anvertrauen sollte man ihr lieber nichts. Es sei denn, man legte Wert darauf, dass es im ganzen Ort die Runde machte. Dennoch war Frauke ganz patent und Luise hielt ab und zu ganz gern einen kleinen Schwatz mit ihr. Wenn jemand wissen wollte, was es Neues gab, wer sich getrennt hatte oder es doch noch einmal versuchen wollte, war er bei ihr definitiv an der richtigen Stelle.

„Moin, Luise, warste bei Opa?", fragte Frauke und zog ihre Waren über den Scanner.

„Moin, war ich."

„Und?"

„Nix und. Alles beim Alten. Was soll man viel sagen?", seufzte Luise. „Das Alter ist eben nichts für Weicheier."

„Da sagste was. Wer weiß, ob wir überhaupt auf so eine biblische Anzahl an Jahren kommen. Bei dem Stress der hier herrscht ..." Frauke ließ den Rest offen und verdrehte ihre Augen. „Macht sechs fuffzig. Oder willste noch ein Los mitnehmen?"

Luise schüttelte den Kopf. „Du weißt doch, ich bin für so was nicht zu haben."

„Ich frag ja auch nur. Ist nämlich für einen guten Zweck", erwiderte Frauke eifrig. „Das ist die *Weihnachts-Nordlotterie*, du weißt schon, da kommt immer die Werbung im Radio." Sie holte Luft und wollte anscheinend zu singen beginnen.

Luise legte ihr schnell die Hand auf den Arm. „Ich weiß Bescheid, hab das Lied schon mehrfach gehört."

Frauke sank enttäuscht in sich zusammen. „Na, umso besser, jedes zweite Los gewinnt und die Einnahmen fließen in soziale Projekte. So was wie Kindergärten, Altenheime, Musiktherapien in Krankenhäusern und so weiter", leierte sie herunter. Dann schaute sie Luise wieder an und setzte einen ähnlichen Dackelblick auf wie Nick kürzlich. „Es ist wirklich für einen guten Zweck."

„Was kostet denn ein Los?", fragte Luise und unterdrückte ein Seufzen. Frauke und ihr Geschäftssinn waren in Warnemünde durchaus bekannt.

„Nur fünf Euro."

Fünf Euro? Na, das passte doch. Sie tastete in der Tasche nach dem Schein, den Otto ihr gerade geschenkt hatte. „Na gut, gib mir eins."

Frauke begann zu strahlen. „Gerne." Sie griff nach hinten und hielt ihr eine Schachtel unter die Nase. „Hier bitte, such dir eins aus."

Luise wollte einfach hineingreifen. Doch da umschloss Frauke ihr Handgelenk mit festem Griff. „Was machst du denn?"

„Na, mir ein Los nehmen."

„Aber doch nicht so." Frauke seufzte theatralisch. „Du musst tief durchatmen, die Augen schließen und dann einen Moment deine Hand über den Losen schweben lassen."

„Und wofür soll das gut sein?"

„Damit spürst du die Energie und findest das für dich passende Los", erklärte Frauke begeistert.

„So ein Quatsch, aber bitte, wenn du meinst." Folgsam schloss Luise ihre Augen, atmete zweimal tief ein und aus und griff dann zu. Sie nahm eines der Lose. Gespürt hatte sie nichts, aber das musste sie Frauke ja nicht verraten. „Zufrieden?"

„Super, und nun musst du rubbeln."

„Was hier? Quatsch, das mach ich später." Das Los wanderte in die Jackentasche, in der gerade noch der Geldschein gesteckt hatte. „Ich muss los."

Kopfschüttelnd verließ Luise den Laden. Frauke mit ihren Ideen. Schon in der Schule war sie reichlich seltsam unterwegs gewesen und hatte oft gewirkt, als würde sie in anderen Sphären schweben. Sie sprach mit Engeln und anderen Wesen und saß im Sommer manchmal mit einem Blumenkranz auf dem Haar an der Kasse.

Amüsiert verstaute Luise ihre Einkäufe in ihrer wetterfesten Fahrradtasche und warf einen Blick auf die Uhr. Es war kurz vor neun. Eigentlich musste sie in wenigen Minuten ihren Laden öffnen. Doch das Wetter war noch schlechter als gestern. Es war nicht zu erwarten, dass jemand sich ein Rad ausleihen wollte, und die Buchhaltung würde sich auch noch ein wenig gedulden.

Das ließ ihr die Zeit, einen Ort aufzusuchen, an den es sie immer mal wieder zog. Luise überquerte die Straße und ging hinüber zur Warnemünder Kirche. Sie öffnete die Tür, passierte den kleinen Vorraum und trat ein. Einen Moment blieb sie stehen, nahm die Atmosphäre in sich auf und ging dann bis ganz nach vorn. Seitlich vor den Stufen, die zum Altar führten, stand ein Gestell mit Kerzen. Sie warf ein Geldstück ein, nahm ein Teelicht und entzündete es an der großen Kerze. Dann suchte sie einen schönen Platz und stellte das Licht ab. Sie verharrte einige Sekunden, sah die Flamme zunächst flackern, zittern und befürchtete beinahe, sie würde erlöschen. Doch dann fing sie sich, leuchtete hell und gleichmäßig. Zufrieden ging Luise nach hinten, rutschte in eine der hölzernen Bankreihen und nahm Platz.

Sie war kein gläubiger Mensch, doch immer wenn sie den Altar mit seinem breiten geschnitzten Altarbild betrachtete und die Stille um sich herum wahrnahm, fühlte sie sich besser. Ruhe durchzog sie, besänftigte ihren Geist, senkte den Herzschlag und Frieden kehrte in ihr ein. Beinahe automatisch faltete sie ihre Hände und sah nach vorn. Ein paar Minuten ließ Luise ihre Gedanken kommen und gehen und erinnerte sich daran, einmal mit Felix über ihre Liebe zu Kirchen gesprochen zu haben. Er hatte den Kopf geschüttelt und aufgelacht. Für ihn zählten nur Daten und Fakten und nichts, was scheinbar unsichtbar zwischen Himmel und Erde schwebte, interessierte ihn. Luise schloss die Augen und dachte an ihre Oma. Als Kind hatte Oma Ruth sie manchmal mitgenommen. In ihrem Sonntagskleid hatte Ruth das Gotteshaus betreten und das in blaues Leder eingeschlagene Liederbuch an ihre Brust gepresst. Luise hatte meist eine Rolle Drops bekommen und war zwischendurch immer mal wieder ermahnt worden, nicht zu sehr mit den Beinen zu baumeln. Die Predigt war langweilig gewesen, hatte doch der ernste Mann dort vorn von Dingen gesprochen, die die kleine Luise nicht verstanden hatte. Aber bei den Liedern hatte sie mitgesungen und sich danach seltsam feierlich gefühlt.

    Plötzlich musste sie an Fabian Fromm denken und fragte sich, wie er wohl über Kirchen dachte. Würde er sie auch auslachen oder sich vielleicht mit ihr in eine Bank setzen und schweigen? Bei dem Gedanken an ihn kribbelte es leicht in ihrem Bauch. Ein Gefühl, das sie schon eine ganze Weile nicht mehr gespürt hatte. Wo mochte er in diesem Moment sein? Versuchte er gerade, einer anderen jungen Frau Fahrräder zu verkaufen, und erkundigte sich nach deren Abendprogramm? Luise kannte sich selbst nicht wieder und beschloss, als Erstes im Laden seinen Katalog zu entsorgen. Wenn jemand sie so verunsicherte, konnte etwas nicht stimmen. Sie warf einen letzten Blick zu ihrer Kerze, schickte einen kleinen Gruß hinauf zu ihrer Oma und verließ das Gotteshaus.

Draußen regnete es immer noch. Der Drang, einfach wieder nach Hause zu fahren, wurde übermächtig und sie bekämpfte ihn mit ihrem zugegebenermaßen sehr spärlich vorhandenen Pflichtbewusstsein. Luise wollte gerade zu ihrem Fahrrad gehen, als eine schrille Stimme nach ihr rief. Unter ihrer Kapuze sah sie sich suchend um und entdeckte einen quietschbunten Regenschirm auf dem gegenüberliegenden Fußweg. Rasch schaute sie weg. Doch der Schirm bewegte sich bereits heftig auf und nieder und seine Besitzerin kam näher – ihre Mutter. Für eine Flucht war es zu spät. An diesem Morgen trug Swantje ihre blonden langen Haare zu einem etwas aus der Form geratenen Dutt hochgesteckt. Ein lilafarbener Mantel ließ am unteren Ende ein pinkfarbenes Kleid herausblitzen. Diese Farbenfreude hatte sie früher nicht besessen. Aber inzwischen hatte sie ihr ganzes Leben komplett umgekrempelt und ihr wahres *Ich* als Frau entdeckt, wie sie sich immer ausdrückte. Luise fand sie meistens einfach nur peinlich und ging ihrer Mutter am liebsten aus dem Weg. Sie sehnte sich nach der weichen Frau, die ihr früher mit einem kleinen Zauberspruch und einem leichten Pusten unsichtbare Pflaster auf ihre Schrammen gezaubert hatte, die auch wirklich halfen. Sie vermisste die leise Swantje, die oft nachdenklich auf die Ostsee geschaut hatte und dann alte Seemannsmelodien gesummt hatte. Die Swantje, die immer ein offenes Ohr für ihre Kinder besessen hatte, selbst wenn die Arbeit ihr bis zum Hals stand. Diese Frau schien verschwunden und würde vermutlich nie mehr wiederkommen. Manchmal fragte Luise sich, welches das wahre Gesicht ihrer Mutter war – die energische, liebevolle Person oder die laut lachende, hektische Frau, die alle in ihrem Umfeld nach kurzer Zeit in die Flucht schlug.

„Moin, meine Lou", trällerte Swantje, kam mit Tippelschritten auf sie zu und umrundete eine große Pfütze.

„Moin, Mama", erwiderte Luise genervt. „Ich habe gar keine Zeit."

„Ja ja, du hast nie Zeit. Als ob bei dem Mistwetter ein Mensch ein Fahrrad ausleihen wollte." Swantje schob ihren Schirm ein Stück nach vorn, so dass er Luise ebenfalls Schutz bot. Dann ließ sie ihre Blicke über die Fassade der Kirche schweifen. „Sag bloß, du warst dort drin?"

„Und wenn schon! Dir könnte es doch egal sein."

„Du meine Güte." Ihre Mutter drückte ihr den Schirm in die Hand. „Hier, halt mal." Dann griff sie in ihre Tasche, holte eine Packung Zigaretten heraus und steckte sich eine an. „Wolltest du etwa beichten?"

„Beichten? Was denn?"

„Na, den einen oder anderen schmutzigen Gedanken." Swantje kicherte.

„Mama, das hier ist eine evangelische Kirche, wir sind hier nicht in Bayern. Also nix mit beichten."

„Das weiß ich doch. Ich glaube trotzdem, du brauchst dringend mal wieder einen Mann. Dass du eine Kirche aufsuchst, ist für mich ein sicheres Indiz für einen massiven Singlekollaps. Aber einen Mann wirst du dort drin bestimmt nicht finden."

„Na, du musst es ja wissen." Luise schielte auf ihre Uhr. „Ich werd dann mal wieder ..."

Augenblicklich schnellte der Arm ihrer Mutter nach vorn. „Du bleibst schön da, meine Liebe. Wenn wir uns schon mal sehen, was nur alle Jubeljahre passiert, wirst du doch wohl ein paar Worte mit mir wechseln können." Sie nahm ihr den Schirm wieder aus der Hand.

„Darf ich dich erinnern, dass ich kürzlich zu nächtlicher Stunde in deiner Bar war? Da haben wir uns sehr wohl gesehen."

Swantje hielt kurz inne und nickte dann. „Stimmt, das hatte ich total vergessen. Nun ja, ich gebe zu, dass ich an dem Abend wohl einige Gläser zu viel hatte."

„Die konkrete Uhrzeit scheinst du auch nicht mehr erkannt zu haben und den Lautstärkeregler deiner Musikanlage hast du ebenfalls nicht mehr gefunden."

Ihre Mutter seufzte. „Du weißt doch, wie das ist. Der Herbst ist eine beschissene Jahreszeit, die Straßen sind leer, genau wie die Kasse. Da muss man froh sein, wenn sich ein paar Leute zu einem verirren. Wird es Ärger geben?"

„Zu dem Ärger, den du ohnehin schon hast?" Luise sah ihre Mutter durchdringend an. „Keine Ahnung, aber wenn du so weiter machst, wirst du die Bar noch verlieren."

Swantjes Augen wurden schmal. Sie inhalierte den Rauch, so tief es ging und stieß ihn dann aus. Nur wenige Zentimeter an Luises Gesicht vorbei.

„Würdest du wohl …", sagte Luise giftig. „Du weißt, wie sehr ich Zigarettenrauch hasse."

„Ja, entschuldige." Ihre Mutter trat samt Schirm einen Schritt zurück, wodurch Luise wieder im Regen stand. „Da wir in dieser Nacht ja nicht gesprochen haben: Also, wie geht es dir?"

„Wir haben gesprochen, aber anscheinend hast du das auch vergessen." Sie winkte ab. „Egal, mir geht es gut."

„Super, das war ja mehr als ausführlich."

„Was soll ich denn sagen?", entgegnete Luise trotzig. „Es ist alles bestens."

„Und nun wärest du an der Reihe, mich zu fragen, wie es mir geht", sagte Swantje verkniffen. „Normale Menschen machen das so."

„Also, Mama, wie geht es dir?"

„Da ich weiß, dass du das im Grunde gar nicht wissen willst, spare ich mir diesen Teil der Unterhaltung. Warst du bei Opa?"

„Ja, heute Morgen."

„Und gab es wieder mal den obligatorischen Fünfer für dich?"

„Es gab ihn und ich habe das Geld gleich in ein Los investiert, damit ich vor Frauke meine Ruhe habe."

„Tztztztz, du und Glücksspiel, so eine unvernünftige Entscheidung hätte ich dir gar nicht zugetraut."

„Die Einnahmen gehen an soziale Projekte, also doch vernünftig."

„Und? Hast du gewonnen?", fragte Swantje.

Luise hob die Schultern. „Keine Ahnung, ich hab noch nicht nachgeschaut."

„Wirklich nicht? Ich muss so was immer gleich aufreißen oder losrubbeln." Swantje ließ die Zigarette fallen und trat sie aus. „Keine Angst, ich hebe die Kippe später noch auf. Und sonst, wie geht es deinem Bruder?"

„Mama, ich bin sicher, dass du das wesentlich besser weißt als ich. Immerhin besucht Nick dich doch regelmäßig."

„Stimmt, wenigstens einer! Du scheinst dich ja mehr bei deinem Vater rumzutreiben.

Weißt du von diesem Wettbewerb, *Mister Ostseewelle*?"

„Nur am Rande. Nick scheint eine Runde weiter zu sein, aber es interessiert mich nicht wirklich. Ich weiß nur, dass er mich mit den Strandkörben hat hängen lassen. Die halbe Nacht haben der arme Fred und ich uns damit abgeplagt und seine Frau wird vermutlich nie mehr ein Wort mit mir sprechen und alles nur wegen dieses blöden Wettbewerbs", schimpfte Luise. Und wenn der schlimmste Fall eintritt, ist Mister Ostseewelle der Anfang vom Ende für *Strandkorb-Winter*, dachte sie.

„Du musst Nick einfach verstehen, er hat diesen Traum und will ihn sich nicht nehmen lassen. Seine Chancen stehen gut, er ist genau der Typ, der für diese Kampagne gesucht wird. Wenn er gewinnt, hängt sein Bild überall im Norden, an jeder

Litfaßsäule, auf Plakaten und was weiß ich noch wo. Stell dir das mal vor."

„Lieber nicht, mein Bruder im Original reicht mir momentan vollkommen aus."

„Hast du denn gar keine Träume mehr?" Forschend musterte Swantje sie, während kleine Regentropfen über Luises Gesicht rannen. Sie wirkten wie Tränen und in gewisser Weise war ihre ganze familiäre Situation ja auch zum Heulen. „Willst du wirklich an dieser Strandkorbbude festhalten? Ich weiß, du, also ich meine, ihr, ihr habt es nur gut gemeint und wolltet Opa nicht enttäuschen. Aber inzwischen? Steig doch lieber bei mir ein. Ich hab in meiner Bar mehr als genug zu tun."

Klar doch, dachte sie, verdrehte die Augen und sagte: „Ich in deiner Bar, soll das ein Witz sein? Nur über meine Leiche."

„Ja, vermutlich würdest du meine Gäste vergraulen mit deiner verkniffenen Miene." Swantje steckte sich eine neue Kippe an. „Wusstest du eigentlich, dass Felix öfter mal bei mir vorbeikommt?"

„Ein Grund mehr, deinem Laden fernzubleiben", stieß Luise aus.

„Herrgott, Lou, er hat sein Verhalten längst bereut. Es tut ihm schrecklich leid und er fragt immer wieder nach dir. Willst du dir die Sache nicht noch einmal überlegen? Ihr ward ein so schönes Paar. Und dann die tolle Wohnung in Rostock und seine beruflichen Pläne."

„Dann nimm du ihn doch. Du entwickelst ja in letzter Zeit sowieso einen Hang zu wesentlich jüngeren Männern, wie man sich so erzählt."

„So, erzählt man sich das? Neidisch?" Swantje kam ein bisschen näher und ließ Regentropfen auf Luises Jacke fallen. „Wenigstens erzählt man sich noch etwas über mich. Und ich sterbe nicht als alte Jungfer, was ich bei dir allerdings befürchte."

„Mein Bedarf an Männern ist bis ans Ende meiner Tage gedeckt. Oder soll ich dir die Geschichte über Felix und unsere Trennung noch einmal erzählen? Er hat mich beschissen, betrogen und belogen."

Ihre Mutter winkte ab. „Man muss die Vergangenheit irgendwann mal ruhen lassen. Es war ein Ausrutscher, eine schlechte Phase. So was passiert, wenn man das Leben nimmt, wie es nun mal ist. Felix ist ein Mann und Männer haben nun mal ihre Bedürfnisse. Wenn du immer wieder …" Swantje verstummte plötzlich und musterte einen seitlich gelegenen Punkt. „Na hallo, wer ist das denn?"

Luise folgte ihren Blicken und erkannte zunächst nur einen Mann mit Regenmantel. Dann schaute sie genauer hin. Ihr Herz machte einen Hopser. Auf der anderen Straßenseite stand Fabian Fromm und sah ziemlich unverhohlen zu ihnen rüber.

„Ein Fahrradvertreter, E-Bikes und so", murmelte Luise missmutig. „War kürzlich bei mir im Laden und hat seinen Prospekt präsentiert." Sie hoffte inständig, ihre Mutter würde durch dieses für sie wenig interessante Berufsgebiet die Lust verlieren.

Aber dem war nicht so, denn Swantje reckte ihren Schirm bereits nach oben und lächelte breit. „Hallo", rief sie über die Straße. „Meine Tochter hat Sie gar nicht gleich erkannt. Na ja, mit Regensachen sieht man immer ganz anders aus."

Fabian Fromm kam zu ihnen und verbeugte sich leicht. „Ich wollte nicht stören und dachte nur gerade: Was für ein Zufall, dass wir uns ausgerechnet bei diesem Mistwetter wiedersehen."

Konnte das wirklich ein Zufall sein? Andererseits, weshalb sollte Fabian Fromm ihr durch Warnemünde folgen? Er wusste, wo er sie antreffen konnte. Und schon wieder sah er sie mit seinen grauen Augen so durchdringend an, dass ihre Gefühle Achterbahn fuhren.

„Aber Sie stören doch nicht", gurrte Swantje wie eine Taube. Sie ließ eine weitere Zigarette fallen und trat sie mit dem Absatz aus. „Wie war Ihr Name nochmal?"

„Fabian Fromm."

„Fabian, wie schön. Ich bin Swantje, Luises Mutter. Und Sie handeln mit Fahrrädern?"

„Wenn Sie so wollen. Ich bin Vertreter für einen sehr großen Hersteller …"

„Interessant. Wussten Sie, dass meine Tochter einen Fahrradverleih besitzt?" Mit der freien Hand schlug Swantje sich an ihre Stirn und kicherte. „Ach, ich Dummerchen. Ich nehme mal an, dass Sie sich genau über diesen Verleih kennengelernt haben."

„Ja, ich war bei Ihrer Tochter, aber leider hat sie kein Interesse an …"

„Hatte sie nicht?" Swantje stieß Luise leicht mit dem Ellenbogen an. „Aber warum denn nicht? Ihr hättet euch doch mal ganz in Ruhe über Fahrräder, und was es da alles noch so gibt, unterhalten können, zum Beispiel bei einem Glas Wein. Fabian, Fabian, man muss als Vertreter auch mal unkonventionelle Wege gehen, Sie verstehen?"

Fabian Fromm lauschte ihrer Mutter mit einem leichten Lächeln. Luise war unsicher, ob er sie sympathisch fand oder für vollkommen übergeschnappt hielt. „Ich hätte Ihre Tochter ja gern eingeladen, aber sie musste zu ihrer Familie."

Auch das noch. Der Wunsch, jetzt und auf der Stelle möge sich der Boden vor Luise öffnen und sie samt ihren Einkäufen verschlingen, wurde übermächtig. Natürlich tat sich nichts. Sie blieb, wo sie war: im Regen von Warnemünde.

„Zu ihrer Familie?" Die Augen ihrer Mutter wurden groß. „Zu welcher Familie? Sie hat weder einen Mann noch Kinder, nicht mal einen Hamster oder so."

Luise spürte brennende Röte auf ihren Wangen und das Bedürfnis, sich zu übergeben. Stur fixierte sie ein Verkehrsschild und schwieg.

Zu ihrem Erstaunen reagierte Fabian Fromm anders als erwartet. „Ach, stimmt, jetzt wo Sie es sagen." Er schüttelte den Kopf. „Entschuldigen Sie, da hab ich anscheinend was verwechselt. Sie müssen wissen, ich suche jeden Tag so viele Firmen auf, rede hierüber und darüber und manchmal gerät im Kopf etwas durcheinander. Jetzt fällt mir auch wieder ein, warum unser Gespräch so abrupt endete. Sie hatten doch diesen Termin wegen …" Lächelnd sah er ihr ins Gesicht.

„… wegen der Strandkörbe", ergänzte Luise gedehnt. „Ich musste etwas wegen der Pacht besprechen."

Er deutete mit dem Zeigefinger auf sie. „Richtig, die Strandkörbe waren es."

„Na, aufgeschoben ist doch nicht aufgehoben", trällerte Swantje. „Ihr beide könnt eure Verabredung doch heute Abend nachholen. Den Fahrradverleih kannst du momentan vergessen, die Strandkörbe sind gut verstaut und die Glühweinbude wird erst nächste Woche aufgebaut. Genug Zeit für ein kleines Date. Wie auch immer." Ihre Mutter tätschelte Fabian den Arm. „Ich bin sicher, ihr zwei Hübschen bekommt das auch ohne meine Hilfe hin. Schön, Sie kennengelernt zu haben. Also dann, ihr beiden, einen schönen Tag."

Ihre Mutter stöckelte davon und Luise bemerkte, dass sie die fallengelassenen Kippen vor der Kirche hatte liegen lassen. Ihre Wangen brannten noch immer, als hätte sie einen Ausschlag, und sie hatte nur eine ungefähre Vorstellung davon, wie der Rest ihres Gesichtes aussah.

„Entschuldigen Sie."

„Was denn? Ihre kleine Notlüge oder die reichlich forsche Art Ihrer Mutter?" Lachfalten tanzten um seine Augen.

„Beides", gestand Luise.

„Ich glaube, Ihre Mutter ist eine ziemlich lebenslustige Person und wer kann ihr das verdenken? Außerdem können wir nichts für unsere Eltern."

„Ja, vermutlich haben Sie recht", murmelte sie, während ihr Fuß eine der Kippen beiseiteschob. „Dennoch danke, dass Sie meine kleine Notlüge für sich behalten haben. Sie hätte es mir wieder Ewigkeiten aufs Butterbrot geschmiert."

„Gern geschehen. Ich glaube allerdings, sie hat meine Geschichte durchschaut."

„Wäre möglich." Luise zögerte kurz. „Sie müssen wissen, ich bin, was Verabredungen betrifft, ein wenig aus der Übung. Deswegen meine Ausrede."

„Geht mir ähnlich."

Sie musterte ihn. War das auch wieder so eine Masche? Doch seine Augen wirkten offen und klar. Ein Regentropfen rann über seine Wange und sie bemerkte ein winziges Muttermal auf seiner Stirn. „Sie müssen sich nicht entschuldigen." Er verschränkte seine Arme. „Jeder hat mal solche und solche Tage."

„Um Tage handelt es sich bei mir nicht, eher um Wochen oder Monate", rutschte es Luise heraus.

„Oh je, das klingt nach einer komplizierten Phase."

„Ja, ich denke, das trifft es auf den Punkt."

Er beugte sich ein Stück nach vorn. „Dann wünsche ich Ihnen, dass ganz schnell eine andere Phase aufzieht." Es sah auf seine Uhr und wandte sich zum Gehen.

In diesem Moment schien es Luise, als würde etwas in ihr explodieren. Sie konnte ihn nicht gehenlassen, nicht so. Irgendeine höhere Macht ergriff das Kommando über ihren Körper und ihren Geist. „Und unsere Verabredung?", entfuhr es ihr. Erschrocken starrte sie ihn an und fragte sich, ob wirklich sie selbst gerade diese Worte ausgesprochen hatte.

Sie musste es gewesen sein. Vor allem, weil niemand sonst hier war. „Sie wollen sich mit mir verabreden? Das müssen Sie wirklich nicht tun. Erst recht nicht, wenn Sie im Moment keinen Sinn für so etwas haben", sagte er und kam einige Schritte auf sie zu.

Musste er sie so ansehen? Auf eine Weise, dass sie keinen klaren Gedanken fassen konnte. Luise suchte fieberhaft nach dem nächsten Satz, nach der passenden Erwiderung. „Aber wir könnten es dennoch tun."

„Finden Sie das eine gute Idee?", fragte er leise.

Luise hob hilflos die Schultern. „Keine Ahnung, ich weiß es nicht. Es wäre ein Versuch, um zu schauen, ob das Ende der Phase erreicht ist", sagte sie flapsig.

Endlich löste er seine Augen von ihren. „Ja, vielleicht."

Wollte er nicht oder warum war er auf einmal so zögerlich? Sie machte sich lächerlich. „Vergessen Sie es, es war eine Schnapsidee." Luise trat einen Schritt zurück, doch da hielt er sie fest. Ganz leicht nur, doch sie glaubte seine Berührung durch all die Kleidung bis auf ihre Haut zu spüren. Es war, als würde die Luft zwischen ihnen flirren, wie bei einer Fata Morgana. Noch nie zuvor hatte Luise eine solche Energie gespürt, die ihr nicht nur die Knie weich werden ließ.

„Und was hatten Sie so geplant für den heutigen Abend?", fragte er heiser.

Bilder flackerten durch ihren Kopf und die waren alles andere als jugendfrei. Und dann standen sie auch noch vor einer Kirche. Garantiert sahen ihre Wangen inzwischen wie das Einsatzfahrzeug der Warnemünder Feuerwehr aus. „Wir könnten essen gehen", stotterte Luise, die immer noch von seinem Blick gefangen war.

„Essen gehen. Warum nicht? Ich denke, das wäre keine schlechte Idee."

„Wirklich, ich meine …"

Er grinste. „Wollen wir nun oder wollen wir nicht? Wir sollten uns ein Beispiel an Ihrer äußerst spontanen Mutter nehmen."

Luise musste ebenfalls lachen. „Das sollten wir vermutlich tun. Seit ihrem fünfzigsten Geburtstag legt meine Mutter richtig los und ist kaum noch wiederzuerkennen."

„Na, da besteht bei uns beiden ja noch Hoffnung. Sagen wir also heute um sechs am *Teepott*?"

„Einverstanden." Luise nickte leicht. „Dieser Platz ist ein magischer Ort für Verabredungen. Eine Bekannte arbeitet gleich um die Ecke in einem Hotel. An manchen Freitag- oder Samstagabenden sieht man unzählige Männer und Frauen, die sich nach ihrem Rendezvous umschauen und auf der Suche nach dem Richtigen sind. Manche mit Rosen in der Hand, manche …" Im gleichen Moment biss sie sich auf die Zunge und verstummte. Was sagte sie denn da?

Fabian Fromm schien es zu amüsieren. „Also keine Verabredung zum Essen, sondern ein Rendezvous. Da freue ich mich ja noch mehr auf heute Abend und werde versuchen, noch eine Rose zu organisieren. Dabei habe ich den Treffpunkt *Teepott* eher willkürlich vorgeschlagen, da ich ehrlich gesagt noch nicht so viele Orte hier oben kenne. Ich bin ja erst seit kurzem in Warnemünde und Rostock unterwegs."

„Ja, Treffen, Termin, Verabredung, nennen wir es, wie wir wollen", erwiderte Luise knapp. „Ich denke, das mit der Rose können wir auch weglassen. Wir sehen uns einfach heute Abend, ganz normal, ohne Schnick und Schnack. Aber nun muss ich in meinen Laden, vielleicht will doch ein ganz tapferer Urlauber ein Fahrrad ausleihen."

„Oder ein E-Bike." Er hob die Hand und schlenderte mit schwingender Aktentasche über den Kirchplatz davon.

Luise sah ihm nach, bückte sich und entsorgte die Kippen ihrer Mutter in einem Papierkorb. Voller Freude bestieg sie ihr

Rad und fuhr durch den Regen. Selbst die kleinen Böen, die durch die Straßen vom Meer herauf gepfiffen kamen, konnten ihr nichts anhaben. Sie fühlte sich prächtig, ihr Herz klopfte und die Vorfreude in ihrem Inneren wurde jede Minute größer.

Im Verleih angekommen, stellte sie sich einen Moment ans Schaufenster und blickte nach draußen. Niemand würde heute kommen, das stand fest. Doch was hatte Opa nochmal gesagt? *Strandkorb-Winter* muss immer besetzt sein, selbst wenn es junge Hunde regnet. Aber musste es wirklich so sein?

Unentschlossen streifte Luise durch den Raum. Was, wenn Nick wirklich ging? Sollte sie sich nicht eher darüber Gedanken machen, statt auf Kunden zu warten? Was wollte sie eigentlich? Eine ganz einfache Frage, die dennoch gar nicht so leicht zu beantworten war. Hatte sie noch Träume? Luise schloss die Augen und versuchte, sich an die Wünsche zu erinnern, die sie einst besessen hatte. Komisch, da war nichts Konkretes mehr vorhanden, nur verschwommene Erinnerungen. Dabei war sie sicher, es hatte einst etwas gegeben, was sie hatte erreichen wollen. Doch was war jetzt? War es wirklich möglich, dass alle Träume sich einfach auflösten und verschwanden? Oder waren sie nur ganz tief vergraben, weil sie es nicht für möglich gehalten hatte, dass sie jemals in Erfüllung gehen würden? Oder musste man im Laufe der Jahre neue Träume und Ziele finden, weil man Erfahrungen gesammelt hatte und nicht mehr die Zwanzigjährige von damals war?

Sie nahm das Telefon in die Hand und wählte die Nummer ihre Freundin Pia. Doch kurz bevor der Ruf abging, drückte Luise auf die rote Taste. Nein, sie musste persönlich mit Pia sprechen. Weil Freundinnen das so machten und weil kein Mensch sich heute ein Fahrrad ausleihen würde.

Es musste aufhören, dieses schlechte Gewissen. Sie sollte nicht länger ihr ganzes Leben etwas unterordnen, das sie so eigentlich nie gewollt hatte. Nick hatte den ersten Schritt gemacht. Er lebte ihr etwas vor, zeigte ihr Möglichkeiten, wie ein Spiegel. Und das hatte nichts mit Egoismus zu tun und wenn, dann nur ein kleines bisschen.

Entschlossen nahm Luise ein weißes Blatt und schrieb einige Worte darauf. Sie klebte es mit Tesafilm an die Tür, zog ihre Sachen an und drehte den Schlüssel im Schloss. Als sie sich auf ihr Fahrrad schwang, schaute sie noch einmal zurück.

Bis auf Weiteres geschlossen!

Diese wenigen Worte fühlten sich so befreiend an, als hätte sie in diesem Moment die Entscheidung ihres Lebens getroffen. Es war der erste Schritt weg von *Strandkorb-Winter*, hin zu sich selbst.

Kapitel 5

„Du meine Güte", stöhnte Pia, Luises beste Freundin, trat einen Schritt zurück und betrachtete die ältere Frau, die, in ein schlichtes weißes Hemd gekleidet, im Sarg vor ihr lag, prüfend. „Erst ist bei dir gar nichts los und nun kommt gleich alles auf einmal. Gib mir mal bitte die Rougepalette dort drüben vom Regal."

Luise reichte sie ihr und versuchte dabei, einen möglichst großen Abstand zum Sarg zu wahren. Ihr war durchaus bewusst, welch wertvolle Arbeit Pia als Bestatterin leistete und wie notwendig sie war, doch der Tod war ihr unangenehm, wie wohl den meisten Menschen. Deswegen vermied sie möglichst jegliche Begegnung mit ihm. Hier, in diesen Räumen, ließ sich das nur schwer bewerkstelligen. Hier wurden Menschen für ihren letzten Weg vorbereitet, bei dem es keine Wiederkehr gab.

Pia war Luises beste Freundin, ab dem Moment, in dem sie sich im Kindergarten gegen den frechen Torben verbündet und ihm mächtig eins auf die Nase gegeben hatten. Torben hatte geheult, sich beklagt und gemeint, er würde alles seiner Mama erzählen. Ein Blick von Pia hatte genügt, um ihn endgültig verstummen zu lassen. Es war ihr Killerblick, den sie sich bis heute bewahrt hatte. Ansonsten war sie eine herzensgute Frau, die glücklich verheiratet war, mit einem Bestatter natürlich, und drei reizende Kinder hatte. Ihre Partnerwahl hatte im ersten Moment einige überrascht, doch inzwischen war Pia das Herz des Unternehmens und sorgte dafür, dass ihr Bestattungsinstitut eines der beliebtesten im ganzen Norden war. Sie ging neue Wege, erfüllte die letzten Wünsche Verstorbener und deren Angehöriger. Und das konnte auch mal ein Lied von Rammstein auf dem Friedhof sein oder eine Schlagermelodie in der Kirche.

Luise hockte auf ihrem Stammplatz gleich neben der Tür, von dem aus sie vom eigentlichen Geschehen nicht viel mitbekam. Widerwillig war sie mit Pia in den Keller gestiegen und hatte die Beklemmung in ihrer Brust so gut es ging ignoriert. Nur manchmal riskierte sie einen kleinen Blick in die Särge und stellte fest, dass die meisten Verstorbenen sehr friedlich aussahen. Erst recht, wenn Pia sie mit viel Fingerspitzengefühl ein letztes Mal hergerichtet hatte. Das war heute nicht anders.

Pia setzte den Pinsel an und strich behutsam über die Wangen der Verstorbenen. Dann nickte sie zufrieden. „Was sagst du?"

Nun trat Luise doch näher und stellte sich neben ihre Freundin. „Sie sieht besser aus als zu Lebzeiten", urteilte sie.

„Ich weiß. Sie war viele Jahre sehr krank. Kurz bevor wir sterben, sorgt eine höhere Macht dafür, dass wir friedlich aussehen, die Spuren des Leides werden getilgt. Der Rest ist ein bisschen Schminke." Pia betrachtete ein Foto und legte es behutsam auf die Brust der Toten. Es zeigte einen bärtigen Mann, der grimmig in die Kamera schaute. „Schon seltsam, oder? Vor einem knappen Monat ist ihr Mann gestorben und nun sie. Dabei haben sie sich meistens gestritten, so sagen zumindest die Nachbarn. Und dennoch scheint es ein Band gegeben zu haben, das tiefer ging. Sie konnte ohne ihn nicht leben. Vielleicht hat sie die Streitereien vermisst." Pia lächelte sanft.

„Ich hab mich zu ihren Lebzeiten immer vor Oma Kumpf gefürchtet."

„Kein Wunder, die hatte ja auch Haare auf die Zähne. Nur zuletzt ist es ziemlich still um sie geworden."

„Wann wird sie beerdigt?"

„Morgen ist Abschiednahme in der Kirche, mit allem drum und dran. Sogar der verloren geglaubte Sohn aus Amerika hat sich diesmal angekündigt." Pia lachte verächtlich auf.

„Du meinst …"

„Genau der. Erst hat er den alten Leuten ihr Grundstück abgeschwatzt, dann hat er es verkauft und ist mit dem vielen Geld verduftet. All die Jahre hat er sich nicht einmal blicken lassen, kein Brief, kaum ein Anruf. Nicht mal zur Beerdigung seines Vaters ist er gekommen – dringende Geschäfte. Lächerlich! Aber nun kommt er und wollte eine Feier mit allen Schikanen. Doch da hat er die Rechnung ohne Oma Kumpf gemacht. Denn die hatte ihre Beerdigung schon vorab bei uns geplant. Also kein Grabmal auf dem Friedhof, kein Shantychor und was weiß ich noch alles. Er ist wie ein Rumpelstilzchen im Kreis gesprungen. Aber er kann nichts tun. Also folgt Oma Kumpf ihrem Mann und findet die letzte Ruhe auf dem Grund der Ostsee. Denn dort auf dem Meer, genauer, auf einem Fischerboot, haben sie sich vor sechzig Jahren kennengelernt."

„Sechzig Jahre, dafür stehen meine Chancen ziemlich schlecht", seufzte Luise.

„Du lieber Gott, nun habe ich dich noch mehr deprimiert. Dabei hast du schon genug Baustellen." Pia streifte ihre Handschuhe ab, warf sie in den Mülleimer und wählte dann die Nummer ihres Mannes. Mit kurzen Worten teilte sie ihm mit, dass Oma Kumpf nun fertig war und er sich um den Rest kümmern konnte. „Komm, lass uns nach oben in die Küche gehen. Ich muss dich nur warnen, unser Großer will am Wochenende eine Fete schmeißen. Seitdem probiert er sich an Gerichten aus aller Welt aus. Gestern Abend gab es Falafel, die allerdings dermaßen hart waren, dass man damit jemanden steinigen konnte. Du musst aber unbedingt kosten und ihm deine Meinung mitteilen."

„Wenn´s weiter nichts ist. Eine Fete also. Meine Güte, nun geht das bei deinen Kindern auch schon los. Dabei ist es doch bei uns noch gar nicht so lange her, dass wir die letzte Fete besucht haben", erwiderte Luise seufzend und zwinkerte der entsetzten Pia verschmitzt zu. „War nur ein Scherz."

Gemeinsam stiegen sie die Treppe hinauf und auf der Stelle verschwand die Beklemmung und sie konnte wieder freier atmen. Wie immer fühlte sie sich hier, im Haus ihrer Freundin, unglaublich wohl. Das lag vielleicht daran, dass Pia all das hatte, wonach Luise sich im Stillen sehnte – Kinder, einen Mann, ein Zuhause, in dem gelebt, geliebt und gestritten wurde. Überall lagen Sachen herum, hingen Bilder an den Wänden und meist stand ein frisch gebackener Kuchen auf dem Tisch, weil die Kinder den so gerne aßen. Vor den kleinen Fenstern, die einen Blick auf die Straße gestatteten und auf einen dieser schmalen Durchgänge, die hinunter zum *Alten Strom* führten, hingen Gardinen.

„Setz dich doch, Kaffee kommt gleich", sagte Pia. „Und dort drüben in der Schüssel sind die Falafel, koste doch mal."

Luise nahm sich eines der Bällchen und begann zu kauen. „Frisch haben sie bestimmt besser geschmeckt."

„Sie ließen sich zumindest besser kauen", meinte ihre Freundin grinsend.

Da erklangen auch schon trampelnde Schritte auf der Treppe und Pias Ältester David schaute zur Tür herein. „Hi, Luise", begrüßte er sie und strich sich mit einer lässigen Bewegung seinen verwegen geföhnten Pony aus dem Gesicht. „Ah, du hast die Falafel schon probiert."

Luise nickte.

„Und, was sagst du? Ist bisschen was anderes als immer nur Fischbrötchen, was?"

„Hm, lecker", meinte Luise.

„Ich hab am Wochenende ne Fete, mit allem drum und dran."

„Über das Drum-und-dran müssen wir noch mal ausführlich reden", erwiderte Pia streng. „Da gingen unsere Vorstellungen nämlich ganz schön auseinander."

David winkte ab. „Machen wir. Und, was sagst du?"

„Gut gewürzt", entgegnete Luise. „Ich glaub, die Fete wird ein voller Erfolg."

„Siehste, sag ich doch." Triumphierend verschränkte Pias Sohn seine Arme.

„Wir reden später drüber, ja? Und jetzt schieb ab und setz dich an deine Ausarbeitung. Sonst ist nichts mit Fete und Falafel."

David verdrehte hinter dem Rücken seiner Mutter kurz die Augen und verschwand in den ersten Stock.

Grinsend sah Pia ihm nach. „Sie werden groß und wir werden alt." Sie seufzte. „So und jetzt erzählst du mir noch mal die ganze Geschichte mit deinem Bruder und dem Geld."

Luise begann zu berichten. „Was mach ich denn nun mit Nick und seinen blöden Forderungen?", fragte sie am Ende seufzend.

Pia warf einen Blick in ihre leeren Tassen, holte die Kanne mit Kaffee herbei und schenkte ihnen nach. Dann quetschte sie sich wieder auf die andere Seite der kleinen Sitzbank direkt am Fenster. „Gute Frage. Das Geld gehört euch beiden. Es sollte eine gemeinsame Entscheidung getroffen werden."

„Wie sollen wir denn bitte zu einer gemeinsamen Entscheidung kommen? Er will das Geld für seine Pläne und ich will es auf dem Firmenkonto lassen, als Notgroschen. Diese beiden Wünsche sind Lichtjahre voneinander entfernt. Außerdem will er verduften und mich somit doppelt hängen lassen."

„Hm." Pia drehte die Tasse zwischen ihren Fingern und gab dann zwei Stück Zucker hinein. „Aber du bist hier, obwohl du eigentlich im Verleih sein müsstest."

„Bei dem Wetter kommt doch keiner. Außerdem wollte ich mit dir reden", erwiderte Luise.

„Schon klar, aber früher hätte es das nicht gegeben. Weißt du noch? Der Verleih muss immer geöffnet sein, auch bei …"

Luise winkte ab. „Ja, ich weiß."

„Und trotzdem hast du deine Tür heute zugelassen und bist zu mir gekommen. Ich kann mich ja täuschen, aber ich vermute mal, du hast ebenfalls Zweifel an allem, vor allem deiner Zukunft. Richtig?"

Luise sah nach draußen in den Regen. Zwei Urlauber mit Schirmen liefen durch die schmale Gasse und stemmten sich in den Wind. „Ich hab heute früh meine Mutter getroffen und sie hat mir eine ganz einfache Frage gestellt. Nämlich, ob ich nicht auch noch irgendwelche Wünsche hätte, so wie Nick. Und weißt du was? Mir fiel nix ein. Ist das nicht verrückt?"

Pia legte ihre Stirn in Falten. „Verrückt und auch ein bisschen traurig. Jeder hat doch Wünsche. Ich glaube, du hast deine solange der Firma untergeordnet, dass sie scheinbar verschwunden sind." Sie beugte sich nach vorn. „Aber ich bin sicher, mit ein wenig kramen und bohren kommen sie wieder zum Vorschein oder du findest einfach neue."

„Aber das hilft mir kein Stück weiter, nicht einen Millimeter. Vielleicht wäre es das Beste, die Firma zu schließen und einen neuen Job zu suchen. Wenn Nick geht, kann ich das Unternehmen unmöglich allein führen."

„Das klingt aber jetzt ein bisschen nach einem Schnellschuss. Rede doch nochmal in Ruhe mit Nick. Du kennst ihn doch. Er war früher schon manchmal für irgendwelche Sachen Feuer und Flamme und ein paar Wochen später war alles wieder vorbei."

„Nein, diesmal ist das anders. Er wirkte ziemlich entschlossen. Also doch schon mal Stellenportale checken oder bei meiner Mutter anfangen", seufzte Luise.

„Du in einer Bar hinter dem Tresen, interessante Vorstellung", sagte Pia schmunzelnd. „Ich glaube, du brauchst einfach mal wieder einen total lockeren Abend, ein gutes Essen, vielleicht ein bisschen Tanzen gehen."

„Genau das habe ich mir auch gesagt und deswegen heute Abend eine Verabredung."

Pias Augen wurden kugelrund. „Ach, wirklich? Mit wem denn? Doch nicht etwa mit …"

Luise hob beide Hände. „Mit Felix? Du meine Güte, nein. Mit einem Fahrradvertreter namens Fabian Fromm." Schnell erzählte sie ihrer Freundin die ganze Story.

„Du hast ein Rendezvous, wie schön."

„Irgendwie freue ich mich darauf und gleichzeitig schlottern mir jetzt schon die Knie."

„Oho." Pia klatschte in die Hände. „Ein sehr gutes Zeichen. Das bedeutet, er gefällt dir."

„Keine Ahnung." Luise leerte ihre Kaffeetasse. „Bestimmt ist meine Mutter schuld, die mich mit ihrem ganzen Gequatsche verrückt macht. Ich komm nämlich bestens alleine klar. Muss doch nicht jeder in einer Beziehung sein … Was guckst du denn so?"

„Na, ganz unrecht hat deine Mutter nicht."

„Wunderbar, das brauche ich jetzt. Meine beste Freundin schlägt sich auf die Seite meiner verrückten Mutter."

Pia grinste. „Aber du musst zugeben, dass Swantje, seit sie sich von deinem Vater getrennt hat, um einiges jünger aussieht."

„Umso älter wirkt mein Vater. Und ihr Aussehen liegt vermutlich an den jungen Kerlen, mit denen sie immer abhängt, und ihren neuen Klamotten."

„Wie heißt es so schön, lieber in nem Porsche heulen, als in einem Trabi Champagner saufen."

Luise musste lachen. „Keine Ahnung, was du mir damit sagen willst."

„Such es dir aus. Wie sieht er denn aus, dieser Fabian? Wie so ein Vertreter oder eher wie so ein Vertreter." Bei der zweiten Variante gurrte Pia ähnlich wie heute Morgen ihre Mutter.

„Wie ein ganz normaler Mann", erwiderte Luise knapp.

„Du meine Güte, bist du wirklich schon dermaßen eingerostet oder tust du nur so? Ist er heiß? Könntest du dir mit ihm mehr vorstellen?"

„Sag mal, hast du sie noch alle? An so was denke ich gar nicht."

Pia winkte ab. „Lügnerin! Ich wette, du hast durchaus daran gedacht, wie es wohl sein würde, stimmt's?"

Die Röte kehrte zurück und ließ sich nicht zurückhalten. Verdammt, ihre Freundin kannte sie besser, als sie sich selbst. „Aber nur ein bisschen und nicht bis zum Ende", murmelte Luise vage.

„Ha, na also, er ist heiß. Wird wirklich Zeit, dass du mal ein bisschen Druck ablässt. Erst recht, da dein letztes Mal schon eine ziemliche Weile her sein dürfte."

Luise starrte ihre Freundin an und brauchte einige Momente, um deren Worte zu verarbeiten. „Mein letztes Mal? Willst du mir damit sagen, ich soll mit ihm … Wir gehen doch nur essen. Also ich meine, … Wir kennen uns doch gar nicht."

„Also, so langsam frage ich mich, wer hier seit Jahren verheiratet ist und mittlerweile ziemlich hinter dem Mond lebt – du oder ich? Heutzutage kann man doch seiner Lust freien Lauf lassen. Natürlich mit den entsprechenden Vorsichtsmaßnahmen und gewissen Absprachen", sagte Pia und nippte an ihrem Kaffee.

„Was denn für Absprachen?"

„Na, dass es einfach nur um puren Sex geht. Keine Gefühle, keine Liebe, kein Frühstück am nächsten Morgen oder doch, je nachdem. Hab ich alles in einer Frauenzeitschrift gelesen. So macht man das heute."

Luise schüttelte den Kopf. „Sprich nicht weiter, bitte."

„Warum denn nicht? Mach dich doch mal locker. Also nun sag schon, wie sieht er aus?"

Sie sah Pia an. Und auf einmal war es wieder da, das Prickeln in ihrem Körper. So hatte es sich angefühlt, als sie miteinander gesprochen hatten, als Fabians Blick sie gestreift hatte. Luise schloss ihre Augen und holte tief Luft. Sein Gesicht tauchte vor ihrem inneren Auge auf und ihr Herz begann zu rasen. „Er sieht toll aus", sagte sie leise und konnte ein Lächeln nicht unterdrücken. „Nicht einfach nur toll, sondern wahnsinnig toll."

Pia nahm ihre Hand. „Weißt du was? So hab ich dich zum letzten Mal vor langer, langer Zeit gesehen, als du noch schwer verliebt in Felix gewesen bist. Du leuchtest von innen und nur allein dafür hat dieser Fabian schon mal einen Orden verdient." Ihre Freundin machte eine bedeutungsschwere Pause. „Du musst mir eines versprechen: Lass es einfach geschehen! Schalte einmal deinen Verstand aus und hör nur auf deinen Bauch. So verrückt es sich auch anhören mag. Und dann sei glücklich, sei Frau und genieße es. Scheiß auf Morgen."

Kapitel 6

Mit angehaltenem Atem spähte Luise wenige Minuten vor sechs um die Hausecke des *Hotels am Leuchtturm*. Stück für Stück suchte sie mit ihren Augen den Platz vor dem *Teepott* ab. Da waren zwar zahlreiche Menschen, doch der Gesuchte war nicht darunter.

Mittlerweile hatte sich das Wetter gebessert. Wenn man es ganz positiv betrachtete, hatte man am Nachmittag sogar einen winzigen Hauch von Sonnenschein über der Ostsee entdecken können. Nun war die Sonne versunken, die Dämmerung lag über Warnemünde und der Wind wehte nur noch ganz leicht.

Als Luise vor ihrem Kleiderschrank gestanden und nach der passenden Garderobe für heute Abend gesucht hatte, war ihr noch einmal kurz der Gedanke gekommen, einfach daheimzubleiben, in der Sicherheit ihres ach so vertrauten Lebens. Doch dann war ihr plötzlich bewusst geworden, dass nichts sicher war. Merkte sie nicht gerade, wie der Boden zu schwanken begann? Und dann stieß sie auch noch auf ein Bild, das sie und Felix in glücklicheren Tagen zeigte. Es war an einem Sommerabend aufgenommen worden, drüben am Strand der *Hohen Düne*. Rötlich warmes Licht hüllte ihre beiden Körper ein und Luises Gesicht strahlte voller Liebe und positiver Energie. Am liebsten hätte sie es zerrissen. Aber dann stopfte sie das Foto in einen entlegenen Winkel ihres Kleiderschranks, in dem sie es so bald nicht wieder aufspüren würde.

Schließlich hatte sie sich für einen schlichte Jeans und einen weichen dunkelblauen Pullover entschieden. Das war nicht zu viel, das war nicht zu wenig und somit genau passend. Im Bad musterte Luise einen Moment die kleine Schminktasche, trug schließlich ein bisschen Make-up auf, einen Hauch Lippenstift und tuschte ihre Wimpern mit einem dunklen Blau, passend zu ihrem Pullover. Zufrieden betrachtete sie sich, steckte ihrem Spiegelbild die Zunge heraus und beschloss, dass es Zeit zum Aufbrechen war.

Natürlich war sie viel zu zeitig da, drehte einige Runden in den umliegenden Gassen und wollte sich nicht eingestehen, dass sie schrecklich aufgeregt war. Ihr Herz schlug schneller, ihre Hände waren feucht und in ihrem Bauch war ein Kribbeln, das allmählich den ganzen Körper erfasste.

Was sollte sie mit ihm reden? Was, wenn sie sich einfach nur stumm gegenüber saßen? Sie war vollkommen aus der Übung, was Verabredungen betraf, und befürchtete, sich schrecklich zu blamieren.

Erneut schielte Luise um die Ecke. Keine Spur von Fabian Fromm. Er war nicht gekommen. Enttäuschung machte sich breit und ein Hauch Erleichterung.

„Suchen Sie mich?", raunte in diesem Moment eine Stimme in der Nähe ihres rechten Ohrs.

Erschrocken zuckte Luise zusammen, drehte sich um und sah direkt in Fabian Fromms Gesicht.

„Entschuldigung, ich wollte Sie nicht erschrecken. Aber waren wir nicht eigentlich dort drüben verabredet?" Mit einer dunkelroten Rose deutete er auf den *Teepott*. Da war wieder dieses verschmitzte Lächeln von heute Morgen und das Kribbeln in Luises Bauch verstärkte sich explosionsartig.

„Ja, waren wir, nur, ich war eine Weile vor der eigentlichen Zeit da und wollte …"

„Ich auch. Ich bin mindestens schon zehnmal am *Alten Strom* auf und ab gelaufen und kenne dort nun gefühlt jede Fischbude und Modeboutique."

„Wirklich? Dann bin ich ja nicht die Einzige, die sich wie bei der allerersten Verabredung vorkommt."

„Oh, bitte nicht", stöhnte er lachend. „Damals war ich einen Kopf kleiner und hatte unzählige Pickel, die mich schrecklich gequält haben."

„Und ich hatte eine wenig kleidsame Zahnspange. Bleiben wir lieber einfach so alt, wie wir jetzt sind", schlug Luise vor.

„Gute Idee", stimmte Fabian ihr zu. „Und sagen wir du, oder? Ich glaube, das macht man so, bei einer Verabredung." Er streckte ihr die Rose entgegen. „Ich hoffe, du magst die Farbe."

„Sie ist wunderschön, danke."

„Hier wäre noch das Papier, nur wegen der Temperaturen, meinte die Dame im Blumenladen."

Luise nahm es entgegen und wickelte die Blume behutsam ein.

Fabian rieb seine Hände. „So, nun bist du dran. Wo geht ein Mensch essen, der aus Warnemünde stammt und vermutlich nicht dort einkehrt, wo all die Urlauber herumlungern."

Luise winkte ab. „Glaub mir, die sind inzwischen überall, befürchte ich. Selbst jetzt im November. Aber es gibt schon noch kleine Restaurants, die nicht ganz so überlaufen sind." Fragend sah sie ihn an. „Fisch oder Fleisch?"

„Am liebsten beides und vor allem eine ordentliche Portion davon."

„Na, dann komm." Luise tauchte mit Fabian ins Gewirr der kleinen Gassen ein und gelangte schließlich an ein ziemlich unscheinbar aussehendes Restaurant, das jeder flüchtige Betrachter übersehen hätte. Es befand sich in einem schmalen Häuschen mit winzigen Fenstern und ein Zunftschild in Form eines Steuerrades über der Tür.

Fabian schaute hinauf zum Namensschild. „*Zum blauen Matrosen*", murmelte er. „Ist der Name Programm?"

„Kommt auf dich selbst an und wie viel du vor hast zu trinken." Sie grinste verschmitzt. „Keine Angst, Landratten wie du und ich sind hier auch willkommen. Es gibt super leckeren Fisch, aber auch einige typische Fleischgerichte und den allerbesten Apfelstrudel mit Vanilleeis von ganz Warnemünde", schwärme Luise.

„Apfelstrudel, das ist ja ein typisch norddeutsches Gericht", erwiderte Fabian lachend.

„Lass dich einfach überraschen."

Lautes Stimmgewirr schlug ihnen entgegen, als Luise die Tür öffnete. Die Gaststätte war gut besucht. Seemannslieder dudelten aus einem Lautsprecher. Achim, der Wirt, stand hinter dem Tresen und sah ihnen neugierig entgegen. Dann erkannte er sie, hob zwei Finger und deutete in den Nebenraum.

„Wir dürfen nach drüben, weil hier alles voll ist."

„Ist das ein gutes oder ein schlechtes Zeichen?", fragte Fabian.

„Ein gutes Zeichen." Den wahren Grund für ihre Erleichterung verschwieg Luise ihm. Hatte sie doch mit Felix meist an einem Tisch im vorderen Raum gesessen. Gleich neben den Garderoben. Schon auf dem Weg hierher hatte sie sich gefragt, ob dieses Lokal eigentlich die richtige Wahl war. Doch wenn man alle vom Zettel strich, in denen sie irgendwann mal mit ihrem Ex gegessen hatte, blieb nicht mehr viel übrig.

Sie quetschten sich an einen winzigen Zweiertisch, der aus einem Fass mit einer rustikalen Tischplatte bestand. Über ihnen hing ein alter Anker, den jemand mit viel Geschick zu einer Lampe umgebaut hatte. Überall sah man Fischernetze, Muscheln, Taue und andere maritime Gegenstände.

„Und, was sagst du?", fragte Luise nach einer Weile.

„Gefällt mir, gefällt mir sogar sehr. Ich stehe ja eher auf die rustikalen Kneipen."

„Dann bist du hier bei Achim genau richtig."

Minuten später kam der Wirt mit der Speisekarte und nahm zunächst die Getränkebestellung auf. Dass er dies persönlich machte und nicht seine Kellnerin schickte, sprach für eine gewisse Neugierde und den Wunsch, den Mann in Augenschein zu nehmen, der es geschafft hatte, Luise Winter hinter dem Ofen hervorzulocken. Luise entschied sich für ein Bier und Fabian schloss sich ihr an. Gemeinsam studierten sie dann die Karte und kamen sich dabei zwangsläufig nahe. Ihre Ellenbogen berührten sich und wieder klopfte Luises Herz schneller. Es war schön, mit ihm hier zu sitzen. Es war überhaupt angenehm, mal wieder mit einem Mann verabredet zu sein. Es lag Leichtigkeit in der Luft und die war zuletzt viel zu kurz gekommen.

Mit Fabian verging die Zeit wie im Flug. Sie sprachen über dies und das und kamen von einem Thema zum Nächsten, konnten zusammen lachen und auch mal Schweigen. Private Dinge ließen sie dabei aus, als wolle keiner von ihnen dem anderen zu nahe treten. Nach dem köstlichen Essen orderten sich beide natürlich noch einen Apfelstrudel.

„Hm, der ist echt der Hammer", sagte Fabian und schleckte die Vanillesauce von seinem Löffel. „Und ich muss das wissen, ich habe nämlich einige Jahre in Bayern gewohnt." Grinsend sah er sie an.

„Was ist denn?", fragte Luise.

„Na, du hast da was, in deinem linken Mundwinkel."

Luise schob ihre Zunge vor und leckte einen winzigen Klecks Schlagsahne ab. Fabian musterte sie noch immer. Ihre Augen versanken tiefer und tiefer ineinander und das Prickeln in Luises Schoß wurde heftiger. Hitze brannte auf ihren Wangen, so sehr, dass sie schließlich ihren Blick abwandte und sich räusperte. „Mein Gott, eine Hitze ist das hier."

Fabian lächelte. „Das liegt vermutlich am Alkohol oder an der schlechten Luft oder ..." Er schwieg.

„Ja, du hast recht, es ist stickig. Wie das halt in solchen Kneipen ist. Wir könnten ja noch eine Runde laufen, ein wenig frische Ostseeluft schnuppern." Sie sah nach draußen. „Es scheint wunderbar ruhiges Wetter zu herrschen. Also ich meine, natürlich nur, wenn du willst", fügte sie hastig an.

„Gerne, lass uns gehen. Du bist natürlich eingeladen", sagte er und legte seine Hand auf ihre. „Keine Widerrede, was solche Sachen betrifft, bin ich schrecklich altmodisch."

„Na gut, wenn du meinst. Dann geh ich nur nochmal schnell für kleine Mädchen." Luise lief zu der schmalen Tür, neben dem Tresen. Am Ende eines langen Ganges lagen die Toiletten. Beide Kabinen waren besetzt, aber das war ihr egal. Sie drehte den Wasserhahn am Waschbecken auf und benetzte ganz leicht ihre glühenden Wangen. Dann sah sie in den Spiegel. Wieder leuchteten ihre Augen, magisch irgendwie. Einige Momente betrachtete sie ihr Spiegelbild und fragte sich, was jetzt noch kommen und wie der Abend enden würde. Einfach geschehen lassen, sich keine Gedanken machen, hatte Pia gesagt. Das war gar nicht so leicht, wenn der eigene Kopf unablässig brabbelte und tausende Schmetterlinge im Bauch flatterten.

Das Rauschen der Klospülung brachte Luise in die Gegenwart zurück. Minuten später trat sie zu Fabian an den Tisch. Er hatte bereits ihre Jacke geholt und half ihr hinein. Wieder waren sie sich so nah, dass sich ihre Körper einen Moment berührten.

Dann schlenderten sie durch das abendliche Warnemünde. Warmes Licht fiel aus den Fenstern der Wohnungen und Kneipen auf die Gehsteige. Kalt war es geworden. Winter lag in der Luft. Luise legte ihren Kopf in den Nacken und schaute

Richtung Himmel. Überdeutlich leuchteten die Sterne, schienen zum Greifen nah zu sein.

„Was für eine Nacht", staunte Fabian.

„Früher konnte man die Sterne besser sehen, aber heute, mit dem vielen Licht vom Hafen und der Stadt, wirken sie blasser."

„Dennoch ist es schön."

„Auf jeden Fall." Luise schlang die Arme um ihren Körper. „Soll ich dir meinen Lieblingsplatz zeigen?", fragte sie, ohne Fabian anzusehen. „Also, ich meine, es ist kein besonders geheimer Platz, viele Menschen laufen dort entlang, aber ich könnte Ewigkeiten da sitzen und aufs Wasser schauen."

„Wenn du magst."

Ihr Weg führte sie am *Alten Strom* entlang. Vom anderen Ufer, aus dem italienischen Restaurant *Fellinis*, drang lautstarkes Gelächter. Eine Gruppe trat ins Freie und unterhielt sich, während über ihnen Zigarettenrauch in den Himmel stieg. Luises und Fabians Arme schwangen locker nebeneinander her. Von Zeit zu Zeit berührten sich ihre Hände. Er ergriff schließlich ihre Finger und umschloss sie mit dem genau richtigen Druck. Es war, als hätte er ihre Gedanken lesen können. Denn genau das hatte sie sich gewünscht. Seine Haut war warm, fühlte sich seltsam vertraut an, als würden sie sich schon Ewigkeiten kennen. Genauso war es ihr vorgekommen, während sie miteinander gesprochen hatten.

Luise zog ihn immer weiter, hinaus zur grünen Mole. Das Bauwerk mit seinen mächtigen Wellenbrechern wurde wegen des grünen Leuchtfeuers am Ende, das den Schiffen die Einfahrt in den Rostocker Hafen wies, so genannt. Auf der anderen Seite lag die rote Mole und streckte sich ebenso weit hinaus ins Meer. „Da drüben liegt die *Hohe Düne*", erklärte sie Fabian. „Es gibt da einen herrlichen Strand und ein sehr schickes Hotel. Und da ist die Mittelmole. Im Sommer machen dort die Kreuzfahrtschiffe fest und abends, beim Auslaufen, versammeln sich hier hunderte Menschen zum Schauen und Winken. Wenn das Schiff dann tutet, bekomme ich jedes Mal eine Gänsehaut und ganz viel Fernweh. Manchmal würde ich am liebsten einfach an Bord gehen und losfahren, egal wohin der Wind mich treibt. Hast du schon mal eine Kreuzfahrt gemacht?"

„Einmal", sagte Fabian knapp.

„Und wie war es?"

„Es war nicht ganz so meine Art zu reisen und dennoch okay."

Kam es ihr nur so vor oder war ihm das Thema unangenehm? Verstohlen sah sie zu ihm und bemerkte, dass er seine Lippen fest aufeinander gepresst hatte. „Hm", meinte Luise. Schließlich erreichten sie das grüne Leuchtfeuer. Sie umrundeten es und traten bis ganz nach vorn, wo vor ihnen nur noch die Weite der Ostsee lag.

„Das hier ist er, dein Platz?", fragte Fabian leise.

„Ja, hier sitze ich dann und schaue hinaus aufs Meer."

„Allein?" Er sah sie nicht an, sondern musterte den Horizont.

Sie holte tief Luft. „Manchmal allein, manchmal mit meiner besten Freundin Pia. Man braucht den richtigen Menschen neben sich, um hier zu sitzen."

„Ich würde gern neben dir Platz nehmen, nur heute wird es wohl ein bisschen kalt am Hintern."

Luise lachte. „Das holen wir nach, ein anderes Mal, im nächsten Sommer. Ich weiß, eigentlich ist es kein besonderer Ort, ich meine …"

Fabian drehte sich zu ihr und legte seinen Finger auf ihren Mund. „Doch, das ist er. Dieser Ort ist magisch, ich spüre es auch." Stumm standen sie sich gegenüber, hielten sich einfach nur an den Händen und sahen sich an. Da war ein Zögern, als wollte keiner von ihnen den ersten Schritt tun.

Und dann, als Luise beinahe schon dachte, es würde nie geschehen, beugte er sich nach vorn. Fabian verharrte ganz kurz, als wollte er abwarten, ob sie zurückwich. Doch sie wich nicht zurück. Im Gegenteil, sie kam ihm mit ihren Lippen entgegen und wartete atemlos auf die erste Berührung.

Die war wie ein Stromschlag, der ihren ganzen Körper durchlief, und Luise musste einen Augenblick an Felix denken. Er war ihre große Liebe gewesen. Sie hatte ihn begehrt, sie hatte Gefühle für ihn gehabt. Aber diese waren nichts im Vergleich zu dem, was sie in diesem Moment empfand. Es war unglaublich und brachte ihre Beine zum Zittern. Zum Glück hielt Fabian sie fest in seinem Arm.

Nach einer gefühlten Ewigkeit löste er sich von ihr. „Ist dir kalt?"

Luise konnte nichts sagen, nur den Kopf schütteln.

„Wollen wir trotzdem gehen?"

Sie nickte.

Sie liefen Arm in Arm, so eng es nur möglich war und ebenso langsam, um jede einzelne Sekunde auszukosten. Luise versuchte, den Moment in sich abzuspeichern, dieses unbändige Glücksgefühl. „Und was machst du nun eigentlich, wenn du keine Fahrräder vermietest?", fragte Fabian.

Luise seufzte. „Dann vermiete ich Strandkörbe." Sie lachte kurz auf. „Nein, es gibt immer was zu tun. Ich führe das Geschäft zusammen mit meinem Bruder, was nicht ganz so einfach ist. Außerdem hab ich einen deprimierten Vater, eine verrückte Mutter und einen liebenswerten Opa. Dann gibt es noch ein paar gute Freunde. Ich lese gern und im Winter stricke ich Strümpfe."

„Hm, klingt gut. Da kann ich vielleicht ein paar abstauben."

„Wäre möglich. Und was machst du so?"

„Ich versuche, Fahrräder an Mann oder Frau zu bringen. Bisher habe ich in einer großen Firma gearbeitet. Nun habe ich einen neuen Job und als Vertriebsgebiet die Ostseeküste bekommen. Ansonsten fahre ich sehr gern Rad und gehe wandern."

„Wo lebst du?"

„Momentan in einer kleinen Pension in der Nähe des Kurparks. Sonst noch in Magdeburg, sozusagen eine Zwischenstation, zwischen meinem alten Wohnort München und eventuell hier", sagte Fabian. „Und du?"

„Gleich dort vorn, am *Alten Strom*."

Er nickte und schwieg einige Atemzüge. „Gibt es denn schon den richtigen Menschen, der sich mit dir dort vorn an die Mole setzt und aufs Meer schaut?"

Luise schüttelte den Kopf. „Es gab jemanden, aber im Grunde war er nicht der Richtige. Es ist vorbei, schon eine ganze Weile. Und nun mache ich mein eigenes Ding. Ich kann gut allein sein, das konnte ich schon immer." Jetzt war sie an der Reihe, die entscheidende Frage zu stellen. Doch Luise zögerte, da war auf einmal die vage Vorahnung, eine Antwort zu bekommen, die sie eigentlich nicht hören wollte. „Hast du jemanden?" Nun war es doch ausgesprochen.

Fabian öffnete den Mund und wollte gerade antworten, als unmittelbar neben ihnen das laute Tuten eines Schiffshorns erklang. Erschrocken zuckte Luise zusammen und ihm ging es nicht anders. Ein riesiges Containerschiff hatte sich unbemerkt genähert und wollte über die Warnow in den Hafen einfahren. Haushoch erstreckte es sich in den Nachthimmel. Das kleine Zollboot, das ihm folgte, wirkte wie eine zerbrechliche Nussschale. „Du meine Güte", ächzte er. „Da trifft einen ja fast der Schlag."

„Und nun stell dir dieses Tuten vor, wenn du mit hundert anderen Menschen hier sitzt und in den Sonnenuntergang schaust."

„Ich merke schon, ich habe mir die falsche Jahreszeit ausgesucht." Fabian blickte nach unten. „Du hast eiskalte Finger, wir sollten wirklich nach Hause gehen. Nicht, dass ich morgen noch Ärger bekomme, wenn du mit einer Erkältung im Bett liegst."

Er lief einfach los, zurück nach Warnemünde und sie folgte ihm über das lange Band der Mole. In den Fenstern der weiter vorn liegenden Häuser brannten nur noch wenige Lampen. Luise registrierte es nur am Rande. Sie war verwirrt. Er hatte ihr keine Antwort gegeben. Weil er es nicht wollte oder weil er … Sie schaffte es nicht, den Gedanken zu Ende zu denken. Je mehr sie sich der logischsten Lösung näherte, desto mehr schmerzte es.

Schließlich erreichten sie die Kreuzung vor dem Haus der Seenotrettung mit dem markanten Boot, das wie auf einer Welle zu schweben schien. Dem Punkt, an dem ihre Wege sich trennten. „Ganz schön ruhig ist es inzwischen. Wie spät ist es denn?" Ungläubig sah Fabian auf seine Uhr. „Du meine Güte, wir haben uns ganz schön Zeit gelassen."

„Ja, die Zeit verging wie im Flug", sagte Luise.

Er lächelte und berührte sie kurz an der Wange.

„Also dann", flüsterte sie.

„Also dann. Du hast meine Nummer."

Ihre Kehle war schon wieder wie zugeschnürt. „Ja, hab ich." Sie beugte sich nach vorn und gab ihm einen zarten Kuss auf den Mund. Mit einem Schlag fühlte sie sich so traurig, dass sie hastig ihre Lider bewegte, um nicht auf der Stelle loszuheulen. Sie hob ihre Hand und eilte los. Jeder einzelne Schritt war unendlich schwer, als gäbe es einen Magneten, der sie zu Fabian zog.

Dreh dich nicht um, sieh nicht zurück, sagte sie sich mantramäßig. *Er hat dir nicht geantwortet und das kann nur eines bedeuten. Du weißt es ganz genau, sei ehrlich. Wenn du jetzt zurückschaust und er ist nicht mehr zu sehen, ist es wie ein kleiner Stich mitten ins Herz. Doch wenn du zurückschaust und er steht noch dort, endet es in einer Katastrophe. Deswegen lauf einfach weiter, immer weiter.*

Kurz bevor sie die leichte Steigung erreichte, die zu ihrem Zuhause führte, hielt Luise es nicht mehr aus. Sie musste es einfach tun, ansonsten hätte sie es sich niemals verzeihen können. Sie drehte sich um und … Fabian stand immer noch an der Stelle, an der sie ihn verlassen hatte, und blickte ihr nach.

Selbst hier, mit vielen Metern Abstand zwischen ihnen, glaubte sie, seinen Blick überdeutlich zu spüren, seine Gedanken lesen zu können. Noch nie hatte sie sich so sehr nach einem Menschen gesehnt, noch nie hatte sie jemanden so begehrt wie ihn. Mit aller Macht versuchte sie auszublenden, was auf der Hand lag. Es durfte nicht sein und dennoch wollte sie es umso mehr. Diese Sehnsucht vertrieb alle Bedenken. Ihr Herz sprach und es setzte sich gegen die klaren Argumente des Kopfes durch.

Luise konnte nicht anders. Sie lief einfach auf ihn zu. Fabian zögerte einige Sekunden. Doch dann kam er ihr entgegen, blieb stehen, machte weitere Schritte und riss sie schließlich in seine Arme. Ganz fest presste er sie an sich. „Warum bist du zurück gekommen?", fragte er mit heiserer Stimme.

„Warum stehst du noch hier?"

„Ich wollte schauen, ob du gut nach Hause kommst."

Sie schüttelte den Kopf. „Das glaube ich dir nicht."

„Es wäre besser, wenn wir uns hier an dieser Stelle trennen", sagte er leise. „Glaub mir. Du solltest nach Hause gehen, deine E-Bikes bei einem anderen bestellen und mich vergessen."

„Und wenn ich das nicht will?", stieß Luise aus. „Wenn das der schönste Abend war, den ich in meinem ganze Leben verbracht habe?"

„Es werden andere Abende kommen."

„Ich will keine anderen Abende."

Fabian schob sie ein Stück von sich weg. „Ich möchte dir nicht wehtun, weil du eine wunderbare Frau bist. Ich bin in deinen Laden gekommen, hab dich telefonieren gesehen und es war um mich geschehen. Dann sagtest du mir, du hättest Familie und ich war enttäuscht und erleichtert zugleich. Und dann haben wir uns wiedergesehen und alles begann von vorn."

„Was willst du wirklich? Was willst du in diesem Moment tun …" Ihre Stimme brach. „Wenn du einfach alles andere ausblendest. Das mache ich nämlich gerade."

Er strich ihr über die Wange. „Dann will ich dich, ich will einfach nur dich. Dieser Abend war wunderschön, ich kann mit dir über alles reden. Es ist so leicht, so …"

„Lass uns gehen." Luise nahm seine Hand und zog Fabian mit. Doch er blieb stehen, löste seine Finger aus ihren. „Du kommst nicht mit? Dann geh in deine Pension, jetzt sofort. Und es endet hier." Mit bebenden Lippen sah sie ihn an. Es schienen Ewigkeiten zu vergehen, aber in Wirklichkeit waren es nur Sekunden.

Schließlich ergriff er ihre immer noch ausgestreckte Hand und schlug den Weg ein, den sie gerade zurückgelaufen war. Vor der Haustür nahm Fabian ihr den Schlüssel ab, so sehr zitterten ihre Hände. Dann stiegen sie die steile Treppe bis zu ihrer Dachwohnung hinauf.

Schon im Flur, begannen sie sich zu küssen. Ungeduldig streiften sie sich ihre Jacken ab, ließen sie achtlos zu Boden fallen. Fabian stieß mit seinem Körper eine der Türen auf.

„Dort geht es in die Küche", flüsterte Luise und dirigierte ihn Richtung Schlafzimmer. Doch im Grunde hätte sie ihn überall geliebt, auch auf dem Küchentisch.

Sie fielen aufs Bett und alles um sie herum versank hinter einer Wand aus purem Begehren. Als Fabians nackter Körper sich an ihren schmiegte, stöhnte Luise laut auf. Noch nie hatte sie so etwas erlebt, noch nie war es so gewesen. Da waren Empfindungen in ihrem Inneren, die für sie unvorstellbar waren. Er war der Eine, nach dem jeder Mensch suchte, das passende Gegenstück.

Gemeinsam erreichten sie den Höhepunkt und stürzten sich in den Strudel, der für einen Moment jeden Gedanken auslöschte.

Als ihr Atem sich beruhigt hatte, stützte sie sich auf den Ellenbogen und sah ihn an. Fabian hatte die Augen geschlossen. Sanft strich sie mit ihrem Finger über seine Lippen, glättete die Falte auf seiner Stirn und berührte eine kaum sichtbare Narbe unter seinem Haaransatz.

„Ich habe vergessen, etwas im Vorfeld zu klären."

Mühevoll und ein wenig schlaftrunken öffnete er eines seiner Augen. „Und das wäre?"

„Was du am Morgen zum Frühstück willst. Meine Freundin meinte, dass solle man vorher checken."

Fabian begann zu lachen und zog sie in seinen Arm. Und dort, nah bei ihm, so unendlich sicher und geborgen, erkannte sie, dass er nicht nur der Eine war, nach dem sie gesucht hatte, sondern dass sie hoffnungslos in ihn verliebt war.

Kapitel 7

Da war ein unregelmäßiges Klopfen, das Luise aus ihren Träumen riss. Es brauchte einige Momente, bis sie bemerkte, dass es von Regentropfen stammte, die gegen ihre Scheibe prasselten.

Verschlafen richtete sie sich auf und blickte nach draußen. Es war noch dunkel. Kurz vor vier, wie ihr der Blick zur Uhr verriet. Erst jetzt bemerkte sie, dass sie auf der falschen Seite ihres Kingsize-Bettes lag und außerdem nackt war. Schlagartig waren die Erinnerungen an den gestrigen Abend wieder da. Fabian und sie, ihr Abendessen, der Spaziergang und wie sie sich geliebt hatten. Doch das Kissen neben ihr war leer und kalt. Luise streifte ihren Morgenmantel über und tappte mit nackten Füßen in die Küche, dann ins Wohnzimmer. Zum Schluss lauschte sie an der Badezimmertür. Sie wartete einige Sekunden und drückte schließlich die Klinke nach unten. Der Raum war leer. Fabian war gegangen. Nirgends lag ein Gruß, eine Nachricht, irgendetwas.

Die Enttäuschung war wie ein Schlag. Im Schlafzimmer sank sie auf die Bettkante. Nichts erinnerte mehr an ihn. Vielleicht war es nur ein sehr realer Traum gewesen, der sie letzte Nacht heimgesucht hatte? Luise ließ sich nach hinten fallen und presste ihr Gesicht in das Kissen, auf dem Fabian gelegen hatte. Ein winziger Hauch seines Duftes hing noch darin. Oder war dies nur Einbildung? Der Wunsch nach etwas, das hiergeblieben war? Sie strich mit ihrem Finger über ihre Haut, ihre Lippen, fuhr die Spuren nach, die er gestern auf ihren Körper gezeichnet hatte.

Nein, es war kein Traum gewesen, keine Einbildung. Sie hatten sich hier geliebt, waren gemeinsam eingeschlafen und irgendwann hatte er sie verlassen, sich davongeschlichen. Also kein Frühstück für sie und ihn.

Luise drehte sich auf die andere Seite und zog ihre Beine an den Körper. Lange lag sie so da und starrte in den Regen. Was hatte sie erwartet? Dass er die ganze Nacht bei ihr verbringen würde? Dass sie gemeinsam am kleinen Tisch in ihrer Küche frühstückten und sich dann noch einmal liebten? Wenn sie ehrlich war, gingen ihre Vorstellungen schon in diese Richtung.

Doch augenblicklich wurde ihr bewusst, dass sie sich damit etwas vormachte. Hätte sie nicht ahnen können, dass es so nicht laufen würde? Vor allem nach Fabians Zurückhaltung, was seinen Beziehungsstatus anbelangte? Er hatte auf ihre Frage nicht geantwortet. Also war er in festen Händen, eine andere Erklärung gab es nicht. Es gab jemanden an seiner Seite, eine Frau, die ihn liebte und vermutlich in Magdeburg auf ihn wartete. Unter Umständen hatte er sogar Kinder und gab am Wochenende den perfekten Familienvater. Allein die Vorstellung war schrecklich. Und sie hatte es gewusst und sich darauf eingelassen.

Plötzlich wurde ihr schlecht, ihr Magen krampfte sich schmerzhaft zusammen. Luise sprang aus dem Bett, riss das Fenster auf und rang nach Luft. Regen rann über ihr Gesicht, ihr Morgenmantel wurde nass. Aber das war egal, der Druck im Magen wurde weniger. Doch die Erkenntnis, was sie getan hatte, holte sie mit aller Macht ein. Sie hatte mit einem Mann geschlafen, der vermutlich in einer Beziehung war. Anders konnte sie sich sein Verschwinden und das vorherige Schweigen nicht erklären. Das, was sie an anderen Frauen immer verurteilt und für sich als absolut ausgeschlossen eingestuft hatte, war geschehen. Wie hatte sie damals geschimpft auf die Damen, die sich auf eine Nacht mit Felix eingelassen und sich, aus ihrer Sicht, in eine Beziehung gedrängt hatten. Dabei konnte sie gar nicht wissen, ob diese Frauen überhaupt etwas von einer Beziehung wussten oder ob sie davon ausgegangen waren, ihr Ex wäre Single. Gab es da nicht eine Parallele zu ihrer Situation? Wenn, dann war Fabian derjenige, der seine Frau betrogen hatte. Doch seltsamerweise machten diese Gedanken es nicht leichter. Luises schlechtes Gewissen blieb. Sie konnte es nicht mal auf den Alkohol schieben, denn sie hatte ja nur eine Flasche Bier getrunken. Wie hatte es soweit kommen können? Was hatte er mit ihr gemacht, dass sie so etwas tat?

Luise schloss das Fenster und sank zu Boden. Sie schluchzte wie ein kleines Kind und wünschte sich, es wäre jemand da, um sie zu trösten. Dabei hatte sie keinen Trost verdient, sondern eher Kopfschütteln oder Unverständnis. Wie hatte es nur dazu kommen können? Wegen einiger tiefer Blicke, wegen eines Kribbeln im Bauch, wegen guter Gespräche und des Gefühls, sich mit einem Menschen unendlich wohl gefühlt zu haben.

Aber nein, es war nicht nur das gewesen. Es war tiefer gegangen. Ihr Herz hatte gesprochen, es hatte ihr die Entscheidung abgenommen und jeden vernünftigen Gedanken verschwinden lassen. Das, was sie für Fabian empfunden hatte, war mehr gewesen als pure Lust. Sie war verliebt, absolut unsterblich. Schon jetzt vermisste sie ihn unsäglich. Doch er war gegangen, heimlich und still verschwunden. Es war für ihn nur ein One-Night-Stand gewesen, nicht mehr. Alle ihre heimlichen Hoffnungen hatten sich in Luft aufgelöst. Das machte sie traurig und wütend zugleich. Und doch war es sinnlos, weitere Gedanken an ihn zu verschwenden, auf etwas zu hoffen.

Entschlossen erhob Luise sich, wischte die Tränen von ihren Wangen und stellte sich unter die eiskalte Dusche. Zuerst schnappte sie kurz nach Luft, doch die Kälte tat gut. Sie rubbelte ihren Körper trocken, zog warme Sachen an und verließ das Haus. Die Wege am *Alten Strom* waren leer und verlassen. In keinem der Fenster brannte ein Licht, sogar die Schaufensterbeleuchtungen waren zu dieser frühen Stunde erloschen. Der Regen hatte inzwischen nachgelassen, wirkte nur noch wie ein leichter Sprühfilm auf ihrer Haut.

Ein langer Strandspaziergang war heute Morgen genau das Richtige. Gleich neben dem *Teepott* marschierte sie durch die Dünen hinunter zur Ostsee, vorbei an den Zäunen, die zum Auffangen des Sandes an Sturmtagen dienten. Dann führte ihr Weg sie immer an der Wasserlinie entlang. Ab und zu blieb Luise stehen und warf einen Blick auf das dunkle Meer. Kleine Wellen rollten an den Strand, Muscheln knirschten unter ihren Füßen, Seegras ballte sich zu Häufchen zusammen. Dazu gesellte sich der Wind, der über ihr Gesicht strich. Sie mochte den Strand in seinem Urzustand, ohne Strandkörbe und Imbissbuden. Dann wirkte er auf sie noch unendlicher als in den Sommermonaten. Der Blick ging weit in die Ferne, vermittelte ein Gefühl von Einsamkeit. Je weiter sie lief, umso mehr ließ der Regen nach. Als Luise endlich ihren Strandabschnitt erreichte, hatte er gänzlich aufgehört. Am Horizont zeigte sich ein schmaler heller Streifen. Möglich, dass es heute ein schöner Tag werden würde.

Sie stapfte durch den losen Sand nach oben und betrachtete den Platz, auf dem vor einigen Tagen noch ihre Holzbude gestanden hatte. Nichts deutete mehr darauf hin, dass unzählige Urlauber hier eine Bockwurst gegessen oder Kinder Eis geholt hatten. Es war Vergangenheit und genau das würde mit letzter Nacht geschehen. Sie gehörte ins Gestern und mit jedem Tag, der verginge, würden die Erinnerungen blasser.

Luise sperrte die Tür des Fahrradverleihs auf. Dann kochte sie sich einen Kaffee, nahm ihren Laptop und begann mit der

Buchhaltung. Als die erledigt war, lehnte sie sich nach hinten und federte auf den Stuhl vor und zurück.

Ihr Blick streifte ein Bild, das gegenüber an der Wand hing. Es zeigte ihre Großeltern als junge Leute am Warnemünder Strand. Ernst blickten sie in die Kamera, während hinter ihnen ein Schild ein bisschen schief im Sand stand – *Strandkorbverleih-Winter* war darauf zu lesen. Luise sah es an, konnte ihre Blicke nicht abwenden. Und auf einmal wusste sie, was zu tun war.

Sie griff zum Handy, wählte Nicks Nummer und hinterließ eine Nachricht, in der sie ihn bat, ins Geschäft zu kommen. Und noch etwas war zu tun und zwar dringend. Sie lief nach vorn zur Theke und suchte den bunten Katalog, den Fabian hiergelassen hatte. Das Prospekt, auf dem seine Nummer stand und wie sie ihn erreichen konnte. Sie schaute in die entsprechende Schublade, dann in den Karton, in dem solche Dinge normalerweise landeten. Doch da war nichts. Forschend schaute Luise sich um. Sie öffnete alle Schranktüren, ging sogar hinüber in die Fahrradwerkstatt und beugte sich am Ende über die Papiertonne. Als Nick endlich kam, hatte sie den halben Laden auf den Kopf gestellt, ohne die verdammte Broschüre gefunden zu haben.

Mit hochrotem Kopf sah sie ihren Bruder an. „Hast du einen Katalog mit E-Bikes genommen, von einem Vertreter, der neulich da war?", fragte sie Nick statt einer Begrüßung.

„Moin", sagte der und nahm mit einem schwungvollen Sprung auf der Theke Platz. Mit baumelnden Beinen musterte Nick sie sichtlich irritiert. „Alles in Ordnung bei dir? Oder warum suchst du früh um acht nach diesem Katalog? Wir wollten doch keine neuen Räder bestellen. Wollen wir nun doch?" Prüfend sah er sie an. „Was ist los? Du wirkst irgendwie so verändert?"

„Wäre möglich. Ich bin gegen vier aufgestanden, dann hierhergelaufen und habe klar Schiff gemacht", erwiderte sie nervös. „Buchhaltung und so."

„Nein, das ist es nicht." Nick ergriff ihren Arm, zog sie einmal um die Ladentheke, so dass sie direkt vor ihm stand und hob dann ihr Kinn mit zwei Fingern an. „Wenn ich es nicht besser wüsste, würde ich sagen, du hast eine schlaflose Nacht hinter dir. Aber nicht, weil dir der Eintritt ins Lummerland verwehrt wurde, sondern weil du mit einem Mann in der Kiste warst und ihr es stundenlang getrieben habt."

Luise wurde schlagartig puterrot. „So ein Quatsch", wehrte sie vehement ab und versuchte, sich aus Nicks Griff zu befreien.

Doch der hielt sie unerbittlich fest und klopfte schließlich mit seiner freien Hand neben sich auf die Ladentafel. „Ist ja auch egal. Setz dich, Schwesterlein. So wie früher, weißt du noch? Als wir Opa immer besucht haben?"

Sie musste lachen. „Wir wollten ihm helfen, haben aber vermutlich nur Unordnung hinterlassen."

„Aber Opa hat nie etwas gesagt und uns machen lassen." Nick seufzte. „Ich müsste ihn mal wieder besuchen. Warst du bei ihm?"

„Ja, gestern morgen. Er hat nach dir gefragt."

„Ach, wirklich? Die letzten Male war er immer so durcheinander", erzählte ihr Bruder. „Ich hatte das Gefühl, er weiß gar nicht mehr, wer ich bin. Das macht mir zu schaffen." Nick seufzte. „Aber eigentlich ist das nur eine Ausrede."

„Opa ist durcheinander, stellenweise. Gestern hat er mir zum Abschied fünf Euro für die nächsten Tankfüllungen gegeben."

Nick grinste. „Also alles wie früher."

„Ich hab davon ein Los gekauft, bei Frauke. Einfach, damit sie aufhört zu nerven. Nun hab ich hoffentlich die nächsten Wochen Ruhe."

„Und gewonnen?"

Luise zuckte mit den Schultern. „Ich hab noch nicht mal reingeschaut."

„Das ist so typisch für dich. Schon früher hast du am Weihnachtsabend die Geschenke systematisch geöffnet, während ich einfach das Papier zerfetzt habe."

„Ich bin halt anders."

„Und das ist gut so." Nick stieß sie sacht mit dem Ellenbogen an. „Warum hast du mich herbestellt?"

„Um mit dir noch einmal über das alles hier zu reden. Und zwar in Ruhe und ohne Streit."

„Das klingt vernünftig. Also, lass uns anfangen."

Luise holte tief Luft. „Ich hab über alles nachgedacht, über dich, mich, *Strandkorb-Winter*, meine Träume." Fabian tauchte auf, schlagartig war er in ihren Gedanken und sein Gesicht war so präsent, dass es schmerzte. Sie strich sich über die Augen und er verschwand.

„Und zu welchem Resultat bist du gekommen?"

„Ich werde dir das Geld geben, damit du in die Staaten gehen kannst."

Nick zog scharf die Luft ein. „Bist du sicher? Aber wie soll das gehen?"

„Ganz einfach, indem wir einen Schlussstrich unter *Strandkorb-Winter* ziehen", sagte sie mit fester Stimme.

Ihr Bruder rutschte von der Ladentheke, stellte sich vor sie und stützte seine Hände neben ihr ab. „Luise, was ist in dich gefahren? Ich meine, wie kannst du so etwas sagen? Weißt du, was du mir damit aufbürdest? Durch meinen Wunsch, etwas anderes zu machen, geht all das hier den Bach runter?"

„Eine Alternative gibt es nicht. Allein kann ich die Firma nicht führen. Außerdem ..."

Es wurde still.

„Außerdem?", hakte Nick nach einer Weile nach.

„Außerdem bin ich inzwischen selbst unsicher, ob ich das alles hier noch will. Wenn wir die Firma also schließen, ist es nicht deine Schuld. Eigentlich geht es hier gar nicht um Schuld, sondern um Entscheidungen, die unser Leben betreffen."

Nick sah sie noch immer an, als wäre sie von einem anderen Stern. „Warum so plötzlich, dieser Sinneswandel?"

„Du hast mir die Augen geöffnet. Oder mich zumindest zum Nachdenken gebracht."

Ihr Bruder schaute kurz zu Boden und scharrte mit seinem Fuß. „Ja, mag sein, aber was soll aus dir werden? Was willst du tun? Wieder als Zimmermädchen arbeiten?"

„Ja, vielleicht, oder mir kommt noch eine komplett andere Idee."

„Das klingt ziemlich vage."

„Was soll ich denn sagen? Ich hab mich noch auf keinem Stellenportal umgeschaut", erwiderte Luise.

„Und wenn ich mich komplett verrenne und lieber wieder dem eigentlichen Geschäft zuwenden sollte? Du hattest recht, bis vor einigen Wochen war ich mit meinen Strandkörben glücklich und zufrieden und hab mich schon auf unsere gemeinsame Zeit auf dem Weihnachtsmarkt gefreut."

„Und die Mädchen, die dich anhimmeln, wenn du deine rote Zipfelmütze trägst, die dir so gut steht."

Nick grinste kurz. „Auch das. Was, wenn Amerika doch nur eine Schnapsidee ist?"

Luise dachte ein paar Momente nach. „Niemand wird dir eine Garantie geben können. Aber wenn es dein Traum ist, als Model durchzustarten, solltest du dann daran nicht festhalten? Immerhin bist du bei diesem Wettbewerb noch im Rennen.

Zieh das Ding einfach durch und schau, wo du am Ende landest. Solltest du gewinnen, dann geh in die Staaten. Und wenn nicht, überleg neu."

„Das klingt verdammt vernünftig."

„War ich nicht immer schon die Vernünftigere von uns Beiden?"

Nick grinste verschmitzt. „Wobei ich mir nach letzter Nacht nicht so sicher bin."

„Es war nichts, wirklich nicht", behauptete Luise.

„Lüg nicht, es gibt einen klaren Beweis. Du hast einen Knutschfleck am Hals."

Erschrocken zuckte ihre Hand nach oben. „Du meine Güte, wirklich?"

Ihr Bruder lachte meckernd und hieb sich auf die Oberschenkel. „Pah, reingefallen."

„Blödmann", erwiderte Luise.

„Ach, ich will gar nichts Näheres wissen, könnte mir aber vorstellen, dass es mit einem gewissen Fabian zu tun hat."

„Fabian? Wie kommst du denn darauf?"

„Sein Name stand auf der Rückseite eines Katalogs. Und der lag genau an der Stelle, an der sich dein hübscher Hintern befindet. Ich hab ihn dort drüben in die Schublade getan. Da du dort aber gerade erst nachgesehen hast, scheint er verschwunden zu sein. Und du suchst danach, ziemlich verzweifelt irgendwie. Außerdem erwähnte Mutter, dass sie dich vor der Kirche getroffen hat. Ein Umstand, der mir eine gewisse Sorge bereitet, weil du dort immer öfter hinrennst. Und sie sprach von einem attraktiven Fahrradvertreter namens Fabian. Ich hab nur eins und eins zusammengezählt." Nick winkte ab. „Ist ja auch egal. Es ist dein Leben und wenn ich einem Menschen wünsche, dass er Spaß hat, dann dir."

Luise beugte sich zu ihm und gab ihm einen Kuss auf die Wange. „Also, was hältst du von der Idee, den Wettbewerb durchzuziehen und dann gemeinsam zu entscheiden."

„Wie gesagt, es klingt vernünftig. Es gibt dennoch ein großes Aber. Ich habe noch genau zehn Tage, um eine Entscheidung wegen Amerika zu treffen."

„Nur noch zehn Tage?" Erneut schoss Röte in ihre Wangen, diesmal aber aus anderen Gründen. „Warum das denn?"

„Roman, der Typ vom Strand, er will mich unbedingt. Er glaubt an mich, so verrückt das auch klingen mag. Er will eine Zusage, ehe der Wettbewerb endet, weil sein Angebot nichts mit dessen Ausgang zu tun hat."

Gedanken rotierten in Luises Kopf. „Zehn Tage, so schnell. Macht er denn auf dich einen seriösen Eindruck? Kann man ihm vertrauen?"

Nick hob die Schultern. „Ich glaube schon. Aber sicher bin ich nicht, ob mir meine eigene Begeisterung Dinge vorgaukelt, die so gar nicht stimmen. Ich bräuchte einfach mal eine unabhängige und vor allem ehrliche Meinung von einem Menschen, dem ich blind vertraue." Ihr Bruder sah sie an. „Jetzt, wo die Strandkörbe im Trockenen stehen und kaum noch Räder ausgeliehen werden, würdest du da einfach mal mitkommen nach Rostock und dir die ganze Sache anschauen?"

„Ich?", fragte Luise verblüfft. „Aber ich hab von solchen Sachen nicht die geringste Ahnung."

„Mag sein, aber du hast einen gesunden Menschenverstand und siehst vielleicht mehr als ich. Dann sagst du mir ganz ehrlich deine Meinung und anschließend setzen wir beide uns noch einmal zusammen. Es wäre mir wirklich wichtig, weil du mir wichtig bist und ich dich hier nicht einfach hängen lassen will. Ich mag manchmal oberflächlich sein, aber ich weiß genau, was es bedeuten würde, wenn *Strandkorb-Winter* stirbt. Nicht nur für dich, sondern auch für mich und für unsere ganze Familie."

„Also gut, ich komme mit und ich schwöre dir, meine ehrliche Meinung zu sagen."

Nick streckte seine Hand aus und Luise schlug ein.

Kapitel 8

„Also wirst du mit Nick nach Rostock fahren?", fragte Pia.

„Genau, diesen Samstag", erwiderte Luise und musterte kritisch den Blumenschmuck neben der Urne. „Das sieht ja schrecklich aus. Darf ich?"

Ihre Freundin nickte. „Na klar."

Luise zupfte einige Blumen heraus und platzierte diese neu im Gesteck. Dasselbe machte sie bei dem schlichten Blütenkranz, der auf der Urne lag. Dann trat sie einen Schritt zurück und rückte anschließend den dunkelblauen Samt zurecht, der als Decke diente. Zum Schluss schob sie die beiden Kerzenständer ein winziges Stück weiter in die Mitte und nickte zufrieden. „Ich glaube, so ist es besser."

Pia hob ihren Daumen. „So ist es nicht einfach nur besser, so ist es perfekt." Ihre Freundin setzte sich vorsichtig auf die Kante eines der schlichten Tische, die links und rechts im Fahrgastraum des Schiffes aufgestellt waren. In Kürze wurde eine Gruppe Trauernder an Bord erwartet, die dem Verstorbenen das letzte Geleit geben wollten. Eigentlich unternahm man mit der *Alwine* Rundfahrten im Rostocker Hafen oder an der Küste entlang. Doch heute diente sie einem anderen Zweck und wurde zum Bestattungsschiff. Pia und ihr Bruder Olaf, der Kapitän und Besitzer des Kutters, steuerten einen bestimmten Platz ein Stück vor Warnemünde an, an dem die Urne dann feierlich versenkt wurde. Die Angehörigen warfen einen letzten Blumengruß ins Wasser und machten sich anschließend auf die Heimreise. Währenddessen sank die Urne auf den Grund der Ostsee, wo sie sich binnen kurzer Zeit auflöste. Es war für viele Angehörige ein tröstlicher Gedanke, dass der Verstorbene nun an dem Ort blieb, dem sein ganzes Leben lang seine Liebe gegolten hatte.

„War er Kapitän oder so?"

„Nein, er hat viele Jahre jeden Urlaub mit seiner Frau hier in Warnemünde verbracht. Nun ist er mit fünfundachtzig verstorben und sein letzter Wunsch war es, hier beerdigt zu werden. Scheint ein lustiger Typ gewesen zu sein. Ich darf in der Rede einige Anekdoten aus seinem Leben erwähnen." Pia verschränkte die Arme. „Das macht es leichter, wenn man so geht und sein Leben gelebt hat. Aber nun genug der trüben Gedanken. Deswegen bist du ja nicht hergekommen. Ich bin sowieso erstaunt, dass wir uns jetzt öfters sehen. Wenn ich mir auch einige Sorgen mache."

„Sorgen? Aber warum denn?"

„Na, wenn du mich mehrmals in einer Woche besuchst, liegt etwas im Argen." Pia warf ihr einen knappen Blick zu. „Wie war denn dein Treffen mit diesem Fabian?"

Luises Hand zitterte. „Wäre es schlimm, wenn ich darüber momentan nicht sprechen möchte?"

„Schlimm nicht, aber meine Sorgen werden dadurch nicht kleiner." Pia lächelte schwach. „War es denn eine solche Katastrophe oder bist du etwa gar nicht erst hingegangen?"

„Doch, ich bin hingegangen. Damit fing die Misere ja an." Luise lehnte sich an den gegenüberliegenden Tisch. „Wir waren essen, sind danach ein Stück gelaufen, raus auf die Mole und …"

„Ihr habt geknutscht", ergänzte Pia und wirkte mehr als zufrieden.

Luise nickte. „Und nicht nur das."

Ihre Freundin beugte sich ein Stück nach vorn. „Ihr habt …"

Luise nickte erneut.

„Und wo ist das Problem? War er so schlecht oder wollte er irgendwelche seltsamen Dinge? Man hört da ja immer wieder davon."

Sie fühlte sich inzwischen wie auf einer dünnen Eisdecke, die jeden Moment brechen würde. Hätte sie bloß nicht davon angefangen. „Nein, es war toll und schön und Punkt."

„Und Punkt?" Auf Pias Stirn tauchte eine Falte auf. „Okay, ich merk schon, du willst nicht drüber reden und das wird seine Gründe haben. Aber glaub mir, es ist nichts dabei, sich als Frau einfach mal das zu holen, worauf man Lust hat. Wir leben nicht mehr im Mittelalter."

„Herrgott, das weiß ich doch. Bei mir liegt die Sachlage ein wenig anders. Da war diese Nacht und er, der so verdammt gut aussah, und dann hab ich etwas gemacht, von dem ich mir mal geschworen habe, es nie zu tun. Weil es verachtenswert und verwerflich ist."

Pias Stirnfalte wurde noch steiler. „Was? Ich verstehe nur Bahnhof." Doch plötzlich spitzte sie ihre Lippen. „Oder warte mal. Ich kenne nur eine Sache, die du als absolut verwerflich bezeichnet hast und das wäre, mit jemanden ins Bett zu gehen, der …"

Luise hob die Hand, es war auch so genug. Pia musste es nicht aussprechen.

„Du meine Güte. Hat er es dir vorher gesagt?"

„Gesagt nicht, eher angedeutet, aber das ändert auch nichts. Es ist passiert und ich muss nun alles tun, um die Sache so schnell wie möglich zu vergessen. Es war einmalig, ein One-Night-Stand, wie er doch heute vollkommen normal ist, oder? Also Schwamm drüber. Dabei kommt mir das Theater rund um Nick gerade recht. Es gibt viel zu durchdenken und das lenkt ab."

„Hm, wenn du meinst."

Ja, genau das meinte sie. Seit ihrer Nacht mit Fabian waren drei Tage vergangen. Tage, an denen sie versucht hatte, sich so gut es ging auf andere Dinge zu konzentrieren, was schwerer war, als zunächst geahnt. Sogar die grüne Mole hatte sie gemieden, genau wie den Strand und den Platz am Leuchtturm. Viel hatte diese Strategie nicht bewirkt. Es genügte nur irgendeine Kleinigkeit und alles war wieder da. Was Luise am meisten beunruhigte, war, dass der Katalog mitsamt Fabians Kontaktdaten wie vom Erdboden verschwunden war. Nick bestritt beharrlich, etwas damit zu tun zu haben. Luise gab die Suche schließlich auf, sah es als eine Art Zeichen des Himmels. Jede Spur von Fabian war damit getilgt worden. Und bis jetzt hatte sie es auch geschafft, nicht das Internet nach ihm zu durchsuchen.

Zudem schwankte sie zwischen zwei Extremen. Ein kleiner Teil von ihr kämpfte mit der Wut auf sich selbst, dass sie sich auf eine solche Nacht eingelassen hatte. Der andere Teil, der sich meist in den Abendstunden meldete, wenn sie allein in ihrem Bett lag, verging vor Sehnsucht und wünschte sich, er würde einfach vor der Tür stehen, sie in den Arm nehmen, berühren, küssen …

Pia holte sie zurück in die Gegenwart. „Sag mal, hörst du mir überhaupt zu?"

„Entschuldige, ich war mit den Gedanken gerade woanders. Was sagtest du?"

„Ich wollte wissen, was du tust, wenn sich am Samstag herausstellt, dass die Sache mit Amerika keinen Haken hat, sondern für Nick eine riesige Chance ist?"

Luise zuckte mit den Schultern. „Dann geb ich ihm sein Geld und muss schauen, wie es für mich weitergeht. Fest steht, allein kann ich die Firma nicht führen."

„Also Schlussstrich?"

Luise seufzte und nickte zögernd. „Ja, vermutlich. Auch wenn ich diesen Gedanken nicht zu Ende denken mag. Noch nicht. Zum Glück würde Opa davon nicht mehr viel mitbekommen und dennoch …"

In diesem Moment erklangen trampelnde Schritte auf der Treppe und ein Mann mit einem sorgfältig gestutzten Bart, in einer dunkelblauen Uniform, kam nach unten. Gleich auf den ersten Blick erkannte man seine Verwandtschaft zu Pia. „Na, Schwesterlein, alles fein?" Er gab Pia einen Kuss auf die Wange und machte dasselbe bei Luise. Anschließend wanderte Olafs Blick nach vorn. „Na endlich macht der Lehrling nicht mehr den Blumenschmuck und die Deko. Das konnte man sich ja nicht mehr mit ansehen. Also, nichts gegen die Jugend, wir haben alle mal angefangen. Aber die Auszubildende bei unserer Floristin ist absolut talentfrei."

„Der Lehrling hat Blumenschmuck und Deko gemacht, aber Luise hat anschließend nochmal Hand angelegt", meinte Pia.

Überrascht schaute Olaf sie an. „Tatsächlich? Also, wenn es mit Strandkörben und Rädern nicht mehr läuft, du weißt, wo du mich findest."

„Falsches Thema, Brüderchen, verdammt falsches Thema."

„Ach, warum denn?", fragte er.

„Themenwechsel", sagte Luise energisch.

„Apropos Wechsel. Wusstest du eigentlich schon, dass Hanne einen Nachfolger für ihr Geschäft sucht?", fragte Pia.

Grübelnd sah Luise Pia an. „Hanne? Meinst du die Deko-Hanne?"

„Genau die."

„Aber die hat ihren Laden doch noch gar nicht so lange. Und wie ich gehört habe, soll er ohne Ende brummen."

„Ja, aber Hannes Mann macht irgendwas technisches und nun hat er ein Jobangebot vorliegen, das sie unbedingt annehmen wollen und zwar in Dänemark. Und sie ist doch eh so ein Dänemark-Fan, was man in ihrem Laden an jeder Ecke sieht. Ich sag nur Hygge."

Olaf schüttelte den Kopf. „Hygge, Hygge, Hygge, was soll das überhaupt sein? Bis vor einigen Jahren fand Hygge nur auf der anderen Seite der Ostsee statt und wir sind bestens ohne diesen Quatsch ausgekommen."

„Hygge ist ein Lebensgefühl. Es steht für Heimkommen, Gemütlichkeit und lauter andere schöne Dinge, von denen du nichts verstehst, weil du ein alter Stiesel bist." Pia boxte ihren Bruder sanft in die Seite. „Aber wo war ich eigentlich stehengeblieben? Ach ja, bei Hanne und ihrem Laden."

Luise nickte. „Nun, einen Nachfolger zu finden, dürfte doch nicht so schwierig sein. Die Lage ihres Ladens ist erste Sahne. Alle, die vom Bahnhof kommen oder mit dem Kreuzfahrtschiff anlegen, fallen förmlich in ihr Geschäft."

„Stimmt. Und dennoch!" Pia machte eine kurze Pause. „Hanne will halt nicht irgendeinen Nachfolger, sondern jemanden, der ihr Geschäft nach ihrem ursprünglichen Konzept weiterführt. Und das ist gar nicht so einfach. Es ist diese Mischung aus hochwertiger Deko, kuscheligen Decken, Duftkerzen, Bildern und Mode, die es ausmacht. Dafür braucht man ein Händchen, Liebe zum Detail und viel Gespür für schöne Dinge", schwärmte Pia und sah Luise mit einem irritierenden Blick an.

Olaf starrte seine Schwester genauso verwundert an. „Sag bloß, du willst deinen Job als Bestatterin an den Nagel hängen und diesen Laden übernehmen."

„Herrgott, nein, natürlich will ich das nicht", stöhnte Pia. „Dafür fehlt mir doch vollkommen das Geschick." Sie zwinkerte Olaf vielsagend zu und machte dabei Kopfbewegungen in Luises Richtung.

Diese hatte die Unterhaltung nur mit einem Ohr verfolgt, bemerkte aber nun, dass zwei Menschen sie aufmerksam musterten. „Ist was? Ich meine, weil ihr mich so anschaut."

Pia beugte sich nach vorn. „Betrachten wir die Sache doch mal ganz realistisch. Was tust du, wenn Nick wirklich geht? Variante ein: Du schließt *Strandkorb-Winter* und suchst dir einen Job. Auswahl gibt es hier oben momentan reichlich, aber alles in Branchen, die nicht unbedingt deinen Wünschen entsprechen dürften. Dann wäre da Variante zwei. Du gibst Nick sein Geld und wurschtelst allein weiter, was unmöglich zu schaffen ist. Also wirst du dir einen Angestellten nehmen müssen oder besser noch zwei. Denn du wirst niemanden finden, der von früh bis spät, von Montag bis Sonntag und noch dazu bei jedem Wetter deine Strandkörbe vermietet. Du kannst natürlich auch selbst die Strandkörbe übernehmen, aber dann brauchst du jemanden …"

„Hör auf", rief Luise aus und presste ihre Hände an den Kopf. „Ich wollte einfach mal paar Worte mit dir wechseln und nun hältst du mir einen Vortrag. Denkst du, ich merk nicht, worauf du hinauswillst? Ich soll Hannes Laden übernehmen? Schlechter Witz, ausgesprochen schlechter Witz."

„Aber warum denn?", meinte Olaf. „So, wie du die Sachen dort angerichtet hast, scheinst du durchaus ein Talent dafür zu besitzen. Außerdem führst du ein ziemlich umfangreiches Unternehmen, besitzt also auch Geschäftssinn."

„Und du hast damals ohne Ende von Hannes Geschäft geschwärmt, als wir nach der Neueröffnung bei ihr gewesen sind. Erinnerst du dich?", fügte Pia an.

Luise begann laut zu lachen. „Ganz ehrlich? Ihr beiden habt vollkommen den Verstand verloren. Habt ihr euch Hannes Laden mal angesehen? Die ganze Einrichtung ist nigelnagelneu, zum großen Teil handgefertigt. Dazu kommen die Deko und die viele Ware. Ihr Mann scheint beruflich mega erfolgreich zu sein und ziemlich gut zu verdienen. Der hat ihr die Hütte finanziert. Aber ich? Habt ihr nur eine ungefähre Vorstellung, was sie für die Bude als Ablöse will?"

„Ich hab keine ungefähre Vorstellung", sagte Pia. „Ich hab konkrete Zahlen." Vielsagend schaute sie Luise an. „Ich bin nämlich gestern bei Hanne im Laden gewesen und dann sind wir ins Gespräch gekommen. Rein zufällig natürlich. Sie hat mich um Hilfe gebeten, weil sie ja noch nicht so lange hier oben wohnt. Ganz im Gegensatz zu mir. Sie wollte wissen, ob ich jemand wüsste und ich habe ihr versprochen, ich würde mich mal umhören. Und dabei hat sie mir ihre finanziellen Vorstellungen genannt."

„Ganz ehrlich? Den Quatsch höre ich mir nicht mehr länger an." Luise erhob sich, doch Pia hielt sie am Arm fest.

„Willst du die Summe denn nicht mal hören?", fragte ihre Freundin.

„Nein, lieber nicht. Einfach, weil ich weiß, dass ich sie sowieso nicht aufbringen kann", entgegnete Luise bitter. „Warum sich also darüber Gedanken machen?"

„Aha, es würde dir unter Umständen also doch Spaß machen, einen solchen Laden zu besitzen", sagte Pia triumphierend.

Luise schluckte. Was war eigentlich gerade los in ihrem Leben? Bis vor kurzem hatte alles seinen mehr oder weniger geregelten Gang genommen. Da waren die immer gleichen Sorgen gewesen. Der morgendliche Blick aufs Thermometer, das Verfolgen des Wetterberichts, das abendliche Abrechnen der Tageseinnahmen. Sie hatte ihren Opa besucht, den Streit ihrer Eltern ertragen, Nicks sprunghafte Ideen an sich abprallen lassen. Doch viel mehr war nie passiert. Dinge, mit denen sie inzwischen umgehen konnte. Aber nun? Erst die Sache mit Nick, dann die Nacht mit Fabian und nun Pia mit ihren Vorschlägen.

Das Verrückteste aber war, dass Luises Herz beim Gedanken an Hannes kleinen Laden, den sie natürlich sehr gut kannte, höher schlug. Fast so hoch, wie wenn sie an die Nacht mit Fabian zurückdachte. Ein solches Geschäft zu führen, schöne Dinge zu verkaufen, die ihr selbst am Herzen lagen, das wäre traumhaft. Diese letzte Erkenntnis ließ sie kurz nach Luft schnappen. Sie hatte also doch einen Traum und das war auf der einen Seite erleichternd und gleichzeitig deprimierend. Wenn in dieser Minute eine Fee zur Tür hereinkäme und ihr die magische Frage nach ihrem größten Wunsch stellen würde, dann wäre ihre Antwort: Einen solchen Laden zu besitzen. Luise schluckte. Und wenn schon, es war sinnlos. Ihr Kopf schaltete sich ein und das war immer noch besser, als auf das Herz zu hören. Was dies brachte, hatte sie vor einigen Tagen schmerzlich erfahren dürfen.

„Es sind Hirngespinste", sagte Luise leise.

„Sag das doch nicht. Willst du die Summe wenigstens mal hören?", meinte Pia leise und nahm ihre Hand.

„Ich befürchte, du wirst nicht eher Ruhe geben, bis du sie mir genannt hast."

„Sie will hundertfünfzigtausend Euro, aber unter Umständen ließe sich natürlich noch verhandeln. Ich weiß, es ist eine Menge Geld, aber …"

„Ach wirklich?", unterbrach Luise ihre Freundin. „Na, nun bin ich aber echt beruhigt. Ich dachte schon, du würdest mir gleich sagen, dass hundertfünfzigtausend doch nun wirklich kein Problem sind. Hast du irgendeine Vorstellung von meiner finanziellen Situation? Oder spielst du auf den Notgroschen an, den Nick und ich immer noch haben? Das sind genau hunderttausend und ihm steht die Hälfte zu. Blieben also für mich fünfzigtausend und ich bräuchte nur noch schlappe weitere hunderttausend."

Pia seufzte. „Sei doch nicht so theatralisch."

„Das finde ich auch", brummte Olaf. „Du hast doch noch deine Wohnung und es gibt auch noch andere Wege, um das Geld zu beschaffen."

„Das hättest du jetzt nicht sagen sollen", rügte Pia ihren Bruder. „Die erste Idee wird Luise sofort ablehnen, weil sie ihre Wohnung liebt. Und der zweite Vorschlag hat so einen Hauch von Verbrechen. Geld beschaffen, tztztz."

„Na, also, da hätten wir die Sache ja geklärt." Luise erhob sich und zog ein Wolltuch aus ihrer Jackentasche. Dabei fiel ein kleiner bunter Schnipsel zu Boden. Das Los, das sie bei Frauke gekauft hatte. Hastig hob sie es auf und wollte es zurückstecken.

„Ist das von dieser Weihnachtslotterie?", fragte Olaf. „Ich tippe mal auf Frauke. Mir hat sie auch schon zwanzig Euro aus dem Kreuz geleiert. Natürlich für den guten Zweck. Vier Lose hab ich gekauft und sie sieht mich immer noch an wie Nachbars Lumpi, den alten Dackel."

„Und hast du gewonnen?"

„An Erfahrung", antwortete Olaf und meckerte los. „Und du?"

„Ich hab noch nicht reingeschaut", sagte Luise.

„Solltest du aber tun. Vorige Woche hat einer auf Usedom zweihunderttausend mit so einem Los gewonnen."

Luise lachte. „Und nun denkst du, ich habe auch so ein Glück?"

„Na ja", sagte Olaf. „Heißt es nicht immer, Pech in der Liebe, Glück im Spiel?"

Dieser Kommentar brachte ihm einen weiteren Rempler seiner Schwester ein. „Der Spruch geht anders rum, ist aber auch egal. Er war mehr als blöd."

„Denkt ihr jetzt allen Ernstes, dass ich gewonnen habe? Womöglich hundertfünfzigtausend Euro? Darf ich euch erinnern, dass wir uns in der Realität befinden und nicht in einem kitschigen Film?" Luise schüttelte den Kopf, doch ihre Freunde sahen sie unverwandt an. Schließlich stöhnte sie laut auf. „Ganz ehrlich? Wozu braucht man Feinde, wenn man solche Nervensägen als Freunde hat? Ihr seid wirklich unglaublich anstrengend und …" Ihr fehlten die Worte. „Dann mach ich das Ding jetzt auf und wir können gemeinsam die Niete bewundern, die ich gezogen habe."

Luise wollte gerade das Los öffnen, als Olaf losschrie. „Nein, nicht dort. Da unter dem Balken wohnt doch der Klabautermann. Du musst es dort drüben in dieser Ecke machen, da neben der Bar."

„Der Klabautermann? Wisst ihr was? Ihr seid echt wahnsinnig. Aber weil ich weiß, dass ihr mich sonst weiter nerven werdet, mache ich das Los dort drüben auf."

Der Kapitän nickte zufrieden und folgte Luise. „Ja, so ist es besser. Mit dem Klabautermann an Bord ist nicht zu spaßen. Frag nicht, was wir hier schon für Geschichten erlebt haben."

Sie fragte nicht. Denn natürlich kannte Luise all die Märchen rund um den Kobold der Seeleute. Diesen kleinen Wicht, der Streiche spielte, wenn man ihn nicht gut behandelte oder sich über ihn lustig machte. Als kleines Mädchen hatte sie sogar ein Bilderbuch mit vielen Geschichten besessen, aus dem ihre Mutter ihr oft vorgelesen hatte.

Also steuerte sie den Ecktisch an, öffnete das Los und ergriff die Münze, die Pia ihr reichte. Diese hatte vorher dreimal auf das Geldstück gespuckt, natürlich nur symbolisch. Mit nach oben gerecktem Daumen schaute ihre Freundin sie an.

Luise begann kopfschüttelnd die zehn Felder freizurubbeln und Symbole kamen zum Vorschein. Da war ein Anker, ein Segelboot, ein weiterer Anker und noch einer. Am Ende hatte sie neun Stück freigerubbelt. Unsicher drehte sie das Los um und schaute auf der Rückseite, was dies nun zu bedeuten hatte.

Sie stutzte, las die wenigen Erklärungen wieder und wieder. Dann sank sie auf die Bank, ächzte und strich sich über das Gesicht.

„Was ist denn?", fragte Pia, riss ihr das Los aus den Fingern und sah ebenfalls nach. Einen Moment wirkte sie genauso verblüfft, wie ihre Freundin. Dann riss sie die Arme nach oben und jubelte. „Verdammter Klabautermann, du hast sechzigtausend Euro gewonnen." Verstohlen schielte Pia nach vorn zur Urne des Verstorbenen und neigte kurz den Kopf. „Entschuldigung, aber ich bin sicher, du hättest dich auch mitgefreut."

Kapitel 9

Vollkommen benommen schlich Luise von Bord. Ihre Beine schienen aus Pudding zu bestehen, aber sie trugen sie noch. Um sie herum kreischten Möwen, auf der anderen Seite des *Alten Stroms* versuchten Kapitäne, Urlauber für eine Hafenrundfahrt an Bord zu locken. Vor dem *Fellinis* wischte eine Kellnerin die Tische ab, eine andere verteilte kuschelige Decken auf den Stühlen. Scheinbar war alles wie immer. Doch das stimmte nicht so ganz.

Sechzigtausend Euro! Noch immer konnte Luise es nicht fassen und glaubte an einen Scherz oder einen Irrtum. Doch Pias Check auf der genannten Homepage hatte ergeben, dass anscheinend alles seine Richtigkeit hatte. Sie musste sich nur mit der angegebenen Adresse in Verbindung setzen, gewisse Daten übermitteln und dann würde alles seinen Gang gehen und sechzigtausend Euro würden auf ihrem Konto landen. War es ein Wunder, ein Zufall, Schicksal oder Bestimmung? Sie konnte es nicht sagen. Luise konnte im Grunde gar keinen klaren Gedanken fassen.

„Du musst jetzt ganz ruhig bleiben", hatte Pia gerade noch einmal zu ihr gesagt und ihre Hände gedrückt.

Ruhig bleiben, das war leichter gesagt als getan. Dabei waren sechzigtausend Euro keine so unfassbare Summe, dass man schier ausflippen würde. Aber für Luise waren sie viel Geld, das sie in einer merkwürdigen Situation erreichte. Wäre es ein Film, würden alle Kritiker schreiben, dass es solche Zufälle nur in Drehbüchern gab. Aber dies hier war real.

Luise war aufgebrochen, als die ersten Trauergäste eingetroffen waren. Zuvor hatte sie ihren Freunden das Versprechen abgenommen, zu schweigen und niemandem von dem Gewinn zu erzählen. Pia und Olaf hatten es am Ende sogar geschworen und wenn Luise jemandem vertraute, dann diesen beiden.

Nur körperlich anwesend lief sie über die Drehbrücke, die die Mittelmole mit der anderen Seite verband und stellte sich einen Moment ans Geländer. Sie starrte ins Wasser, das unter ihr sanft Richtung offenes Meer strömte. Eine neugierige Möwe schaute vorbei und wollte vermutlich wissen, ob es bei ihr etwas Essbares abzustauben gab. Als sie bemerkte, dass Luise einfach nur dastand, suchte sie sich den nächsten Passanten.

Da ihre Hände, die das Geländer umklammerten, allmählich kalt wurden, löste sie sich und schlenderte weiter in die Altstadt. Gleich vorn lag die *Vogtei*, das älteste noch erhaltene Gebäude Warnemündes, in dem im Sommer zahlreiche Eheschließungen stattfanden. Immer wieder sah man dann Brautpaare zum markanten Leuchtturm oder zur Mole schreiten, um Fotos zu schießen. Es herrschte stets ein unglaublicher Trubel und Luise stellte jedes Mal fest, dass sie so nie heiraten wollte. Für sie musste es ruhiger sein, intimer, aber die Brautpaare waren glücklich und nur das zählte. Und eigentlich stand es ihr mit ihrem maroden Beziehungsstatus nicht zu, über andere zu urteilen. Immerhin hatte sie es bisher nicht vor den Traualtar geschafft.

Hinter der *Vogtei* befand sich die Touristeninformation und nur wenige Meter entfernt lag Hannes Laden.

Luise suchte sich einen Platz an der gegenüberliegenden Hauswand und musterte das Geschäft. Zur Sicherheit nahm sie ihr Handy in die Hand und tat so, als würde sie auf einen Anruf warten. Wie lange sie dort gestanden hatte, konnte sie nicht sagen. Sie betrachtete das Schaufenster, die Auslage, das Schild über der Tür und beobachtete, wie immer wieder Menschen das Geschäft betraten und mit Tüten herauskamen. Das war nichts Neues für sie. Hanne hatte einen tollen Laden, ein wunderbares Sortiment und eine überaus geschäftstüchtige und dennoch herzliche Art. Würde sie auch so sein können? Würde sie Erfolg haben? Würde es ihr Spaß machen? Innerlich gab sich Luise dreimal ein klares Ja. Und doch konnte sie die Vorstellung, da drüben zu stehen, nicht plastisch vor ihrem inneren Auge auferstehen lassen. Der bloße Gedanke machte ihr Angst. Da waren so viele Hindernisse, die klare Bilder verdrängten. Da waren Entscheidungen, die ihr den Atem nahmen. Entscheidungen, die nicht nur sie allein betrafen. Und die Feststellung, dass sie die gewünschte Geldsumme nicht hatte. Trotz des Losgewinns.

„Alles gut bei dir?"

Erschrocken zuckte Luise zusammen und ließ beinahe ihr Handy fallen. Sie schaute direkt ins Gesicht ihres Ex Felix.

„Hab ich dich erschreckt? Tut mir leid. Aber ich hab dich bestimmt fünf Minuten von da drüben beobachtet und du hast in der ganzen Zeit wie hypnotisiert auf einen Punkt gestarrt." Er drehte sich um und musterte Luises Blickrichtung. „Was siehst du dir denn an?"

„Nichts weiter, ich war einfach in Gedanken", erwiderte sie abweisend. Es passierte zum Glück selten, dass sie sich über den Weg liefen, obwohl Warnemünde und Rostock nur einen Katzensprung auseinanderlagen. Aber Felix hatte wenig hier zu tun und Luise war mehr als glücklich darüber. Ihre Trennung lag nun drei Jahre zurück. Anfangs hatte sie nicht mal ein Wort mit ihm wechseln können, ohne zittern zu müssen. Diese Zeiten waren zum Glück vorbei. Dennoch war es ihr unangenehm, wenn sie sich begegneten.

„Und da stehst du hier, an einem kalten Novembertag?"

„Das Wetter macht mir nichts aus."

„Stimmt", meinte Felix und lächelte. „Du bist früher schon auch bei Sturm und Regen am Strand herumgerannt und vollkommen durchgefroren nach Hause gekommen."

„Ich mag halt die Einsamkeit lieber als das Bad in der Menge."

„Nun, dieser Platz ist eigentlich wie geschaffen für ein Bad in der Menge. Aber der Monat ist nicht schlecht gewählt. Es sind nur wenige Besucher da." Felix schwieg einen Moment, während er sie immer noch musterte. „Wie geht es dir? Du siehst gut aus." Er hob seine Hand, als wolle er sie berühren, ließ sie dann aber wieder sinken.

„Es geht mir gut, danke. Und dir?", fragte sie mehr pflichtschuldig als interessiert.

Felix steckte die Hände in die Taschen seines Mantels. „Alles bestens. Viel Arbeit, aber ich habe es so gewollt. Es gibt halt niemanden, der mich bremst, das Licht am Schreibtisch löscht oder ruft, das Essen wäre fertig."

Luise schluckte. „Hast du dein neues Büro eröffnet?"

Felix war Versicherungsmakler und hatte praktisch immer gut zu tun. Er war sachlich, ehrlich und beriet die Leute so, dass sie auch Jahre später noch zu ihm kamen oder weitere Kunden vorbeischickten. Inzwischen war diese Arbeitsweise immer verbreiteter. Und die Zeiten, in denen es bei einigen Vertretern nur darum gegangen war, überforderten Menschen ihr Geld aus der Tasche zu ziehen, waren zum Glück vorbei. Felix' Geschäft brummte dennoch und das hatte ihn bewogen, ein neues, größeres Büro zu suchen, in dem auch endlich seine Angestellten genug Platz hatten. Seine Ansprüche waren dabei nicht gerade niedrig gewesen, denn Klappern gehörte zum Handwerk. Und ein toller Blick auf die Warnow machte sich besser als die Aussicht auf eine Häuserwand mit zahlreichen Graffiti und der Zutritt über einen muffigen Hausflur.

„Ja, gefunden, eingerichtet, eröffnet. Du solltest mich mal besuchen kommen. Ich glaube, es würde dir gefallen." Noch immer sah Felix sie an. „Und bei dir? Immer noch Fahrräder, Strandkörbe und so weiter?"

„Strandkörbe um diese Jahreszeit nicht mehr, dafür bald wieder Glühwein."

„Ach ja, euer Stand auf dem Weihnachtsmarkt. Das war mir total entfallen. Aber wenn ich ehrlich sein soll, wundere ich mich ein bisschen."

„Über was denn?", fragte Luise.

„Nun, dich heute hier zu sehen, an einem ganz normalen Wochentag. Sagtest du nicht früher immer, der Verleih muss ständig besetzt sein?" Felix lächelte.

„Es gab auch damals schon freie Tage für mich. Die hast du anscheinend vergessen." Luise verschränkte ihre Arme vor der Brust und richtete sich auf.

„Ich wollte dich überhaupt nicht angreifen. Wie gesagt, ich hab mich nur gewundert. Aber da ist ja auch noch Nick, der dich unterstützt. Bei ihm alles gut?"

„Bestens."

„Ich habe gehört, er nimmt an so einem Modelwettbewerb teil?"

„Das tut er." Luise schaute betont deutlich auf ihre Uhr. „Ich muss dann mal wieder."

„Versteh schon, die Fahrräder warten." Sie suchte in Felix' Gesicht nach dem üblichen Sarkasmus, den er früher manchmal gezeigt hatte, wenn es um ihre Arbeit ging. Doch es war nichts zu sehen.

„Und du wirst dich wieder deinen Versicherungskunden widmen müssen."

„Ja, du hast recht. Nur leider hat sich mein letzter Termin in Luft aufgelöst. Nun muss ich ein wenig Zeit überbrücken."

Felix schaute kurz die Gasse hinunter und dann wieder in ihr Gesicht. „Wollen wir einen Kaffee trinken gehen?"

Augenblicklich schüttelte Luise den Kopf. „Ich denke, das wäre keine gute Idee."

„Und warum nicht?" Er holte tief Luft. „Nein, schon klar. Ich hab´s verstanden. Na dann, mach's gut, Luise. Bis irgendwann mal." Er streckte seine Hand aus und Luise starrte sie an.

Auf einmal war da der Wunsch, mit ihm zu plaudern, einfach so, über alltägliche Dinge. Vielleicht würde es die Grübeleien über Fabian oder ihren Losgewinn für eine Stunde vertreiben. Felix war ein Mensch, der sie gut kannte, mit dem sie früher viel verbunden hatte. Ihre Trennung war schmerzlich gewesen, unschön und doch hatte sie ihn einst geliebt.

„Du musst mir auch nicht die Hand reichen", sagte Felix und ließ seine Hand sinken.

„Aber nein, das ist es nicht. Vielleicht sollten wir doch einen Kaffee trinken gehen."

Damit hatte er nicht gerechnet. „Wirklich? Das würde mich freuen." Ein Grinsen huschte über sein Gesicht. „Lass uns ins *Café Röntgen* gehen, so wie früher immer."

„Gute Idee, aber, gehen wir nicht wie früher ins *Café Röntgen*, sondern wie heute", schlug Luise vor. „Mit ein bisschen Abstand."

„Wie immer du es willst."

Noch einmal sah sie zu Hannes Laden hinüber. Jetzt und hier musste nichts entschieden werden, beschloss Luise. Sie musste nachdenken, abwägen, sich Zeit lassen. Dann liefen sie zusammen los und fanden wie von allein ihr richtiges Tempo und die perfekte Schrittlänge. Es war wirklich ein bisschen wie früher, auch wenn Luise diesen Gedanken verdrängte.

Das *Café Röntgen* lag direkt an der Strandstraße und war eine Institution in Warnemünde für all diejenigen, die Kuchen und

Torten liebten. Im Sommer war es hier meist brechend voll und Gäste standen ratlos vor der Vitrine und wussten nicht, was sie wählen sollten.

Luise und Felix suchten sich einen ruhigen Tisch auf der oberen Etage, von dem aus sie einen guten Blick auf die Promenade hatten. Als die Kellnerin zu ihnen kam, schaute Felix sie fragend an und Luise nickte. Sie wusste ohne Worte, was er von ihr wollte.

„Zwei Cappuccino und zwei Stück Eierlikörtorte, bitte."

„Wir haben auch schon Weihnachtstorten im Angebot."

„Danke, es muss Eierlikör sein", erwiderte Felix.

Die Kellnerin verschwand und Schweigen senkte sich über den Tisch. Seltsam, früher hatte es immer etwas zwischen ihnen zu besprechen gegeben. Felix hatte von seiner Arbeit erzählt und sie hatte ihm zugehört. Doch nein, damit tat sie ihm Unrecht. Er hatte auch nach ihrem Tag gefragt. Aber jetzt? Mit Fabian war das anders gewesen ... *Verdammt, warum ließen sich diese Gedanken einfach nicht abstellen?*

Zum Glück brachte die Kellnerin in diesem Moment ihre Bestellung. Luise drehte den Tortenteller so, dass die Spitze zu Felix zeigte und sie mit der breiten Seite beginnen konnte.

„Immer noch das Beste zum Schluss", sagte er amüsiert.

„Ja, manches ändert sich wirklich nie." Genüsslich ließ Luise den ersten Bissen in ihrem Mund verschwinden. „Genau wie der Geschmack der Eierlikörtorte. Einfach köstlich!"

Felix schnalzte mit der Zunge, nachdem er ebenfalls von der Torte probiert hatte. „Da kann ich dir nicht widersprechen." Er machte eine kurze Pause. „Nick scheint ja ziemlich gute Chancen zu haben, wie man hört. Bei diesem Wettbewerb. Ich verfolge ja solche Sache nicht, aber ich habe eine junge Mitarbeiterin, die Feuer und Flamme für deinen Bruder ist. Und seit sie erfahren hat, dass ich beinahe Nicks Schwager geworden wäre, ist es total um sie geschehen."

„Ja, er scheint da ganz gut unterwegs zu sein."

„Du wirkst nicht sonderlich begeistert. Dabei wäre es doch eine Riesennummer, wenn er gewinnen würde."

Luise nahm einen Schluck Cappuccino. „Sagen wir mal so, es wirft einiges über den Haufen, planungsmäßig und sonst auch." Auf einmal hätte sie Felix am liebsten alles erzählt und ihn um seinen Rat gebeten. Aber das wäre wohl wenig passend gewesen. Ihre gemeinsame Zeit war vorbei und so schön es sich auch anfühlte, hier mit ihm zu sitzen, sie konnte die Uhr nicht zurückdrehen.

„Was passiert, wenn er gewinnt? Wie ich hörte, sind dann weitere Folgeaufträge zu erwarten."

Luise musterte ihn. „Die Sache mit Nick scheint dich ja mächtig zu interessieren. Erstaunlich, wo du doch früher nie viel von ihm gehalten hast."

Felix hob eine Augenbraue. „Das würde ich so nicht sagen. Aber zugegeben waren wir nie die besten Freunde."

„Egal. Erstmal muss Nick gewinnen", erwiderte Luise. „Warum sich heute schon Gedanken darüber machen?"

„Das sieht dir aber gar nicht ähnlich. Normalerweise machst du dir doch immer und ständig Gedanken und versuchst, alles möglichst weit im voraus zu planen?"

Luise sah ihm tief in die Augen. „Vielleicht habe ich mich geändert? Wäre das so unvorstellbar für dich? Natürlich denke ich darüber nach. Aber es gibt genug Dinge, die mich wesentlich mehr beschäftigen."

„Ja, bei euch ist immer viel zu tun. Das hatte ich beinahe vergessen. Vermutlich, weil ich so lange nicht mehr in Warnemünde gewesen bin. Aber es ist schön, wieder hier zu sein und durch die vertrauten Gassen zu laufen."

Luise seufzte. „Machen wir uns doch nichts vor. Ich weiß aus zuverlässiger Quelle, dass du öfter mal in der Bar meiner Mutter zu Gast bist."

Felix verdrehte die Augen. „Ich bekenne mich schuldig! Du hast recht." Er hob beide Hände, als säße er auf der Anklagebank.

„Warum besuchst du sie?"

„Wir sind immer gut miteinander ausgekommen", erwiderte er.

„Und sonst?"

„Wie und sonst?"

„Felix, meine Mutter sagte mir, du hättest dich nach mir erkundigt. Natürlich so ganz nebenbei. Als Resultat des Ganzen hat Swantje mir dann vorgeschwärmt, was wir beiden doch für ein tolles Paar waren."

Er lehnte sich zurück. „Waren wir ja auch."

„Mag sein, aber das ist Geschichte", meinte sie und leerte ihre Tasse mit einem großen Schluck. Mit einem leichten Klirren stellte Luise sie zurück auf die Untertasse.

„Nun, zuerst einmal freue ich mich, dass du deine Mutter mal wieder besucht hast. Sie beklagte sich nämlich bei mir, dass du nie vorbeikommen würdest."

„Wir haben uns zufällig getroffen, vor der Kirche."

„Hältst du immer noch Zwiesprache mit dem Herrn?", fragte Felix amüsiert und deutete mit dem Finger Richtung Himmel.

„Ich liebe halt die Stille. Mancher mag die halbe Nacht irgendwelche Ballerspiele, ich gehe gern in Kirchen. Jedem das seine."

Felix warf seinen Kopf zurück und lachte. „Punkt für dich, Luise Winter. Du hast dich wirklich verändert. Bist irgendwie taffer geworden, das gefällt mir." Seine Augen funkelten. Genau wie an dem Abend, als sie sich das erste Mal gesehen hatten. „Aber zurück zu deiner Mutter. Ich mache mir ehrlich gesagt ein wenig Sorgen um sie."

„Hat sie dir etwas vorgejammert?", fragte sie mit einem gewissen Unterton.

„Nein, hat sie nicht, ich habe auch so gemerkt, dass etwas nicht in Ordnung ist."

„Dann hast du dich auch verändert. Solche Kleinigkeiten wären dir früher nicht aufgefallen. Also, was ist mit ihr?"

„Kann es sein, dass sie finanzielle Probleme hat?"

Luise starrte Felix an. „Wie meinst du das? Ich weiß eher von Problemen mit Anwohnern. Einer informiert immer die Polizei und es ist mir nur durch gute Beziehungen zu Ortspolizist Bernd und diverser Vorsprachen bei dem empfindlichen Anwohner gelungen, Schlimmeres zu verhindern."

„Bernd also." Seine Finger trommelten einen Marsch auf die Tischplatte. „Er steht also immer noch auf dich."

„Und ich nicht auf ihn, daran hat sich nichts geändert. Nun noch einmal zu den finanziellen Problemen. Woher weißt du davon …?" Luise verstummte plötzlich. „Sag mir bitte nicht, dass Swantje dich angepumpt hat."

„Nein, hat sie nicht. Aber ich bin dennoch nicht blind. Ich war in ihrem Büro. Es gab wieder mal Probleme mit dem Drucker und wenn Swantje eines wirklich nicht besitzt, dann das Talent, mit ihrer Technik umzugehen. Deswegen rief sie mich an."

„Aber warum hat sie denn Nick nichts gesagt? Er geht doch auch bei ihr aus und ein." Augenblicklich stieg Luises Puls.

„Ich weiß es nicht und es ist mir auch egal. Ich hab schon immer einen guten Draht zu Swantje besessen und daran wird sich durch unsere Trennung nichts ändern. Deswegen sorge ich mich um sie und deswegen bin ich eigentlich heute hier. Ich wollte zu dir, in den Fahrradverleih. Aber nun sind wir uns ja so über den Weg gelaufen. Auf Swantjes Schreibtisch lag ein Schreiben."

Luise ließ die Kuchengabel sinken und schob ihren Teller zurück. „Dafür sind Schreibtische in der Regel da."

„Das weiß ich, aber ..." Felix zögerte kurz. „Das Schreiben war eine Kündigung für ihre Geschäftsräume."

Sie schluckte. „Was? Bist du sicher?"

„Der Besitzer hat ihr gekündigt, eindeutig."

„Was?", fragte sie. „Aber wieso, wegen dem Lärm?"

„Keine Ahnung", seufzte Felix. „Eine Begründung stand nicht drin. Vermutlich hat er jemanden gefunden, der über drei Ecken mehr Geld bietet. Das ist keine Seltenheit. Die Lage der Räume ist toll. Ich vermute, dass es so einige Interessenten dafür geben wird."

„Sie hatte ja auch so einen dämlichen Mietvertrag", sagte sie verärgert. „Ich hatte ihr damals gleich gesagt, dass sie sich nicht auf diese jährliche Verlängerung einlassen soll. Das ist viel zu unsicher. Aber Swantje wollte die Räume unbedingt."

„Kein Wunder", meinte Felix. „Die Lage ist erste Sahne."

„Der Mietpreis auch."

„Ich weiß. Swantje hatte mir mal vor einiger Zeit gesagt, dass die Bar nicht so rentabel läuft, wie sie gehofft hatte. Und da wären wir gleich beim nächsten Thema."

Luise verschränkte die Arme. „Na toll, das wird ja immer besser. Was kommt denn nun noch?"

„Da gab es noch ein zweites Schreiben. Deine Mutter hat wohl auch ein paar Mal die Miete gekürzt."

Sie stieß die Luft aus. Am liebsten hätte Luise sich bei der Kellnerin einen Schnaps geordert.

„Es ist nicht viel, hält sich alles noch im Rahmen. Aber dies wird ein weiterer Grund für die Kündigung sein."

„Ich fasse es nicht. Wie kann denn so etwas passieren? Dabei schwärmt sie mir immer vor, wie toll alles läuft und wollte sogar, dass ich bei ihr einsteige." Luise biss sich auf die Zunge.

„Du willst dich beruflich verändern?"

„Ach Quatsch, du kennst doch Swantje und ihre wilden Vorschläge." Felix musterte sie forschend und sie war mehr als unsicher, ob er ihr glaubte. „Es war mehr für den Fall, falls ich *Strandkorb-Winter* mal den Rücken zudrehen möchte."

„Wie ist es denn bei Kai?", fragte Felix. „Läuft der Laden wenigstens dort?"

Luise hob die Schultern. „Noch schlechter als bei Mama. Mein Vater taugt ohne seine Swantje als Gastwirt nicht viel. Sie waren zusammen ein Dreamteam, aber seit der Trennung …"

„Tja, irgendwann stellt man fest, dass man allein nur noch die Hälfte wert ist."

„Ist das so?" Hastig sah sie weg.

„Ich glaub schon." Felix blickte aus dem Fenster. „Da hast du wohl in der nächsten Zeit einige Baustellen."

„Sagen wir mal so, es wird nicht langweilig." Nachdenklich schaute Luise auf ihren Tortenrest. Das beste Stück vom Ganzen, lag noch auf ihrem Teller. Doch irgendwie war ihr der Appetit vergangen. „Und dennoch kann ich beiden nur bedingt helfen."

„Richtig, du kannst im Grunde nur eines tun. Nämlich, dich endlich mal um dein eigenes Glück kümmern."

Fragend sah Luise ihn an. War es ein Zufall, dass sie in den letzten Tagen, diesen Spruch wieder und wieder hörte? Unsicher tastete ihre Hand nach dem Los, das sie in ihre Hosentasche gesteckt hatte und das unter Umständen ihr Leben verändern konnte. Nur in welche Richtung, war ungewiss.

„Schau mal, es schneit", sagte Felix und ergriff plötzlich ihre Hand. „Richtig dicke Flocken."

„Ich hoffe, es bleibt diesmal liegen und beginnt nicht wieder zu regnen", meinte Luise hoffnungsvoll. „Das wäre zu schön, in der Glühweinbude zu stehen, über den verschneiten

Weihnachtsmarkt zu schauen, glückliche Menschen zu sehen."
Der Kloß in ihrer Kehle war zurück. Luise schluckte
krampfhaft, um Schlimmeres zu verhindern. Jetzt nur nicht
heulen und schon gar nicht vor Felix. So bemerkte sie erst nach
einer ganzen Weile, dass dieser immer noch ihre Hand festhielt.

Kapitel 10

„Soll nicht doch lieber ich fahren?", fragte Luise vorsichtig, als Nick mit dem Wagen um eine Kurve schlitterte und erst in letzter Sekunde den Zusammenstoß mit einem Laternenpfahl verhindern konnte. Sie streiften den Fußweg, holperten zurück über die Bordsteinkante und landeten wieder auf der Straße. „Es ist wirklich ziemlich glatt." Ängstlich hielt sie sich am Griff oberhalb der Tür fest und musterte die Fahrbahn auf der Suche nach weiteren Eispassagen.

Nick fuhr augenblicklich an den Rand und das wollte etwas heißen. War er doch sonst auf seine Fahrkünste entsetzlich stolz und gab das Steuer praktisch nie aus der Hand. „Ich bin furchtbar aufgeregt", sagte er und tauschte mit ihr eilig den Sitzplatz. Fahrig verschränkte er seine Hände.

„Was soll schon schiefgehen? Du wirfst dich in Pose, fixierst die Kamera, fertig. Und ganz ehrlich, wenn ich mir die anderen so anschaue, bist du mit Abstand am attraktivsten."

„Du hast dir die Seiten angeschaut?"

„Klar! Immerhin will ich wissen, bei was für einer Sache mein kleiner Bruder mitmacht und warum wir unter Umständen den Familienbetrieb schließen."

„Du bist immer noch entschlossen?", fragte Nick.

„Erst will ich mit diesem Roman reden und dann sehen wir weiter. Und du hörst endlich auf, so rumzuzappeln. Du machst mich ganz nervös."

„Ich frage mich halt die ganze Zeit, ob der Anzug, den ich für heute gekauft habe, wirklich passend ist."

„Na, bei dem stolzen Preis sollte er schon passend sein", erwiderte Luise trocken. „Außerdem hat dich doch eine Fachverkäuferin beraten."

„Das hat Mama auch gesagt." Nick klappte den Beifahrerspiegel herunter und betrachtete sich prüfend, als würde er nach Falten suchen, die schlagartig sein Gesicht verunstalteten.

„Du hast ihn ihr gezeigt?"

„Hab ich und sie ist vor Stolz geplatzt. Aber so war sie früher auch, egal wie verunstaltet die Sachen waren, die ich im Kindergarten gebastelt habe."

„Apropos Mama." Luise überlegte kurz. „Wann hast du das letzte Mal mit ihr gesprochen, ich meine, so richtig."

„Gestern", antwortete ihr Bruder. „Da war ich bei ihr."

„Ja, aber habt ihr euch richtig unterhalten oder einfach nur so?"

„Was ist denn das für eine blöde Frage? Wie sollen wir sonst gesprochen haben, wenn nicht richtig?"

Luise hielt an einer roten Ampel an und verdrehte die Augen. „Ich wette, du weißt genau, was ich meine. Man kann oberflächlich plaudern oder ein bisschen mehr in die Tiefe gehen."

Noch immer musterte Nick sein Spiegelbild. „Keine Ahnung. Warum? Ist irgendwas?"

Am liebsten hätte Luise von der Hiobsbotschaft erzählt, die Felix ihr überbracht hatte. Doch dafür hätte sie sich keinen schlechteren Zeitpunkt aussuchen können als jetzt, kurz vor diesem wichtigen Shooting. Deswegen winkte sie ab. „Nee, ich wollte es einfach nur mal wissen. Da ich mich ja meistens eher mit Papa als mit Mama treffe."

„Und wie läuft es bei ihm so?"

„Mehr schlecht als recht. Also alles beim Alten."

„Müssen wir uns Sorgen machen?"

Luise winkte ab. „Ach Quatsch, du kennst unsere Eltern doch. Die kommen immer irgendwie durch."

„Da haben sie mir einiges voraus." Nick nahm ein Taschentuch aus seiner Hose und wischte seine Hände daran ab. „Mir ist total übel, könnte sein, dass du anhalten musst und ich …" Er presste die Hand auf seinen Magen und atmete flach. „Dabei machen sie nur ein paar Bilder, die dann zur Abstimmung freigegeben werden. Was soll erst im Finale werden, wenn man zusätzlich Fragen auf einer Bühne beantworten und schlagfertig sein muss?"

„Eins nach dem anderen, würde ich mal sagen."

„Ja, vermutlich hast du recht. Übrigens hab ich mit Roman gesprochen. Er freut sich, dich kennenzulernen."

„Ach, ehrlich? Na, hoffentlich sagt er das auch noch, wenn ich ihn richtig in die Mangel nehme und tausend Fragen stelle", meinte Luise.

„Da lang", sagte Nick und deutete auf eine schmale Straße. „Die Location muss gleich dort vorn sein." Er zeigte auf eines dieser neuen Häuser, die an der Warnow errichtet worden waren und einen traumhaften Blick auf die Stadt und den Hafen besaßen.

Ein Parkplatz war schnell gefunden. Nick schnappte sich seinen nigelnagelneuen Anzug von der Rückbank und betrat zusammen mit Luise das moderne Gebäude. Im Foyer erwartete sie eine sehr schlanke, in schwarz gekleidete Frau, die ein Headset trug. In ihren Händen hielt sie eine Liste. „Boah, Nick, welch ein Glück! Ich hatte schon Angst, du würdest nicht kommen." Sie verteilte auf Nicks Wangen unzählige Küsschen. „Einer der Kandidaten ist schon aus dem Rennen. Bei Glatteis zu schnell in eine Kurve und rumms."

„Schwer verletzt?", fragte er erschrocken.

„Aber nein, Totalschaden, Arm gebrochen", meinte sie lapidar. „Tja, das war's wohl für ihn. Und du musst Nicks Schwester sein. Lou, nicht wahr?"

Luise fühlte sich von oben bis unten gemustert. Kritisch, da sie mit ihrem Äußeren anscheinend so gar nicht zu Nick zu passen schien. „Luise wäre mir lieber, egal was mein Bruder auch behauptet hat."

Die schwarzgekleidete Dame lachte kurz auf und reichte ihr einen Anstecker mit der Aufschrift *Gast*. „Nick, du gehst da drüben rein und du, Luise, nimmst bitte den Fahrstuhl, Etage Nummer sechs. Roman erwartet dich bereits."

Noch einmal reckte Luise ihre Daumen nach oben und lächelte Nick mutmachend zu. Dann heftete sie sich das Schild an ihre Brust und drückte die entsprechende Taste. Der Lift schnurrte lautlos nach oben. Mit einem leichten Kling öffneten sich die Türen. Luise schaute nach vorn und hielt kurz den Atem an, hatte sie doch erwartet, einen Flur vor sich zu haben. Stattdessen stand sie mitten in einem der atemberaubendsten Räume, die sie jemals gesehen hatte.

Es war ein Wohnzimmer. Wobei dieser Begriff schwer untertrieben war, denn der Raum hatte gigantische Ausmaße. Es gab mehrere Couchgarnituren, die an verschiedensten Stellen platziert waren, einen riesigen Esstisch, weiß glänzende Sideboards und ein großes, mit Strahlern angeleuchtetes Bücherregal mit einem Ohrensessel daneben. Die gesamte linke Seite wurde von einem Tresen eingenommen, hinter dem die Küche lag. Am beeindruckendsten aber war die genau gegenüberliegende Fensterfront, die den Ausblick auf eine Dachterrasse freigab. Im Sommer musste man dort wunderbar sitzen können.

Zögernd trat Luise ein. Der Raum war leer. Von einem Shooting, irgendwelchen Fotografen, Beleuchtern, ja zumindest einer schlichten Kamera, fehlte jegliche Spur. Irritiert sah sie sich um und bemerkte dann die offenstehende Tür auf der rechten Seite. Langsam näherte sie sich, sah durch die Öffnung und entdeckte einen Mann, der an einem Schreibtisch saß. Anscheinend hatte er ihr Kommen nicht bemerkt. Kein Wunder, trug er doch Kopfhörer und sah konzentriert auf seinen Laptop.

„Klopf, klopf", rief Luise und hoffte, er würde ihre Worte hören.

Tatsächlich schaute er augenblicklich auf, nahm die Kopfhörer ab und klappte den Computer zu. Mit einer geschmeidigen Bewegung erhob er sich und kam auf sie zu. Der Mann musste Anfang sechzig sein, so schätzte sie zumindest. Seine Haut war sonnengebräunt, aber in einem verträglichen Maß. Er trug einen schlichten dunklen Anzug und als einzigen Farbtupfer eine große blaue Brille. Sollte dies wirklich Roman sein, hatte sie ihn sich vollkommen anders vorgestellt.

„Sie müssen Luise sein, Nicks ziemlich skeptische große Schwester, richtig?" Er lächelte warm, kleine Falten tauchten rund um seine Augen auf und obwohl sie ihn nicht kannte, fand Luise ihn auf der Stelle sympathisch. „Roman Seidler."

„Luise Winter."

„Es freut mich, Sie endlich kennenzulernen. Vor allem, weil Nick mir schon so viel über Sie erzählt hat." Mit festem Griff umschloss er ihre Hand.

„Ich hoffe, nicht nur Schlechtes."

Roman Seidler schüttelte den Kopf. „Im Gegenteil, Ihr Bruder sprach voller Achtung von Ihnen und dem, was Sie täglich leisten. Er meinte, ohne Sie wäre die Firma schon längst den Bach runtergegangen." Er streckte den Arm aus. „Aber lassen Sie uns nach drüben gehen. Meine Frau würde es sehr begrüßen, wenn ich zumindest ab und zu mal eine Weile aus meinem Büro rauskomme und den Laptop ausschalte."

„Sie sind wohl ein Arbeitsmensch?"

„Ohne Arbeit fühle ich mich so …, so unvollständig. Meine Frau hatte vor einigen Jahren für uns mal ein Ferienhaus in Norwegen gebucht. Es lag idyllisch an einem kleinen See. Der Ausblick war fantastisch, das Haus sowieso. Es gab eine Sauna, einen Badezuber im Freien, aber kein Internet. Nach drei Tagen sind wir wieder abgereist, weil ich mich unausstehlich benommen habe. Meine Frau hat gelächelt, es geduldig ertragen und checkt seitdem genauestens, wie gut das Internet am Urlaubsort ist." Er lachte herzhaft und Luise stimmte mit ein. „So, nun wissen Sie, mit wem Sie es zu tun haben. Setzen wir uns dort drüben auf die Sitzecke, da ist der Blick auf die Warnow einfach fantastisch und ich sage das nicht, um vor Ihnen anzugeben. Es ist einfach so und ich genieße ihn viel zu selten. Mögen Sie einen Tee, einen Kaffee, Wasser, Alkohol?"

„Ein Wasser wäre vollkommen in Ordnung", sagte Luise und sank in einen der beiden bequemen Sessel, die vor dem Fenster standen und zum Hinausschauen einluden.

„Also gut, starten wir mit Wasser. Wir werden ja sehen, wo wir am Ende landen." Er schmunzelte.

„Wollen Sie mich betrunken machen?"

„Wenn es sein muss?" Roman Seidler lachte laut auf. „Keine Angst, ich trinke seit vielen Jahren keinen Tropfen mehr. Es gab eine Zeit, da ging es morgens ohne einen ordentlichen Whisky nicht einen Meter voran. Ich habe den Teufelskreis erkannt, durchbrochen und seitdem trinke ich nichts mehr. Aber verraten Sie keinem, dass in meinen Gläsern bei Empfängen und Dinners immer nur Eistee ist."

Wenig später kam er zurück, stellte eine Karaffe mit zwei Gläsern auf den Beistelltisch und setzte sich in den anderen Sessel.

„Ich wusste gar nicht, dass Sie in Rostock leben", stellte Luise fest und deutete auf die Wohnung.

„Wenn Sie mich fragen, wo ich eigentlich lebe, ist diese Frage sehr schwer zu beantworten. Dies hier ist die Wohnung meiner Frau. Sie stammt von hier und liebt ihre Heimatstadt immer noch über alles. Und ich habe gelernt, den Norden ebenfalls zu lieben, obwohl ich eigentlich ein Junge aus den bayrischen Bergen bin. Dort wurde ich zumindest geboren, in einem winzigen Kaff mit gerade mal fünf Häusern. Wir leben überall und nirgends, besitzen einige Wohnungen und Häuser auf der ganzen Welt. Und falls Sie jetzt neidisch sind, es ist nicht halb so prickelnd, wie man es sich vorstellt. Aber ich habe es mir selbst ausgesucht und will nicht klagen. Wer weiß, vielleicht gebe ich eines Tages mal dieses ganze Herumgereise auf und kaufe mir ein kleines Haus, in dem ich dann alt werde und irgendwann sterbe."

„Ich glaube, so ein Leben wäre nichts für mich", sagte Luise ohne eine Spur von Neid. „Gut, eine Weile die Welt anschauen. Aber auf Dauer? Das hat etwas Ruheloses."

Roman Seidler legte seine Fingerspitzen aneinander. „Das trifft es ziemlich gut. Ich bin ein Getriebener, finde nur schwer Ruhe. Vielleicht, weil ich mir als kleiner Junge geschworen habe, so viel wie möglich zu erreichen und mich niemals auszuruhen. Wenn man einen solchen Schwur leistet, muss man Entscheidungen treffen. Auch solche, die man eigentlich lieber nicht treffen will. Es gibt kein Licht ohne Schatten, kein weiß ohne schwarz. Ich glaube, Sie wissen, was ich meine."

Luise schlug ihre Beine übereinander und lachte. „Womit wir ja schon fast beim Thema wären."

Roman Seidler lächelte ebenfalls. „Entscheidungen, ein spannendes, wenn auch manchmal ziemlich unangenehmes Thema. Sie haben ja auch bald welche zu treffen."

„Eher mein Bruder, aber sie betreffen auch mich."

„Und zwar sehr stark. Wenn Ihr Bruder mein Angebot annimmt, ändert sich für Sie alles."

„Sie wissen ja gut Bescheid", stellte Luise fest.

„Nick hat sich mir anvertraut und die Karten auf den Tisch gepackt. Er mag manchmal ein wenig unbekümmert wirken, aber er ist ein Mann mit sehr viel Tiefgang und das spürt man."

„Ist das eigentlich Ihre übliche Masche, junge Männer am Strand anquatschen und ihnen irgendwelche Flausen in den Kopf setzen?"

Roman Seidler lachte und schlug sich auf die Oberschenkel. „Sie gefallen mir, Sie gefallen mir sogar sehr. Sie sind genauso, wie Ihr Bruder Sie beschrieben hat, und da ich der Ältere von uns beiden bin, möchte ich Ihnen das Du anbieten. Sagen Sie Roman zu mir, dass macht alles leichter und ich bin es auch so gewohnt, weil ich viel in den Staaten lebe. Da macht man nicht so viel Brimborium."

„Also gut, Luise, na ja, ich meine das wusstest du ja schon."

„Prima und gleich spricht es sich leichter. Du wolltest wissen, ob es meine übliche Masche ist, Männer am Strand anzuquatschen. Dazu kann ich nur sagen – auf keinen Fall. Niemals! Das mit deinem Bruder war eine große Ausnahme und du kannst mir das jetzt glauben oder auch nicht. Meine Frau und ich spazierten am Warnemünder Strand entlang, das machen wir immer, wenn wir hier sind. Es ist Pflichtprogramm, meine Frau besteht darauf. Jedenfalls liefen wir dort und auf einmal sah ich einen Mann, deinen Bruder. Er half gerade einem älteren Ehepaar, den Strandkorb so zu positionieren, dass sie im Schatten sitzen konnten. Ich sah sein Profil, sah sein Gesicht, seinen Körper und es begann in mir zu arbeiten. Es ist schrecklich, wenn so etwas geschieht. Da ist eine Vision und man kann sich nicht dagegen wehren. Wir sind dann gefühlt zehnmal in eurem Strandbereich auf und ab marschiert, bis meine Frau schließlich meinte, ich solle deinen Bruder endlich ansprechen. Sie hätte Hunger und wollte in das Restaurant, in dem wir einen Tisch reserviert hatten. Also sprach ich ihn an."

Seidler beugte sich nach vorn. „Weißt du, es ist die Suche nach diesem einen Gesicht, nach diesem besonderen Typ, die dich umtreibt. Du sitzt in endlos langen Castings, siehst die schönsten Menschen mit den schönsten Gesichtszügen, aber sie haben nicht dieses gewisse Etwas."

„Und Nick hat das gewisse Etwas?", fragte Luise verblüfft.

„Das hat er. Da ist ein Funken, der auf der Stelle überspringt. Nicht nur bei mir, auch bei den Fotografen und Kunden. Schwer zu verstehen, ich weiß. Du siehst deinen Bruder jeden Tag. Für dich ist er einfach nur Nick und Punkt. Aber für mich entstehen Bilder, Filme oder Kampagnen, wenn ich ihn ansehe. Ich durchforste in Gedanken meine Kundenkartei und habe bereits potenzielle Gesprächspartner im Auge, die ihn ganz sicher buchen würden, um ihre Produkte optimal zu präsentieren. Nick ist ein Rohdiamant, obwohl er eigentlich ein gewisses Alter bereits überschritten hat. Aber das ist mir vollkommen egal, verstehst du? Ich arbeite mit genug Firmen zusammen, die andere Gesichter, Typen, Menschen suchen."

Luise trank einen Schluck Wasser und stellte das Glas dann wieder behutsam auf dem Tisch ab. „Und dieser Wettbewerb, also *Mister Ostseewelle*? Wird er gewinnen?"

Roman zuckte mit den Schultern. „Hm, seine Chancen stehen gut. Ich fresse einen Besen, wenn er nicht ins Finale kommt. Ob er Erster wird, entscheide nicht ich, sondern das Publikum und eine Jury. Ich habe nicht mal eine Stimme, ich bin nur der Veranstalter."

„Und nun sei ehrlich, wie vielen jungen Männern hast du schon das Gleiche erzählt wie ihm? Also, dass sie in Amerika durchstarten könnten."

„Einigen."

„Und aus wie vielen von ihnen ist etwas geworden? Wer hat eine erfolgreiche Laufbahn eingeschlagen und wer versank im

Nirwana der schönen Gesichter und besonderen Typen?", fragte Luise. Sie sah Roman Seidler direkt in die Augen und er wich ihrem Blick nicht aus.

„Eine Handvoll der Männer und Frauen ist durchgestartet. Die anderen sind untergegangen, gescheitert, haben hingeschmissen oder sind zu hoch geflogen. Nicht das Aussehen allein entscheidet, sondern auch der Wille, etwas unbedingt zu erreichen, Durchhaltevermögen, Biss haben, einmal mehr aufstehen und an sich zu glauben", sagte er.

„Und damit hätten wir schon das erste Problem. Mein Bruder ist ziemlich sprunghaft, das, was er heute mag, kann morgen schon wieder uninteressant sein."

„Ich weiß", erwiderte Roman und legte seine Fingerspitzen aneinander.

„Was, wenn er alle Zelte abbricht, mit über den großen Teich geht und dort merkt: Upps, die Sache ist mir zu stressig." Mit angehaltenem Atem sah sie ihn an.

„Genau aus diesem Grund habe ich ihm empfohlen, am Wettbewerb teilzunehmen. Da bekommt man ein erstes Gefühl, ob man all das möchte oder nicht. Diese Welt ist ein Rummelplatz und nicht jeder dafür geschaffen."

Luise sah nach draußen, über die Warnow und die Wiesen, bis zur seitlich gelegenen Brücke, auf der sich mal wieder die Autos stauten. „Was denkst du, möchte er es?"

Roman hob die Schultern. „Ich glaube, das weiß Nick selber nicht. Niemand kann das vorher wissen. Man kann nur etwas wagen, blind in eine Sache springen, selbst wenn der Preis für das Scheitern sehr hoch ist. Alles andere ist der berühmte Blick in die Glaskugel und darauf würde ich mich nicht verlassen. Wir gehen nach unten, wenn Nick für das Shooting bereit ist. Du kannst zusehen und dir eine eigene Meinung bilden."

„Wenn du so begeistert von ihm bist, was du ja bist, warum der hohe Betrag, den er investieren müsste? Gäbe es da nicht auch andere Möglichkeiten? Ich verstehe schon, dass Flüge, eine Wohnung oder allgemein das Leben in den Staaten einiges kosten, aber …"

Er lächelte. „Du bist clever, vielleicht sollte ich dich in mein Team holen." Roman wippte mit seinem Fuß. „Ich liebe Menschen, die die Dinge auf den Punkt bringen. Davon gibt es leider viel zu wenige. Natürlich gäbe es Möglichkeiten. Es wäre mir ein Leichtes, ihm den Flug zu finanzieren, das Appartement zu sponsern, andere Ausgaben zu übernehmen und mir meine Investition später zurückzuholen. Ich habe so auch schon gearbeitet, nicht oft, aber einige Male. Ich habe mich breitschlagen lassen und festgestellt, es war ein Fehler. Keines von diesen Models ist erfolgreich geworden", meinte er hart. „Weißt du, manchmal braucht es das Wissen um eine gewisse Investition aus eigener Tasche, die den Menschen über sich herauswachsen lässt. Du kannst mir natürlich auch vorwerfen, ich würde ihm, wenn er dann dort ist, Geld aus der Tasche ziehen für irgendwelche Sachen. Damit muss ich leben und ich kann dir nur versichern, dass es nicht so ist. Inzwischen ist mir meine Zeit zu kostbar, um sie mit derartigen Spielchen zu vertrödeln. Und darauf, deinem Bruder über den Tisch zu ziehen und Euros abzuluchsen."

Luise leerte ihr Glas, stand dann auf und stellte sich ans Fenster. „Ich müsste ihm unseren Notgroschen geben. Das Geld, das für uns ein Sicherungsnetz ist, wenn doch einmal etwas Unvorhergesehenes passiert."

„Ich weiß, Nick hat es mir erzählt. Es gäbe noch andere Möglichkeiten, zum Beispiel könnte er einen Kredit aufnehmen."

Sie winkte ab. „Ach, das wäre doch Unsinn."

„Ich habe mir euren Fahrradverleih einmal angesehen. Nach Feierabend hat Nick ihn mir gezeigt. Da habe ich versucht, mir ein Bild von dir zu machen, dem du allerdings nun im Original überhaupt nicht entsprichst. Ich meine, nichts gegen einen Fahrrad- und Strandkorbverleih in Warnemünde. Damit kann man ganz sicher Geld verdienen, viel Geld. Aber willst du das auch? Wirklich? Ich sehe dich an einem ganz anderen Ort, in einer anderen Branche."

Überrascht sah Luise ihn an. „Ach, wirklich, und wo?"

„Keine Ahnung. Aber nicht in diesem kleinen dunklen Laden, der nach Gummi und Öl stinkt."

Fasziniert sah sie ihn an, während er zu seinem Glas griff und trank. Sicher hatte Nick ihm einiges über sie erzählt. Darüber hinaus schien Roman Seidler aber eine sehr gute Menschenkenntnis zu besitzen. Vielleicht war das Bedingung in seinem Metier. Und zu ihrem Erstaunen stellte sie fest, dass sie Vertrauen zu ihm hatte. Nein, wenn ihr Bruder mit einem Menschen diesen Schritt wagen konnte, dann mit ihm.

„Rauchst du?"

Abwehrend schüttelte sie den Kopf.

„Sei froh! Ein furchtbares Laster, aber eines braucht der Mensch. Würdest du mit raus auf die Terrasse kommen? Wenn meine Frau hier drinnen Rauch riecht, gibt es ein Donnerwetter."

Luise griff sich ihre Jacke und folgte ihm nach draußen. Zusammen stellten sie sich an die gläserne Balkonabtrennung und sahen nach unten.

„Es ist kalt geworden. Siehst du, am Ufer der Warnow bildet sich bereits Eis."

Sie nickte stumm. Auf einmal wurde ihr bewusst, was es wirklich bedeuten würde, wenn Nick ging. Ja, sicher, da war die Firma. Aber das war nur zweitrangig. Das Entscheidende war, dass der Mensch, dem sie trotz allem am meisten vertraute, fortging, ans andere Ende der Welt. Da waren ihre Freundin Pia, ihre Eltern, ein paar Bekannte, aber Nick war Nick. „Wo würde er leben?", fragte sie leise.

„Für den Anfang in New York, dort ist der Hauptsitz meiner Agentur."

„New York, dort war ich noch nie."

Roman stieß den Rauch in den Himmel. „Du solltest mal eine Reise über den großen Teich wagen, am besten zur Weihnachtszeit. Da ist diese Stadt einfach einmalig. Es gibt tausende Lichter, Hektik, Lärm, Abgase und dennoch einen Zauber, den man nicht in Worte fassen kann. Weißt du was?" Einen Moment sah sie ihn an. „Wenn Nick sich für die USA entscheidet, lade ich dich ein. Was hältst du davon? Du besuchst uns nächstes Weihnachten. Wie klingt das?"

„Ich würde lügen, wenn ich behaupten würde, es nicht toll zu finden."

„Aber momentan machen wir erst mal einen Schritt nach dem anderen." Er drückte die Zigarette aus und steckte sich eine Neue an. „Es gibt nichts Schlimmeres, als Dinge zu überstürzen oder endlos vor sich herzuschieben. Klingt verrückt, ist aber so."

„Im Moment fliegt mir mein Leben um die Ohren", meinte Luise. „Und zwar gefühlt in jedem Bereich."

„Oha, das kenne ich sehr gut. Und ich kann behaupten, ich hab schon alles mitgemacht, von Herzinfarkt über Privatinsolvenz bis hin zu Unfall mit Tempo zweihundert auf der Autobahn. Nach Letzterem hab ich endlich kapiert, warum das alles geschehen ist, nämlich, damit ich was ändere. Es schien meine letzte Chance zu sein, bevor mir einer das Licht ausblasen würde und zwar endgültig. Wenn um dich herum zig Geräte piepen, dich nur besorgte Gesichter anschauen und deine Frau mit den Kindern heulend am Bett sitzt, das ist nicht schön."

„Ich hab das Gefühl, das Leben will mich in eine bestimmte Richtung führen, nur weiß ich nicht, in welche."

Roman lächelte. „Das kannst du nur selbst herausfinden. Ich kann dir aber eines versprechen: Wenn es plötzlich leicht wird, sich Türen öffnen, Menschen auf dich zukommen und alles wie von allein flutscht, dann bist du richtig und auf einem guten Weg." Sein Telefon klingelte und er meldete sich. „Alles klar, wir kommen." Er warf die Kippe in den Aschenbecher. „Nick ist bereit für sein Shooting."

Gemeinsam fuhren sie nach unten. Zwei Räume im Erdgeschoss hatten sich in ein Fotostudio verwandelt. Luise sah Menschen, Lichter und eine Leinwand, vor der ein Mann stand. Er erhielt Anweisungen von einem Fotografen und nickte verstehend. Erst auf den zweiten Blick erkannte sie ihn. Nick wirkte vollkommen verändert. Sie sah ihm zu, warf ab und zu einen Blick auf den Monitor, auf dem die geschossenen Bilder im Sekundentakt auftauchten und hielt den Atem an. Er spielte mit der Kamera, agierte mit ihr, als wäre sie ein Mensch. Er verwandelte sich in jeder Minute. Mal wirkte er lässig, mal charmant, mal sexy, mal wie der Typ idealer Schwiegersohn. Der Fotograf warf ihm ein Kommando zu und er setzte es um, ganz so, als hätte er nie etwas anderes getan. Luise stand einfach nur da, unsichtbar im Hintergrund und fragte sich, wie sie nur eine Sekunde an seinem Talent hatte zweifeln können.

Nach einer kleinen Ewigkeit spürte sie, wie jemand ihren Arm berührte, und sah in Romans Gesicht. Mit dem Kopf deutete er Richtung Ausgang und sie folgte ihm. Schweigend standen sie sich in einer Ecke des Foyers gegenüber, während auf der anderen Seite die nächsten Kandidaten auf ihren Auftritt warteten.

„Ich weiß gar nicht, was ich sagen soll."

„Genau das meine ich. Wenn du es schon spürst und siehst, was glaubst du, wie es mir geht?"

„Er sah sehr glücklich aus und so toll, dass ich ihn kaum erkannt habe", sagte sie leise.

„Wollen wir wieder nach oben fahren?", fragte Roman und sie nickte.

Wenig später plumpste Luise in den bequemen Sessel. Da war ein Gefühl, das sich immer stärker in den Vordergrund drängte. „Er muss es machen, nicht wahr?"

„Er muss nicht. Es gibt tausende talentierte Menschen, die sich gegen eine Sache entscheiden und dennoch mehr oder weniger glücklich leben. Nicht jeder wird Astronaut, Gehirnchirurg oder Schlagersänger."

„Aber du würdest dir wünschen, er würde mit dir gehen."

„Ach, meine Wünsche, die spielen nur eine untergeordnete Rolle. Aber ja, ich würde es mir wünschen." Roman fuhr sich mit der Zunge über die Lippen. „Die Frage ist, was er sich wünscht und was du dir wünschst."

„Er hat nicht mehr lange Zeit, sich zu entscheiden. Nur noch eine knappe Woche. Da hat das Finale des Wettbewerbs noch gar nicht stattgefunden", gab Luise zu bedenken.

Roman warf den Kopf zurück und lachte. „Ach, daher weht der Wind. Du willst ein bisschen Zeit schinden."

„Und mit meinem Bruder unseren Glühweinstand auf dem Warnemünder Weihnachtsmarkt betreiben. New York ist nicht alles. Auch hier, ist es schön."

Er streckte den Finger aus und deutete auf sie. „Punkt für dich und ein gutes Argument. Also gut, warten wir den Ausgang des Wettbewerbs ab. Dann redet miteinander, packt alle Karten auf den Tisch und trefft eine Entscheidung." Roman holte eine Visitenkarte aus seiner Hemdtasche und schob sie zu ihr. „Zum Finale Mitte Dezember bin ich wieder hier. In der Zwischenzeit habe ich einige Termine in wärmeren Gefilden. Du darfst mich jederzeit anrufen und mich alles fragen, egal was es auch sein mag. Ich kann ziemlich gute Ratschläge verteilen, also an andere. Mir selbst dabei zuzuhören, musste ich erst lernen. Einverstanden?"

Luise nickte. Dann brachte Roman sie zur Tür. „Du wirst das Richtige tun, ich bin sicher."

Kapitel 11

„Tut mir leid", sagte Nick hinter ihr und legte einen Arm um Luises Schulter. „Es hat ein bisschen länger gedauert als gedacht. Musstest du lange warten?"

„Ich hatte eine durchaus angenehme Zeit mit Roman", erwiderte sie.

„Wirklich?"

„Wirklich. Außerdem bin ich schrecklich stolz auf dich. Du sahst einfach großartig aus und dann die Bilder … Wahnsinn! Als hättest du nie etwas anderes getan." Sie spürte, wie ihre Augen feucht wurden. Jedes weitere Lob für ihren Bruder, wirkte wie ein kleiner Schubs Richtung Amerika. Und dennoch musste sie ehrlich zu ihm sein.

„Du hast zugesehen?"

Luise nickte. „Zusammen mit Roman."

Sanft zog Nick sie an sich und legte die Arme um sie. Luise spürte seine Muskeln, wie sein Körper sich in den letzten Wochen verändert hatte. Beinahe jeden Tag hatte er trainiert, war im Fitnessstudio gewesen oder durch den Wald gejoggt. „Es bedeutet mir viel, dass du das sagst."

„Es ist einfach nur die pure Wahrheit."

„Und was machen wir jetzt?", fragte Nick. „Nach Hause fahren? Oder wollen wir ein Stück laufen, durch den Schnee, durch Rostock? Und dann suchen wir uns ein kleines, schnuckeliges Café und trinken einen heißen Kakao."

„Das klingt wunderbar."

Sie deponierten Nicks neuen Anzug im Auto und schlenderten einfach los. Die Rostocker Innenstadt war nicht weit, man lief die kleine Anhöhe empor und schon konnte man ins Gewirr der Gassen eintauchen. Entspannt ließen sie sich treiben, wie sie es schon lange nicht mehr getan hatten, während es wieder zu schneien begann. Erste Weihnachtsdeko tauchte in den Schaufenstern auf. Überall leuchteten Lichter und Luise spürte, wie sich dieses unvergleichliche Gefühl wie jedes Jahr einstellte, wenn sich der Dezember näherte. Dann wurde ihr irgendwie feierlich zumute und es schien, als würden überall kleine Wunder auf sie warten. „Es ist eine magische Zeit", hatte ihre Oma immer gesagt und dabei hatten ihre Augen geleuchtet – bis zum Schluss. Denn sie war an einem kalten Januartag gestorben.

Gleich um die Ecke der *Großen Wasserstraße* stießen sie auf ein Café mit dem Namen *Allerlei Süßkram*.

„Das hab ich hier noch nie gesehen, anscheinend neu. Wollen wir?", fragte Nick und Luise nickte.

Warme Luft schlug ihnen entgegen, die nach Zimt, Schokolade und weihnachtlichen Gewürzen duftete. Das Café schien ein kleiner Geheimtipp zu sein, denn die Tische waren gut besetzt. Direkt neben der Eingangstür, sozusagen direkt im Schaufenster, neben einem bunt geschmückten Weihnachtsbaum, fanden sie doch noch zwei Plätze. Die Einrichtung wirkte zusammengewürfelt und harmonierte dennoch mit den verschiedenfarbig gestrichenen Wänden, an denen moderne Kunst hing. Begeistert sah Luise sich um und wickelte den Schal von ihrem Hals.

Eine rotwangige Kellnerin winkte ihnen vom anderen Ende des Raumes zu. „Grüß euch, Getränke stehen an der Tafel über dem Tresen, den Kuchen findet ihr dort drüben in der Vitrine. Ich hoffe, ihr habt ein bisschen Zeit mitgebracht, es ist heute ziemlich voll."

„Kein Thema", rief Nick und erhob sich, um die Kuchenauslage zu studieren.

„Der Schmandkuchen mit Winterbirnen und Zimtstreuseln sieht verdammt lecker aus", sagte er bei seiner Rückkehr. „Die Streusel haben gigantische Ausmaße, sind also genau richtig."

„Und auch wirklich nicht zu viele Kalorien?", neckte Luise ihn.

Nick schaute sie erschrocken an. „Wieso? Hat Roman was gesagt? Stimmt meine Figur nicht?"

„Quatsch, natürlich nicht. Lass uns einfach davon zwei Stücke nehmen. Wobei ich mir wirklich nicht sicher bin, inwieweit du mit deinen neuen Jobplänen überhaupt noch Torte essen solltest."

„Ich muss ausnutzen, dass ich noch hier bin. Ich glaub nicht, dass es in Amerika solche Cafés mit derartigen Torten gibt.

Die Visagisten heute beim Shooting meinten, ich wäre gut in Schuss. Anscheinend zahlen sich die vielen Sporteinheiten doch aus."

Luise lächelte. „Wenn die es sagen, wird es wohl stimmen. Immerhin haben sie den ganzen Tag nur mit wunderschönen Menschen zu tun."

Nick stützte seine Ellenbogen auf den Tisch. „Und nun erzähl: Wie war es mit Roman und dir?"

„Wir haben uns gut unterhalten. Er ist ein netter Mann, ganz anders, als ich ihn mir vorgestellt habe."

„Was sagt er denn so?"

„Über was denn?", fragte Luise und sah Nick unschuldig an.

„Komm schon, Schwesterchen, nun lass dir doch nicht jedes Wort aus der Nase ziehen."

„Er ist begeistert von dir und würde sich wünschen, dass du sein Angebot annimmst und mit ihm in die Staaten gehst." In diesem Moment kam die Kellnerin an ihren Tisch, um die Bestellung aufzunehmen.

Als sie wieder verschwunden war, fragte Nick: „Das hat er so gesagt?"

„Ganz genau so."

„Verstehe."

„Du wirkst nicht gerade begeistert. Wäre dir lieber gewesen, er hätte über dich gelästert?"

„Natürlich nicht", stieß Nick aus. „Ich freue mich darüber aber …, es bleibt trotzdem eine schwierige Entscheidung und ich habe das Gefühl, die Zeit läuft mir davon."

Luise stützte ihre Ellenbogen auf den Tisch. „Du darfst schon noch ein bisschen über alles nachdenken, zumindest bis nach dem Wettbewerb. Roman hat uns eine kleine Fristverlängerung gewährt."

„Wow." Seine Augen wurden groß. „Du scheinst mächtig Eindruck auf ihn gemacht zu haben."

„Er hätte mich am liebsten gleich engagiert, wenn auch nicht als Model."

Nick schob das mit bunten Holzkugeln gefüllte Dekoglas hin und her und schwieg.

„Er glaubt an dich und das klang in meinen Ohren ziemlich überzeugend."

„Heilige Scheiße", stieß Nick aus und strich mit beiden Händen über sein Gesicht.

„Hm, so was ähnliches hab ich auch gedacht." Sie überlegte einige Sekunden. „Ich glaube wirklich, du solltest gehen, diese Chance wahrnehmen. Und keine Rücksicht auf mich oder *Strandkorb-Winter* nehmen."

„Was? Aber wie soll das gehen, wenn ich verschwinde und dich hier mit der Firma hängen lasse? Glaubst du im Ernst, ich hätte eine ruhige Minute?"

„Und wenn ich nun auch einen Plan hätte? Einen, der mit *Strandkorb-Winter* nicht das geringste zu tun hat?"

Nick beugte sich nach vorn, schob die Deko zur Seite und ergriff ihre Hände. „Sagst du das nur, damit ich mir keine Gedanken mache oder hast du wirklich einen Plan?"

„Es ist erst mal nur eine Idee. Pia hat mich darauf gebracht. Eigentlich ist es noch zu früh, um darüber zu sprechen", wehrte Luise ab.

Nick hob seinen Zeigefinger und bewegte ihn verneinend hin und her. „Vergiss es! Ich nehme dich so lange in die Mangel, bis du deine Karten auf den Tisch legst."

Hätte sie nur nichts gesagt. Wie weit sollte sie Nick einweihen? Nur in die Idee mit Hannes Laden oder gleich in die ganze Story samt Lottogewinn? Nachdenklich sah Luise aus dem Fenster und wollte sich gerade wieder ihrem Bruder zuwenden, als sie stutzte. Erneut wanderte ihr Blick zum Gehsteig vor dem Café beziehungsweise dem Gehweg auf der anderen Straßenseite. Dort stand ein Mann, der auf jemanden zu warten schien. Denn er sah auf seine Uhr und blickte ungeduldig in beide Richtungen. In diesem Moment begann er zu lachen, ging leicht in die Hocke und breitete seine Arme aus. Ein etwa fünf Jahre altes Mädchen mit einer knallroten Bommelmütze rannte auf ihn zu und schlang die Arme um seinen Hals. Eine schlanke Frau, die einen Jungen an ihrer Hand hielt, folgte ihr. Der Kleine wurde von dem Mann nach oben gehoben, auf die Wange geküsst und ein kleines Stück in die Luft geworfen. Es kam Luise vor, als würde sie den Jauchzer bis hier ins Café hören. Die Frau küsste den Mann anschließend auf seine Wange, lächelte ihn sichtlich verliebt an und legte dann ihre Hände auf dessen Brust. Es war eine dermaßen vertraute Szene, dass sie Luise durch jede Faser ihres Körpers fuhr. Erst recht, weil sie den Mann gut kannte. Nicht so gut, wie sie es sich gewünscht hätte. Und doch hatte er sie geküsst und mit seinen Lippen jeden Millimeter ihres Körpers erkundet. Fabian stand dort und sie konnte nicht aufhören, ihn anzustarren.

„Luise, hallo?"

Verwirrt sah sie ihren Bruder an. „Entschuldige, was sagtest du gerade?"

„Ich sagte, dass du mich unbedingt einweihen solltest. Ansonsten bin ich nicht bereit, eine Entscheidung zu treffen. Ich muss wissen, dass es dir gutgeht und dass du nicht wieder einen Job anfängst, der dich eigentlich anödest. Und auch wegen *Strandkorb-Winter* müssen wir uns einig sein."

„Ja, ja, du hast recht." Erneut schielte Luise verstohlen nach draußen.

Hinter ihnen verließen gerade mehrere Personen das Café. Die Türglocke bimmelte und ein Schwall kalter Luft wehte herein. In diesem Moment sah Fabian in ihre Richtung. Aber vermutlich musterte er nur das Café. Luise schaute dennoch hastig weg und musste sich beherrschen, sich nicht wegzuducken. Nur Sekunden später sah sie wieder hinaus. Die Frau lachte, warf ihren Kopf zurück und strich eine Strähne ihres dunklen Haars nach hinten. Sie sah attraktiv aus, schön, selbstbewusst. Luise konnte nicht aufhören, sie anzustarren.

Was hatte er ihr gesagt? Der Abend, den er mit ihr verbracht hatte, wäre sein schönster seit langem gewesen. Fabians Worte, die offensichtlich komplette Lügen gewesen waren, brannten wie bittere Galle auf ihrer Zunge. Und sie hatte sich verführen lassen, von seinem Wesen, seiner Art sie anzusehen und von ihrem verdammten Herz, das einfach das Kommando übernommen hatte. Wie hatte sie nur so blöd sein können? Zum Glück war es nur eine Nacht gewesen, die sie aus ihrem Kopf verbannen musste. Doch schon wieder begann ihr Herz zu klopfen. Wie er da stand, lächelte, sich bewegte, verdammt …

Oh nein, jetzt deutete er auch noch hierher und als wäre das nicht genug, überquerte Fabian mit Frau und Kindern die Straße. Panisch sah Luise sich um. Der soeben frei gewordene Tisch stand direkt neben ihrem. Er würde sie sofort entdecken und es würde eine Situation entstehen, die an Peinlichkeit nicht zu überbieten war.

Doch eine Hoffnung blieb ihr noch. Luise sah ihn die vor dem Laden aufgestellte Tafel studieren und mit seiner Frau einige Worte wechseln. Anscheinend beratschlagte man sich, ob man hineingehen sollte oder nicht.

Bitte, bitte, geh weiter, flehte Luise innerlich, während sie nur am Rande mitbekam, dass Nick irgendetwas zu ihr sagte.

Fabian beugte sich hinunter zu dem Mädchen mit der roten Mütze und fragte es etwas. Ein heftiges Kopfnicken schien die Antwort zu sein. Und schon schellte hinter Luise die Türklingel. Zu allem Überfluss näherte sich in diesem Moment auch noch die Kellnerin mit einem voll beladenen Tablett ihrem Tisch. Nick redete noch immer auf sie ein, doch sie verstand kein Wort. In Luises Ohren pulsierte das Blut, es rauschte, verdrängte jeden klaren Gedanken und ließ nur einen Ausweg zu – die Flucht. Hier noch länger zu sitzen und die Dinge einfach auf sich zukommen zu lassen, war unmöglich. Sie musste sofort hier raus, sonst war es zu spät.

Mit einem Ruck sprang Luise auf und warf dabei ihren Stuhl beinahe um. „Entschuldige", warf sie ihrem Bruder stammelnd zu, der sie entsetzt anstarrte. Dann zerrte sie ihre Jacke vom Garderobenständer und versuchte, sich an der Kellnerin vorbeizuquetschen. Diese hob hilflos das Tablett in die Höhe, um ihr Platz zu machen. Doch da war immer noch Fabian, der inzwischen direkt in der Eingangstür stand und sich im Café umschaute. In diesem Augenblick sah er sie. Für einen Moment wurde er blass, warf der Frau an seiner Seite einen Blick zu und sah dann wieder zu Luise. Diese drängte ihn mit dem

Ellenbogen einfach beiseite und stürmte hinaus. Als wäre der Teufel hinter ihr her, rannte sie die Straße entlang, geriet auf einer mit Eis bedeckten Pfütze ins Rutschen und wäre beinahe gestürzt. Mit wedelnden Armen kämpfte sie um ihr Gleichgewicht. Luise hörte Nick hinter sich noch rufen. Dann verschwand sie um die nächste Straßenecke und es wurde still.

Sie lief vielleicht noch fünfhundert Meter und lehnte sich in einen Hauseingang. Ihre Beine zitterten so sehr, dass sie sie fast nicht mehr trugen. Eine Passantin blieb stehen, musterte sie besorgt. „Alles in Ordnung? Kann ich Ihnen helfen?"

Stumm schüttelte Luise den Kopf und forderte die Frau mit einer Handbewegung auf, weiterzugehen. Mit angehaltenem Atem spähte sie um die Ecke auf den Gehweg, niemand war zu sehen. Schon gar kein Fabian. Kein Wunder, es wäre wohl total blöd gekommen, wenn er ihr gefolgt wäre.

Oh, was für ein Arsch, was für ein Lügner! Noch immer war ihr vollkommen schleierhaft, wie sie nur eine Sekunde auf seine ganzen Sprüche hatte reinfallen können. Von wegen Magdeburg. Er schien hier zu leben, mit seiner Frau und zwei Kindern. Mit geschlossenen Augen rang Luise nach Luft.

Nein, all dieses Hadern würde nicht das Geringste bringen. Es war geschehen und ließ sich nicht mehr rückgängig machen. Vielleicht sollte sie es wie ihre Mutter mit mehr Gelassenheit und der Einschätzung, dass es einfach ein paar schöne Stunden gewesen waren und nicht mehr, betrachten. Waren solche One-Night-Stands nicht heutzutage gang und gäbe? Auf der Stelle verneinte Luise das für sich. Es mochte für andere so sein, aber nicht in ihrer Welt.

Voller Herzschmerz betrachtete sie die großen weißen Flocken, die vom Himmel schwebten. Der Schneefall wurde stärker und hatte die Windschutzscheibe des vor ihr geparkten Autos bereits mit einer weißen Schicht bedeckt.

Da schob sich ein Paar Schuhe in ihr Blickfeld. Nick stand vor ihr und hielt ihren Schal in seinen Händen. Er sagte kein Wort, sondern wickelte ihn mehrfach um ihren Hals. Dann zog er den Reißverschluss ihrer Jacke nach oben und schloss den obersten Knopf. Zum Schluss kam die Wollmütze dran, die er ebenfalls an sich genommen hatte. „Besser", stellte er knapp fest und strich ihr eine Haarsträhne aus der Stirn.

Unsicher sah Luise ihn an und räusperte sich schließlich. „Entschuldige meinen spontanen Abgang."

„Hm, du solltest dich nicht unbedingt bei mir entschuldigen, sondern eher bei der Kellnerin. Auf die hat es so gewirkt, als hättest du vor ihrem Kuchen die Flucht ergriffen."

„Scheiße."

„Sie wird es verkraften, ich hab ihr ein ordentliches Trinkgeld gegeben und mich bei ihr mit einer spontanen Ausrede entschuldigt. Irgendeine dringende Sache, hab ich gesagt." Nick schwieg kurz. „Wir könnten natürlich auch noch einmal zurückgehen, wenn du willst und du dich selbst …"

„Bloß nicht", stieß Luise aus.

„Das dachte ich mir schon." Nick seufzte. „Ich nehme mal an, dass du wegen dieses ziemlich attraktiven Mannes, der das Café betreten hat, geflüchtet bist. Und ich nehme ebenfalls an, dass besagter Mann Fabian ist, dieser Fahrradfuzzi. Zumindest hat Mutter ihn mir genau so beschrieben: attraktiv, dunkelhaarig, schlank, …"

„Hör bitte auf." Luise stöhnte. „Scheiße", sagte sie noch einmal.

„Vom Wiederholen solcher Kraftausdrücke wird es nicht besser." Ihr Bruder trat von einem Bein auf das andere. „Außerdem wird mir langsam kalt. Ich musste erst mal feststellen, in welche Richtung du gelaufen bist. Und der leckere Schmandkuchen ist mir auch noch durch die Lappen gegangen. Ich hab Hunger und Durst, also lass uns ein neues

Café suchen. Ohne unliebsamen Gästen, denen du aus dem Weg gehen willst. Auch wenn ich noch nicht mal weiß, warum eigentlich. Also komm, lass uns gehen, denn du kannst nicht den Rest deines Lebens in diesem Hauseingang stehen." Er reichte ihr seine Hand und Luise ergriff sie.

Beide zog es zur breiten Geschäftsmeile, dem Herzstück Rostocks für einen schönen Einkaufsbummel. Auch diese war bereits weihnachtlich geschmückt. Unzählige Lichterketten waren zwischen den Häusern hoch über den Köpfen der Menschen gespannt, die die Stadt am Meer in Kürze jeden Abend erstrahlen lassen würden. Genau wie in ihrer Heimat Warnemünde, nur dort eine Nummer bescheidener. Der Markt bei ihr daheim war winzig, doch genau dieses beschauliche Flair zog die Menschen jedes Jahr aufs Neue an. Es gab einige Buden, die sich um ein Karree vor der Kirche scharrten. Da waren Bratwurststände, ihre Glühweinbude, an der man warme Getränke nach den Originalrezepten ihrer Großmutter bekam, weihnachtliche Dekoartikel, Fischbuden und all das, was man auf einem Weihnachtsmarkt sonst noch erwartete. Besonders an den Wochenenden wurde es voll. Rostocker, Stralsunder, ja sogar Berliner kamen für einen Besuch ans Meer. Die meisten waren entspannt und gut gelaunt. Im Advent gab man gern mal einen Euro mehr aus oder stand geduldiger als sonst in der Warteschlange an der Bude mit den gebrannten Mandeln. Luise entschädigte der Blick in strahlende Kinderaugen, besonders wenn der Weihnachtsmann seine Runden drehte, für kalte Füße und frostige Wangen. Hier in Rostock war alles eine Nummer größer und auf eine andere Art schön.

„Willst du reden?", beendete Nick ihre kleine Träumerei.

„Eigentlich nicht."

„Also hatte ich recht, dass dieser Mann Fabian war?"

Statt einer Antwort deutete Luise auf eine Bäckerei auf der anderen Seite der Fußgängerzone. „Dort soll es ziemlich leckeren Streuselkuchen geben. Außerdem scheint gleich dort vorn ein Tisch frei zu sein. Wollen wir einen neuen Versuch wagen?"

„Nur, wenn du mir schwörst, dass du nicht wieder schlagartig die Flucht ergreifst."

„Ich schwöre." Sie streckte zwei Finger nach oben und Nick nickte zustimmend. „Ich lad dich auch ein, die letzte Rechnung hast du ja übernommen."

Wenig später standen zwei Tassen Kakao und zwei Teller mit Apfelkuchen vor ihnen. „Streuselkuchen war leider aus", sagte Luise und schielte auf die prächtig aussehenden Windbeutel in der Auslage. „Wir könnten natürlich auch …"

Nick folgte ihrem Blick. „Und was mache ich, wenn mich einer für ein Unterwäscheshooting bucht? Lieber nicht. Aber ich finde, du solltest dir eines der Teilchen gönnen. Einfach für dein Gemüt und weil Zucker wirklich manchmal der einzige Seelentröster ist, der hilft."

Unentschlossen sah Luise die Vitrine an. Deshalb erhob Nick sich schließlich, kaufte ihr einen Windbeutel und platzierte ihn neben dem Apfelkuchen. „Lass es dir schmecken."

Der Windbeutel war köstlich, der Brandteig knackig und die Sahne hatte die perfekte Konsistenz.

„Und, wie ist er?"

„Lecker", nuschelte sie mit vollem Mund.

„Du hast da was", sagte ihr Bruder und deutete auf ihren rechten Mundwinkel. Schlagartig war Luise wieder beim Abend mit Fabian und dem Apfelstrudel, den sie zum Nachtisch gegessen hatten. Auch da hatte ein Klecks Sahne in ihrem Mundwinkel geklebt. Zum Glück aß sie keinen Strudel, sonst wäre ihr der Appetit wohl vergangen. Wie zum Trotz und um sich zu versichern, dass der Kuchen noch genauso gut schmeckte wie zuvor, nahm sie einen weiteren großen Bissen und kaute energisch darauf herum. Nick schien nichts davon zu bemerken, da er damit beschäftigt war, in seinem Kakao herumzurühren.

„War es denn nun dieser Fahrradfuzzi?"

Widerstrebend nickte sie, Nick würde eh keine Ruhe geben.

„Und warum diese oscarreife Flucht? Was ist denn zwischen euch so Furchtbares geschehen? Hat er dich zum Essen eingeladen?"

„Hat er", erwiderte Luise und ließ den letzten Klecks Sahne in ihrem Mund verschwinden. Dann nahm sie sich den Apfelkuchen vor. Die Trennung von Felix hatte ihr fünf Kilo mehr beschert. Wie viele würden es wohl jetzt werden?

„Nun, das ist ja noch keine Erklärung für alles. Was ist dann passiert?"

„Frag nicht."

„Okay, dann eben nicht." Nick verschränkte seine Arme. „Aber dein Abgang war dennoch erste Sahne. So viele erstaunte Gesichter habe ich schon lange nicht mehr gesehen."

„Ich würde eher annehmen, ich hab mich komplett blamiert."

„Hm, keine Ahnung. Das Café solltest du in den nächsten Wochen vielleicht nicht mehr aufsuchen." Nick grinste.

„Und Fabian?" Sie musste es einfach fragen.

„Aha, interessiert es dich doch. Er hat dir nachgeschaut wie ein Dackel, der auf eine Knackwurst aus ist. Soll dieses ganze Drama wegen ein paar Fahrrädern sein? Oder wegen einer simplen Einladung zum ... Moment mal." Nick stellte seinen Kakaobecher mit einem leichten Knall ab. „Dieser Gesichtsausdruck, den du neulich hattest, sollte der unter Umständen wirklich von einer stürmischen Nacht herrühren? Warst du mit ihm etwa ...?" Forschend sah er sie an.

So lange, bis Luise schließlich nickte.

Ihr Bruder grinste erneut. „Schwesterlein, Schwesterlein, das hätte ich dir gar nicht zugetraut."

„Ich mir auch nicht. Er ist verheiratet."

„Das war nur schlecht zu übersehen."

„Und falls du es wissen möchtest, er hat es mir vorher gesagt, also zumindest angedeutet", sagte Luise.

Nicks Augen wurden groß. „Hui, du bist ein böses Mädchen gewesen."

„Gieß ruhig noch mehr Öl ins Feuer."

„Ach, ich glaube, das ist gar nicht nötig. Es lodert eh schon lichterloh."

„Ich weiß eigentlich überhaupt nicht, was in mich gefahren ist. Erst verurteile ich Felix für seinen Seitensprung und dann bin ich keinen Deut besser und benehme mich wie eine, …, eine …"

Nick winkte ab. „Ich weiß schon, was du sagen willst. An dieser Stelle empfehle ich dringend, einen Gang zurückzuschalten. Das, was du getan hast, ist wohl kaum mit Felix Fremdgeherei zu vergleichen."

„Fabian ist in einer Beziehung und ich hab es gewusst oder zumindest geahnt und nun hat er auch noch Kinder. Das macht es irgendwie noch schlimmer." Luise schluckte und schob ihren leeren Kuchenteller in die Mitte des Tisches. Dann schielte sie Nicks bisher unberührtes Stück Apfelkuchen an.

„Willst du es haben?"

„Quatsch, sonst sehe ich bald aus wie eine Tonne."

„Gute Entscheidung. Also, lass uns die Fakten auf den Tisch legen und die Sache klar betrachten."

Luise verdrehte kurz die Augen.

„Ich vermute, du wirst ihn nicht in dein Bett gezwungen haben, er ist freiwillig mitgekommen. Du hattest deine Bedürfnisse und da ist es halt passiert. Vorher hat er mal kurz angedeutet, dass er nicht solo ist. Und nun? Willst du dich kasteien, zurück in das Café rennen und seiner Frau von der Geschichte erzählen?"

Entsetzt sah sie ihren Bruder an.

„Na also. Ich hab kürzlich eine Sendung gesehen. Da stellte irgend so ein Typ die These auf, dass wir Menschen nicht auf Dauer dafür gemacht sind, allein zu leben", fuhr Nick fort. „Wir brauchen einen anderen, der uns in den Arm nimmt und … Na, du weißt schon."

„Und nun? Das hilft mir aber auch kein Stück weiter."

„Im Moment nicht, aber bald. Etwas auszusprechen, hilft unglaublich."

„Vermutlich hast du recht."

„Ganz sicher sogar."

„Lass uns das Thema wechseln", bat Luise. „Bitte."

„Sehr gute Idee. Kommen wir also jetzt zu deinen Zukunftsplänen."

Sie stöhnte. „Ich dachte ehrlich, du hättest das vergessen."

„Niemals! Also los."

„Gut, aber vorher muss ich dir noch etwas erzählen."

„Du meine Güte, noch mehr Bettgeschichten?", fragte Nick.

„Nein, finanzielle Geschichten." Luise beugte sich ein Stück nach vorn. Die Tische standen hier ziemlich eng beieinander und schließlich musste nicht jeder mitbekommen, was sie ihrem Bruder jetzt sagen wollte. „Ich hab doch kürzlich ein Los gekauft, von Opas fünf Euro."

Nicks Aufmerksamkeit sank schlagartig. Anscheinend hatte er wirklich auf noch mehr schlüpfrige Geständnisse gehofft. „Kann sein."

„Jedenfalls hab ich gewonnen."

„Ach, wirklich? Ich hoffe, du hast deinen Einsatz wieder rein und nicht nur drei Euro gewonnen."

„Die Summe ist größer", erwiderte Luise mit einer gewissen Betonung.

Nicks Aufmerksamkeit war zurück. „Wie groß?"

„So groß, dass ich dir beruhigt deinen Anteil an unseren Rücklagen auszahlen kann und allein weitermachen könnte. Wenn ich es will."

Ihr Bruder zuckte zusammen. „Soll das ein Witz sein?"

„Mein voller Ernst, es sind sechzigtausend Euro. Ich muss sie nur noch anfordern."

„Krass! Du meinst das wirklich ernst, nicht wahr? Warum hast du das noch nicht gemacht, das Anfordern?", fragte Nick.

Luise hob die Schultern. „Weil diese Summe mich überfordert, verstehst du?"

„Eigentlich nicht."

„Seit Tagen stelle ich mir die Frage, warum all diese Dinge auf einmal passieren. Was will das Leben mir zeigen? Soll ich wirklich nochmal neue Wege einschlagen, ganz für mich allein? Soll ich an *Strandkorb-Winter* festhalten, weil der Betrieb einfach zu unserer Familie gehört? Soll ich das Geld Papa geben, damit der seine Schankanlage erneuern kann?"

„Na, eher nicht. Wie kommst du denn auf so einen Schwachsinn?"

„Weil das Ding kaputt ist und bald nicht mehr repariert werden kann. Oder soll ich es unserer Mutter anbieten, damit die sich eine neue Bar mieten und ihre Schulden bezahlen kann?"

„Aber sie hat doch eine Bar", sagte Nick verwirrt. „Und was für Schulden?"

„Mietrückstände. Und nun hat sie die Kündigung bekommen und mich beruhigt zumindest ein bisschen, dass du auch nichts davon wusstest."

„Ach du meine Güte. Ist das dein Ernst?"

„Glaub mir, bei so etwas würde ich niemals lügen", sagte Luise.

„Von wem weißt du das?", fragte ihr Bruder.

Stille senkte sich über den Tisch. Das Beste wäre, irgendeinen Namen zu nennen. Aber darin steckte auch eine gewisse Gefahr. Also doch die Wahrheit. „Von Felix."

Nick reagierte genauso, wie sie es vorausgesehen hatte. Er schnellte nach oben, so dass das Geschirr auf dem Tisch klirrte. „Von Felix? Sag bloß, dieser Scheißkerl hat sich zu dir getraut."

„Nun setz dich doch erst mal wieder", raunte Luise und blickte sich verstohlen um. „Wir haben heute schon genug Aufsehen in Rostock erregt."

Nick plumpste zurück auf seinen Stuhl, nahm sich sein Stück Kuchen und begann zu essen.

„Wir haben uns zufällig getroffen und da hat er es mir erzählt. Weil er sich Sorgen macht."

„Pah, Sorgen." Nick lachte auf. „Sorgt er sich um Mama, um dich oder um seine eigene Person?"

„Wohl eher um Mama. Sie hatte Felix um Hilfe gebeten, wegen ihres Druckers."

„Aber, ich ..."

Sie hob die Hände. „Du kennst doch Mama. Jedenfalls war er bei ihr und hat ein entsprechendes Schreiben gefunden."

„Scheiße", stieß Nick aus. „Und nun?"

„Keine Ahnung. Ich habe nicht die geringste Lust, mich auch noch um Mamas Baustellen zu kümmern."

„Auf keinen Fall. Es ist dein Gewinn, dein Geld und du solltest es wirklich nur für dich verwenden."

„Ist das nicht egoistisch?", fragte Luise zögernd. „Immerhin sind wir eine Familie."

„Ja, vielleicht. Aber sollte man nicht manchmal egoistisch sein und einfach nur an sich denken? Außerdem glaube ich nicht, dass Mama oder Papa dein Geld annehmen würden.

Haken dran, bleibt also nur noch *Strandkorb-Winter*." Er holte kurz Luft. „Willst du noch einen Kakao? Die haben hier welchen mit Marshmallows."

„Ein Schnaps wäre mir lieber, aber ich nehme einen Kaffee."

„Also zwei Kaffee." Nick verschwand und kam kurz darauf mit zwei Tassen zurück. Er riss behutsam die Zuckertüte auf und ließ die weißen Kristalle in sein Getränk rieseln. Gedankenverloren rührte er um, steckte den Löffel in seinen Mund und platzierte ihn dann neben der Tasse. „Und jetzt verrätst du mir deine Pläne und wofür DU am allerliebsten dein gewonnenes Geld verwenden möchtest."

Kapitel 12

Kichernd presste Luise ihre Hände an Hannes Schaufenster. Mit aller Macht versuchte sie einen Schluckauf zu unterdrücken und hickste dann doch. Nick stand neben ihr und sah ebenfalls in den Laden. „Nicht schlecht, nicht schlecht", lallte er mit schwerer Zunge und schwankte leicht. „Frauen stehen ja auf solchen Dekokram, oder?"

„Da kannst du Gift drauf nehmen. Solches Zeugs kann man nie genug haben. Vor allem, wenn es so schön aussieht wie das da."

„Für mich sind das ja Staubfänger, die nur Arbeit machen."

„Du bist doof! Es sind schöne Dinge."

Nick machte einen Schritt auf sie zu und drückte einen Kuss auf ihre Wange. „Du wirst schon wissen, was du tust."

Im Moment wusste Luise nur eins und das hundertprozentig: Sie war betrunken, und zwar mehr als nur ein bisschen. Nach ihrer Heimkehr aus Rostock waren sie zum Fahrradverleih gefahren. Nick hatte einen Schreibblock geholt und sie hatten begonnen, Fakten, die für und gegen Hannes Laden sprachen, zu sammeln. Das Gleiche machten sie mit Amerika und *Strandkorb-Winter*. Sie hatten geredet, lange und intensiv. Über dies und das und wie es eigentlich dazugekommen war, dass sie diese Firma leiteten. Irgendwann zu späterer Stunde hatte Nick einen alten Wandschrank geöffnet und hinter einigen Aktenordnern herumgekramt. Dabei waren zwei volle Flaschen Rum zum Vorschein gekommen, die vermutlich noch von ihrem Großvater stammten.

„Wollen wir?"

Luise hatte statt einer Antwort den Wasserkocher angeworfen. Dann hatten sie sich Grog zubereitet. Ganz nach dem norddeutschen Motto: Rum muss, Zucker kann, Wasser braucht nicht. Der Grog war gut und stark gewesen und hatte Luise ordentlich eingeheizt. Nach dem dritten Glas jedoch schwand die Hitze. Stattdessen begannen ihre Sorgen zu verblassen und sie sich seltsam leicht und beschwingt zu fühlen. Nick war es nicht anders gegangen und immer, wenn er ein bisschen angeschickert war, stellten sich bei ihm verrückte Ideen ein.

Er war kurz verschwunden und hatte zwei kleine Kinderfahrräder aus dem Anbau geholt. Dann hatte er sie herausfordernd angesehen. „Komm schon."

„Was, jetzt? Es schneit und wir werden uns alle Gräten brechen. Dann kannst du Amerika gleich vergessen."

Nick hatte abgewunken. „Quatsch, nur ein bisschen die Strandpromenade hoch und runter."

Also war Luise nichts anderes übriggeblieben, als sich auf eines der winzigen Räder zu quetschen und den von Nick abgesteckten Parcours abzuradeln. Zum Glück waren nur wenige Menschen unterwegs gewesen. Die, die dennoch an ihnen vorbeigelaufen waren, hatten vermutlich gedacht, sie wären übergeschnappt. Dabei hatte dieses Spielchen zu Nicks und Luises Standardprogramm in ihrer Sturm- und Drangzeit gehört.

Später dann hatten sie auf einer diesen weißen Bänke Platz genommen, die alle paar Meter auf beiden Seiten der Promenade standen. Der Wind hatte sich schlafen gelegt, wie vermutlich der größte Teil der Bewohner von Warnemünde. Die Ostsee konnte man von hier aus nicht sehen, aber man spürte ihre Präsenz.

„Ich glaube, ich werde sie vermissen, die Ostsee, das Wellenrauschen, den Strand", sagte Nick und umschloss seinen Rumbecher ganz fest. „Und vor allem dich."

Luise warf ihm einen kurzen Blick zu. „Das kann ich mir gut vorstellen. Würde mir vermutlich genauso gehen. Aber auch in der Ferne gibt es schöne Länder, wunderbare Menschen und neue Freunde. Wir haben ein Telefon und können jederzeit miteinander sprechen." Der Kloß in ihrem Hals wurde mit jedem Wort größer. Doch sie spürte Nicks Zweifel und die Angst vor dem Neuen.

„Weißt du, bis vor kurzem war alles so absehbar. Und nun? Möglichkeiten, Chancen, Entscheidungen, das macht mir beinahe ein bisschen Angst."

„Geht mir nicht anders", erwiderte sie. „Wenn da nur ein Weg ist, scheint alles ganz leicht. Und dann, auf einmal ..." Luise seufzte. „Am meisten beschäftigt mich der Gedanke, *Strandkorb-Winter* sterben zu lassen. Darf man das tun? Einfach auslöschen, was unser Urgroßvater damals aufgebaut hat? Steht uns das zu?"

Nick schwieg lange. „Unsere Eltern wollten die Firma auch nicht. Weißt du noch, wie heftig Mama uns damals abgeraten hat, uns auf den Deal mit Opa einzulassen? Sie wird dafür ihre Gründe gehabt haben."

„Ach, Mama, ab irgendeinem Punkt hat sie nur noch an sich gedacht."

Ihr Bruder drehte sich ein wenig, damit er Luise direkt anschauen konnte. „Das meine ich doch. Wir haben ihr das damals zum Vorwurf gemacht."

„Du nicht, du warst immer schon Mama-Fan."

„Im Stillen hab ich es ihr schon vorgeworfen. Ich fand sie egoistisch. Erst lässt sie sich von Papa scheiden, dann macht sie eine eigene Bar auf, datet Kerle, die ihre Enkel sein könnten und rennt in kunterbunten Klamotten durch den Ort. Als wäre sie vollkommen übergeschnappt."

„Soll ich dir mal was sagen?", meinte Luise. „Und genau dafür hab ich sie manchmal bewundert, im Stillen. Sich keinen Kopf zu machen, egal zu finden, was die anderen sagen, sogar die eigenen Kinder, dazu gehört schon was. Und das mit Papa - sie waren einfach nicht mehr glücklich. Warum sollte man den Rest seines Leben mit einem Menschen verbringen, der einen nicht glücklich macht?"

„Oder mit einem Job, der einen anödet."

Sie nahm die Hand ihres Bruders. „Ödet es dich an, Strandkörbe zu verleihen?"

„Ganz ehrlich?"

Luise nickte.

„Ja, manchmal sogar sehr. Und dich?"

„Mir geht's auch so. Fahrräder, Fahrräder, Fahrräder. Und doch gibt es Momente, in denen mir all das viel Freude macht."

„Natürlich gibt es die."

Einen Moment dachte sie nach. „Aber das geht vermutlich jedem so, oder? Ich glaube, auch eine Klofrau hat schöne Momente."

Nick lachte schallend los. „Da ist sie endlich wieder, die alte Luise. Und trotzdem haben wir unsere Antwort eigentlich schon gefunden, oder?" Er legte den Kopf in den Nacken. „Schade, kein einziger Stern ist zu sehen."

„Hm, als ich das letzte Mal so in den Himmel gesehen habe, waren die Sterne zum Greifen nah und …" Luise schluckte. Der Schmerz war zurück. Erst recht nach dem, was sie heute gesehen hatte. Sein Lachen, die Kinder, diese Frau – fahrig strich sie sich über das Gesicht.

„Weißt du, was ich jetzt gern tun würde?"

„Nee, keine Ahnung", erwiderte sie trocken. „Hauptsache nix mit Alkohol und Radeln auf einem Kinderrad. Ich hab irgendwie total einen sitzen."

„Ich würde mir gern den Laden von dieser Hanne ansehen, also von außen natürlich. Wenn ich ehrlich bin, hab ich nämlich noch nie auf diesen Laden geachtet."

„Na, dann los. Wollen wir laufen oder die Kinderfahrräder nehmen?"

Nick dachte gespielt kurz nach. „Wir laufen."

Sie brachten Räder, Tassen und Thermoskanne zurück in den Fahrradverleih. Dann liefen sie über die breite Strandpromenade, die schnurgerade auf Leuchtturm und *Teepott* zuführte. Auf dem leeren Platz drangen die Laute eines Schifferklaviers nach draußen und Stimmen, die eine bekannte Melodie mehr oder weniger textsicher mitgrölten.

Hier hatte alles begonnen, ihr Abend mit Fabian. Wäre sie bloß nie zu dieser Verabredung gegangen. Doch dann hätte sie ein paar wunderschöne Stunden verpasst. Der Gedanke schoss Luise auf einmal durch den Kopf und wirkte wie ein erster Versuch, versöhnlicher zurückzuschauen.

Wenig später standen sie vor Hannes Geschäft. „Das ist es", sagte Luise feierlich.

Nick legte seine Hände an die Scheibe und sah hinein.

„Und das würde dir Spaß machen? Jeden Tag Staub wischen und solchen Chichi verkaufen?"

„Ich glaub schon."

Ihr Bruder hockte sich auf den Sims vor dem Geschäft und Luise quetschte sich neben ihn. „Die Lage ist genial", stellte er sachlich fest. „Und das Geld hättest du beinahe zusammen. Die fehlenden Kröten kriegen wir auch noch irgendwo her oder wir verhandeln knallhart."

„Jetzt klingst du wie Olaf, Pias Bruder. Der wollte das Geld *beschaffen*."

„Recht hat er, der Olaf. Was sagt Hanne denn?"

„Sie weiß noch gar nichts", erwiderte Luise kleinlaut.

Nick fuhr herum. „Da reden wir ja über total ungelegte Eier. Was, wenn sie schon einen Nachfolger gefunden hat?"

„Diesen Gedanken hab ich bisher erfolgreich verdrängt. Ich musste halt nachdenken und abwägen."

Er seufzte. „Schön und gut, aber vorklopfen hättest du doch schon mal können. Ach, Schwesterchen. Nachdenken ist okay, aber zerdenken …" Er schüttelte den Kopf.

„Das sagt der Richtige", meinte Luise trocken. „Du haderst selbst herum."

Nick verschränkte seine Arme. „Punkt für dich. Aber im Ernst, du würdest es hinbekommen. Nein, falsch, wir würden es hinbekommen. Es gibt sicher nicht mehr viel für die Räder und Strandkörbe, aber dennoch ein paar Euronen." Er heftete seinen Blick auf irgendeinen Punkt an der nächsten Ecke. „Du meine Güte. Ich glaube, ich hätte den letzten Grog nicht trinken sollen."

„Warum?", fragte Luise, die schon wieder Richtung Himmel schaute.

„Komisch, aber der Typ dort drüben erinnert mich irgendwie an Felix."

Schlagartig löste Luise ihren Blick von den Sternen und schaute in die angedeutete Richtung. Zunächst war da nur eine dunkle Gestalt. Ein Mann stand auf dem freien Platz vor der Touristeninformation und sah auf sein Handy. Dann blickte er sich um, als würde er jemanden suchen. Es war die Art, wie er dies tat, die ihr die Gewissheit brachte, dass dort tatsächlich ihr Ex stand.

Luise schluckte. „Das ist Felix."

„Und was will er hier? Doch hoffentlich nichts, was irgendeinen Zusammenhang mit deiner Person hat? Ich dachte, ihr hättet euch kürzlich nur zufällig getroffen."

„Haben wir ja auch."

„Warum ist er dann schon wieder hier? Ich meine, wenn ihr nur drei Worte an einer Straßenecke gewechselt habt, dann ..."

„Es waren keine drei Wort an einer Straßenecke, sondern ein Cappuccino im *Café Röntgen*", sagte sie gedehnt.

Nick sah sie an, als hätte sie den Verstand verloren. „Ist sonst noch alles klar bei dir? Du sprichst mit diesem Idioten und dann geht ihr auch noch ins *Röntgen*? Lad ihn am besten gleich zu dir nach Hause ein. Jammer mir dann aber nicht die Ohren voll."

„Es war nur ein Cappuccino, sonst ist nichts geschehen. Immerhin musste er mir ja die Sache mit Mama erzählen. Das kann man schlecht an einer Straßenecke machen", zischte sie ihrem Bruder leise zu, denn Felix hatte sich umgedreht und sah forschend in ihre Richtung. Mit angehaltenem Atem presste Luise sich an die Schaufensterscheibe und versuchte, sich unsichtbar zu machen. Vergeblich, anscheinend hatte Felix sie entdeckt, denn er kam direkt auf sie zu. „Verdammt." Aus dem Augenwinkel nahm Luise wahr, dass Nick sich aufrichtete. Es fehlte nur noch, dass er seinen Ärmel hochkrempeln und in Angriffsstellung gehen würde. Deswegen berührte sie ihn sanft und sagte nur ein Wort: „Bitte."

„Wenn er dir blöd kommt, drück ich ihm eine, okay?"

„Das wird er schon nicht tun", flüsterte sie.

Da stand Felix auch schon vor ihnen und musterte sie verwundert. „Warum sitzt ihr denn hier vor diesem Laden rum?", fragte ihr Ex. „Habt ihr schon mal auf die Uhr gesehen? Es ist fast eins."

„Na und, geht´s dich was an?", erwiderte Nick und stand auf. Dann positionierte er sich so, dass er Luise mit seinem

Körper verdeckte. „Und wenn wir uns die halbe Nacht draußen rumtreiben, könnte dir das scheißegal sein."

Felix schüttelte den Kopf. „Du meine Güte, wie bist du denn drauf? Wie viel hast du getrunken?"

„Das geht …", begehrte Nick auf, wurde aber in diesem Moment von Luise beiseitegeschoben.

„Was machst du hier?", fragte sie ihren Ex.

„Ich wollte zu dir."

„Da kannst du gleich wieder heimfahren, in deine schicke Rostocker Bude", antwortete ihr Bruder an ihrer Stelle.

„Nick", sagte Luise sanft. „Nun schalte mal einen Gang zurück. Das Beste wäre, du würdest nach Hause gehen."

„Wie bitte? Und dich hier alleine lassen, mit diesem elenden Schleimer? Soll ich dir vielleicht nochmal ausführlich erzählen, was er dir alles angetan hat und in welchem Zustand du dich befunden hast, nachdem er dich sitzengelassen hatte?"

Luise ergriff die Schultern ihres Bruders. „Ich komm schon klar", flüsterte sie ihm beschwörend ins Ohr. „Mach dir keine Sorgen."

„Du bist sicher? Ich könnte ihn …"

„Du bist betrunken. Geh heim. Wir sehen uns um zehn im Lager und packen die Sachen für den Glühweinstand zusammen, ja?"

Es verging eine kleine Ewigkeit, in der nur Nicks schnaufender Atem zu hören war. Kleine Dampfwölkchen wie von einem wütenden Drachen stiegen in die Luft. Schließlich nickte ihr Bruder, hob die Hand und lief unsicher davon. Alle paar Schritte drehte er sich um und schien nur darauf zu warten, dass Luise anfing, um Hilfe zu schreien.

Beide sahen ihm einige Momente hinterher.

„Lieber Himmel. Ich dachte echt, Nick schlägt mich zu Boden und wirft mich anschließend den Fischen im *Alten Strom* zum Fraß vor."

„Verdient hättest du es allemal", meinte Luise mit schleppender Stimme. „Er hat mich nach unserer Trennung gerettet, also sag kein böses Wort über ihn. Ohne Nick wäre ich vielleicht nicht mehr am Leben. Also, was willst du hier?"

„Ich wollte dich besuchen."

„Schon wieder? Gibt´s noch mehr Hiobsbotschaften, meine Familie betreffend?"

„Nein, ich musste nur lange über unser Gespräch nachdenken, über uns beide und heute hatte ich zufällig einen Termin in Warnemünde und dachte, ich schaue mal bei dir vorbei."

„Zufällig? Hm, komischer Termin, der mitten in der Nacht ist. Machst du da neuerdings auch Beratungen?" Luise begann zu kichern und spürte, wie der Drang, lauthals zu lachen, immer stärker wurde. Ganze Sätze zu formen, schien plötzlich unglaublich schwer zu sein.

Felix lachte nicht, im Gegenteil, er musterte sie ernst und das regte ihren Lachdrang nur noch mehr an. „Du hast natürlich recht. Ich hatte keinen Termin. Ich wollte dich einfach nur besuchen. Dann hab ich geklingelt und geklopft und mir die Verärgerung der alten Frau, die unter dir wohnt, zugezogen. Ich hab mir irgendwann Sorgen gemacht, weil du nicht nach Hause kamst. Da bin ich zu deinem Vater und hab nach dir gefragt."

Luise verdrehte die Augen. „Du meine Güte. Du tust ja gerade so, als wäre ich seit Wochen verschollen."

„Aber dein Vater wusste auch nicht, wo du sein könntest", sprach Felix einfach weiter, als hätte er sie nicht gehört. „Also bin ich zu deiner Mutter."

„Und die wusste auch nichts, stimmt's?" Erneut kicherte sie los. „Und weißt du auch, warum?" Luise tippte ihm mit dem Zeigefinger auf die Brust. „Weil ich mich nicht abgemeldet habe. Ich war ein böses Mädchen. Lass mich raten, danach warst du bestimmt bei der Polizei und hast eine Vermisstenanzeige aufgegeben. Stimmt's?" Sie schwankte kurz, hatte sich aber gleich wieder unter Kontrolle. „Hoffentlich warst du nicht bei Bernd, sonst suchen sie jetzt gerade den ganzen Ort ab."

„War ich nicht", erwiderte Felix. „Ich hab dich stattdessen zig Male angerufen, dir Sprachnachrichten geschickt und bin vor Sorge fast vergangen."

Luise zog das Handy aus ihrer Tasche, hielt es zuerst ganz nah und dann ein Stück weiter weg. Die Buchstaben verschwammen vor ihren Augen und doch bemerkte sie zahlreiche Anrufe. Unter anderem von Felix, ihrem Vater und ihrer Mutter. „Ich hatte den Ton aus und selbst wenn ich ihn angehabt hätte, wäre ich bei deiner Nummer nicht rangegangen. Wir sind nämlich kein Paar mehr und somit geht dich nichts an, was ich tue."

„Ich hab mir Sorgen gemacht", sagte Felix eindringlich.

„Das musst du nicht, wir sind nicht mehr zusammen", schrie Luise mit geballten Fäusten.

Aus einem der Häuser erklang eine Stimme. „Könntet ihr eure scheiß Diskussion vielleicht an einem anderen Ort weiterführen? Es gibt Leute, die hier schlafen wollen."

„Lass mich in Ruhe", nuschelte sie und lief los.

„Wo willst du denn nun hin?"

„Dreimal darfst du raten. Natürlich nach Hause."

„Darf ich dich begleiten?", fragte Felix und lief neben ihr her.

„Ich befürchte, du wirst dich nicht davon abhalten lassen." Die ersten Schritte gingen noch ganz gut. Doch an der nächsten Hausecke spürte Luise plötzlich die Wirkung des Alkohols und wie ihr die Beine weich wurden. Mit einer Hand hielt sie sich an einem Laternenpfahl fest, mit der anderen massierte sie ihren Magen.

„Was ist denn?"

„Mir ist schlecht, ich glaube, ich muss mich gleich …" Die Übelkeit durchlief ihren Körper in kleinen Wellen. Luise schaute starr geradeaus und stierte auf das Riesenrad auf der Mittelmole, einfach weil es ein Punkt war, den man gut fixieren konnte. Seltsam, das Rad drehte sich, obwohl es doch nach Mitternacht war. Oder bildete sie sich das bloß ein? Luise sah genauer hin und das Drehen ließ nach. Sie versuchte, ruhig zu atmen, nicht zu kotzen und nicht umzufallen. Schon gar nicht vor Felix, der sie mit seiner plötzlich so besorgten Art und Weise vollkommen verrückt machte.

„Soll ich dir was holen?", fragte er in diesem Moment.

„Und was? Dreierlei-Tropfen oder einen Schnaps?" Bei der Erwähnung von Alkohol stöhnte sie auf und winkte ab. „Es geht schon wieder. Ich bin gleich zu Hause, wohne nämlich dort vorn irgendwo." Was sagte sie denn da? Er wusste doch, wo sie wohnte. Natürlich ging Felix nicht, sondern blieb stur neben ihr stehen und nun legte er auch noch seinen Arm um ihren Körper. „Würdest du das bitte lassen", fauchte sie ihn an.

Endlich ließ die Übelkeit nach und ihr Kopf wurde klarer. Luise bewegte sich langsam geradeaus und schwenkte am *Alten Strom* angekommen links ein. Sie lief ganz rechts, am Geländer, das die Straße zum Fluss hin abgrenzte. Zum einen, weil sie dort einen Halt und gleichzeitig eine Orientierung hatte. Zum anderen, weil genau da eine unberührte zarte Schneedecke lag, in die sie ihre Fußspuren setzen konnte. Nach einigen Schritten blieb sie stehen und blickte zurück.

„Das hast du früher schon immer gemacht, Spuren in den Schnee zaubern. Weil es hier oben aber partout nicht schneien wollte, hab ich dich einmal zu einer Weiterbildung nach München mitgenommen."

Seltsam berührt sah Luise ihn an.

Felix lächelte. „Ich hatte im Hotel nur ein Einzelzimmer von meiner damaligen Firma gebucht bekommen. Deshalb hab ich dich zu später Stunde über die Hintertreppe hinein geschleust. Und am nächsten Morgen bin ich frühstücken gegangen und hab dir in meine Jacke eingewickelt ein paar belegte Brötchen und ein gekochtes Ei mitgebracht. Dann sind wir in die Berge gefahren und ich hab meine Schulung geschwänzt. Da lag so unglaublich viel Schnee …"

„… dass du auf den Rückweg in eine Wehe gefahren bist und nicht mehr rauskamst. Ein Bauer hat uns dann geholfen und das Auto mit seinem Trecker herausgezogen", fuhr Luise stockend fort.

„Und er hat geschimpft, wir wären verdammte Saupreußen, weil wir mit Sommerrädern unterwegs waren." Felix lachte schallend. „Es waren herrliche Tage und du hast dir gewünscht, wir würden dort noch einmal hinfahren." Er schluckte. „Wir haben es nie gemacht, weil andere Dinge wichtiger waren."

Luise umfasste das Geländer und schaute auf den *Alten Strom*. Sie fühlte, wie die Kälte des Metalls durch ihre Hände drang. „Lange her."

„Aber gerade war die Erinnerung dermaßen präsent, dass ich …"

„Warum bist du hier?", fragte sie erneut. Gott, sie hätte nicht so viel trinken sollen. Schon in ihrer Jugend hatte sie Alkohol nur sehr schlecht vertragen und sich jedes Wochenende aufs Neue vorgenommen, bei alkoholfreien Getränken zu bleiben. Einiges hatte sich verändert, aber das nicht.

„Weil ich dich sehen wollte."

„Und warum?", hakte sie nach.

Felix zuckte hilflos mit den Schultern. „Ich weiß es nicht. Nach dem Besuch im *Café Röntgen* musste ich immerzu an dich denken. Ich hab es sehr genossen, wieder einmal mit dir zusammen zu sein und ich wünschte …"

„Du meine Güte. Jetzt aber bitte keine Geständnisse à la, es würde dir leid tun, du würdest die Uhr gerne zurückdrehen und so weiter. Die kannst du gleich stecken lassen."

„Lassen wir das. Es ist an der Zeit, dich ins Bett zu bringen", meinte Felix energisch. Er griff ihren Arm und versuchte, sie mit sich zu ziehen.

Luise blieb stur stehen. „Aha", lachte sie. „Hab ich es mir doch gedacht. Du willst wieder mit mir anbandeln."

Felix seufzte. „Würdest du bitte mit mir kommen? Sonst nehme ich dich über meine Schulter und schlepp dich nach Hause."

Am liebsten wäre sie stehengeblieben, aber sie war auf einmal so müde, dass sie seine Hand nahm und mit ihm ging. Vor der Haustür angekommen, nahm Felix ihr einfach den Schlüssel aus der Tasche, schloss auf und schleppte sie, so leise es ging, die Treppe hinauf.

Luise plumpste auf ihr Bett und ließ sich einfach nach hinten fallen. Sie konnte ihre Augen kaum noch offen halten und befürchtete, auf der Stelle einzuschlafen. „Komisch, ich hätte geschworen, dass ich dich nie wieder in meiner Wohnung sehen würde", nuschelte sie. „Damals, als wir uns getrennt haben. Du hast diese Räume hier immer gehasst."

„Ich hab sie nicht gehasst, ich konnte nur nie verstehen, warum du inmitten der Kneipen und Touristen leben willst." Behutsam streifte er die Schuhe von ihren Füßen und stellte sie neben das Bett. Dann beugte er sich über sie und zog ihr die Jacke aus. Als Nächstes folgten Pullover und Jeans. Zum Schluss deckte Felix sie zu und öffnete das Fenster, um frische Luft hineinzulassen. „Ich lege deinen Schlüssel auf den Küchentisch und ziehe die Tür hinter mir zu."

Luise rollte sich auf die Seite und augenblicklich drehten sich kleine bunte Kreise vor ihren Augen. Sie spürte noch, dass Felix ihr einen Kuss auf die Stirn gab, sich abwandte und ging. Sie war allein. Einen Moment lauschte sie seinen Schritten auf der knarrenden Stiege, dann war es still und sie schlief ein.

Kapitel 13

Der Bauarbeiter mit dem Presslufthammer arbeitete pausenlos. Luise versuchte, ihn zu einer kleinen Pause zu überreden, doch er hämmerte und klopfte unablässig. Aber war da nicht noch ein weiteres Hämmern, unregelmäßiger und damit nervtötender? Außerdem rief jemand einen Namen. Luise, war sie das?

Es vergingen weitere Sekunden, ehe sie begriff, dass die rufende Stimme ihrer Freundin Pia zuzuordnen war.

„Luise, verdammt nochmal, nun mach doch endlich auf."

Sie stöhnte, drehte sich auf die andere Seite und flüsterte, „Geh weg." Natürlich drangen diese Worte nicht bis zu ihrer Freundin vor. Das Hämmern ging also weiter.

„Okay, wenn du nicht aufmachst, ruf ich die Polizei."

Polizei. Diese Drohung half, sich aus dem Bett zu wälzen und auf den Weg Richtung Tür zu machen. Polizei, das bedeutete Bernd und wenn sie bestimmte Leute nicht in ihrem Zuhause sehen wollte, gehörte er auf jeden Fall dazu. Luise öffnete ihre Tür gerade in dem Augenblick, als Pia mit der Faust dagegen schlug und ihr folglich mit vollem Schwung in die Arme fiel.

„Du meine Güte. Kannst du mir mal verraten, was du in den letzten Stunden getrieben hast?" Ihre Freundin rümpfte die Nase. „Hier riecht´s ja wie in einer Destillerie, aber einer der ganz üblen Sorte."

Luise ließ ihre Freundin einfach stehen und begab sich in die Küche, wo sie sich erst mal unter den kalten Wasserhahn hängte und mehrere Schlucke trank. Dann benetzte sie ihr

Gesicht und sah sich endlich in der Lage, einige Worte mit Pia zu wechseln.

„Hast du getrunken?"

„Glaub schon. Ich war gestern mit Nick im Fahrradverleih, also nachdem ich ihn zu seinem Shooting begleitet habe. Zu späterer Stunde fiel uns eine Flasche Rum von Opa in die Finger. Oder waren es zwei? Egal, er war lecker."

„Na prima, und ich bin vor Sorge fast gestorben." Pia stemmte ihre Fäuste in die Hüften. „Du kannst dir nicht vorstellen, wer gestern Abend an meiner Tür geklingelt hat."

„Doch nicht etwa Felix?" Als Pia nickte, stöhnte sie, „Anscheinend hat er auf der Suche nach mir halb Warnemünde aus den Betten geholt."

„Du weißt von ihm? Also hat er dich anscheinend gefunden."

„Hat er und nach Hause gebracht."

Skeptisch sah Pia sie von oben bis unten an. „Sag bloß ihr beiden habt …" Sie deutete mit dem Kopf Richtung Schlafzimmer.

Luise grinste. „Dann hätte er vermutlich mit einer Halbtoten geschlafen." Sie wollte ihren Kopf schütteln, hielt aber sofort inne, weil dies Schmerzen verursachte und den Bauarbeiter erneut auf den Plan rief. „Nein, er hat mich nur nach Hause gebracht. Davon gehe ich zumindest aus. Wie spät ist es denn?"

„Kurz vor neun." Pia schnappte sich die gläserne Kaffeekanne und füllte sie mit Wasser. „Ich würde vorschlagen, du gehst erst mal duschen und ich koche in der Zwischenzeit einen kleinen Wachmacher."

Eine Viertelstunde später war Luise zurück und sank mit einem leisen Stöhnen auf den Hocker an ihrem Tisch.

„Mehr zum Anziehen hast du wohl nicht gefunden?", fragte ihre Freundin, weil sie nur BH und Slip trug.

„Irgendwie ist mir schrecklich heiß."

„Ach, egal. Eine Kopfschmerztablette liegt vor dir und hier wäre das Wasser." Pia streckte ihr ein Glas entgegen. Dankbar schluckte Luise die Medizin. „Und nun würde ich gern mal wissen, was gestern passiert ist."

Luise brachte sie mit möglichst wenigen Worten auf den neuesten Stand. Dies sorgte allerdings dafür, dass Pia große Augen machte. „Mit anderen Worten, es ist entschieden? Ihr setzt unter *Strandkorb-Winter* einen Schlussstrich?"

„So weit würde ich nicht gehen. Ich muss noch mit Hanne sprechen und unter Umständen hat Nick sich seine Worte von gestern schon wieder anders überlegt."

„Und die Sache mit Felix?"

„Was soll mit ihm sein?", fragte Luise.

„Du weißt genau, was ich meine."

„Mit ihm ist nichts, zumindest von meiner Seite aus nicht."

„Na gut, wenn du meinst", erwiderte Pia seufzend. „Er wirkte dermaßen besorgt, dass es fast schon rührend war. Wie ein Dackel, der sein Frauchen verloren hat. Kann ich dich jetzt allein lassen? Ich muss nämlich noch ein Mittagessen für meine ausgehungerte Familie zaubern."

„Klar, ich komm super zurecht."

„Und ruf deine Eltern an, dein Vater klang ziemlich panisch, als er sich heute Morgen bei mir erkundigte, ob ich dich schon gefunden hätte."

„Mach ich." Luise brachte ihre Freundin zur Tür. Dann rutschte sie an der Wand nach unten und setzte sich einfach auf den Boden des Flures. Die beiden Telefonate waren schnell erledigt. Gut, dass mit ihrem Vater dauerte ein wenig länger. Doch als er verstanden hatte, dass es Luise wirklich gut ging, beruhigte er sich und legte schließlich auf.

Sie schloss einen Moment die Augen und atmete tief durch. Endlich hatte der Bauarbeiter in ihrem Kopf seine Arbeit eingestellt. Das gab ihr die Chance, sich an den gestrigen Abend zu erinnern, speziell die Gespräche, die sie mit Nick geführt hatte. Sie hatten einen Beschluss gefasst. Und nun wurde es Zeit, aktiv zu werden, Nägel mit Köpfen zu machen und erste Schritte zu unternehmen. Luise kroch auf allen Vieren ins Wohnzimmer, schnappte sich den Laptop und holte dann das Los aus der obersten Schublade ihres Schreibtischs. Anschließend kroch sie zurück in den Flur, weil dort für ihre übermüdeten Augen sehr angenehme Lichtverhältnisse herrschten. Sie rief die auf der Rückseite angegebene Adresse auf und füllte das Formular aus. Nach dem Absenden der Daten erhielt sie eine Mail, dass sich ein Mitarbeiter innerhalb der nächsten zwei bis drei Tage mit ihr in Verbindung setzen würde. Nun, das klang doch schon einmal gut.

Dann begann sie im Kopf eine Liste mit den nächsten Schritten anzulegen. An oberster Stelle stand natürlich ein Gespräch mit Hanne. Allein der Gedanke daran brachte ihr Herz zum Pochen. Die Vorstellung, unter Umständen bald ein solches Geschäft zu führen … Der Gedanke war so verrückt, dass Luise ihn kaum zu Ende denken konnte.

In diesem Moment klingelte es an der Tür. Luise, die fest damit rechnete, dass Pia noch einmal zurückgekommen war, denn kein anderer würde sie am Sonntagmorgen besuchen, streckte ihren Arm nach oben aus und drückte auf den Öffner. Wenig später erklangen Schritte auf der Treppe. Jemand klopfte an den Türrahmen. „Komm rein, was ist denn noch?", rief sie und erblickte in diesem Moment Felix´ Gesicht.

„Du schon wieder", entfuhr es ihr. „Langsam weiß ich nicht mehr, was ich von deinen ständigen Besuchen halten soll."

Ihr Ex sah sie vielsagend von oben bis unten an. Erst jetzt wurde Luise bewusst, dass sie außer Slip und BH noch immer nichts am Leibe trug. Der Drang, sich schnell etwas überzuwerfen, tauchte auf. Doch dann wurde ihr bewusst, dass Felix sie noch in ganz anderen Zuständen als in Unterwäsche gesehen hatte. Also blieb Luise, wie sie war und warf ihm einen unterkühlten Blick zu, der Ähnlichkeit mit der leichten Raureifschicht am Fenster hatte.

Felix schloss die Tür hinter sich und nahm auf der anderen Seite des Flures Platz. Lässig stellte er seine Füße auf. „Ich wollte nur noch einmal nach dir schauen. Du warst letzte Nacht ziemlich angeschickert."

Luise winkte ab. „Alles bestens. Es war nur ein kurzer Stolperer."

Neugierig streifte Felix' Blick zu ihrem Laptop. Dann wanderte er weiter zu dem Los, das gleich daneben lag. Luise klappte möglichst entspannt den Computer zu.

„Sag bloß, du hast im Lotto gewonnen."

Das hatte ihr gerade noch gefehlt. Bisher wussten nur Menschen von dem Gewinn, denen sie vertraute. Und Felix vertraute sie nicht mehr. „Quatsch. Ich und ein Los." Sie schüttelte lachend den Kopf, bemerkte aber sehr wohl, dass er sie aufmerksam musterte. „Und selbst wenn es so wäre, was wäre dann?", erwiderte Luise mit einer gewissen Anspannung.

Felix lächelte leicht. „Dann würde ich mich aus tiefstem Herzen für dich freuen", sagte er. „Denn wenn es ein Mensch verdient hätte, dann doch wohl du."

„Warum sagst du das?", fragte sie mit klopfendem Herzen. Einen Moment war es wieder so wie damals, als sie sich kennengelernt hatten und Luise geglaubt hatte, den Mann gefunden zu haben, mit dem sie alt werden wollte, dem sie blind vertraute und den sie hemmungslos liebte.

„Es ist die Wahrheit, nichts sonst."

„Und warum bist du so, so …" Luise verstummte.

„Wie bin ich denn?"

„Verändert, irgendwie."

„Ich glaube, du bist auch nicht mehr dieselbe, die du bei unserer Trennung warst", meinte Felix und lächelte sanft.

„Ja, mag sein. Also gut, ich hab gewonnen. Aber es ist nur ein Los von der Supermarktkasse", wich sie aus. „Millionen sind also nicht zu erwarten."

„Millionen vielleicht nicht." Felix grinste. „Aber die gewonnene Summe dürfte dennoch nicht zu verachten sein, sonst wärst du dorthin gegangen, wo du das Los gekauft hast und hättest den Betrag ausgezahlt bekommen." Er zog eine Augenbraue hoch und ließ sie nicht aus den Augen. Luise fühlte Hitze auf ihren Wangen.

Möglichst gelassen streckte sie ihre Füße nach vorn aus und begann mit den Zehen zu wackeln. „Stimmt, ich hatte völlig vergessen, dass du dich mit solchen Dingen auskennst. Deine Eltern haben ja mal in einer ähnlichen Lotterie gewonnen." Sie erinnerte sich nur zu gut an die Story, die bei jeder Geburtstagsfeier erzählt worden war. Felix' Vater hatte an einem Bahnhofskiosk ein Los gekauft und gewonnen. Es waren fünftausend Mark gewesen und das Geld war in eine Reise nach Italien investiert worden, die bereits auf der Hinreise durch einen Unfall mit Blechschaden endete.

„Aber ich will nicht neugierig sein. Ich habe das Los nur zufällig dort liegen gesehen."

Luise angelte nach ihrem Handy, um einen Blick auf die aktuelle Uhrzeit zu werfen. Eigentlich wollte sie Felix damit zu verstehen geben, dass es aus ihrer Sicht an der Zeit war, wieder aufzubrechen. Doch da entdeckte sie eine Nachricht von Nick. Sie las, dass ihr Bruder heute Morgen leicht unpässlich war und darum bat, die Aktion Glühweinbude um einen Tag zu verschieben. Leise stöhnend legte sie das Telefon zurück.

„Schlechte Nachrichten?", fragte Felix.

„Wie man es nimmt. Wir wollten die Sachen für den Weihnachtsmarkt zusammensuchen", meinte sie knapp. „Aber Nick hatte wohl noch ein wenig mehr vom Grog als ich. Oder keine gute Freundin, die ihm eine Kopfschmerztablette gebracht hat."

„Pia war hier, nicht wahr? Ich hab sie vorn an der Ecke getroffen und sie hat mir einen Blick zugeworfen, der mich beinahe ins Krankenhaus gebracht hätte."

„Tja, du hast dich in den Augen meiner Freunde nicht gerade mit Ruhm bekleckert mit dem, was du angestellt hast. Auch wenn ich ihnen schon mehrfach gesagt habe, dass die Sache nur dich und mich etwas angeht. Sie wollen mich einfach beschützen."

„Vor mir?", fragte Felix und machte große Augen.

„Vermutlich. Das Beste wäre, wir würden das Thema wechseln."

„Wenn du meinst." Er hob die Schultern. „Und nun? Was wird mit dem Glühweinstand?"

„Ich werde allein ins Lager fahren und die Dinge zusammensuchen", sagte Luise. „Irgendwann müssen wir ja mal damit anfangen, sonst beginnt der Markt ohne uns."

„Freust du dich auf Glühweinduft und gebrannte Mandeln?", hakte Felix nach.

„Ja, schon", erwiderte sie knapp. „Es werden anstrengende Tage und ich werde abends todmüde in mein Bett fallen. Aber die Kasse klingelt. Zumindest hoffe ich, dass wir nicht wieder einen Frühlingseinbruch erleben und fünfzehn Grad herrschen. Nun, du dürftest dich an diese Zeiten ja noch erinnern."

„Dunkel", meinte er. „Ich hab damals selbst viel gearbeitet. Genau, wie du."

„Ja, wir haben uns manchmal kaum gesehen." Luise legte ein Bein über das andere und begann mit ihrem Fuß zu kreisen. Ihr wurde allmählich kalt, denn der Teppich unter ihrem leicht bekleideten Hintern war ziemlich dünn. Am liebsten hätte sie sich etwas übergezogen, aber dafür hätte sie aufstehen und Felix dabei ihren Hintern zudrehen müssen. Also blieb sie sitzen und hoffte, er würde bald verschwinden. Vielleicht war das Beste, sie schwieg einfach. Dann würde er die Lust verlieren und von allein gehen.

„Wollen wir einen Strandspaziergang machen? Und danach könnte ich dir mit den Sachen helfen."

Überrascht blickte sie auf. Diese Frage erwischte Luise praktisch wie aus dem Nichts. „Wie bitte?"

„Ich wollte wissen, ob du Lust auf einen Spaziergang am Strand hast."

Sie schüttelte leicht den Kopf. „Ich weiß sehr wohl, dass du es hasst, am Strand herumzulatschen, wie du dich früher immer ausgedrückt hast. Dieses plötzliche Entgegenkommen, diese Besorgnis, ich weiß nicht, was ich davon halten soll … Ich frage mich, was du damit bezweckst. Es ist vorbei zwischen uns, endgültig. Das möchte ich noch einmal betonen."

„Und wenn nun rein gar nichts dahinter steckt?", fragte Felix. „Wäre das so unvorstellbar für dich?"

Sag nein, schick ihn fort, tu irgendwas und wenn du den ganzen Tag fern schaust, aber geh nicht auf seine Einladung ein, tönte ihre innere Stimme. *Denk dran, wie weh er dir getan hat. Der Kummer, die Enttäuschung, die Zeit, die du gebraucht hast, dich wieder aufzurappeln.* Luise schaute zum Fenster. Täuschte sie sich oder war da ein Hauch Blau am Himmel zu sehen? Sie sah hastig weg. Doch was sprach dagegen, eine freundschaftliche Runde mit ihrem Ex zu drehen? Selbst Nick pflegte ein ausgesprochen gutes Verhältnis zu den meisten der Damen, mit denen er mal was gehabt hatte. Und sie konnte Felix damit noch einmal verdeutlichen, dass es vorbei war. Sie musste sich nur locker geben und vollkommen normal. Das würde sie auch von ihren Grübeleien über Fabian ablenken. Außerdem hatte Felix sie letzte Nacht ins Bett gebracht, nichts war geschehen. Auch wenn ihre Erinnerungen daran nur noch äußerst bruchstückhaft waren, schien er keinen Annäherungsversuch unternommen zu haben.

„Also gut, ich zieh mir nur noch was über." Da Felix keine Anstalten machte, seinen Sitzplatz zu verlassen, blieb Luise nicht anderes übrig, als sich möglichst elegant auf die Beine zu kämpfen, ohne ihm ihren Hintern direkt vor die Nase zu halten.

Fast schon erleichtert verschwand sie in ihrem Schlafzimmer und knallte die Tür hinter sich zu. Während sie in Jeans und Pullover schlüpfte, fiel ihr ein, dass Los und Laptop noch immer im Flur lagen. Felix dürfte also inzwischen bestens über ihre genaue Gewinnsumme informiert sein.

Als Luise den Flur betrat, war er verschwunden. Sie fand ihn im Wohnzimmer, wo Felix auf den *Alten Strom* schaute. „Fertig?" Fragend sah er sie an.

„Fertig."

„Zieh dicke Sachen an. Der leichte Sonnenschein täuscht, es ist ziemlich kalt. Ich musste heute sogar meine Frontscheibe freikratzen."

Gehorsam griff Luise nach der wärmeren Jacke sowie Schal, Mütze und Handschuhe. Und tatsächlich, als sie den kleinen Innenhof betrat, legte sich eiskalte Luft auf ihre Wangen. Die Blätter an den Rosenbüschen wirkten wie erstarrt. Sie rieb ihre Hände aneinander, während Felix bereits die schmale Tür zum Gehweg öffnete.

Kurz bevor sie die Stufen vor dem Haus hinabstiegen, blieb Luise stehen: „Ich muss nochmal nach Tine schauen."

„Jetzt?" Prüfend sah er sie an. „Also gut. Ich warte lieber dort vorn. Deine Nachbarin konnte mich noch nie leiden."

Während Felix zum *Alten Strom* hinabstieg, klopfte Luise an die Scheibe. Zu ihrem Erstaunen schob Tine die Gardine zur

Seite und öffnete das Fenster. Offensichtlich hatte die alte Frau auf sie gewartet. Verstohlen schielte sie an Luise vorbei und deutete dann auf Felix. „Hat er dich endlich gefunden?"

„Ich hoffe, er hat dich nicht aus dem Bett geholt."

„Hat er nicht, alte Leute schlafen nicht mehr so gut. Aber ich hab mich wegen dem Gehämmer trotzdem zu Tode erschreckt."

„Tut mir wirklich leid."

Tine machte eine knappe Handbewegung. „Schon gut. So ein bisschen Aufregung tut meinem Blutdruck ganz gut." Sie schwieg kurz. „Wollt ihr es nochmal versuchen? Du und er?"

Abwehrend hob Luise die Hände. „Aber nein, wir gehen einfach nur eine Runde spazieren. Diese Sache ist endgültig vorbei, wir sind einfach nur Freunde."

Tine stützte ihre Ellenbogen aufs Fensterbrett. „So, so. Glaub einer alten Frau, was sie jetzt sagt: Freundschaft zwischen Männern und Frauen ist praktisch kaum zu erreichen. Erst recht nicht, wenn sie mal ein Paar waren." Wieder schaute sie zu Felix. „Er liebt dich noch. Mehr, als du es dir vorstellen kannst. Aber ganz anders, als du ihn geliebt hast und schon gar nicht so wie der Andere."

„Der Andere? Welcher Andere?", fragte Luise verwundert.

„Na, der, mit dem du vor einigen Tagen knutschend nach Hause gekommen bist und der sich dann mitten in der Nacht davongeschlichen hat."

Luises Wangen glühten trotz der Kälte. „Das war eine einmalige Geschichte", meinte sie leise.

„Was? Ach, du meine Güte, was für ein Unsinn. Warum ist der junge Mann dann in den letzten Tagen immer wieder am Haus vorbei geschlichen und hat nach oben zu deinen Fenstern geschaut, wie ein Dackel auf einen saftigen Knochen?"

Zum Glück war es nicht dunkel, denn sonst würden sich die Schiffe inzwischen nicht mehr nach der roten Mole sondern

nach Luise richten, so sehr glühten ihre Wangen inzwischen.
„Der Typ war nochmal hier?"

„Na, geklingelt hat er nicht. Aber er ist dort unten rumspaziert. Gestern Abend und ein paar Tage davor auch schon. Er und dein Ex wären sich beinahe in die Arme gelaufen. Einmal hin, dann wieder zurück und fünf Minuten später das gleiche Spiel. Als würde er nur darauf warten, dass du das Haus verlässt und ihr euch rein zufällig über den Weg lauft." Tine kicherte leise.

„Und, …" Luise zögerte und sah sich kurz um. Felix beugte sich über das Geländer und schaute ins Wasser. „Und war er allein?", fragte sie flüsternd, dabei konnte sie außer Tine niemand hören. Ihr Herz galoppierte wie eine Herde wilder Pferde. Hatte sie sich nicht fest vorgenommen, Fabian aus ihren Gedanken zu verbannen? Anscheinend war dies schwieriger als erwartet.

Tine legte ihre Stirn in Falten. „Natürlich war er allein. Was soll das denn für eine Frage sein?"

„Na, weil er eigentlich …"

Die Augen der alten Frau wurden einen Moment ganz schmal. „Ich verstehe", sagte sie. „Deswegen ist die Sache vorbei, bevor sie überhaupt begonnen hat."

„Ich hab ihn gesehen, gestern in Rostock mit seiner …"

Tine seufzte. „Du meine Güte, keine schöne Situation. Und dennoch kein Grund, ein solches Gesicht zu machen. Zu einer stürmischen Nacht gehören immer zwei."

„Ja, schon, aber …"

„Du solltest deinen Verehrer nicht so lange warten lassen", sagte die alte Frau unwirsch. „Er wird schon ungeduldig."

Am liebsten hätte sie Felix stehenlassen und noch länger mit Tine gesprochen. Aber für die schien die Unterhaltung beendet zu sein. Luise hatte erst zwei oder drei Schritte gemacht, als ein Zuruf sie noch einmal stehenbleiben ließ.

„Und, Luise, überleg dir gut, was du tust. Manchmal schmeckt ein aufgewärmter Eintopf besser als frisch gekochter. Manchmal jedoch hat er eine saure Note, die man erst nach einer ganzen Weile wahrnimmt. Meist erst dann, wenn es beginnt, im Magen zu rumoren."

Luise nickte, über diese Worte musste sie später noch in Ruhe nachdenken. Mit schnellen Schritten lief sie zu Felix.

„Das sie immer noch lebt", sagte Felix sarkastisch.

„Manchmal habe ich das Gefühl, sie ist unsterblich. Seit so vielen Jahren wohnen wir nun zusammen und sie wird älter und älter und sieht trotzdem genauso aus wie bei meinem Einzug."

„Und ist genauso verbiestert."

Luise lächelte. „Tine mag generell keine Menschen."

„Außer dich. Als ich mich gestern nach dir erkundigt habe, wirkte sie sehr besorgt."

Wieder rieb sie ihre Hände aneinander und versuchte, damit ihre Verwirrung über Fabians Besuch zu verbergen. „Egal, lass uns gehen. Wo wolltest du denn spazieren gehen?"

Felix deutete quer über *Warnow* und Fahrrinne auf die andere Seite des Ufers. „Ich dachte, wir würden zur *Hohen Düne* fahren. Wenn ich mich recht erinnere, war das doch immer dein Lieblingsstrand."

Verblüfft sah Luise ihm in die Augen. Aber ob sie mit ihm nun in Warnemünde durch den Sand stapfte oder dies auf der anderen Seite tat, blieb im Grunde das Gleiche. Also nickte sie gleichmütig. „Warum nicht? Lass uns rüber fahren."

Sie spazierten über Drehbrücke und Mittelmole, vorbei am Bahnhof, auf dessen Bahnsteig ein älteres Ehepaar mit zwei Koffern auf die S-Bahn nach Rostock wartete. Ein Fußweg führte zum Anleger der Fähre, die seit vielen Jahren schon den Ortsteil *Hohe Düne* mit Warnemünde verband. Früher war an manchen Tagen kein Mensch zu sehen gewesen. In der kalten Jahreszeit wurde der Fährverkehr am späten Nachmittag sogar eingestellt. Doch seit man drüben ein Wellnesshotel mit allen Schikanen errichtet hatte, fuhren mehr Urlauber hin und her, vor allem im Sommer, wenn Warnemünde mit seinen vielen kleinen Kneipen und Bars lockte.

Kurz vor dem Anlegesteg befanden sich das Riesenrad und andere Fahrgeschäfte. Es gab Losbuden und einen großen Biergarten, der besonders von den Gästen der Kreuzfahrtschiffe am Abend geentert wurde. Heute lag alles still und verlassen. Die Gondeln des Riesenrads wirkten wie festgefroren und auf dem Vordach der Würstchenbude hatte sich eine dicke Reifschicht gebildet.

Als sie um die Ecke bogen, machte die Fähre gerade fest und stieß mit einem leichten Plopp ans Ufer. Ein bärtiger Mann mit einem Fahrrad und zwei Jogger verließen das Schiff. Der Fährmann, der heute Morgen Dienst schob, war Luise gut bekannt.

In ihrer Schulzeit hatte sie für den schönen Bert eine Zeit lang heiß und innig geschwärmt, so wie beinahe alle Mädchen aus ihrer Klasse. Zu ihrem Leidwesen hatte Bert sie kaum wahrgenommen, was vermutlich daran gelegen hatte, dass er fünf Jahre älter gewesen und sie somit nicht in sein Beuteschema gefallen war. Bert hatte damals ein ziemlich laut knatterndes Moped besessen und für Luise wäre es das Allergrößte gewesen, wenn er sie damit nur ein einziges Mal mitgenommen hätte. Später dann heiratete Bert die Schulschönheit, dieses perfekte Mädchen, das es wohl überall gab, und ließ sich wenige Jahre später wieder von ihr scheiden. Er lebte seitdem mit einem Mann zusammen, was anfangs für reichlich Getuschel und bei manchen für einen mittelschweren Skandal gesorgt hatte. Doch immer, wenn Luise ihn sah, wirkte er ausgesprochen glücklich und zufrieden.

„Moin, Luise", rief er ihr entgegen. „Wollt ihr mit rüber oder nur mal einen Blick aufs Wasser werfen?"

„Moin, Bert, nein, wir wollen mit rüber."

„Na, dann los."

Felix zückte sein Portemonnaie, um das Fährgeld zu bezahlen, doch Bert winkte ab. „Lass mal stecken." Dann verschwand er in seiner Kabine, warf den Motor an und die Fahrt begann.

Luise stellte sich an die Reling und schaute Richtung offenes Meer. Das Wasser der *Warnow* war glatt, ruhig zog die Fähre ihre Bahn. Obwohl die Überfahrt nur wenige Minuten dauerte, kam es ihr jedes Mal vor, als würde sie zu einer großen Reise aufbrechen und in See stechen. Schon als kleines Mädchen hatte ihr Herz höher geschlagen, wenn ihre Mutter verkündete, sie würden Tante Else in *Hohe Düne* besuchen. Else war eine Verwandte ihrer Mutter und hatte drüben ein kleines Häuschen mit Blick auf die weltberühmte *Warnowwerft*. An manchen Tagen klang das Hämmern der Schiffsbauer quer über den Kanal bis in Elses stillen Garten. Tante Else hörte es schon gar nicht mehr, sie hatte ihr ganzes Leben dort verbracht. Sie lebte allein und wirkte immer ein wenig schwermütig. Wenn sie lachte, erreichte das Strahlen nie ihre Augen. Sie war dennoch eine liebevolle Frau, die gern kochte und Geschichten aus längst vergangenen Zeiten zu erzählen wusste. Luise erinnerte sich an frischgebackenen Kirschkuchen und eine alte quietschende Hollywoodschaukel im Garten, deren Polster immer ein wenig muffig rochen. So als wurden sie nur nach draußen geholt, wenn Besuch kam.

Irgendwann fuhren sie nicht mehr zu Tante Else. Sie war verstorben und jemand hatte ihr Haus gekauft. Viele Jahre später war Luise noch einmal zurückgekommen und suchend die schmale Straße entlanggelaufen, in der die Tante gewohnt hatte. Ihr Häuschen war nicht mehr zu finden gewesen. Die neuen Besitzer hatten es vermutlich umgebaut und einen Teil des Gartens weiterverkauft. Alles hatte sich verändert, auch die Dinge, an die sie sich erinnerte.

Luise verließ die Reling und trat an Berts offenstehende Kabinentür. Felix folgte ihr nicht, sondern blieb am Geländer stehen. Ein Weihnachtsbaum stand hinter der Scheibe, darüber baumelte ein Engel mit goldenen Locken, der nur noch einen Flügel hatte. „Schon in Adventsstimmung?"

„Muss ja, sonst fragen die Leute, ob alles in Ordnung ist. Und bei dir, alles schick?", fragte Bert. „Haben uns lange nicht mehr gesehen. Früher bist du öfter nach drüben gefahren."

„Keine Zeit", erwiderte Luise. „Die Firma - es gibt immer was zu tun. Gerade mal im Januar und Februar hab ich etwas Zeit zum Durchschnaufen. Aber wem sag ich das? Bei dir ist das doch nicht anders."

Bert lächelte verschmitzt. „Aber nicht mehr lange. Im März ist Schluss, dann mache ich meine letzte Fahrt."

„Du hörst auf? Und dann?" Erstaunt sah Luise ihn an.

„Dann packe ich all meine Sachen und mache mich vom Acker. Mein Mann und ich haben uns ein Häuschen in Spanien gekauft. Wir waren in den vergangenen Jahren schon einige Male dort, haben uns in das Land und die Leute verliebt. Eines Tages hörten wir von einem älteren Ehepaar, das seine Pension verkaufen will. Wir haben sie uns angesehen und waren auf der Stelle schockverliebt. Es gibt ein Wohnhaus und ein Nebenhaus, in dem vier Wohnungen untergebracht sind. Wir haben einen Pool, ein großes Stück Land, ganz viel Natur und Ruhe, Wärme, Hitze …"

„Also Spanien pur", ergänzte Luise. Sie schüttelte den Kopf. „Es wird seltsam sein ohne dich. Du warst irgendwie immer da. Gut, manchmal, wenn ich nach drüben gefahren bin, schob ein anderer Dienst. Aber beim nächsten Mal hab ich dich wieder gesehen. Das tat gut und war vertraut."

Bert ergriff kurz ihre Hand und umklammerte dann wieder das Steuerrad. „Ja, aber Dinge ändern sich."

„War es eine schwere Entscheidung? Ich meine, alles hier zurückzulassen? Ich weiß, du hast immer an deiner Arbeit gehangen."

Etwas musste in ihrer Stimme gelegen haben, denn Bert sah sie forschend an. „Alles gut bei dir? Du wirkst so bedrückt oder packt dich schon der Kummer, weil ich bald weg bin?"

Luise nickte und zwang sich zu einem Lächeln.

„Am Anfang war es nur eine verrückte Idee. Du kannst es dir nicht vorstellen, ohne die Fähre, ohne Warnemünde, deine Freunde. Dann schaust du zurück und siehst auf einmal, wie die Zeit vergeht und sich alles verändert. Du und die Menschen um dich herum auch. Wir sind keine Teenager mehr. Freunde kommen, Freunde gehen. Die Stadt verändert sich und man selbst auch." Bert lächelte. „Ab diesem Moment ging alles ganz leicht. Und ich glaube, wenn alles ganz leicht geht, kann es so verkehrt nicht sein. Außerdem ist nichts für die Ewigkeit. Wenn es uns eines Tages nicht mehr gefällt, kommen wir eben wieder."

Am gegenüberliegenden Ufer warteten bereits einige in dicke Daunenjacken gehüllte Urlauber. Sie trampelten sich warm und einer der Männer warf einen nicht zu übersehenden Blick auf seine Uhr.

Bert seufzte laut. „Kasperköppe", murmelte er leise und steuerte die Fähre zuverlässig Richtung Anleger. „Und bei dir? Auch Zeit für Veränderung?"

„Ja, vielleicht", erwiderte Luise leise und warf einen Blick zu Felix.

Die Fähre stieß mit einem leichten Plopp ans Ufer, der blonde Engel baumelte hin und her. „Wenn man es auf den Punkt bringt, hast du nur zwei Möglichkeiten: Entweder du gibst deiner Sehnsucht oder deinen Wünschen nach oder du vergräbst sie ganz tief in deinem Inneren. Letzteres hat allerdings einen riesigen Nachteil, hab ich mir sagen lassen. All das, was wir tief in uns vergraben, holt uns irgendwann mal ein. Meist dann, wenn wir es nicht mehr ändern können. Also zum Beispiel, wenn du mit Mitte achtzig in einem Altersheim sitzt oder wenn eines Tages deine letzte Stunde geschlagen hat."

Kapitel 14

Stumm liefen sie durch den Ort, vorbei an den zahlreichen Parkplätzen, die zur Yachthafenresidenz gehörten. Heute waren sie gespenstig leer. Stumm passierten sie den schmalen Waldstreifen, dessen Bäume unbeweglich standen. Altes Laub bedeckte den Boden, raschelte sanft. Dann waren die Dünen erreicht. Einen Moment blieb Luise stehen und betrachtete den leeren Strand, der sich sanft an der Bucht entlangzog. Er bildete ein weißes Band zwischen dem Blau des Meeres und dem Grün des Waldes. Buhnen schoben sich schnurgerade ins Wasser. Links lag der neue Jachthafen, dessen Kaimauer einen eleganten Bogen schlug, in dessen Inneren zahlreiche Boote Platz und Schutz fanden.

Das vorhin noch zu erahnende Blau am Himmel war bereits wieder verschwunden. Erneut kamen dunkle Wolken übers Meer gezogen, die sich über Dänemark zusammenzuballen schienen. Die Luft roch nach Schnee. Noch war die Sicht erstaunlich gut. Deutlich erkannte man die weißen Leiber der Schiffe, die weit draußen auf den vorgegebenen Routen ferne Häfen ansteuerten. Die Ostsee, auf der sie fuhren, war wieder einmal spiegelglatt. Nur sanfte Wellen rollten an Land. Die kalten Temperaturen von letzter Nacht hatten dafür gesorgt, dass der Sand unter ihren Füßen gefroren war, genau wie das Dünengras, das unbeweglich in einer Reihe stand. Die ersten Schritte waren seltsam, als würde man auf rohen Eiern laufen. Doch dann gewöhnten sie sich daran.

Ohne ein Wort marschierten sie an der Wasserlinie entlang. Luise brauchte keine Unterhaltung. Es gab genug, über das sie nachdenken musste. Am meisten über Fabian. Warum war er bei ihrem Haus gewesen? Hatte er sich erklären wollen, ihr sagen, dass die Sachlage vollkommen anders war, als es erschien?

Aus dem Augenwinkel warf sie einen kurzen Blick auf den Mann, der unverdrossen neben ihr her marschierte. Man merkte ihm nicht an, ob er Freude dabei empfand oder am liebsten umgekehrt wäre. Felix lief einfach mit. So ganz anders als früher, als er immer den Ton angegeben hatte. Luise machte ihm nicht mal einen Vorwurf daraus. Es hatte eine Zeit gegeben, in der sie dankbar gewesen war, dass jemand ihr die Richtung gewiesen hatte.

Doch nun musste sie ihren Weg allein finden. Aber das würde sie hier garantiert nicht schaffen und schon gar nicht zusammen mit Felix. Tine hatte recht, es gab keine Freundschaft zwischen Männern und Frauen oder zumindest nicht mit einem Ex. Warum auch immer sie sich auf einen Cappuccino mit ihm eingelassen hatte, war vollkommen egal. Sie hatte es getan und gut. Da waren vielleicht Erinnerungen an gute Tage gewesen, wer wusste das schon. Doch sie spielten keine Rolle mehr.

Schlagartig blieb sie stehen und Felix stoppte seine Schritte. Fragend sah er sie an. „Willst du zurück? Oder ist dir kalt?"

„Nichts von beidem. Ich frage mich gerade, was wir beide hier machen."

„Wir laufen wie zwei gute Freunde am Meer entlang."

Luise schüttelte den Kopf. „Aber wir sind keine guten Freunde. Wir hatten mal eine Beziehung, die längst vorbei ist und zwar für immer."

Felix hob seine Hände. „Warum sagst du das so, so …"

„Wie denn?"

„So hart."

„Weil ich keine Suppe vom Vortag mehr aufwärmen möchte. Das ist mir klar geworden."

„Was? Wie meinst du das denn?"

Luise fühlte sich auf einmal wie befreit und voller Elan. Sie wusste, was zu tun war. „Ist egal", sagte sie nur und wandte sich zum Gehen.

„Und was tust du jetzt?"

„Ich gehe und fahre mit der nächsten Fähre zurück nach Hause."

Felix betrachtete sie von oben bis unten und sie glaubte, deutlich zu spüren, was in seinem Kopf vorging. „Hat es mit den sechzigtausend Euro zu tun? Bist du deswegen so oben auf?"

Auf einmal spürte sie nur noch Mitgefühl mit ihm. „Wäre das so schlimm? Ich denke, du gönnst mir das Geld aus tiefstem Herzen?"

„Herrgott, ich gönne es dir ja auch. Aber ich vermisse dich. Ich vermisse dich sogar schrecklich und es wird jeden Tag schlimmer. Und dann meinte Swantje, dass du niemanden hättest, allein wärst, nur arbeiten würdest …"

„Swantje also." Luise seufzte. „Es ist vorbei."

Felix machte einen Schritt auf sie zu. „Das muss es nicht. Wir beide könnten …"

„Was? Noch einmal von vorn beginnen? Ich denke nicht." Luise ließ ihre Blicke über den Strand streifen und bemerkte einen Stein. Als sie sich bückte, erkannte sie, dass es ein Hühnergott war. Sie wollte gerade hindurchschauen, als sie sich besann. Spontan reichte sie ihn Felix. „Hier, nimm du ihn. Meine Oma sagte immer, dass nur der Wunsch desjenigen in Erfüllung geht, der zuerst hindurch schaut. Ich wünsche dir Glück."

Dann lief sie einfach los. Von Zeit zu Zeit lauschte sie, doch es waren keine Schritte zu vernehmen. Kurz bevor sie den schmalen Waldstreifen betrat, schaute Luise noch einmal zurück. Felix war verschwunden, und sie ahnte, dass er sie nie mehr besuchen würde.

Am Fähranleger musste sie eine Weile warten. Sie beobachtete ein Boot, das Richtung Meer fuhr und eine schnurgerade Spur in die Wasseroberfläche der *Warnow* zeichnete. Ein kleines Mädchen stand an Deck und schaute zu ihr herüber. Luise hob die Hand und winkte. Die Kleine sah sie an, schien kurz zu überlegen und winkte dann zögernd zurück. Nach wenigen Minuten verschwand das Boot hinter der roten Mole und die Wogen auf der *Warnow* glätteten sich.

Bis zu dem Moment, als Berts Fähre sich näherte. Suchend blickte er an ihr vorbei und räusperte sich. „Muss ich die Polizei rufen?"

Luise grinste. „Nein, er ist noch am Leben. Ich habe mich nur gerade entschieden, den Eintopf vom Vortag nicht mehr aufzuwärmen."

Eine Viertelstunde später stand Luise vor Hannes Laden. Es war Sonntag und keine Saison. Natürlich hatte das Geschäft geschlossen. Sie nagte an ihrer Unterlippe und sah sich suchend um. Das Beste wäre, nach Hause zu gehen und anschließend ins Lager zu fahren, um die Dinge für ihre Glühweinbude herauszusuchen. Doch seltsamerweise fühlte Luise sich in ihrem Tatendrang gebremst. Sie hatte eine Entscheidung getroffen und wollte Nägel mit Köpfen machen, nicht dass sie es sich am Ende doch noch einmal anders überlegte.

Da klopfte es von innen an die Schaufensterscheibe. Sie erkannte Hanne, die ihr zuwinkte und auf die Tür deutete. Sekunden später drehte sich der Schlüssel im Schloss. Hanne trug wie immer eines dieser bunten Kleider aus Dänemark, die sie im Geschäft verkaufte und Luise wurde in diesem Moment bewusst, wie ihre Mutter vermutlich an ihre außergewöhnlichen

Outfits kam. Sie war zwar schon oft in Hannes Laden gewesen, aber die Modeecke hatte sie bisher ausgespart.

„Moin, Luise. Brauchst du was?"

„Moin, eigentlich nicht. Ich bin erstaunt, das du da bist." Luise deutete auf das Schild mit den Öffnungszeiten.

Hanne winkte ab. „Ich bin auch praktisch gar nicht da. Muss Papierkram erledigen und dafür ist der Sonntag perfekt geeignet. Vor allem, wenn mein Mann daheim die Kinder hütet. Aber nun ist Feierabend."

„Ich verstehe. Na, dann …"

„Aber du hast doch irgendwas gewollt. Brauchst du ein Geschenk oder einen Gutschein?"

„Nein, eigentlich nicht. Ich wollte dich was fragen oder sagen wir eher, ich wollte etwas mit dir besprechen. Aber fahr du mal zu deinen Kinder", erwiderte sie und versuchte, entspannt zu lächeln.

Hanne musterte sie einige Sekunden. Dann trat sie zur Seite. „Komm rein." In ihren Worten lag eine Energie, die keinen Widerspruch zuließ. „Lass uns da hinter hinsetzen. Da sehen uns die Leute vom Schaufenster aus nicht. Ansonsten denken die: Hanne ist da, Hanne kann uns was verkaufen."

Luise folgte ihr durch den Laden und sank auf einen der bequemen Sessel, die direkt neben den Umkleidekabinen standen. Ihr Herz raste. Es war so schön hier drin, geschmackvoll, mit ganz viel Stil eingerichtet. Wie konnte sie nur auf die Idee kommen, diesen Laden weiterführen zu können? Sie verstand nichts von Mode, nur von Dekoration, ein bisschen zumindest. Es war eine verrückte Idee. *Bring einfach irgendeine lapidare Ausrede vor und geh nach Hause*, tönte eine Stimme in ihr. Die andere Stimme war leiser. *Komm schon, sag es, frag Hanne einfach. Du kannst nur gewinnen. Wenn irgendwann ein anderer in diesem Laden steht, wirst du dich schwarzärgern und dir immer wieder vorwerfen, dass du es nicht mal probiert hast.*

„Du meine Güte", sagte Hanne in diesem Moment. „So schlimm?"

„Wie meinst du das?"

„Na, du hockst auf deinem Sessel, als hättest du irgendwas ausgefressen. Meine Kinder sehen so aus, wenn sie mir irgendwelche Geständnisse machen müssen." Hanne warf ihren Kopf zurück und lachte herzhaft. „Also, nu Butter bei die Fische."

Luise versuchte, die Gedanken in ihrem Kopf zu sortieren. Ganz kurz kam ihr Bert in den Sinn und was er über die Träume gesagt hatte, die man tief in sich vergraben oder leben konnte. „Ich habe gehört, du suchst einen Nachfolger für dein Geschäft."

Hanne stöhnte, löste ihren Pferdeschwanz und band ihn neu. „Ach, du meine Güte, ein Thema, das mich noch ins Grab bringt."

„Wie meinst du das?", fragte Luise verunsichert.

„Na ja, du hast erst mal recht, ich suche einen Nachfolger. Aber das ist gar nicht so einfach wie erwartet. Ich meine, diese Räume hier, die bekomme ich in Nullkommanix los. Frag nicht, wer deswegen alles schon hier war."

„Ach, wirklich?", erwiderte Luise und konnte nicht verhindern, dass plötzlich Panik in ihr aufstieg. Was, wenn sie doch zu lange gewartet hatte? Was, wenn der Laden schon weg war? Doch dann sprach Hanne weiter.

„Es geht mir in erster Linie ja nicht um diese Räume, sondern um meinen Laden, mit allem, was darin ist. Da wären die Mode und der Tüdelkram und die vielen anderen Dinge. Kurz gesagt: Der Laden ist perfekt, so wie er ist und so soll er bleiben."

„Absolut, dem kann ich nur zustimmen."

„Siehst du und deswegen möchte ich auch, dass er genauso fortgeführt wird. Und nun wird´s knifflig. Denn alle, die bisher vorgesprochen haben, wollen am Sortiment etwas verändern. Doch ich habe meine Kundinnen, die jedes Mal bei mir vorbeischauen, wenn sie in Warnemünde Urlaub machen. Ich stelle mir ihre enttäuschten Gesichter vor, wenn es auf einmal andere Dinge gibt." Hanne rang nach Luft. „Ich bin schon kurz davor, die ganzen Pläne mit Dänemark noch einmal neu zu überdenken, auch wenn mein Mann mich für vollkommen bescheuert hält."

„Und wie ist nun der Stand der Dinge?", hakte Luise behutsam nach.

„Es ist kein Bewerber in Sicht und mir läuft die Zeit davon. Man wandert nicht mal einfach so nach Dänemark aus. Da gibt es tausend Dinge zu tun. Und ich vertrödele meine Zeit hier und alles nur, weil ich an meinem Baby so sehr hänge." Hanne ließ ihre Blicke streifen und ihre Augen wurden feucht.

„Unter Umständen hätte ich eine Lösung für dich", sagte Luise, wahnsinnig erleichtert, dass noch nichts entschieden war. Konnte das der Wink des Schicksals sein, dieses Zeichen, auf das es ankam? Der magische Moment, ab dem alles leicht ging?

„Ach, wirklich? Und die wäre?" Neugierig wandte Hanne sich ihr zu.

„Nun, ich könnte deinen Laden doch übernehmen." Puh, es war ausgesprochen. Doch Hannes Reaktion fiel anders aus, wie erhofft.

Mit großen Augen sah sie sie an. „Du?" Begeisterung sah anders aus. „Ich weiß nicht."

„Na ja, ich müsste mich in einiges einarbeiten. Gerade was die Mode betrifft, aber ich bin überzeugt, das hinzukriegen", antwortete Luise und bemühte sich, ganz viel positive Energie auszustrahlen.

„Hm, keine Ahnung. Ich frage mich, wie das gehen soll, mit den Fahrrädern, den Strandkörben und dem Laden."

Das war also der Knackpunkt. Luise fühlte sich dermaßen erleichtert, dass sie vor lauter Freude beinahe losgelacht hätte. „Aber nein, es wäre doch alles ganz anders. Ich würde meine jetzige Arbeit aufgeben und mich nur noch um deinen Laden kümmern. Ich glaube, das hier ist das, nach dem ich immer gesucht habe, ohne zu wissen, in welche Richtung es geht. Ich liebe dein Geschäft, einfach alles und …"

Hanne schnappte nach Luft und hob beide Hände. „Warte eine Minute." Dann griff sie zu ihrem Telefon und wählte eine Nummer. „Basti, ich bin´s. Mach eine Pizza oder Nudeln oder fahr mit den Kindern meinetwegen zu McDonalds. Ich komme später, keine Ahnung, wann." Sie lauschte kurz. „Okay, dann sag ich dir, um was es geht. Ich hab die perfekte Nachfolgerin für mein Geschäft gefunden", jubelte sie los und legte auf. Dann sprang Hanne auf. „Magst du was trinken? Ich hab hinten noch irgendso'n Sprudelblubbergetränk, das mir ein Vertreter neulich dagelassen hat. Ich glaube, jetzt wäre der Zeitpunkt, die Flasche zu köpfen." Luise kam gar nicht dazu, zu antworten, denn Hanne war bereits in ihrem Büro verschwunden und kam kurz darauf mit der Flasche und zwei Gläsern zurück. Sie plumpste in ihren Sessel und stellte die Gläser auf dem Beistelltisch zwischen ihnen ab. „Ach, Mist, jetzt hab ich den Korkenzieher vergessen."

„Darf ich mal?" Luise nahm ihr die Flasche ab, wickelte das pinkfarbene Papier ab und deutete auf einen Schraubverschluss. „Ein Korkenzieher wird nicht nötig sein", erklärte sie grinsend.

„Ach, du meine Güte, ich bin ja schon vollkommen durch den Wind." Hanne schüttelte den Kopf. „Aber, wie kommt es zu deiner Entscheidung? Ich meine, deine, eure Firma läuft doch gut."

In aller Kürze brachte Luise sie auf den neuesten Stand, erzählte von Nick, seiner Teilnahme am Wettbewerb und der Chance, in die USA zu gehen.

„Wow, das klingt genial." Hanne schenkte ihnen ein. „Und ich verstehe, was dich umtreibt. Aber denkst du nicht, dass du Personal finden würdest, das dich unterstützt? Ich will dich nicht abhalten, aber eure Firma ist eine Institution in Warnemünde. Sie sterben zu lassen, sollte gut überlegt sein."

„Warum willst du nach Dänemark? Nur weil dein Mann dort einen Job bekommt? Oder steckt mehr dahinter?"

Hanne dachte kurz nach. „Weißt du, der Job ist definitiv nicht zu verachten. Er sichert unseren Lebensunterhalt, gerade am Anfang. Aber hauptsächlich ist es unser Traum, dort zu leben. Ich liebe Dänemark, die Menschen, die Landschaft, …" Sie sah Luise an und begann zu lachen. „Ich verstehe. Genauso ist es bei dir. Ganz ehrlich, ich könnte mir keine bessere Nachfolgerin vorstellen als dich. Und nun müssen wir über das Geschäftliche sprechen."

Es wurde ein sehr langes Gespräch, das erst endete, als draußen bereits die Dämmerung heraufgezogen kam. In der Zwischenzeit war sogar Hannes Mann Basti vorbeigekommen, der sich Sorgen gemacht hatte, weil seine Frau einfach nicht nach Hause kam. Als er verstand, dass Luise als Nachfolgerin im Gespräch war, wirkte er erleichtert und erzählte von seinen zwischenzeitlichen Bedenken, dass Hanne wohl nie mit einem Kandidaten zufrieden wäre. „Ich hab schon mit einer Fernbeziehung gerechnet", meinte er und ertrug tapfer den kleinen Rempler mit dem Ellenbogen.

Kurz vor sechs klappte Luise dann den Block zu, den sie von Hanne bekommen hatte. Alle Fragen, die ihr auf der Seele gebrannt hatten, waren beantwortet worden, auch die finanzielle Seite. Hanne war zwar von ihrer Ablösesumme nicht abgewichen, hatte Luise aber eingeräumt, den restlichen Betrag innerhalb eines Jahres abzuzahlen. Eine Lösung, mit der beide Seiten gut leben konnten.

„Puh", stöhnte Hanne und massierte sich ihre Schläfen. „Ganz ehrlich, ich bin total erschöpft und auf der anderen Seite unendlich glücklich."

„Geht mir genauso", gestand Luise. „Mir brummt der Schädel und gleichzeitig könnte ich umherspringen und Konfetti in die Luft werfen."

Hanne zog ihre Jacke über. „Das Geschirr lassen wir einfach stehen, das erledige ich alles morgen." Sie durchquerten den Laden und schlossen hinter sich die Tür. „Brauchst du noch Bedenkzeit, vielleicht eine Nacht zum Drüber-schlafen?"

Luise schaute die Gasse hinunter. Laternen brannten und warfen ihren Lichtschein auf das Pflaster. In einigen der Fenster brannten erste Weihnachtssterne. Diese Entscheidung konnte man nicht einfach so treffen. Es ging um die nächsten Jahre, ihre Zukunft, ihr Leben. Es stand viel auf dem Spiel. Doch sie konnte nicht anders und streckte ihre Hand aus. „Keine Nacht mehr grübeln, ich möchte deine Nachfolgerin sein."

Hanne zog sie an sich. „Ich muss auch nicht mehr überlegen. Mein Bauchgefühl ist so gut wie damals, als ich Ja zu meinem Basti sagte. Also dann, lass uns im Laufe der Woche noch einmal treffen."

„Ich versuche, mir Zeit abzuknapsen. Der Weihnachtsmarkt beginnt und wir müssen die Glühweinbude noch einrichten. Aber ich kriege das hin", versprach Luise.

Hanne hob die Hand und schlenderte davon. Luise ging in die andere Richtung. Als sie zu ihrer Wohnung kam, blieb sie einen Moment vor dem Haus stehen. Alles in ihr kribbelte. Sich jetzt auf ihre Couch zu setzen, war unmöglich. Sie lief einfach weiter, bis sie zur Mole kam und nahm den Weg, den sie zuletzt mit Fabian gegangen war. Sie glaubte, ihn an ihrer Seite zu spüren, wie ihre Hände sich berührt und ihre Lippen sich gefunden hatten.

Heute war sie allein. Luise vergrub ihre Fäuste tief in den Taschen der Jacke und schlenderte über das graue Betonband, das in der Dunkelheit sanft leuchtete. Es würde eine weitere kalte Nacht werden. Schon jetzt stiegen kleine Atemwölkchen in den Himmel. Doch es wehte kein Wind, die Ostsee plätscherte friedlich an die riesigen Wellenbrecher zu beiden Seiten. Sie umrundete das grüne Leuchtfeuer, bis sie am vordersten Punkt der Mole stand. Nun lag nur noch die unendliche Weite des Meeres vor ihr.

Erst jetzt wurde ihr bewusst, welche Entscheidung sie gerade per Handschlag getroffen hatte, egal, ob Nick gehen würde oder nicht. Sie hatte ihm die Wahl damit praktisch abgenommen. Luise horchte in sich hinein, wartete auf die Zweifel, die sich manchmal nach kurzer Zeit einstellten. Doch nichts geschah. Im Gegenteil, da war eine unbändige Vorfreude auf all das, was vor ihr lag.

Sie breitete ihre Arme weit aus, streckte ihr Gesicht Richtung Himmel und dann jubelte sie los, weil das Glück in ihr einfach immer mehr wurde.

Kapitel 15

„Fünf Zentimeter nach rechts", sagte Luise und wedelte energisch mit ihrer Hand.

„Bis du sicher?", fragte Nick stöhnend. „Hängt es da nicht total schief?" Er reckte sich auf der Leiter zur angewiesenen Seite und sah sie kritisch an.

„Stehst du hier unten oder ich?"

Ihr Bruder verdrehte die Augen, nahm den Hammer und befestigte das Schild über ihrem Glühweinstand mit einigen Schlägen.

Luise nickte zufrieden. „Und nun noch die Tannenzweige arrangieren", wies sie ihn an.

Nick warf ihr einen langen Blick zu, befolgte dann aber ihre Anweisungen und kletterte wenig später von seiner Leiter. Mit gerunzelter Stirn betrachtete er die Dekoration.

„Es ist perfekt, stimmt´s?"

„Ja, tatsächlich, es hängt wirklich in der Mitte", stimmte er ihr widerwillig zu. Nick schielte verstohlen auf seine Uhr. „Brauchen wir noch lange?"

„Warum?"

„Na, ich wollte nochmal ins Fitnessstudio wegen …" Er klopfte auf seinen Bauch.

„Herrje, du bist so rank und schlank wie immer. Aber okay, ich weiß ja, um was es geht. Nur noch die beiden Tische mit rein tragen. Das Einräumen schaffe ich auch allein."

„Super, danke Schwesterlein." Nick drückte ihr einen Kuss auf die Wange.

„Aber du denkst an unser Familientreffen heute Abend?",
ermahnte Luise ihn noch einmal.

„Das hast du schon hundert Mal zu mir gesagt."

„Aus gutem Grund! Ich kenne dich nämlich und weiß, dass du dich nur zu gerne vor unangenehmen Dingen drückst."

„Mir wäre es lieber, wir würden es zu einem späteren Zeitpunkt machen und vor allem, nicht so."

„Ach, und wie dann bitte schön?", fragte sie mit Nachdruck.

Dabei war Luise bei dem, was sie heute Abend vorhatten, selbst nicht wohl. Einen Tag nach ihrem Gespräch mit Hanne hatte sie Nick von ihrer Entscheidung erzählt. Zu ihrem Erstaunen hatte ihr Bruder sie zu diesem Schritt beglückwünscht und ihr versprochen, sie zu unterstützen, so gut es ging. Dass *Strandkorb-Winter* damit endgültig Geschichte war, stand fest. Und es war ebenfalls logisch, dass Nick Romans Angebot annehmen würde und in die USA ging. Mitteilen wollte er ihm dies jedoch erst später.

„Ich lass ihn noch ein bisschen schmoren", hatte Nick breit grinsend gesagt. Obwohl seitdem erst wenige Tage vergangen waren, legte ihr Bruder mit einem erstaunlichen Elan los. Er sortierte seine Papiere und sonstigen Kram, suchte einen Nachfolger für seine Wohnung und organisierte sich eine Garage, in der er sein Auto unterstellen konnte. Außerdem hatte er Kontakt zu anderen Models aufgenommen, die diesen Weg schon vor ihm gegangen waren. Die üblichen Abende mit Kumpels oder hübschen Frauen in Bars oder bei Feten fielen flach. Nick paukte Englisch und murmelte unablässig Vokabeln vor sich hin.

Luise ihrerseits hatte den mit Hanne aufgestellten Plan noch weiter verfeinert. Welche Schritte waren jetzt notwendig? Mit wem musste sie wann sprechen? Als Erstes hatte sie die Order der neuen Strandkörbe gekündigt und hatte damit offene Türen eingerannt. Denn die Firma hatte derart viele Aufträge, dass sie mit einer verschmerzbaren Stornogebühr aus der Nummer raus war.

Nun stand der nächste Schritt an. Ohne diesen konnten sie keinen weiteren setzen, das war den beiden Geschwistern schnell klar geworden – sie mussten es ihren Eltern sagen. Sonst konnten sie weder die Pacht am Strand kündigen, noch einen Nachfolger für die Geschäftsräume suchen. Endlos hatten Nick und Luise diskutiert, wie man die Sache am besten in Angriff nehmen könnte. Sollte sie mit Kai sprechen und Nick mit Swantje? Sollten sie dies zeitgleich tun oder eher nicht?

„Das Beste wäre, wir würden beide einladen und uns zusammen an einen Tisch setzen", hatte Nick auf einmal rausgehauen. Unüberlegt, spontan, so wie er nun einmal war.

Luise, die gerade eine Plastikkiste mit Glühweintassen befüllt hatte, war kurz in sich gegangen. „Und dabei schlagen sich die beiden dann die Köpfe ein? Nein, das können wir so nicht machen. Außerdem kriegen wir die nie an einen Tisch. Darf ich dich daran erinnern, dass die beiden nicht miteinander reden?"

„Du hast recht, überlegen wir also weiter."

Luise hatte sich die nächste Kiste geschnappt und sich plötzlich auf einen Hocker sinken lassen. „Und wenn wir es doch so machen? Deine Idee ist gar nicht mal schlecht. Wir laden einfach beide ein, verraten aber vorher nicht, wer noch mit am Tisch sitzt. Tarnen wir das Ganze doch einfach als eine ganz normale Einladung zum Abendessen. Ich koche etwas Leckeres und du besorgst die Getränke."

Nick hatte sich am Kopf gekratzt. „Denkst du nicht, dass die beiden den Braten riechen?"

„Es käme auf einen Versuch an."

Sie hatten den Braten nicht gerochen. Nick hatte mit Swantje telefoniert und Luise war bei ihrem Vater in der mal wieder menschenleeren Gaststätte gewesen. Ganz nebenbei hatte sie erwähnt, dass sie gern mal wieder was Schönes kochen würde, ihren Vater eingeladen und Kai sagte zu.

„Ich darf gar nicht an heute Abend denken", stöhnte Nick, platzierte den letzten Tisch an der Wand gegenüber des Ausschanks und sah sie zweifelnd an.

„Geht mir nicht anders. Es könnte schon eskalieren, wenn Mama merkt, dass Papa auch da ist", erwiderte Luise seufzend. „Ich befürchte, dass selbst mein Essen dann nichts mehr retten kann."

„Vielleicht hätten wir doch …"

Luise hob die Hand. „Hätte, könnte, wollte bringt uns keinen Millimeter weiter. Wir müssen dringend weitergehen, wenn ich im März Hannes Laden übernehmen soll. Die Zeit läuft uns eh schon davon und wir können auf keinen Fall riskieren, dass unsere Eltern es von jemand anderem erfahren. Schon als ich die Strandkorbbestellung gekündigt habe, hatte ich Schweißperlen auf der Stirn."

„Nein, das wäre echt fatal. Vor allem, weil sich in Warnemünde Gerüchte verbreiten wie ein Buschfeuer. Kann ich noch etwas machen?"

„Nein, hau schon ab. Der Rest ist schnell erledigt."

„Also, Schwesterlein, wir sehen uns heute Abend pünktlich um sechs und ich schwöre dir, es nicht zu vergessen."

Lächelnd sah Luise ihm hinterher und zog dann das Handy aus ihrer Hosentasche. Zum gefühlt hundertsten Mal rief sie die Seite von *Mister Ostseewelle* auf. Die letzten zwanzig Kandidaten waren seit zwei Tagen mit ihren Fotostrecken online und nun war es an den Menschen im Norden abzustimmen, welche drei von ihnen ins große Finale Mitte Dezember einziehen durften. Luise scrollte durch die Namensliste und sah, dass ihr Bruder auf Platz vier lag. Ihm fehlten nur wenige Prozentpunkte zu

Rang drei. Da eine Abstimmung nur mit Angabe der Mailadresse möglich war, besaß jeder nur eine Stimme, auch sie. Das diente der Fairness. Aber es verdammte die Kandidaten und ihre Fans zum hilflosen Zuschauen. Natürlich hatte sie alle Freunde und Bekannte gebeten, Nick ihre Stimme zu schenken. Der Rest lag nicht mehr in ihrer Hand.

Seufzend wanderte das Handy zurück in ihre Hosentasche. Luise griff sich einen Karton und begann, die Glühweintassen in die entsprechenden Fächer zu räumen. Da verdunkelte ein Schatten die seitlich gelegene Eingangstür. Polizist Bernd stand in voller Montur in der Öffnung und schaute sie strahlend an. „Brauchst du noch Hilfe?"

Erleichtert griff Luise sich an ihre Brust. „Gott sei dank, ich hatte schon Angst, es hätte sich wieder jemand über die Lautstärke in Mutters Bar beschwert."

„Nein, nein, es gab keine Anrufe." Bernd hüpfte mit leichtem Schwung auf den gegenüberliegenden Tisch und verschränkte die Arme. „Ich hab aber gehört, sie muss trotzdem raus." Er strich sich über seine semmelblonden Haare, als wollte er korrigieren, dass die Frisur richtig saß.

„Ja, leider", meinte Luise knapp und räumte weiter Tassen ein. Da sie sich dabei bücken musste, war ihr durchaus bewusst, dass Bernd vermutlich gerade genüsslich auf ihren Hintern schaute.

„Sie hat sich für ein neues Objekt beworben, wie ich weiter hörte."

„So, so, hörtest du das?", warf sie über ihre Schulter.

„Na ja, wir sind in Warnemünde und nicht in Hamburg. Die Leute kennen sich und sie kennen vor allem mich", erklärte Bernd jovial. „Und weil das so ist, fragen sie mich halt manchmal um Rat oder um meine Meinung."

Mit einer Tasse in der Hand drehte Luise sich um. „Lass mich raten: Der neue Vermieter möchte wissen, wen er sich mit meiner Mutter als Mieterin ins Haus holt."

Bernd lächelte verschmitzt. „Das wusste er schon, er wollte nur wissen, ob die Gerüchte stimmen."

„Welche Gerüchte denn?"

„Na ja, der Lärm und so."

„Und was hast du geantwortet?"

„Was machst du eigentlich heute Abend?", fragte Bernd, statt auf ihren letzten Satz einzugehen.

„Da hab ich Besuch", erwiderte Luise und stellte die letzten Tassen ins Regal. Dann nahm sie sich den nächsten Karton vor. „Ist sonst noch was? Ich hab zu tun."

„Weiß ich doch, ich will dich auch nicht abhalten. Wollte einfach nur mal wieder vorbeischauen. Na, und dann dachte ich, wir beiden könnten doch mal wieder einen drauf machen, so wie früher."

Luise schüttelte lachend den Kopf. „Bernd, wir haben schon früher keinen drauf gemacht. Und das weißt du."

„Bist du wieder mit deinem Ex zusammen?"

„Wie kommst du denn darauf?"

„Ihr wurdet gesehen, wie ihr mit der Fähre zur *Hohen Düne* gefahren seid", sagte Bernd sachlich, als würde er gerade einen Polizeibericht verlesen.

„Du meine Güte, dass klingt, als hätten wir ein Verbrechen begangen. Wir haben einfach nur einen Strandspaziergang gemacht, dass war alles."

„Ach so, okay, das beruhigt mich. Ich dachte schon …" Bernd schwieg. Luise stellte die Tasse in den Schrank und setzte sich neben ihn auf den Tisch. Wohl gemerkt mit einem gewissen Abstand zu ihm. Entspannt ließ sie die Beine baumeln.

„Was dachtest du?"

„Das du mit diesem Arsch wieder zusammen bist. Ich werd nie vergessen, wie schlecht es dir ging."

„Nun geht es mir wieder gut und ich bin nicht im geringsten an einer neuen Beziehung und irgendwelchen Verabredungen interessiert", sagte sie mit fester Stimme. Luise wusste, wie begeistert Bernd von ihr war. Das hatte schon in der Schulzeit begonnen. Immer wieder hatte er sie zur Disko abholen wollen oder versucht, ihr mit anderen Aktionen zu imponieren. Aber Luise stand einfach nicht auf ihn. Doch Bernd gab nicht auf und blieb hartnäckig an ihr dran. Dass er einige der Beschwerden wegen ihrer Mutter auf seine ganz eigene Art gelöst hatte, machte die Sache nicht besser. Luise hatte ihn nicht darum gebeten, weil sie ahnte, dass Bernd sich im Gegenzug etwas erhoffte.

„Und der Typ, mit dem du im *blauen Matrosen* warst?", fragte er weiter.

„War ein Vertreter für Elektrofahrräder, der mich zum Essen eingeladen hat." Luise verdrehte die Augen. „Langsam komme ich mir wie auf der Anklagebank vor. Überwachst du mich, oder was?"

„Natürlich nicht. Ich meine es doch nur gut und wollte wissen, wie meine Chancen stehen, dass du doch mal mit mir essen gehst."

„Die Chancen stehen schlecht, Bernd. Ich bin an keiner Beziehung interessiert und schon gar nicht an einem Techtelmechtel mit dir. Eigentlich hab ich von allen Männern dieser Welt so was von die Schnauze voll, das kannst du dir kaum vorstellen." Luise rutschte vom Tisch und griff sich einen Karton, in dem sie verschiedene Gewürze verpackt hatte. Er war verdammt schwer und sie konnte ihn kaum anheben. Stur und leise ächzend versuchte sie es dennoch.

Sekunden später wurde sie beiseitegeschoben. „Nun lass mich das bitte machen. Ich frag auch nicht mehr wegen dem

Essen und so." Bernd hob die Kiste hoch und stellte sie auf den Tisch. Einen Moment trafen sich ihre Blicke.

„Danke", sagte Luise leise. „Es tut mir leid, aber es passt einfach nicht zwischen uns."

„Weiß ich doch. Aber ich hab kürzlich ein Buch gelesen, in dem stand, man sollte niemals aufgeben."

„Guter Ratschlag und ich würde dir echt wünschen, dass du jemanden triffst, der so einen Typen wie dich verdient hat. Bist ein guter Kerl." Sie legte ihm kurz die Hand auf den Arm. Hoffentlich war das nicht schon wieder zu viel.

Doch Bernd lächelte. „Dann werde ich mal wieder. Ach, und was Swantje betrifft … Ich hab natürlich dem neuen Vermieter gesagt, dass sie eine patente Frau ist. Das ist sie ja auch, nur im Moment ein bisschen unglücklich, würde ich mal meinen."

„Wie kommst du denn darauf?"

„Das hat sie mir vor einigen Tagen selbst gesagt. Und sie würde sich wünschen, sie könnte manche Entscheidungen rückgängig machen."

„Das hat sie so gesagt?"

Bernd nickte. „Genau so. Und wegen dieser neuen Bar …" Er zögerte kurz. „Swantje wird sie nicht bekommen. Ein anderer Bewerber zahlt einen höheren Preis."

Kapitel 16

Zerstreut suchte Luise die benötigten Zutaten für das geplante Gericht zusammen. Dann warf sie einen Blick auf die Wanduhr hinter sich. Nick verspätete sich mal wieder. Eigentlich hätte er schon vor einer halben Stunde da sein wollen. Dass sie unter Umständen mit ihren Eltern allein am Tisch sitzen und die Neuigkeiten verkünden musste, ließ ihre Laune ins Bodenlose fallen. Sie warf einen Blick aus dem Fenster. Keine Spur von ihrem Bruder. Seufzend widmete Luise sich wieder dem vorzubereitenden Abendessen. Sie schnippelte Gemüse, schälte Kartoffeln und briet anschließend Zwiebeln zusammen mit einigen Speckstückchen an. Verführerische Düfte durchzogen den Raum und sie stellte wieder einmal fest, wie viel Freude es ihr machte, zu kochen oder zu backen. Für eine Person lohnte sich dies meist nicht. Aber wenn der Tisch voll war, die Familie oder gute Freunde kamen, da packte sie die Lust so richtig.

In diesem Augenblick klingelte es endlich an der Tür und Sekunden später kam Nick mit hochrotem Kopf die Treppe nach oben gestürzt.

„Entschuldige, Schwesterchen", rief er ihr schon vom ersten Absatz entgegen. „Hast du gesehen, was passiert ist?" Lachend hielt er ihr sein Handy entgegen. „Ich bin auf Platz zwei."

„Was? Im Ernst? Vorhin lagst du noch auf Rang vier", erwiderte Luise und wischte ihre schmutzigen Hände an der Schürze ab.

„Aha, erwischt! Du schaust also doch, wie ich platziert bin. Anders, als du heute Morgen behauptet hast."

Luise verdrehte ihre Augen. „Das konnte ich dir doch nicht auf die Nase binden. Dann trägst du die nämlich noch höher." Sie überzeugte sich von Nicks Aussage und hob den Daumen. „Herzlichen Glückwunsch, Roman scheint mit seiner Begeisterung für dich also tatsächlich nicht allein zu stehen. Obwohl du trotz allem immer noch mein kleiner verpeilter Bruder bist."

„Ich freue mich mega und hatte schon unzählige Anrufe meiner …" Nick suchte nach den richtigen Worten.

„Deiner Verflossenen, nehme ich mal an", ergänzte sie. „Ich will dich ja nur ungern unterbrechen, aber es wäre schön, wenn du den Tisch im Wohnzimmer decken könntest."

Nick salutierte. „Wird erledigt, Chefin."

Sie hörte ihn nebenan klappern und wieder einmal packte Luise die Wehmut. Wie würde es sein, wenn Nick am anderen Ende der Welt lebte? Wenn er sie nicht mehr zu irgendwelchen Partys mitschleppte oder sie ins Kino einlud, in einen Film, in dem von der ersten bis zur letzten Minute ununterbrochen herumgeballert wurde? Wenn er nicht abends vor ihrer Tür stand, weil sein Kühlschrank mal wieder leer war und er vor Hunger starb? Wenn sie ihm nicht ihr Herz ausschütten konnte und im Gegenzug einen seiner manchmal reichlich verpeilten Ratschläge bekam? Sicher, es gab Videotelefonie, man konnte sich sehen, aber es war nicht das Gleiche wie einem Menschen gegenüber zu sitzen.

Luise gab Gemüse und Kartoffeln in den Topf und schwitzte diese ordentlich an. Zum Schluss füllte sie mit Gemüsebrühe auf und regulierte den Herd nach unten. Leise blubberte die Suppe vor sich hin.

Ein erneutes Klingeln an der Wohnungstür ließ sie aufhorchen. Augenblicklich schnellte ihr Puls nach oben.

Ihr Vater kam als Erstes und hatte einen Weihnachtsstern mitgebracht, den er ein bisschen unbeholfen in Papier eingewickelt hatte. „Ich hoffe, er ist nicht erfroren", murmelte er und äugte ins Wohnzimmer, in dem Nick noch immer herumwerkelte. Schnell schlug Luise die Tür vor seiner Nase zu. Kai durfte auf keinen Fall sehen, dass der Tisch für vier gedeckt war. Unter Umständen würde er die richtigen Rückschlüsse ziehen und abdampfen, ehe ihre Mutter auch nur aufgetaucht war.

„Sei nicht so neugierig. Komm lieber mit in die Küche", sagte Luise und drückte ihm einen Kuss auf die Wange. „Und danke. Die Pflanze sieht super aus. Zumindest schon mal ein erster Hauch Weihnachten in meiner Wohnung."

„Du hast noch nicht geschmückt?" Forschend schaute ihr Vater sich um.

„Keine Zeit."

„Ich weiß immer nicht, was ich dir mitbringen soll."

„Du brauchst gar nichts mitzubringen außer einem riesigen Hunger."

„Den hab ich. Hab extra das Mittagessen ein bisschen schmaler gestaltet, obwohl noch reichlich von der heutigen Feier übrig war. Die Leute wollten nichts mit nach Hause nehmen." Kai schüttelte den Kopf.

„Feier?", fragte Luise nach.

„Totenschmaus für den ollen Kallenbach."

„Waren viele Leute da?"

Ihr Vater hob die Schultern. „Wie viele eben kommen, wenn einer mit vierundneunzig stirbt."

„Und was hast du mit dem restlichen Essen gemacht?"

„Nach Rostock geschafft, zu dem Verein, der sich um die Obdachlosen kümmert. Dort ist es gut aufgehoben. Aber was gibt es denn heute Abend Schönes?", fragte ihr Vater und streckte seine Nase bereits in den Topf.

„Kartoffelsuppe. Ich dachte, die wäre bei dem Wetter genau richtig."

„Es riecht wie früher, bei …" Kai verstummte.

„Eigentlich hätte ich sie schon gestern machen müssen", plauderte Luise munter weiter. „Aber dann war doch so viel mit der Glühweinbude zu tun."

Ihr Vater winkte ab. „Ich bin sicher, sie wird hervorragend schmecken."

Endlich kreuzte auch Nick auf und schob sich durch die Küchentür. „Na, Papa", sagte er und klopfte seinem Vater unbeholfen auf die Schulter.

„Na, Großer, dass wir uns auch mal wieder sehen", meinte Kai mit einem kleinen Unterton. „Aber ich weiß schon, du brichst zu neuen Ufern auf. Heute haben mich mindestens zwanzig Mann auf diesen komischen Wettbewerb angesprochen. Ich wusste gar nicht, was ich sagen soll."

„Du könntest Nick zum Beispiel gratulieren. Er liegt momentan auf Platz zwei, hat also beste Chancen, ins große Finale einzuziehen."

„Hm, und was soll das bringen?" Zweifelnd sah Kai sie an. Luise und ihr Bruder tauschten einen kurzen Blick.

Da klingelte es erneut.

„Kommt noch wer?", fragte ihr Vater. „Doch wohl nicht dein Verehrer, mit dem du neulich essen warst? Gib zu, du willst ihn uns endlich vorstellen."

Luise räusperte sich und suchte nach der passenden Antwort, als bereits Absätze die Treppe nach oben geklappert kamen.

Auf der Stelle horchte Kai auf. „Eine Frau?" Seine Blicke schweiften zwischen ihr und Nick hin und her. „Ihr habt doch nicht etwa …"

Der Rest der Frage blieb sein Geheimnis, denn in diesem Moment fegte ihre Mutter auch schon schwungvoll in den Flur und schwenkte eine Flasche Glühwein in den Händen. „Hallo, Lou, ich dachte, etwas Winterliches wäre durchaus angebracht.

Auch wenn du jetzt vielleicht sagen wirst, dass ihr selbst eine Glühweinbude betreibt und ein wirklich gutes Rezept für dieses Gesöff habt. Aber diese Flasche habe ich von meinem neuen Lieferanten bekommen. Ich würde den Wein gerne ins Sortiment nehmen, wenn es mit den neuen Räumen klappt." In diesem Moment dämmerte Swantje, dass etwas nicht stimmen konnte. Sie drehte sich in Zeitlupe um und entdeckte ihren Exmann, der ähnlich verdattert dreinblickte wie sie selbst. „Oh, nein", stieß sie aus. „Was soll das denn werden? Wollen wir hier etwa einen auf heile Familie machen? Ohne mich." Swantje ergriff die Klinke und wollte die Wohnungstür öffnen, doch Nick war schneller.

Mit einem geistesgegenwärtigen Sprung hüpfte er nach vorn und stellte seinen Fuß gegen die Tür.

„Willst du mich etwa hindern zu gehen? Ich setze mich auf keinen Fall mit dem da an einen Tisch", zischte Swantje wie eine Schlange. Es fehlte nur noch, dass sie sich wie eine Kobra aufrichtete, während ihre Zunge hin- und herschnellte.

„Ich bin ja selten mit der da einer Meinung, aber ich möchte auch gehen. Keine Ahnung, was dieser Schwachsinn bedeuten soll", stimmte Kai seiner geschiedenen Frau zu. „Vor allem, nach allem, was passiert ist."

Die Flasche in Swantjes Hand schwankte gefährlich. Luise entwand sie ihr sicherheitshalber und stellte sie hinter sich auf den Boden.

„Was soll das denn heißen, dieses Nach-allem-was-passiert-ist? Geschichten könnte ich erzählen, ohne Ende."

„Ach ja, wirklich? Nun, da bin ich ja aber mal gespannt."

Der Disput zwischen ihren Eltern wogte hin und her, bis Nick schließlich die Hand hob. „Stopp", rief er mit lauter Stimme. „Ganz ehrlich, würdet ihr euch mal bitte selbst zuhören? Ich komme mir vor wie im Kindergarten. Habt ihr vergessen, dass wir eure Kinder sind und zwar eurer beider Kinder und dass es unter Umständen einen guten Grund geben könnte, warum wir euch heute eingeladen haben?" Schwer atmend schaute er seine Eltern an.

Swantje und Kai schwiegen verblüfft.

„Und ich würde mir wünschen, dass wir alle, und zwar jeder einzelne von uns, für die kommenden Stunden mal seine Befindlichkeiten hintenan stellt. Es geht nämlich um die Zukunft unserer Familie", ergänzte Luise.

Nun waren es ihre Eltern, die kurze Blicke wechselten. Kai war es schließlich, der seinen Kopf neigte und nickte. „Ja, also, wegen mir. Lasst uns reden. Außerdem steht der Dezember vor der Tür, der Monat der Besinnlichkeit und …" Er verstummte und sah zu Boden.

Swantje wirkte seltsam berührt, zog ihren Mantel aus und hängte ihn an die Garderobe. „Ähm, kann ich dir in der Küche noch was helfen?", fragte sie.

„Vielleicht die Suppe abschmecken", schlug Luise vor und schon wieder klopfte ihr das Herz bis zum Hals.

Ohne ein weiteres Wort verschwand Swantje in der Küche. Kai deutete auf die Tasche mit Flaschen, die Nick im Flur abgestellt hatte. „Sollen wir die mal ins Wohnzimmer schaffen?"

„Gute Idee", entgegnete Nick und atmete sichtlich erleichtert auf.

„Ich würde noch eine Spur mehr Majoran dranmachen", sagte ihre Mutter, nachdem sie mit gespitzten Lippen die Suppe verkostet hatte. „Ansonsten ist sie perfekt. Darf ich?" Fragend sah sie ihre Tochter an und Luise nickte zustimmend. Swantje öffnete das Gewürzglas, gab ein paar der Kräuter auf ihre Handfläche und zerrieb diese. Dann ließ sie sie sanft in die

Suppe rieseln und rührte um. „Wunderbar, würde ich sagen. Möchtest du noch einmal probieren?"

„Ich bin sicher, dass es genau richtig ist." Luise wickelte die frischen Wiener Würstchen aus der Verpackung und begann, sie klein zu schneiden.

„Sind die von Fleischer Franzen?", fragte ihre Mutter.

Luise nickte. „Ich war heute nach Feierabend noch mal schnell drüben."

„Hm, die sind die Besten. Riech doch mal, wie gut die geräuchert sind."

„Ja, manche Dinge ändern sich nie." Luise ließ einen der Wurstzipfel in ihrem Mund verschwinden und hielt ihrer Mutter, einen anderen hin.

Swantje lächelte und kaute genüsslich. Dabei lehnte sie sich gegen den Küchentisch und sah sich in Luises Zuhause um. „Ich war lange nicht mehr hier."

„Stimmt, wir haben halt alle viel zu tun."

„Ja, das ist wohl wahr. Es hat sich hier nicht viel verändert."

„Was soll ich auch verändern? Es gefällt mir, wie es ist."

Ihre Mutter betrachtete die alten Milchkrüge und Kannen, die auf einem Bord neben dem Fenster standen. „Die hast du auch noch?"

„Klar, Erinnerungen an Oma. In der linken blauen Kanne mit dem weißen Henkel hat sie mir immer Kakao gemacht."

„Stimmt und er schmeckte unvergleichlich. Sie hat mir nie ihre Geheimzutat verraten."

Da knarrte die Tür und ihr Vater schob sich in den Raum. Er lief zum Herd und öffnete den Deckel der leicht köchelnden Suppe. „Hm, lecker. Wo hast du denn den Kartoffelstampfer?"

„Dort drüben in der Schublade."

„Sind die Kartoffeln weich genug?", fragte Kai.

Swantje verließ ihren Platz, fischte ein Stückchen heraus und kostete. „Genau richtig."

„Dann will ich mal." Kai griff sich ein Holzbrett, platzierte den Topf darauf, um die Kartoffeln zu stampfen.

Genauso war es früher immer gewesen. „Dieses Stampfen, das ist keine Frauenarbeit", hatte ihr Vater gesagt und seiner Frau diese Aufgabe abgenommen. Luise war sicher, dass alle im Raum das Gleiche dachten. Sie sah es in ihren Augen.

Schließlich war Kai mit der Konsistenz zufrieden und Swantje schüttete die Würstchen hinein. Es wurde noch einmal kräftig umgerührt. „Fertig", rief sie aus. „Lasst uns essen."

Die ersten Minuten erfüllte nur das Klappern des Bestecks auf den Tellern den Raum. Luise fragte sich, ob sie das Radio als Untermalung anschalten sollte, blieb dann aber sitzen. Wenn sie früher gegessen hatten, hatte auch Ruhe geherrscht. „Wir haben auf Arbeit genug Remmidemmi, da tut so ein bisschen Stille ganz gut", war das Motto ihres Vaters. Seltsam, dass ihr gerade jetzt so viele kleine Dinge aus ihrer Kindheit einfielen.

„Also, ich muss schon sagen, Luise, die Suppe ist dir wunderbar gelungen", meinte Kai in diesem Moment und kratzte den letzten Rest vom Teller.

„Danke, ich hatte Hilfe von Mama."

„Ich hab nur einen Hauch Majoran zugegeben, das war alles."

Wieder wurde es still. Doch irgendwann waren die Teller geleert und die Bäuche voll, wie alle Luise versicherten.

„So", sagte ihr Vater und lehnte sich zurück. „Ich denke, nun wäre der perfekte Zeitpunkt, uns beiden zu verraten, warum ihr uns eigentlich eingeladen habt. Noch dazu auf diese ziemlich unorthodoxe Art."

Swantje nickte zustimmend und nahm einen Schluck aus ihrem Glas. „Gute Idee. Ich bin neugierig."

Luise holte kurz Luft. Endlos hatten sie im Vorfeld besprochen, wie sie das Thema am besten anfangen würden.

Nun waren alle Pläne fort. In ihrem Kopf herrschte ein Vakuum. Nick sprang an ihrer Stelle ein.

„Wir werden *Strandkorb-Winter* zum Ende des Jahres schließen. Also noch die Glühweinbude auf dem Weihnachtsmarkt machen und dann ist Ende."

Ihr Vater lachte kurz auf. „Ja, ja, kein schlechter Witz. Und nun mal im Ernst. Warum sind wir hier?"

Swantje dagegen schwieg und musterte ihre beiden Kinder durchdringend. „Ich vermute mal, aus genau diesem Grund", sagte sie nach einer ganzen Weile.

Kai schnappte nach Luft. „Ihr wollt die Firma aufgeben? Aber warum denn? Doch nicht etwa wegen ..." Ihr Vater sah Nick an. „Macht ihr etwa Schluss wegen diesem Modelkinderkram? Wegen dieses Schwachsinns, der niemals zum Erfolg führen wird? Model, so ein Quatsch! Nur weil du zufällig auf Platz zwei liegst, bekommst du irgendwelche Höhenflüge, oder was? Wir in unserer Familie gehen rechtschaffener Arbeit nach und nicht solchen Hirngespinsten."

„Keine Hirngespinste", mischte Luise sich ein. „Nick hat bereits ein Angebot von einem Agenten vorliegen, der ihn in seine Kartei aufnehmen will und durchaus optimistisch ist, ihn gut vermitteln zu können. Typen wie Nick sind im Moment super gefragt. Deswegen wird er dieses Angebot auch annehmen und in die USA gehen."

„In die USA?", fragte Kai vollkommen entgeistert. „Na, das wird ja immer besser."

„Das finde ich auch", meinte Swantje und strahlte über das ganze Gesicht. „Du gehst in die Staaten? Ja, wie unglaublich ist das denn? Du meine Güte, USA, New York, Los Angeles, Paris – ich sehe dich schon über die Laufstege dieser Welt schreiten und ..."

„Und dich vermutlich in der ersten Reihe sitzen", knurrte ihr Vater.

„Oh, mein Gott, denkst du, das wäre möglich?" Hoffnungsvoll sah Swantje ihren Sohn an.

„Ich laufe nicht über Laufstege, man plant mich mehr für Fotokampagnen ein."

„Da haben wir es ja schon, man plant dich ein. Das sagt noch gar nichts aus." Kais Kopf war inzwischen so rot wie der Weihnachtsstern, den er als Gastgeschenk mitgebracht hatte. „Und für solch vage Aussagen wirfst du alles hin?"

„Aber es ist eine einmalige Chance, die Welt anzuschauen, herumzureisen, das zu tun, was ich will."

„Schön, und wenn am Ende jeder tut, was er will, haben wir weder Krankenschwestern noch Leute, die alten Menschen im Altersheim den Hintern abwischen." Kai leerte sein Glas mit einem Zug und knallte es auf den Tisch. „Hast du was anderes, ich meine, was stärkeres?"

Luises Blick schweifte zum Schrank. „Ich glaube, ich müsste noch eine Flasche Korn dahaben."

„Perfekt, ich nehme einen."

„Und ich auch", warf ihre Mutter ein. „Wenn auch eher vor lauter Freude."

Kai beugte sich nach vorn über den Tisch. „Keine Ahnung, warum das ein Grund zur Freude sein soll. Unser Herr Sohn macht sich auf und davon und lässt Luise im Stich. Denn das dürfte wohl der Grund sein, warum die *Strandkorb-Winter* schließen muss. Allein kann sie die Firma unmöglich halten, oder wie soll das gehen: Fahrräder verleihen und zeitgleich Strandkörbe vermieten?"

Luise füllte die Gläser und warf Nick einen verstohlenen Blick zu. Am liebsten hätte sie sich selbst auch einen Schnaps gegönnt. Doch dann würde sie vermutlich gar keinen klaren Gedanken mehr fassen können. Irgendwie lief ihr Gespräch in eine vollkommen andere Richtung als die, die sie erwartet hatten. Und diese Tendenz wurde mit dem nächsten Satz ihrer Mutter noch verstärkt.

Denn Swantje ergriff das Schnapsglas und krauste ihre Stirn. „Du hast natürlich vollkommen recht, Kai, und ich finde es mehr als erstaunlich, dass ich diesen Satz mal sagen würde. Allein kann Lou die Firma nicht führen. Doch ich bin sicher, dass sich dafür eine Lösung finden lässt. Ich könnte mich ja mal umhören, wer eventuell einen neuen Job sucht."

„Sehr gut." Kai hob ebenfalls sein Glas und prostete seiner Ex-Frau zu. „Das werde ich auch machen. Ihr werdet sehen, ruckzuck ist Ersatz gefunden. Ihr braucht auch endlich jemanden, der für Fred einspringt. Immerhin ist der schon lange Rentner. Da schlagen wir zwei Fliegen mit einer Klappe."

„Seht ihr? Wir müssen einfach nur mal ganz in Ruhe über alles sprechen und …"

In diesem Augenblick hatte Luise genug. Mit einem lauten Knall schlug sie ihre Hand auf die Tischplatte und unterbrach damit ihre Mutter. „Könntet ihr bitte mal für eine Sekunde still sein und eure Diskussion unterbrechen."

Erschrocken leerte Swantje ihr Schnapsglas. „Bitte schön, wir sind still."

„Könnt ihr euch auch nur annähernd vorstellen, dass auch ich die Firma aufgeben will? Denn wollte ich wirklich nur einen neuen Mitarbeiter finden, würde mir das schon irgendwie gelingen."

„Aber warum denn, Lou? Du hast die Firma doch die ganzen Jahre so wunderbar geführt. Ganz in Opas Sinne."

„Weil das, was einstmals Opas Traum war, nicht mehr meiner ist oder im Grunde nie war. Weil ich gerne etwas anderes machen möchte, etwas, das mir Spaß macht, und zwar aus tiefster Seele. Darf ich euch auch daran erinnern, dass ihr beide mir damals abgeraten habt, *Strandkorb-Winter* zu übernehmen? Und nenn mich nicht immer Lou. Du müsstest eigentlich irgendwann mal begreifen, wie sehr ich diesen Namen hasse." Schwer atmend schaute Luise ihren Bruder an, der leise lächelte.

„Schön, also kein *Strandkorb-Winter* mehr", stellte ihr Vater fest. „Und was willst du stattdessen machen? Etwa auch in der weiten Welt herumreisen, wie Nick?"

„Nein, ich werde ein Geschäft übernehmen, hier in Warnemünde, und darauf freue ich mich schon sehr."

„Ein Geschäft? Aber was für ein Geschäft?", hakte Swantje nach und schien in Gedanken bereits alle infrage kommenden Objekte durchzugehen.

„Das ist doch jetzt egal", wehrte Luise ab.

Das Problem war nur, dass Nick zeitgleich antwortete: „Hannes Laden."

„Hannes Laden?" Die Stimme ihrer Mutter schraubte sich in die Höhe. „Aber die will eine riesige Summe Ablöse für den Laden. Wie willst du die aufbringen? Etwa mit den Rücklagen aus dem Verkauf von Opas Wohnungen? Die Hälfte davon steht deinem Bruder zu, das solltest du bedenken."

„Mama, könntest du endlich mal aufhören, mich permanent zu unterbrechen", zischte Luise. „Natürlich bekommt Nick seinen Anteil. Den braucht er für Amerika. Und ich habe meinen Anteil und außerdem noch eine kleinere Summe. Den Rest darf ich bei Hanne binnen eines Jahres abstottern."

„Und was für eine kleinere Summe? Lass mich raten, du verkaufst die Wohnung?" Kai lehnte sich zurück. „Gute Entscheidung, die wird dir eine ordentliche Summe einbringen."

Nick seufzte. „Nein, sie verkauft nicht ihre Wohnung. Luise hat in der Lotterie gewonnen, wenn ihr es genau wissen wolltet: Sechzigtausend Euro."

Swantje griff nach der Schnapsflasche, schenkte sich ein und reichte die Flasche an ihren Exmann weiter, der ebenfalls die Hand ausgestreckt hatte.

„Sechzigtausend Euro, wow, und du hast sie gewonnen. Das liegt bestimmt daran, dass du immer in die Kirche rennst." Ihre Mutter kicherte. „Was für eine Summe! Was man damit alles machen könnte! Da würden mir tausend Dinge einfallen, aber nicht unbedingt Hannes Laden."

Ihr Vater nickte zustimmend.

In diesem Moment riss Luises Geduldsfaden endgültig. „Ach ja, und was wäre das?", fauchte sie und sprang von ihrem Stuhl auf. Sie spürte Nicks Hand, der die ihre behutsam umschloss, um sie zu beruhigen. „Soll ich das Geld in *Strandkorb-Winter* stecken, neue Fahrräder oder Strandkörbe anschaffen? Soll ich in Papas seit Monaten defekte Zapfanlage investieren? Oder dir die Kaution für deine neue Bar sponsoren, die du eh nicht bekommen wirst? Oder vielleicht deine Mietrückstände ausgleichen? Also, was soll ich tun?" Am Tisch herrschte atemlose Stille. Luise sah ihren Eltern abwechselnd direkt in die Augen, so lange, bis diese den Blick auf den Tisch richteten. „Könnt ihr euch vorstellen, dass Ziele und Träume sich ändern? Ist euch schon mal untergekommen, dass manche Entscheidung, die man irgendwann mal getroffen hat, sich einige Jahre später vollkommen falsch anfühlt? Muss man manche Wege nicht einfach erst mal ein paar Schritte gehen, um zu erkennen, dass es eben doch nicht die sind, die einem liegen? Ist das Leben nicht pure Veränderung, falls man sich nicht angsterfüllt an irgendwelche überholten Dinge klammert? Muss man nicht manchmal einfach mutig sein und sich bewusst machen, was man selber wirklich will? Egal, was alle anderen sagen und raten. Ich bin Nick super dankbar, der mir mit seiner Modelgeschichte die Augen geöffnet hat. Er versucht sein Glück und vielleicht fliegt er auf die Schnauze.

Das gehört dazu, das kann passieren, das nennt man Leben. Aber er hat´s probiert und das allein zählt. Ich will mein Ding machen, versteht ihr? Mein Ding, das hab ich endlich kapiert. Und mir ist scheißegal, was andere sagen."

Kapitel 17

Konnte es in einem Raum stiller als still werden? Luise lauschte, doch kein Ton war zu hören. Stattdessen rauschte das Blut in ihren Ohren überdeutlich. Erschöpft sank sie zurück auf ihren Stuhl und griff nach der Schnapsflasche. Mangels Schnapsglas schüttete sie einfach einen Fingerbreit in ihr Wasserglas. Dann trank sie und spürte, wie die scharfe Flüssigkeit ihre Speiseröhre hinabrann. Einen Moment wurde ihr die Luft knapp, Tränen schossen ihr in die Augen, dann war es vorbei. Der Alkohol hatte ihren Bauch erreicht und verbreitete dort wohlige Wärme.

„So", sagte Nick schmunzelnd. „Das war die Ansprache zum Freitagabend, der ich mich übrigens zu einhundert Prozent anschließen möchte."

„Ich weiß gar nicht, was ich sagen soll", stammelte ihre Mutter.

„Dann sei still", entgegnete ihr Vater und seltsamerweise schwieg Swantje tatsächlich. „Weiß Opa es schon?"

„Nein", erwiderte Luise leise. „Und dabei sollte es auch bleiben. Opa lebt in seiner Welt, die jeden Tag kleiner wird. Tun wir also alle weiterhin so, als würde es die Firma noch geben."

Kai rieb sich die Augen und nickte. „Das finde ich gut."

„Ihr seid uns also nicht böse?", fragte Luise mit erstickter Stimme. „Immerhin gibt es *Strandkorb-Winter* seit so vielen Jahren und nun …"

Ihr Vater legte ihr die Hand auf den Arm. „Ach, meine Lütte, und? Hast du nicht selbst gesagt, dass man manchmal einfach nur für sich selbst entscheiden sollte? Das klingt egoistisch und das ist es vielleicht auch. Aber jeder Mensch sollte erst mal auf sein eigenes Glück schauen. Und wenn dieses Glücksmaß voll ist, kann man es mit anderen teilen."

Luise spürte pure Erleichterung und sah zu ihrer Mutter. „Und du, Mama, was sagst du dazu?"

Swantje hob unsicher die Schultern. „Ich glaube, ich muss mich noch an den Gedanken gewöhnen, dass an unserem Strandabschnitt bald eine andere Fahne wehen soll. So viele Veränderungen und alle so plötzlich. Nick am anderen Ende der Welt und Luise in diesem schönen Laden, in dem ich immer meine Klamotten kaufe." Sie seufzte. „Aber was Opa betrifft, bin ich auch der Meinung, dass es besser wäre, es ihm nicht zu sagen. Vermutlich hätte er es nach kurzer Zeit eh wieder vergessen, wie alles, was man ihm sagt."

„Als ob du weißt, wie es ihm geht", warf Kai dazwischen.

Swantje holte tief Luft. „Ich weiß sehr wohl, wie es Otto geht. Ich besuche ihn jede Woche. Manchmal gehen wir spazieren, hinunter zum Strand oder trinken einen Kaffee." Alle warfen sich erstaunte Blicke zu. „Habt ihr im Ernst geglaubt, ich würde mich für die Familie nicht mehr interessieren und mir wäre alles egal?"

„Zumindest hast du genau diesen Eindruck auf mich gemacht", erwiderte Kai.

„Und du?", begehrte ihre Mutter auf und sah ihren geschiedenen Mann an. Luise befürchtete schon, dass die Diskussion nun von vorn beginnen würde. Doch Swantje straffte ihre Schultern. „Schluss damit! Ich glaube, wir haben uns beide nichts geschenkt und waren oft ziemlich unsachlich. Damit haben wir es unseren Kindern unnötig schwer gemacht. Hören wir einfach auf damit. Das, was wir tun und getan haben, ist wirklich kindisch."

Kais Unterlippe zitterte leicht. Dann erhob er sich und streckte seine Hand aus. „Frieden? Tun wir einfach alles dafür, dass die Firma gut abgewickelt werden kann und unterstützen wir unsere Kinder, so gut es geht."

Luise wagte kaum zu atmen.

Da ergriff ihre Mutter die Hand und schlug ein. „Frieden", sagte sie mit leiser Stimme.

Der restliche Abend verlief in ungewohnter Harmonie und manchmal kam es Luise vor, als hätte sie eine Zeitreise zu dem Moment gemacht, in dem sie noch eine glückliche Familie gewesen waren. Sie bereiteten sogar alle zusammen Eierkuchen mit Apfelstückchen zu. Eines der Lieblingsessen ihrer Kindheit. Erst gegen zehn brachen ihre Eltern auf, zusammen und in bester Stimmung. Kai half Swantje in ihren Mantel und die hakte sich kichernd bei ihm ein, während sie die steile Treppe hinabstieg.

Nick und Luise brachten sie nach unten. Als sie die Haustür öffneten, segelten dicke weiße Flocken vom Himmel.

„Es schneit, beste Voraussetzungen für die Eröffnung des Weihnachtsmarktes", sagte ihr Vater. „Danke für den schönen Abend und das gute Essen." Er gab Luise einen Kuss auf die Wange und ihre Mutter tat das Gleiche. Dann schlenderten ihre Eltern davon, immer noch Arm in Arm.

„Kannst du mich mal kneifen?", fragte Nick und grinste. „Was war das denn? Hast du irgendwas in die Suppe gemischt? Ich hatte am Ende das Gefühl, wir wären in einen falschen Film geraten."

Luise kniff ihn sanft in den Oberarm. „Wir waren im absolut richtigen Film. Ich hab mich gut gefühlt."

Nick rieb seine Hände aneinander. „Ging mir genauso. Aber nun lass uns wieder reingehen, Küche aufräumen und so weiter."

„Und wieder ein falscher Film. Vor kurzem hättest du tausende Ausreden gehabt, um mir bloß nicht helfen zu müssen."

„Ich werd halt auch langsam erwachsen, Schwesterchen." Nick schaute noch einmal in den Himmel. „Ich glaube, es schneit weiter. Siehst du die dunklen Wolken drüben über der roten Mole? Die haben ordentlich was im Gepäck."

„Du könntest recht haben."

„Aber nun rein ins Haus, bevor du dir noch den Tod holst und ich allein Dienst am Stand schieben muss."

Luise klopfte noch kurz an Tines Scheibe. Ganz sicher hatte ihre Nachbarin den allgemeinen Aufbruch bemerkt. Ihre Gardine wackelte, also war alles gut. Und zum ersten Mal hatte Luise das Gefühl, dass alles ganz genau so war, wie es sein sollte.

Kapitel 18

Zum gefühlt hundertsten Mal kontrollierte Luise, ob auch wirklich alles an seinem Platz war. Sie checkte die Temperaturen von Glühwein und Kinderpunsch, schaute nach den Tassen und Gläsern und prüfte, ob sie in der Kasse genügend Wechselgeld hatten.

Nick ergriff sie schließlich an der Schulter. „Es ist alles perfekt, Schwesterchen", sagte er und sah sie beschwörend an.

„Ich weiß und dennoch muss ich einfach immer wieder nachschauen, ob wirklich alles in Ordnung ist."

„Du bist schlimmer als Opa. Der hatte immer nur seine ellenlangen Checklisten, auf denen er jede Kleinigkeit notiert hatte."

Luise griff in die Tasche ihrer dicken Jacke und zog einen eng beschriebenen Zettel heraus. „Tadaa", rief sie und lachte. „Und das Beste ist, alle Punkte sind abgehakt."

„Nein, das Beste ist, dass es schon wieder schneit und ich eine Menge Leute da draußen warten sehe."

Luise spähte ebenfalls durch einen der Schlitze an der vorderen hölzernen Klappe ihres Marktstands, die noch geschlossen war. „Wow, so viele. Kein Wunder! Schau doch nur, wie toll die Buden und der geschmückte Tannenbaum aussehen. Ich bin so richtig in Weihnachtsstimmung." Sie wackelte mit ihrer Weihnachtsmannmütze, deren Glöckchen leise bimmelte.

„Ich auch. Ich werde jede einzelne Minute genießen, die wir hier zusammen verbringen. Und später dann, am anderen Ende der Welt, werde ich mich daran erinnern." Nick wischte sich über die Augen.

Luise kullerte eine Träne über die Wange. „Ich hab gerne mit dir gearbeitet, auch wenn wir uns oft gestritten haben. Aber es war eine schöne Zeit und ich glaube inzwischen, es war goldrichtig, dass wir Opas Firma erst mal übernommen haben. Wir haben ihn damit sehr glücklich gemacht."

„Das denke ich auch", erwiderte Nick und spähte erneut nach draußen. „Du glaubst gar nicht, wer direkt an erster Position in der Warteschlange steht."

Luise stöhnte. „Lass mich raten: Bernd."

Amüsiert sah ihr Bruder sie an. „Richtig, zehn Punkte für die Kandidatin in der roten Schürze. Ich glaube, er wird nie aufgeben."

„Das befürchte ich auch. Obwohl ich ihm kürzlich deutlich meine Meinung gesagt habe. Er scheint mich zu überwachen wie einer vom Geheimdienst. Jedenfalls wusste er von meinem Ausflug mit Felix und hatte schon Angst, ich würde wieder was mit ihm anfangen. Selbst über mein Essen mit Fabian im *blauen Matrosen* war er bereits informiert."

„Ja, Bernd entgeht nichts, was manchmal ja auch gut ist." Noch immer presste Nick sein Gesicht an die geschlossene Klappe. „Apropos Fabian, hast du von ihm mal wieder was gehört?"

Luise lachte auf. „Du meinst, seit unserer spontanen Begegnung in Rostock? Zum Glück nicht. Ich glaube, seit ich ihn in flagranti mit Frau und Kindern erwischt habe, bleibt er mir fern. Was auch besser ist. Manchmal denke ich, er wäre nie dagewesen."

„Vielleicht war er nur ein Traum?"

„Quatsch, er war real."

„Weiß ich doch", sagte Nick und warf ihr einen kurzen Blick zu. „Vermisst du ihn?"

„Auf keinen Fall", platzte Luise heraus. Augenblicklich stach es in ihrem Herzen, als würde da etwas rufen – *du lügst*. Sie band ihren Zopf neu und versuchte, Nicks Blicken standzuhalten, die sie einfach nicht losließen. „Herrgott, schau doch nicht so. Ja, ich gebe zu, manchmal vermiss ich ihn, obwohl wir uns nur so kurz gekannt haben. Es war einfach unglaublich toll mit ihm. Wir haben uns blind verstanden, waren absolut auf einer Wellenlänge." Luise hob ihre Schultern. „Was soll's, Schwamm drüber."

„Hm."

„Was soll das heißen, hm? Er ist verheiratet und somit tabu. Es soll ja Menschen geben, denen so was scheißegal ist, aber ich gehöre nicht dazu."

„Und das ist sehr löblich", meinte Nick. Noch immer sah er sie mit diesem Bruderblick an.

„Hattest du schon mal was mit einer Frau, die verheiratet oder, sagen wir besser, gebunden war?", fragte sie nach einigen Momenten der Stille.

„Bestimmt. Ich lasse mir ja nicht jedes Mal den Beziehungsstatus zeigen. Ich denke eher, es ist in der Verantwortung eines jeden selbst, zu wissen, was er tut. Aber ich würde mich ganz sicher nie wissentlich in eine bestehende Beziehung rein drängen. Eines steht fest: Verbotene Liebe schmerzt und kann dennoch ihren Reiz haben."

„Na, für mich auf keinen Fall."

„Schön, damit dürftest du ja fest entschlossen und bestens für all das gerüstet sein, was vor dir liegt. Fabian steht nämlich dort draußen, mit Frau und Kindern."

„Waaaaas?" Mit einem Satz war Luise neben ihrem Bruder und presste ihr Auge an die Holzbalken. „Wo?"

„Dort drüben, neben dem Kinderkarussell, siehst du?"

Luise konnte sich nicht rühren. Es war wie ein Schock. Jeden Moment würden die Bläser zu spielen beginnen und damit den Weihnachtsmarkt eröffnen. Panisch versuchte sie nachzudenken. Konnte es Zufall sein, dass er heute hier war? Ganz sicher nicht. Sie hatte ihm erzählt, dass sie mit Nick hier eine Bude betrieb. Also warum war er da? Doch im Endeffekt war das vollkommen egal, sie musste hier raus. Luise lief zu der schmalen Tür ihrer Bude und öffnete diese einen Spalt. Vorsichtig blickte sie hinaus auf der Suche nach einem bekannten Gesicht. Und tatsächlich, nur wenige Schritte von ihr entfernt stand Pia mit ihrer ganzen Familie. Hektisch streifte Luise ihre Schürze ab, was allerdings dafür sorgte, dass Nick sie am Arm ergriff.

„Kannst du mir mal bitte verraten, was das soll? Du willst doch jetzt nicht im Ernst abhauen, nur weil dieser Typ dort draußen steht. Wenn du willst, gehe ich rüber und rede mal ein paar Takte mit ihm. Soll ich?"

„Sei still", zischte sie ihrem Bruder zu. Dann schob sich Luise ein paar Zentimeter nach vorn. „Pia", rief sie so leise wie möglich und so laut wie notwendig. Doch natürlich hörte ihre Freundin sie im vorherrschenden Stimmgewirr nicht. „Pia", versuchte sie es eine Spur lauter und diesmal wendete ihre Freundin den Kopf und sah in ihre Richtung. Mit beiden Händen winkte sie sie zu sich heran.

„Luise, sag bloß, du willst mir durch den Nebeneingang den ersten Glühwein des Jahres reichen", meinte Pia gut gelaunt. „Das ist sehr nett von dir, aber überhaupt nicht nötig, weil …"

„Pscht, komm rein." Luise zog Pia noch ein Stück näher. „Du wolltest doch immer schon einmal Glühwein verkaufen, nicht wahr?" Ihre Freundin sah sie an, als hätte sie den Verstand verloren. Nur aus dem Augenwinkel nahm Luise wahr, dass Nick hinter ihr abwehrende Bewegungen machte. „Und du bist meine allerbeste Freundin und erinnerst dich sicher, dass wir uns einst versprochen haben, uns immer zu helfen, sollte mal einer von uns so richtig in der Scheiße sitzen.

Es ist soweit, ich sitze in der Scheiße und du musst mir jetzt helfen." Entschlossen drückte sie Pia ihre Schürze in die Hand, nahm ihre Mütze ab und setzte sie ihr auf. „Perfekt. Nick wird dir alles erklären und ich bin gleich wieder da."

Ehe Pia auch nur reagieren konnte, war Luise zur Tür hinaus. Sie lugte vorsichtig um die Ecke und sah, wie Fabian sich gerade zu seiner Tochter hinunterbeugte. Das war die Gelegenheit, sie rannte los. Doch die auf den Markt strömenden Besucher drängten ihr entgegen und sie wollte in die entgegengesetzte Richtung. Dazu kam, dass Pia nicht so ganz begriffen zu haben schien, um was es ging. Und wer wollte ihr dies schon verübeln? Deswegen rief sie laut ihren Namen. Dies wiederum machte Fabian auf sie aufmerksam, der seinen Kopf hob und genau in ihre Richtung sah.

Luise nahm all ihre Kraft zusammen, schob mit beiden Ellenbogen die Besuchermenge beiseite und bahnte sich so ihren Weg. Sekunden später hatte sie freie Bahn und gab Gas. Sie rannte bis zur Buchhandlung auf der anderen Seite des Kirchplatzes, die voller Kunden war und hielt einen Moment inne. Argwöhnisch ließ sie ihre Blicke streifen. Doch niemand war zu sehen, weder Pia noch Fabian.

Was sollte sie tun? Für eine Rückkehr war es viel zu früh. Sich in ihrer Wohnung zu verkriechen, keine Option. Luises Blick streifte die Kirche. Einfach ein paar Minuten zur Ruhe kommen, ihre Gedanken sortieren, dass würde das Allerbeste sein.

Entschlossen überquerte sie die Straße und umrundete das Gebäude. Der Weihnachtsmarkt lag nun direkt vor ihr, inzwischen waren die Stände eröffnet. Die Bläser spielten, Kinder sangen, die Luft war vom Geruch frisch gerösteter Mandeln erfüllt. Niemand nahm von ihr Notiz. Luise schlüpfte durch das große Portal in den Eingangsbereich und spähte ins Innere des Gotteshauses. Die Kirche war leer. Dann suchte sie sich eine Bankreihe im mittleren Bereich, richtete ihren Blick nach vorn und legte ihre Hände übereinander.

Nach wenigen Atemzügen beruhigte sich ihr dröhnender Herzschlag und die wild wirbelnden Gedanken wurden klarer.

Warum war er gekommen? Ein ganz normaler Weihnachtsmarktbesuch, wie ihn wohl jeder im Dezember mal absolvierte? Aber warum gerade hier, in Warnemünde? Es gab viele Märkte in den Ortschaften entlang der Küste. Überall gab es Kinderkarussells, schaute der Weihnachtsmann vorbei. Oder reagierte sie einfach über? Was, wenn Fabians Besuch nicht das Geringste mit ihr zu tun hatte? Doch dann erinnerte sie sich an seinen Blick und wie er ihr hinterhergeschaut hatte.

In ihrem Rücken knarrte die schwere hölzerne Kirchentür. Erschrocken schaute Luise sich um, doch es waren nur drei Pärchen mit gezückten Handys, die das Gotteshaus betraten. Sie schauten sich alles in Ruhe an und gingen dann wieder. Wenig später kamen die nächsten Besucher. Und Luise saß einfach nur in ihrer Bank und konnte sich nicht rühren.

Wenn sie wüsste, dass er gegangen war, dann …

Im Mittelgang erklangen erneut Schritte. Sie bemerkte flüchtig eine Frau in einem dunkelblauen Wollmantel, die langsam Richtung Altar schritt. Doch auf einmal blieb sie stehen und rutschte in ihre Bankreihe.

Herrgott, die Kirche war doch wirklich groß genug. Musste die Frau ausgerechnet hier bei ihr Platz nehmen? Verärgert sah Luise sie an und fühlte, wie ihr erneut der Atem stockte. Die Frau im blauen Mantel war niemand anders als Fabians Ehefrau und die war inzwischen so weit herangerutscht, dass ihre Körper sich beinahe berührten.

Kapitel 19

„Hm, diese Stille", sagte die Frau in diesem Moment mit wohlklingender Stimme. „Ich gehe gern in Kirchen. Immer, wenn ich an einem neuen Ort bin, suche ich als Erstes die Kirche auf und schaue sie mir in Ruhe an. Ich bin zwar nicht evangelisch, aber vermutlich gläubig. So genau kann ich das gar nicht sagen." Sie seufzte und schwieg dann wieder.

Luise klemmte ihre Hände zwischen die zitternden Oberschenkel und bemühte sich, ruhig zu bleiben. Sie waren in einer Kirche. Das würde ihre Sitznachbarin hoffentlich davon abhalten, ihr eine Szene zu machen oder sogar handgreiflich zu werden. Natürlich blieb Luise immer noch die Möglichkeit zur Flucht, immerhin saß sie genau am Gang. Doch auf einmal begriff sie, dass es Zeit war, endlich nicht mehr davonzulaufen, sondern sich den Dingen zu stellen.

„Ach, ich hab mich noch gar nicht vorgestellt, wie unhöflich. Ich bin Katrin und du musst Luise sein, nicht wahr?" Die Frau streckte ihre Hand aus, die nun genau vor Luise schwebte. Nach einer kleinen Ewigkeit ergriff sie sie und nickte.

Katrin umschloss ihre Hand und fühlte ihren Puls. Einen Moment schien es wie eine Umklammerung, aber der Druck war nicht fest, nur ganz zart und leicht.

„Du meine Güte, dein Puls rast schrecklich. Ist das immer so? Falls ja, solltest du das unbedingt mal untersuchen lassen." Besorgt sah die Frau sie an und zum ersten Mal wagte Luise es, ihr direkt ins Gesicht zu sehen. Sie hatte warme braune Augen, die von einem schmalen Kranz Lachfältchen umgeben waren.

Ihr Mund war voll und sie schien das vollkommene Gegenteil einer Furie zu sein, die ihr in den nächsten Minuten eine Szene machen würde.

Luise räusperte sich. „Ich bin gerade gerannt."

„Hm, daran könnte es liegen. Aber du sitzt schon eine ganze Weile hier drin, da müsste dein Puls bereits wesentlich niedriger sein."

Er würde sich vermutlich beruhigen, wenn du dir einen anderen Platz suchen oder am besten ganz verschwinden würdest, dachte Luise, behielt diese Gedanken aber für sich.

„Ich bin Heilpraktikerin, kenne mich also mit solchen Dingen ein bisschen aus. Wenn du dir unsicher bist, kannst du ja mal vorbei kommen, einfach so. Es ist nicht weit bis zu mir. Meine nigelnagelneue Praxis liegt direkt in der Rostocker Innenstadt." Sie beugte sich zu ihr. „Ich bin nämlich gerade erst mit dem Studium fertig geworden und hab die Prüfung gemacht. Zweiter Bildungsweg, vorher war ich Lehrerin." Sie winkte ab. „Aber das ist ein anderes Thema."

Luise starrte Katrin an. Rostocker Innenstadt – hatte Fabian nicht irgendetwas von Magdeburg gefaselt? Also doch, da wäre die nächste Lüge. Warum saß sie eigentlich noch immer hier und ging stattdessen nicht nach draußen, um ihm gehörig die Meinung zu sagen?

„Aber ich glaube, ich weiß, warum dein Herz so rast", sagte Katrin und fuhr sich mit der Zunge über die Lippen.

Du meine Güte, jetzt ging es los. Und ausgerechnet in diesem Moment war die Kirche leer und draußen spielten noch immer die Bläser. Niemand würde sie hören, niemand …

„Ach, wirklich?", flüsterte Luise kaum hörbar.

„Ja, wirklich, und ich denke, es wäre an der Zeit, mal die Verhältnisse zu klären. Denkst du nicht? Wer bin ich denn, deiner Meinung nach? Oder sagen wir eher, wie stehe ich zu Fabian?" Katrin lächelte noch immer, und zwar durchaus freundlich. War sie eine gute Schauspielerin oder ein bisschen verrückt?

„Du bist seine Frau", stellte Luise möglichst sachlich fest.

Katrin machte große Augen, warf ihren Kopf lachend nach hinten. „Im Ernst? Fabian meinte, dass du das denkst. Seit wir uns damals in Rostock in diesem Café gesehen haben und du davongelaufen bist. Das scheint ja eine deiner Spezialitäten zu sein – davonzustürmen. Auch heute hast du einen ziemlichen Abgang hingelegt." Sie hielt kurz inne. „Wo war ich noch mal? Ach ja, dass Fabian und ich ein Paar sind. Dein Bruder Nick war der gleichen Meinung, nachdem wir ihn gerade noch so davon abhalten konnten, Fabian eine reinzuhauen. Aber mal ehrlich, Fabian und ich verheiratet. Das ist so abwegig, wie, …" Sie sah Richtung Decke. „Wie … mir fällt auf die Schnelle gar kein Vergleich ein."

Luise räusperte sich und hob ihre Hände. „Du bist also nicht seine Frau, aber ihr seid ein Paar." Das wäre nur ein geringer Unterschied, käme am Ende aber auf dasselbe heraus.

„Aber nein, auch das nicht. Mir ist vollkommen schleierhaft, wie du auf diese Idee kommst. Sieh mich doch mal ganz genau an. Bemerkst du nicht die Ähnlichkeit?"

Luise sah gar nichts, kein Wunder. Sie hatte eher das Gefühl, sie säße nicht in dieser Kirchenbank, sondern draußen auf dem Karussell, das sich so rasend schnell drehte, dass ihr schwindlig wurde. „Keine Ahnung."

„Keine Ahnung? Herrgott, Fabian ist mein Bruder."

„Wie bitte? Kannst du das noch einmal wiederholen?", stotterte Luise.

„Fabian ist mein Bruder", wiederholte Katrin brav. „Und das ist wirklich die reine Wahrheit."

„Und wo ist seine Frau?"

„Seine Frau? Nun, das ist eine andere Geschichte, die er dir am besten selbst erzählen sollte. Ich sage nur so viel: Fabian ist in keiner Beziehung, er ist ein freier ungebundener Mann oder Papa. Denn die Kinder sind schon seine."

„Ist das alles dein Ernst?", fragte Luise mit offenem Mund.

„Mein voller Ernst, glaub mir. Ich hab keinen Grund zu lügen. Und schon gar nicht hier drin."

„Aber warum hat er mir das nicht gesagt?"

Katrin seufzte. „Du meinst, als du ihn danach gefragt hast oder als er mitten in der Nacht verschwunden ist? Auch das solltest du mit ihm besprechen. Ich weiß, es ist nicht leicht für ihn, über sich zu reden. Die letzten Monate und Jahre waren schwer und er stand einige Male an einem Abgrund, hat aber immer die Kurve gekriegt. Vermutlich wegen seiner beiden Kinder, die geben Kraft, kosten aber auch Energie. Deswegen verlegt er gerade seinen Lebensmittelpunkt hier hoch, damit er mehr in meiner Nähe ist und ich ihm mit den Kindern helfen kann. Noch läuft meine Praxis nicht so, dass ich in Arbeit ersticke."

„Aber da hab ich mich ja total lächerlich gemacht, da in Rostock", meinte Luise immer noch sprachlos

„Du hast einen Superabgang hingelegt und dein Bruder auch." Katrin lachte leise.

„Wartet Fabian draußen?"

„Nein, er wollte nach Hause fahren, weil den Kindern kalt war und Marie kürzlich eine schlimme Erkältung hatte."

„Verstehe", flüsterte Luise.

Katrin legte die Hand auf ihren Arm. „Aber ich soll dir etwas von ihm ausrichten. Er würde sich heute Abend gern mit dir treffen und zwar gegen acht am alten Treffpunkt. Du wüsstest schon Bescheid."

„Gegen acht? Das ist schlecht, da hat unsere Glühweinbude noch geöffnet und ich kann meinen Bruder nicht schon wieder allein lassen."

„Ich glaube, darüber solltest du dir keine Gedanken machen. Für heute Abend wurde nämlich schon Vorsorge getroffen, damit du dir ganz beruhigt ein paar freie Stunden gönnen kannst. Denn weißt du, es ist Weihnachten, da fliegen kleine Engelchen durch die Luft und Wünsche werden wahr. So." Katrin klopfte sich auf ihre Schenkel. „Nun muss ich aber los. Immerhin hab ich heute Abend Tantendienst. Ich hab mich gefreut, dich kennengelernt zu haben. Und ich hoffe, wir sehen uns wieder, entspannt und unter anderen Umständen."

„Das hoffe ich auch und danke, dass du mich über alles aufgeklärt hast."

„Gerne! Mir liegt das Glück meines Bruders sehr am Herzen. Und ehrlich gesagt, konnte ich die Gespräche über dich nicht mehr ertragen." Sie verdrehte ihre Augen. „Lass ihn heute Abend nicht zu lange warten. Kommst du mit raus?" Katrin deutete Richtung Tür.

„Ich bleib noch einen kleinen Moment sitzen."

„Verstehe. All das erst einmal verdauen." Wieder zwinkerte sie ihr zu, rutschte dann aus der Bank und verließ die Kirche.

Luise schaute Richtung Altar und zu dem Ständer, auf dem die Teelichter brannten. Spontan ging sie nach vorn und kramte in ihrer Tasche nach einem Geldstück. Da war nichts, kein Euro, der sich irgendwo in einen Winkel ihrer Kleidung verirrt hatte. Enttäuscht trat sie zurück und bemerkte eine blonde Frau, die etwa zwei Meter hinter ihr wartete. „Entschuldigung", sagte sie.

Die Frau neigte ihren Kopf und im Schein der vielen Kerzen wirkte ihr Haar, als wäre es von silbernen Strähnen durchzogen. Ihre Augen waren blau, doch Sekunden später schienen sie grün zu sein. Sie hatte ebenmäßige Gesichtszüge, wie eine Büste. „Alles gut. Wollten Sie sich gerade eine Kerze anzünden?"

„Ja, schon", erwiderte Luise zögernd. „Aber ich habe leider kein Geld dabei."

„Schade. Welch ein Glück, dass ich nur ein Zwei-Euro-Stück habe. Ein Euro für Sie und der andere für mich." Ihre Hand glitt zwischen die Falten ihres langen Mantels, der wie ein Umhang wirkte. Dann blitzte das Geldstück zwischen ihren Fingern auf.

„Danke, aber das kann ich nicht annehmen."

„Warum nicht? Dies ist die Zeit, in der Wunder geschehen." Die Frau trat an die metallene Kassette, ließ das Geldstück hineinfallen und griff in den Behälter, in dem sich die Kerzen befanden. Sie reichte Luise ein Teelicht und sah sie auffordernd an.

Mit zitternden Fingern nahm Luise es und entzündete es gemeinsam mit der fremden Frau an der großen Kerze. Behutsam stellten sie ihre beiden Lichter nebeneinander.

„Auf eine schöne Weihnachtszeit", sagte die Frau und lächelte.

„Danke, die wünsche ich Ihnen auch", erwiderte Luise. Dann drehte sie sich um und ging langsam Richtung Ausgang. Als sie in der Mitte des langen Ganges angekommen war, schaute Luise noch einmal zurück. Die Kirche war leer, die Frau verschwunden. Suchend strichen ihre Augen über die Bankreihen. Da war niemand. Nur ihre beiden Teelichter brannten friedlich nebeneinander und verbreiteten einen warmen Schein.

Der Lärm im Freien traf Luise wie ein Schlag. Draußen war es inzwischen dunkel geworden. Hunderte Lichter brannten, Holzscheite loderten in Feuerkörben. Es kam ihr vor, als sei sie Stunden weg gewesen. Sie schlängelte sich durch die Besucher, die an den Ständen standen, Bratwurst oder Crêpes aßen und näherte sich ihrer Glühweinbude.

Zu ihrem Erstaunen sah sie Nick zusammen mit ihren Eltern hinter dem Tresen stehen. Gerade reichte ihre Mutter einige Tassen auf die andere Seite und lachte herzhaft. „Drei Kinderpunsch noch", rief sie nach hinten.

„Wird gemacht", antwortete ihr Vater.

„Was ist denn hier los?", fragte Luise, als sie durch die Seitentür die Bude betreten hatte.

„Das siehst du doch", meinte Nick und lachte. „Unsere Oldies in Aktion."

Ihre Eltern hoben die Daumen. Dann widmeten sie sich wieder den eingehenden Bestellungen.

„Aber warum …?"

Nick legte ihr die Hand auf den Mund und zog sie zur Seite. „Ich konnte die arme Pia doch nicht die ganze Zeit einspannen. Die hatte schließlich auch noch etwas anderes zu tun, als hier mitzuarbeiten", raunte er ihr zu. „Und dann kamen unsere Eltern vorbei. Zusammen vorbei, sollte ich noch einmal betonen." Er rollte die Augen. „Mama fragte, wo du wärst und da hab ich die Chance genutzt, sie einfach gefragt und sie haben ja gesagt und seitdem helfen sie."

„Hast du ihnen von der Sache mit Fabian erzählt?"

„Ach Quatsch."

„Aber Papas Kneipe und Mamas Bar? Ich meine …"

„Was weiß ich." Nick hob die Schultern. „Vermutlich geschlossen, weil eh keine Gäste da sind. Was ist denn nun mit Fabian und dir? Katrin ist seine Schwester und wenn du mich fragst, sieht sie ihm so dermaßen ähnlich, dass ich mich ernsthaft frage, wie du das hast übersehen können."

„Keine Ahnung", nuschelte Luise und beobachtete immer noch verstohlen ihre Eltern, die wie in alten Zeiten miteinander arbeiteten. „Dir ist es ja auch nicht aufgefallen."

„Hat Katrin dir alles erklärt?"

„Das hat sie, obwohl ich anfangs dachte, sie würde mich umbringen."

„Und nimmst du die Einladung heute Abend an und triffst dich mit Fabian?"

„Ich kann dich doch nicht hängen lassen", erwiderte Luise.

„Du lässt mich nicht hängen, im Gegenteil. Ich habe das Gefühl, unsere Eltern hier mit einzuspannen, ist die beste Idee gewesen, die ich seit vielen Jahren hatte. Die blühen jede Minute mehr auf."

„Meinst du? Wie sind sie denn so, also miteinander?"

Nick beugte sich nach vorn und presste seinen Mund auf ihr Ohr. „Wenn du mich fragst, seltsam vertraut. Sie kichern viel und vorhin hab ich eindeutig gesehen, wie Mama Papa über die Wange gestrichen hat."

„Waaaas? Denkst du etwa, sie sind wieder …?"

Ihr Bruder zuckte erneut mit den Schultern. „Möglich ist alles."

Luise betrachtete das ungewohnte Miteinander skeptisch. „Und sonst? Wie sind die Geschäfte angelaufen?"

„Prächtig, du siehst ja, was draußen los ist. Ich hoffe, es bleibt weiter kalt und schneit ordentlich." Nick sah auf seine Uhr. „Und jetzt mach dich vom Acker und geh nach Hause."

„So zeitig schon? Ich könnte euch doch noch ein bisschen helfen."

„Du könntest dir aber auch ein schönes Bad einlassen und dich ganz entspannt auf den heutigen Abend und deine Verabredung vorbereiten."

Den letzten Satz hatte ihr Vater aufgeschnappt. „Du hast eine Verabredung?" Neugierig sah er sie an.

„Ich denke, sie wissen Bescheid?", fragte Luise flüsternd.

„Nichts Konkretes, verstehst du? Sonst würde Mama nur wieder eine Welle machen."

Nick stieß ihr den Ellenbogen in die Seite, bis Luise ihrem Vater zunickte. „Es wäre schön, wenn ihr mich vertreten könntet."

„Kein Problem, Luise. Oder hattest du noch etwas anderes vor, Swantje?"

Ihre Mutter schob weitere Tassen über den Tresen und winkte kurz über ihre Schulter. „Keine Pläne für den Abend und sturmfreie Bude." Dabei warf sie Kai einen vielsagenden Blick zu.

„Ja, also gut, dann werde ich mal", meinte Luise, zog die dick gefütterte Arbeitsjacke aus und ihren Wintermantel an. Irgendwie fühlte sie sich seltsam überflüssig.

„Genieß die Zeit und kläre alles, was es zu klären gibt. Denn das ist, glaube ich, eine ganze Menge." Nick gab ihr einen Kuss auf die Wange. „Bis morgen, Schwesterchen."

„Bis morgen", rief sie den anderen zu und schob sich langsam durch die Besucher des Marktes. Luise schlenderte heimwärts und kam dabei automatisch an Hannes Laden vorbei. Auch dieser war gut gefüllt. Ein bunt geschmückter Tannenbaum leuchtete vor dem Geschäft. Sie sah Hanne durch den Laden wirbeln, unterstützt von einer jungen Frau, die ihr an den Wochenenden immer bei der Arbeit half. Versonnen schaute Luise dem Treiben einige Augenblicke zu und stellte sich vor, dass bald sie es war, die dort drin verkaufte und die Kunden beriet. Ihr Wunschtraum war zum Greifen da, denn ihr Gewinn war nach kurzem Schriftwechsel mit der Lotterie auf ihrem Konto eingetroffen. Die Summe schwarz auf weiß zu sehen, gab der Sache noch einmal ein anderes Gewicht.

Zuhause angekommen, stellte sie sich einen Moment an ihr Fenster und beobachtete von dort das bunte Treiben am und auf dem *Alten Strom*. Die traditionellen Adventsfahrten fanden wieder statt. Die Schiffe waren weihnachtlich geschmückt und die üblichen Lieder drangen zu ihr herauf. Der alljährliche

Höhepunkt war am Heiligen Abend, wenn der Weihnachtsmann auf einem Boot angefahren kam und den Kindern in Warnemünde kleine Geschenke überreichte. Doch bis dahin war noch Zeit. Nun lag erst einmal ein anderer Termin vor ihr und wenn sie an den dachte, wurde Luises Mund trocken.

Sie ging hinüber ins Bad und drehte den Hahn an ihrer Badewanne auf. Während das Wasser hineinplätscherte, stöberte sie in ihrem Badschrank herum und fand eines dieser Tütchen mit Badezusatz, die man immer mal wieder geschenkt bekam. *Sonnige Sommertage* stand auf der Vorderseite. Luise riss die Tüte auf und ließ die kleinen Kügelchen ins Wasser rieseln, die tatsächlich sofort einen Duft nach Sonne und Sommer verströmten.

Dann legte sie ihre Sachen ab und stieg in die Wanne, in der sich allmählich Schaumberge auftürmten. Mit einem leichten Seufzer sank sie nach hinten, packte ein Handtuch als Kissen in ihren Nacken und schloss die Augen.

Es tat gut, hier einfach so zu liegen. So etwas machte sie viel zu selten, Nick hatte ganz recht gehabt. Luise ließ eine Zehe aus dem Schaum ragen und wackelte mit ihr. Allmählich entspannte sich ihr ganzer Körper. Sie versuchte, jeden Gedanken an das Treffen mit Fabian zu verbannen. Die Dinge einfach auf sie zukommen lassen, das war vermutlich das Allerbeste.

Langsam wurde sie müder. Da waren das warme Wasser und der Duft, die sie umgaben. Luise nahm sich vor, die Wanne bald zu verlassen, um nicht unterzugehen. Doch auf einmal vernahm sie ein Geräusch. Zuerst ordnete sie es dem Lärm zu, der von Zeit zu Zeit von draußen hereindrang. Doch das Geräusch war kein Lachen und es stammte auch nicht von adventlichen Liedern. Es war eine Art regelmäßiges Klopfen, als würde jemand Zeichen geben.

Die Erkenntnis, wer dort klopfte, kam urplötzlich. Mit einem Satz war Luise aus ihrer Wanne heraus, zerrte den Bademantel vom Haken und stürzte in den Flur. Dort öffnete sie hastig die Schublade des kleinen Schränkchens und wühlte darin herum. Endlich hielt sie den gesuchten Schlüsselbund in ihren Händen und rannte die Treppe hinunter. Sie nahm zwei Stufen auf einmal, was bei deren Steilheit alles andere als ungefährlich war.

Dann stand sie vor Tines Tür. Sie läutete zunächst, doch nichts geschah. Luise legte ihr Ohr einige Sekunden an die Tür und lauschte – nichts, Stille. Entschlossen drehte sie den Schlüssel im Schloss und trat ein. „Tine", rief sie mit unterdrückter Stimme. „Ich bin´s – Luise."

Keine Antwort.

Die Küche war leer, genau wie das Wohnzimmer. Doch im Schlafzimmer fand sie Tine schließlich, die vor ihrem Schrank auf dem Boden lag. Ihre Hände umschlossen den Gehstock, mit dem sie gegen die Heizungsrohre geklopft hatte. Das Signal, das sich die beiden Frauen vor einigen Jahren mal ausgedacht hatten. Tines Augen waren geschlossen, ihr Puls schlug, wenn auch schwach und unregelmäßig, wie Luise feststellte.

„Tine?", fragte sie flüsternd.

Es kam keine Antwort, doch ihre Lider begannen ganz leicht zu flattern.

„Ich rufe Hilfe und bin gleich wieder da." Luise lief zu dem altmodischen Telefon, das im Wohnzimmer auf dem Tischchen direkt neben dem Fenster stand. Dann wählte sie die Nummer des Notrufs und gab die entsprechenden Daten durch. Sekunden später war sie wieder bei der alten Frau und umklammerte deren eiskalte Hand. Nebenbei zog sie eine Decke vom Bett, breitete sie über Tine aus und legte ein Kissen unter deren Kopf. „Sie haben gesagt, sie kommen gleich. Du musst durchhalten, Tine, hörst du?"

Ein leises Stöhnen war die Antwort. Die folgenden Minuten kamen Luise wie Stunden vor, doch endlich sah sie bläulich flackerndes Licht durch die Fenster leuchten. „Ich geh den Sanitätern die Tür aufmachen."

Im Bademantel und mit nackten Füßen verließ Luise das Haus und stellte sich an die schmale Eingangstür zum Hof. Von dort winkte sie, spürte, wie erstaunte Blicke sie trafen, sah aber auch, wie ein Sanitäter ihr verstehend zunickte und den Daumen hob. Mit einer schweren Tasche in der Hand kam er, gefolgt von einem Kollegen, auf sie zugehastet. Luise wies ihnen den Weg und sah von der Tür aus zu, wie die beiden Männer sich um Tine kümmerten.

„Verdacht auf Herzinfarkt, wir müssen sie mitnehmen", sagte der eine und schaute sie von oben bis unten an. „Sind Sie die Tochter?"

„Nein, nur eine Nachbarin."

„Hat sie Familie?"

„Nicht dass ich wüsste, aber ich weiß, wo alle Dokumente liegen. Sie hat es mir mal erklärt, für den Fall der Fälle."

„Sehr gut", meinte der Mann. „Das Beste wäre, Sie ziehen sich was an, nicht dass Sie auch noch krank werden, und bringen dann alles ins Krankenhaus in die Notaufnahme. Wäre das möglich?" Luise nickte und strich sich eine nasse Haarsträhne aus der Stirn.

„Aber natürlich, selbstverständlich. Wohin bringen Sie sie denn?"

„Ins *Klinikum Südstadt*."

„Gut. Wird sie es, ich meine …"

Der Mann legte ihr kurz die Hand auf den Arm. „Warten wir ab und bringen wir sie erst mal in die Klinik."

Luise wartete, bis die Sanitäter mit Tine auf der Trage das Haus verlassen hatten. Draußen vor der Tür hatte sich eine kleine Menschenmenge versammelt. Da waren zahlreiche neugierige Blicke, sogar jemand mit einem Handy in der Hand, der ein Foto machen wollte. Luise merkte, wie eine Sicherung in ihr durchknallte. Sie ging energisch zu dem Mann und zog ihn an der Schultern nach hinten.

„Schämen Sie sich überhaupt nicht, Sie Arschloch? Wie kann man ein Foto von einem schwerkranken Menschen machen wollen? Was wäre, wenn Sie dort liegen würden oder Ihre Frau? Häh?"

Sichtlich erschrocken ließ der Mann das Telefon in seiner Tasche verschwinden und schwieg.

„Solche Typen wie Sie kotzen mich einfach nur an." Da war eine Hand, die sie am Arm packte. Verärgert wehrte Luise sie ab. „Sie sind ein …"

„Junge Frau", sagte ein ihr unbekannter Mann und hielt sie an beiden Schultern fest. „Sie haben absolut recht und dennoch sollten Sie dringend ins Warme gehen. Ihre Lippen sind schon ganz blau." Er wandte sich kurz dem anderen zu. „Und Sie verschwinden jetzt hier, am besten alle. Es gibt nichts zu sehen." Noch einmal sah er sie beschwörend an. „Gehen Sie jetzt hinein, bitte."

Luise tat, wie geheißen. Wie ein Automat setzte sie einen Fuß vor den anderen und schloss das Hoftor hinter sich. Am liebsten hätte sie sich zu Boden sinken lassen und einfach nur losgeheult. Sicher, Tine war nur eine Nachbarin. Aber für sie war Tine viel mehr, eine weise alte Frau, die einfach immer einen guten Rat wusste.

Kapitel 20

Während der nächsten Stunde agierte Luise, ohne recht wahrzunehmen, was sie eigentlich tat. Sie stieg die Treppe nach oben und stellte sich für einige Minuten unter die heiße Dusche. Das vertrieb die gröbste Kälte aus ihrem Körper und das Klappern ihrer Zähne. Dann rubbelte sie sich trocken, bis ihre Haut krebsrot angelaufen war, und schlüpfte in warme Sachen. Bevor sie ihre Wohnung verließ, presste sie sich eine Zitrone aus und trank das saure Getränk pur. Ihre beste Strategie gegen eine eventuelle Erkältung. Ihr nächster Weg führte sie hinunter in Tines Wohnung. Im Kleiderschrank fand sie eine Reisetasche und packte alles ein, was man im Krankenhaus eventuell benötigte. Papiere und wichtigen Dokumente bewahrte die alte Frau in einer goldschimmernden Schatulle auf, die in ihrem Wohnzimmerschrank stand. Auf dem Deckel war türkisfarbenes Wasser zu sehen, aus dem sich eine Nixe erhob, deren lange blonde Haare geschickt die nackten Brüste abdeckten. Behutsam öffnete Luise das Behältnis und suchte zusammen, was sie brauchte. Zum Schluss löschte sie das Licht und schloss sorgsam die Tür ab. Sie warf einen Blick auf ihre Uhr. Es war jetzt kurz vor halb sieben. Wenn sie sich beeilte, würde sie die Verabredung mit Fabian noch schaffen.

Und wenn sie es nicht schaffte? Diesen Gedanken vertrieb sie auf der Stelle. Tine war jetzt wichtiger, der Rest würde sich finden.

Luise machte sich auf den Weg zu ihrem Auto, das zehn Gehminuten entfernt auf einem der Stellplätze für Anwohner stand. Zahlreiche gutgelaunte Menschen kamen ihr entgegen. Manche hielten kandierte Äpfel in ihren Händen oder trugen rote Mützen, deren Bommel bunt leuchteten. Luise traf auch auf einige Warnemünder, die sie neugierig musterten oder fragten, ob sie verreisen wolle. Sie gab nur kurze Antworten und versuchte, möglichst zügig weiterzukommen.

Rostock und das Klinikum waren schnell erreicht. Sie suchte auf den Hinweisschildern nach der Notaufnahme und fand schließlich den Eingang an der Rückseite des Gebäudes. Vor der Rezeption stand eine kleine Warteschlange. Ein Junge mit einem Plüschhasen im Arm weinte leise. Schleppend langsam rückte Luise vor und schaute zwischendurch immer wieder auf die Uhr. Die Zeit, die manchmal wie festgenagelt erschien, raste plötzlich. Inzwischen war es nach sieben, ihr blieb nicht mal mehr eine Stunde bis zu ihrem Treffen. Dann war sie endlich an der Reihe. Eine freundliche Schwester nahm ihr die Tasche ab. „Möchten Sie warten? Frau Eisold ist noch in der Untersuchung."
„Wie geht es ihr denn? Können Sie mir etwas über ihren Zustand sagen?"
Bedauernd schüttelte die Schwester den Kopf. „Tut mir leid. Genaueres kann Ihnen nur der Arzt mitteilen."
Luise warf einen erneuten Blick auf ihre Uhr. Es war jetzt kurz nach halb acht. Selbst wenn sie jetzt losfuhr und sämtliche Geschwindigkeitsbegrenzung brechen würde, war ihre Verabredung mit Fabian unmöglich zu schaffen. „Ich möchte warten", sagte sie deswegen mit fester Stimme. Zuhause wäre die Ungewissheit über Tines Zustand noch quälender gewesen.
„Dann nehmen Sie doch bitte dort drüben Platz. Ein Arzt wird dann sicher noch mit Ihnen sprechen."
Luise setzte sich erschöpft auf einen der knarrenden Stühle im Wartebereich. Immer noch war ihr kalt, deswegen ließ sie

ihren dicken Mantel an. Kein Wunder, war sie doch klatschnass durch die Kälte gelaufen. Sie lehnte sich einen Moment an die Wand und schloss die Augen. Tine war in guten Händen, hier würde man sich um sie kümmern. Erst dann blickte sie sich um. Menschen, die vermutlich ähnlich erschöpft wie sie aussahen, saßen auf den anderen Plätzen. Das Kind mit dem Plüschhasen weinte noch immer, ein junger Mann hämmerte auf seinem Handy herum und schien ein Spiel zu spielen. An der gegenüberliegenden Wand tickte eine Uhr überlaut vor sich hin. Darunter stand ein künstlicher Weihnachtsbaum, dessen Spitze bedrohlich schief wirkte. Dies hier war kein Ort zum Wohlfühlen, aber darum ging es auch nicht.

Luise tastete in ihrer Jackentasche nach dem Handy, um Nick anzurufen, doch die war leer. Sie durchwühlte suchend ihre Handtasche, doch auch dort war kein Handy. Nach kurzem Grübeln kam ihr in den Sinn, dass sie es auf Tines Tisch gelegt hatte. Und dort lag es vermutlich noch immer.

„Scheiße", fluchte sie halblaut, was ihr einige neugierige Blicke der restlichen Wartenden einbrachte.

Wie sollte sie Fabian jetzt informieren? Dabei hatte sie nicht mal seine Nummer. Er würde auf sie warten und dann denken, sie hätte kein Interesse, ihn zu treffen. Pia fiel ihr ein. Zumindest war das die einzige Telefonnummer, die sie auswendig wusste. Noch einmal trat Luise an den Tresen. „Dürfte ich mal Ihr Telefon benutzen? Es wäre dringend."

Bedauernd schüttelte die Schwester den Kopf. „Tut mir leid, das ist ein Dienstapparat. Aber um die Ecke im Foyer finden Sie einen öffentlichen Fernsprecher."

Erstaunt stieß Luise auf das Telefon, das in einer der Ecken an der Wand hing. Sie konnte sich nicht erinnern, wann sie so etwas zuletzt benutzt hatte. Sie kramte in ihrem Portemonnaie nach Kleingeld und fand schließlich ein paar passende Centstücke, die sie einwarf. Schnell war Pias Nummer gewählt.

Es klingelte dreimal, dann ging Pia ran. Ihre Stimme klang verändert, einfühlsam, ruhig, eben so, wie sie mit jemandem sprach, der gerade einen geliebten Menschen verloren hatte.

„Pia, ich bin`s", unterbrach Luise sie, die sich unsicher war, welcher Tarif für dieses Telefonat anfiel. Viel Kleingeld hatte sie nicht mehr in ihrer Börse. „Du musst mir einen Gefallen tun."

„Ich befürchte, dass ist schlecht möglich", flüsterte ihre Freundin. „Ich bin gerade bei einem Sterbefall."

„Oh, verdammt, entschuldige." Hastig legte Luise auf. Sie musste Nick anrufen, der kannte Fabian schließlich. Doch wie lautete dessen Handynummer nochmal? Konzentriert fixierte Luise einen Punkt an der gegenüberliegenden Wand, aber die Nummer wollte ihr einfach nicht einfallen. Kein Wunder, war diese doch in ihrem Telefon eingespeichert. Und was Zahlen betraf, hatte sie schon immer ein katastrophales Gedächtnis besessen.

Im Geist ging sie alle möglichen Leute durch, die sie so kannte und vor allem, die sie mit dieser Mission betrauen konnte. Als sie kurz vor dem Stadium absoluter Verzweiflung stand, fiel ihr Hanne ein. Sie griff nach dem zerfledderten Telefonbuch, das auf einem schmalen Brett lag, und blätterte darin herum. Es schien eine ältere Ausgabe zu sein, denn Hannes Laden stand nicht darin.

Es war zum Verzweifeln. War das der Wink des Schicksals, der ihr zeigte, dass es nicht sein sollte, dieses Treffen zwischen ihr und Fabian? Nein, auf keinen Fall. An solchen Quatsch wollte sie einfach nicht glauben.

Da kam ihr ein letzter Gedanke. Luise blätterte einige Seiten nach vorn und suchte nach der Nummer des Hotels *Am Leuchtturm*. Dort arbeitete ihre alte Klassenkameradin Babette seit vielen Jahren an der Rezeption. Luise fand die Nummer und tippte die Ziffern ein. Dann schickte sie ein stummes

Gebet Richtung Himmel. „Bitte mach, dass Babette Dienst hat."

„Hotel *Am Leuchtturm*, Sie sprechen mit Babette Schrader."

„Babette? Gott sein Dank, du hast Dienst. Hier ist Luise." Also schien der Himmel doch auf ihrer Seite zu sein.

„Luise? Du meine Güte, ist was passiert?"

„Nicht direkt, also indirekt, ach egal. Du musst mir einen großen Gefallen tun. Und zwar habe ich in wenigen Minuten eine Verabredung auf dem Platz am Leuchtturm. Ich kann aber nicht kommen, weil ich im Krankenhaus bin."

„Du lieber Gott, also ist doch etwas passiert."

„Ja, aber nicht mir, sondern meiner Nachbarin. Du musst auf den Platz laufen, den Mann finden und ihm sagen, dass ich nicht kommen kann", sprudelte Luise weiter. „Ich habe mein Handy daheim vergessen und du bist meine einzige Rettung."

„Was? Jetzt? Wie stellst du dir das vor? Ich kann das Hotel nicht aus den Augen lassen. Außerdem weiß ich nicht mal, wie der Typ aussieht", protestierte Babette.

Das war ein gutes Argument. Luise hatte dennoch einen Plan. „Ich beschreibe ihn dir. Bitte, es ist wirklich wichtig. Du könntest ja erst mal einen Blick aus der oberen Etage werfen, um die Lage zu sondieren. Und der Rest ist schnell erledigt. Um diese Zeit stehen dort garantiert nicht hunderte Männer herum."

Babette seufzte. „Also gut. Aber nur, weil du es bist. Wie sieht er aus?"

Luise schloss ihre Augen und begann Fabian zu beschreiben. Größe, Statur, Alter, Haarfarbe. „Es könnte natürlich sein, dass er eine Strickmütze trägt. Aber bei unserem letzten Treffen hatte er einen dunklen Mantel an."

„Das ist ja ein absolutes Alleinstellungsmerkmal", sagte Babette trocken. „Und er heißt?"

„Fabian", rief sie. In diesem Moment brach die Verbindung ab und sie hörte nur noch ein Tuten im Hörer. Luise durchsuchte noch einmal alle Taschen, fand aber kein Kleingeld mehr. Und selbst wenn sie welches gefunden hätte, in diesem Moment ruckte der Zeiger der Uhr auf die Acht. Der Zeitpunkt ihres Treffens war da. Nun musste sie auf Babette vertrauen.

Luise nahm wieder im Wartebereich Platz und fixierte die Uhr. Ob Babette Fabian gefunden und ihm ihre Nachricht überbracht hatte? Die Ungewissheit war quälend.

Menschen kamen, Menschen gingen, eine Frau nahm ihr gegenüber Platz und weinte still vor sich hin. Endlich war der kleine Junge mit dem Plüschhasen an der Reihe. Dessen Schluchzen war inzwischen verstummt, der Kleine war eingeschlafen. Es verging eine weitere Stunde. Endlich rief eine Schwester Luises Namen und brachte sie in ein karg eingerichtetes Sprechzimmer.

„Der Doktor ist gleich bei Ihnen", sagte sie und verschwand hastig zur Tür hinaus.

Wieder vergingen endlose Minuten, bis sich schließlich die Tür öffnete und ein junger Mann mit dunklen Locken hereinkam. Er trug eine Akte in seinen Händen und sank auf den Stuhl hinter dem Schreibtisch. Dann sah er Luise prüfend an. „Sie sind die Tochter von Frau Eisold?"

„Nein, ich bin die Nachbarin", sagte Luise und verknotete ihre Finger. „Frau Eisold hat keine weiteren Angehörigen. Zumindest so weit ich weiß."

„Haben Sie irgendwelche Vollmachten?"

„Nein, ich kümmere mich nur ein wenig um sie. Sie wohnt direkt unter mir und hat keine Angehörigen mehr."

„Verstehe. Sie müssen wissen, da ist dieser Schriftkram, die ganzen Vorschriften, tausende Fragen, die man stellen muss und die einen nur von der eigentlichen Arbeit abhalten", seufzte der Mann und Luise befürchtetet schon, in vollkommener Ungewissheit nach Hause fahren zu müssen. Doch dann begann der Arzt, in der Patientenakte zu blättern. „Wir haben Frau Eisold soweit stabilisiert. Ansonsten müssen wir abwarten, was die nächsten Stunden bringen. Es war ein Herzinfarkt, kein besonders schlimmer. Aber weil Frau Eisold nicht mehr die Jüngste ist und vor einigen Jahren schon einen Infarkt hatte, müssen wir abwarten."

„Kann ich sie besuchen?", fragte Luise.

„Frühestens morgen Nachmittag. Sie liegt auf der Überwachungsstation. Ich schreibe Ihnen hier die Nummer auf. Am besten, Sie melden sich telefonisch und erkundigen sich vorher bei der Schwester, ob ein Besuch möglich ist. Würden Sie mir Ihre Daten geben, dann mache ich eine kurze Notiz, dass man Ihnen die entsprechenden Auskünfte erteilt."

„Das ist sehr nett von Ihnen." Luise nannte ihm ihren Namen und der Arzt kritzelte etwas in die Akte.

„Sie hatte großes Glück, dass Sie sie so zeitnah gefunden haben. Ansonsten hätte sie es wohl nicht überlebt." Der Arzt erhob sich und sie war entlassen.

Als Luise nach draußen trat, schlug ihr kalte Luft entgegen. Die Frontscheiben eines gegenüber geparkten Autos waren von einer Eisschicht bedeckt. Dennoch sog sie die frische Luft tief in ihre Lungen und atmete einige Male kräftig durch. Langsam schlenderte sie zu ihrem Auto, holte den Kratzer aus der hinteren Tür und befreite die Scheiben vom Eis. Als sie einigermaßen sehen konnte, startete sie den Motor und fuhr zurück nach Hause. Gegenüber ihrem Autostellplatz fuhr gerade ein riesiges Containerschiff in den Hafen ein. Luise blieb einen Moment stehen, bis der Riese hinter einigen Bäumen verschwunden war. Dann ging sie nach Hause. Zum Hotel zu gehen, machte keinen Sinn mehr, denn Babettes Schicht war längst vorbei.

Zu ihrer Freude sah sie einen kleinen weißen Zettel an ihrem Hoftor stecken. Er leuchtete schon von weitem. Bestimmt hatte Fabian ihr eine Nachricht hinterlassen, weil Babette ihn gefunden hatte. Luise sprintete die wenigen Stufen nach oben und hielt das Stück Papier ins Licht.

Es war von Babette, wie sie mit einem Hauch Enttäuschung feststellte. Voller Ernüchterung las sie die wenigen Zeilen.

Es tut mir leid, Luise, aber ich habe ihn nicht gefunden. Genau zu der Zeit wollten Gäste einchecken und ich kam erst zehn Minuten später dazu, auf den Platz zu laufen. Da waren zwar einige Männer, aber keiner von ihnen hieß Fabian.

Kapitel 21

„Und wie geht es ihr?", fragte Pia und schob den Korb mit frischen Brötchen ein Stück näher zu Luise. Diese langte nochmals zu und schnitt bereits die dritte Semmel auf. Wie immer, wenn sie Kummer hatte, plagte sie Hunger und der Drang, ständig etwas essen zu müssen.

„Tine ist stabil, gestern Nachmittag habe ich sie im Krankenhaus besucht", erwiderte sie kauend. „Sie ist noch ein wenig schwach, ansonsten aber schon wieder fast die Alte. Hat sich über das schlechte Essen beschwert und über die Frau im Nachbarbett, die zu laut schnarcht."

„Erstaunlich, ein Infarkt und dann noch in diesem Alter. Das muss man erst mal wegstecken."

„Ja, sie ist echt nur zu bewundern." Seufzend ließ Luise ihre Blicke schweifen und griff schließlich nach dem Nutellaglas.

Pia trank einen Schluck Kaffee und musterte sie aufmerksam. „Und sonst so?"

„Was meinst du?"

„Na, du futterst ohne Ende. Ein sicheres Zeichen, dass etwas nicht stimmt und ich wette, es hängt mit Fabian zusammen."

„Gut geraten. Die Situation ist einfach zu verrückt. Erst halte ich seine Schwester für seine Frau. Dann wird das aufgeklärt, wir haben ein weiteres Date und ich vermassel es."

„So würde ich es nun nicht nennen. Du hast dich um deine kranke Nachbarin gekümmert und das ist aller Ehren wert. Nur der Zeitpunkt war etwas unglücklich, das muss ich zugeben." Pia stützte sich auf den Tisch und beugte sich nach vorn. „Aber es dürfte doch ein Klacks sein, diesen Fabian ausfindig zu machen, oder?"

„Ach, wirklich? Na, da bin ich ja mal gespannt, welche tollen Vorschläge du aus dem Zylinder zauberst."

„Was hast du denn bisher unternommen?"

„Ich bin gestern in aller Herrgottsfrühe in den Fahrradverleih gefahren und hab versucht, endlich diesen verdammten Katalog zu finden, auf dem Fabians Handynummer stand. Und obwohl Nick schwört, das Ding nicht weggeworfen zu haben, ist es verschwunden. Dann fiel mir Fabians Schwester Katrin ein, die mir von ihrer Heilpraktikerpraxis in Rostock erzählt hat. Also Suchmaschine aufgerufen und ab die Post. Aber es gibt keine Katrin und auch bei der Vereinigung von Heilpraktikern, die ich kontaktiert habe, ist keine bekannt. Beziehungsweise brauche ich weitere Angaben. Namen, Daten, am besten noch die Schuhgröße, da könnte ich Katrin auch gleich selbst aufsuchen. Datenschutz." Luise ließ ihren Löffel im Nutellaglas verschwinden und leckte ihn mit geschlossenen Augen ab. „Hm, das tut so gut."

„Aber direkt weiter bringt sie dich auch nicht, oder?", merkte Pia amüsiert an. „Ich meine die Nutella."

„Nein, das tut sie nicht. Hat auch die Tafel Vollmilchschokolade nicht geschafft, die ich mir gestern nach Feierabend reingepfiffen habe. Aber ein Apfel würde das auch nicht schaffen. Und nun bin ich mit meinem Latein am Ende."

„Lass uns nachdenken. Ich bin sicher, dieser Fabian muss doch irgendwie zu finden sein. Was ist denn mit den Fahrradherstellern?"

„Da hat Nick gestern schon sein Glück probiert. Du glaubst gar nicht, wie viele Firmen es gibt. Doch niemand kannte einen Fabian Fromm."

„Hach, verflixt." Pia hangelte nach der Kaffeekanne und goss ihre Tasse voll. Dann warf sie Luise einen fragenden Blick zu, doch diese lehnte ab. „Und im Internet? Jeder hat doch heute irgendwo ein Profil."

Luise winkte ab. „Hör bloß auf. Nach den ersten zwanzig Fabian Fromms hab ich aufgehört. Die meisten haben keine Profilbilder drin, sondern irgendwelche süßen Hasen oder was weiß ich. Also hab ich sie angeschrieben. Keiner war mein Fabian, stattdessen hab ich jetzt einen Haufen Spinner auf dem Hals."

„Dann bleibt dir wohl nur die Hoffnung, dass Fabian sich noch einmal bei dir meldet."

„Ganz ehrlich? Das wird er auf keinen Fall tun. Ich bin zu unserer Verabredung nicht aufgetaucht und er wird denken, dass ich kein Interesse an weiteren Treffen habe."

Pia krauste ihre Stirn und nickte nach einer Weile. „Ja, das wäre natürlich möglich. Was für eine dumme Situation."

Luise verschloss das Nutellaglas und schob es ans andere Ende des Tischs. „Es soll eben nicht sein, was vielleicht wirklich ein Wink des Schicksals ist. Außerdem habe ich mehr als genug Probleme und muss mich endlich um die Abwicklung unserer Firma kümmern. Und dann sind da noch meine Eltern, die mir mehr als genug Rätsel aufgeben."

„Es schien so, als würden sie sich wieder sehr gut verstehen", meinte Pia.

„Das ist gar kein Ausdruck. Nick meinte, sie hätten am Sonntag pausenlos miteinander gekichert und einmal hätte Papa Mama sogar einen Kuss auf den Mund gegeben."

„Wirklich?", fragte Pia gespielt entsetzt. „Das ist ja ein Skandal."

„Du hast gut reden! Du hast eine vollkommen normale, schrecklich langweilige Familie. Aber ich? Was mache ich denn, wenn die beiden wieder anfangen, sich zu treffen oder sogar noch schlimmer, erneut ein Paar werden? Das geht doch nie im Leben gut." Luises Blick wanderte zurück zum Nutellaglas.

Doch sie rief sich selbst zur Ordnung. Sonst würde sie am Ende unter dem Weihnachtsbaum mit einer Kleidergröße mehr dastehen.

„Wer weiß, vielleicht haben die beiden begriffen, dass sie doch zusammengehören. Das würde dich schon mal von dem Problem befreien, wie du den Weihnachtsabend verbringst, ob mit ihm oder mit ihr." Pia warf einen kurzen Blick aus dem Fenster. „Man sollte in allen Dingen stets auch die positiven Aspekte sehen. Das vereinfacht das Leben ungemein. Sagte auch mein Opa immer."

„Wo wir schon bei der nächsten Baustelle wären. Ich hoffe so sehr, dass sich Otto gegenüber niemand verplappert und er am Ende doch noch hören muss, dass seine Firma verkauft wird. Ich war gestern Nachmittag bei ihm und habe schon mal die Schwestern im Heim instruiert. Die sehen das entspannt, aber …"

„Apropos verkauft wird, was sind denn nun deine nächsten Schritte?"

„Für das Ladenlokal hat Nick jemanden an der Hand", meinte Luise. „Die Strandkorbbestellung hab ich storniert. Bleibt die Pacht am Strand. Ich befürchte, das könnte zum Problem werden, obwohl ich das bisher nicht so verbissen gesehen habe. Wir haben einen Vertrag und der muss erfüllt werden. Deswegen hab ich in einer halben Stunde einen Telefontermin mit Rostock."

„Nun ja, du könntest auch mal mit Rolf Broders sprechen. Ich weiß, ihr seid nicht gerade die besten Freunde. Wobei ich unsicher bin, ob Rolf überhaupt Freunde hat. Aber er kennt sehr viele Leute und weiß bestimmt einen Rat, könnte ich mir …" Pia verstummte und starrte sie an, als hätte sie einen Geist gesehen.

„Alles in Ordnung?", fragte Luise unsicher und bewegte ihre Hände wie ein Scheibenwischer vor Pias Gesicht auf und ab.

„Mir ist gerade eine Idee gekommen. Was wäre denn, wenn Fabian mit seinen Angeboten auch bei Broders war? Die Wahrscheinlichkeit ist doch relativ hoch. Oder bei einem anderen der Händler hier. Bestimmt hat einer von denen noch seinen Katalog in der Schublade liegen. Was denkst du?"

Luise lächelte und deutete mit dem Zeigefinger auf ihre Freundin. „Das ist eine geniale Idee, muss ich mal sagen. So, aber nun muss ich mich auf den Weg machen, sonst verpasse ich noch meinen Telefontermin mit der Behörde."

„Viel Glück und starke Nerven", rief ihre Freundin ihr nach.

„Danke und danke auch für die Einladung zum Frühstück. Du bist eben die allerbeste Freundin der ganzen Welt."

Eine Stunde später hatte Luise das Gespräch mit der zuständigen Mitarbeiterin hinter sich gebracht und ihr Hochgefühl war verschwunden. Das, was sie die ganze Zeit befürchtet hatte, nämlich das man nicht so einfach aus einem Pachtvertrag herauskam, hatte sich bewahrheitet. Der Vertrag galt noch für ein weiteres Jahr und musste erfüllt werden. Es gab zwar mögliche Gründe für eine Kündigung, doch die trafen auf Luise nicht zu. Denn immerhin war sie noch am Leben, nicht schwer erkrankt und es lagen auch keine anderen Probleme vor, die eine Fortführung unmöglich machten.

Mit verschränkten Armen saß sie in ihrem Sessel und starrte den Weihnachtsstern an, den ihr Vater letzten Freitag mitgebracht hatte. Anscheinend war er doch zu lange der Kälte ausgesetzt gewesen, denn er besaß nur noch ein letztes rotes Blatt. Alle anderen waren bereits abgefallen. „Frohe Weihnachten", murmelte Luise seufzend.

Sie kaute auf ihrer Unterlippe und dachte nach. Es gab nur zwei Wege, sie musste ihre Träume begraben oder … Weg Nummer eins fiel augenblicklich aus. Im Endeffekt führte an einem Besuch bei Rolf Broders kein Weg vorbei. Luise wählte dessen Nummer, erreichte aber nur seine Sekretärin, die ihr zusicherte, Herr Broders würde sie zurückrufen.

Auch gut. Dies ließ ihr die Zeit, um mit Nick zu sprechen. Da heute Dienstag war und der Weihnachtsmarkt nur von Mittwoch bis Sonntag geöffnet hatte, war ihr Bruder vermutlich daheim oder im Fitnessstudio anzutreffen. An sein Handy ging er schon mal nicht und Luise beschloss, zu seiner kleinen Wohnung zu gehen.

Vorher suchte sie die entsprechenden Unterlagen für Rolf Broders zusammen und machte sich dann auf den Weg. Gerade als sie am Haus der Seenotrettung schwungvoll um die Ecke biegen wollte, kam ihr ein Mann entgegen - ihr Vater.

Grinsend und ein wenig verlegen musterte er ihr Gesicht mit einem Ausdruck, den Luise schon lange nicht mehr bei ihm gesehen hatte. In seinen Händen trug Kai einen großen Blumenstrauß, den er hinter seinem Rücken zu verbergen suchte.

„Hallo, Papa", sagte sie und gab ihm einen Kuss auf die Wange.

„Hallo, Luise."

„Sind die für mich?"

Kai schüttelte den Kopf. „Nein, nicht für dich, sondern für Mama. Ich will noch Kuchen holen und sie dann besuchen. Wir sind zum Kaffeetrinken verabredet."

„Ach, wirklich?" Luise schluckte. „Das ist ja ein Ding."

„Und wo wolltest du hin?"

„Zu Nick."

Ihr Vater blickte zu Boden und kickte ein wenig verlegen mit dem Fuß einen Stein weg. „Aber es ist gut, dass wir uns sehen. Ich wollte sowieso etwas mit dir besprechen."

„Tatsächlich? Was denn?"

„Wollen wir ein paar Schritte laufen?", schlug er vor.

„Wenn du möchtest."

„Ach, wir können auch hier stehen bleiben", sagte Kai hastig.

„Lass uns vielleicht da rüber gehen." Luise deutete auf die Backsteinmauer unterhalb des *Teepotts*.

„Ja, das ist gut." Mit seiner freien Hand strich sich ihr Vater über den Kopf. Forschend sah Luise ihn an.

„Warst du beim Friseur? Deine Haare sind kürzer."

„Findest du es albern?" Unsicher sah er sie an.

Luise seufzte. „Papa, was ist los?"

„Eigentlich wollte ich ja mit dir in Ruhe reden und mit Nick auch. Aber nun machen wir es eben einfach so, spontan, nicht wahr?"

„Wegen mir. Könnte nur sein, dass ich gleich einen Anruf kriege. Da müsste ich rangehen", erwiderte sie.

„Von Fabian?"

„Der ist verschollen. Also, Papa, was ist los?"

„Verschollen? Konntest du ihn nicht erreichen nach eurer geplatzten Verabredung?" Besorgt sah ihr Vater sie an.

„Papa, das ist jetzt egal. Du wolltest mit mir etwas besprechen. Eiere bitte nicht um den heißen Brei."

„Tue ich das? Ja, vielleicht, du hast recht. Also gut. Es geht um Mama und mich. Zuerst möchte ich sagen, dass das Allerbeste, was uns passieren konnte, war, dass ihr beide uns eingeladen habt. Danach haben wir nämlich die halbe Nacht miteinander geredet und …" War da gerade ein Hauch Röte über die Wangen ihres Vaters gehuscht? „Ist ja auch egal", sagte er.

„Hm, das finde ich auch. Bitte keine Details."

„Sei nicht so frech zu deinem alten Vater. Na, jedenfalls haben deine Mutter und ich festgestellt, dass es vieles gibt, was uns verbindet. Viel mehr, als uns trennt. Und deswegen wollen wir es noch einmal miteinander versuchen."

Luises unterdrückte ein Aufstöhnen. Aber anscheinend sah man ihrem Gesicht dennoch an, dass sie vor lauter Begeisterung nicht im Kreis sprang.

„Nun schau doch nicht, als wären gerade fünfzehn Grad und ihr würdet verzweifelt versuchen, euren Glühwein an Mann oder Frau zu bringen."

„Na ja, ich muss mich erst mal an den Gedanken gewöhnen", stotterte Luise. „Das kommt ein bisschen überraschend, vor allem, nachdem ihr gerade erst das Kriegsbeil begraben habt. Das Abendessen bei mir war doch erst vor einigen Tagen."

„Das mag ja alles sein, aber deine Mutter und ich kennen uns doch nun wirklich lang genug. Wir sind zwei alte Latschen, wissen, was wir aneinander haben."

„Papa, das weiß ich alles. Aber Mama hat sich aus den verschiedensten Gründen von dir getrennt und ich weiß nicht, ob all die Dinge, die sie damals als Trennungsargumente brachte, inzwischen aus dem Weg geräumt sind." Hoffentlich waren diese Worte nicht zu hart gewesen. Gleich darauf stellte Luise fest, dass sie dies nicht waren. Denn ihr Vater wirkte immer noch reichlich euphorisch.

„Wir haben uns ausgesprochen und Swantje meinte, dass sie immer noch Gefühle für mich hat. Und dann haben wir uns gestern nochmal getroffen. Eigentlich haben wir zuletzt jede freie Minute miteinander verbracht und da hab ich sie gefragt und sie hat ja gesagt." Ihr Vater strahlte, riss sie in seine Arme und nahm ihr damit fast die Luft. „Ist das nicht toll, Luise?"

„Na ja, ja, also eigentlich schon, aber …"

„Kannst du dich denn nicht wenigstens ein bisschen für mich freuen? Du hast dir doch immer gewünscht, dass wir wieder zusammen kommen."

„Das ist aber schon ein bisschen her, Papa. Aber ich will dir die Freude nicht nehmen. Immerhin seid ihr beiden erwachsene

Menschen und werdet wissen, was ihr tut." Kai wirkte angeschlagen. Vermutlich hatte er erwartet, dass Luise vor lauter Euphorie völlig aus dem Häuschen sein würde. „Ach, Papa, komm mal her. Nun schau doch nicht so verdrießlich. Ihr werdet das schon hinkriegen. Ich bin momentan nicht so gut drauf." Luise drückte ihm einen flüchtigen Kuss auf die Wange.

„Wegen Fabian, oder?"

„Herrgott, nein, das wäre mein geringstes Problem." Okay, das war eindeutig gelogen. Luise ließ es trotzdem stehen. „Es geht um *Strandkorb-Winter* und den Laden von Hanne. Ich hab ihr fest zugesagt und nun weiß ich nicht, was aus der Pacht unten am Strand werden soll. Wir haben einen Vertrag und irgendwie habe ich mir das einfacher vorgestellt und gedacht, ich könnte den leichter kündigen. Denn es bewerben sich doch immer ein Haufen Leute um den Strand. Aber Vertrag ist Vertrag. Er ist gar nicht kündbar."

„Oh." Die Augen ihres Vaters wurden schmal. „Und was willst du nun tun?"

„Jetzt gehe ich zu Rolf Broders. Also, natürlich erst dann, wenn der bereit ist, mich zu empfangen."

Kai trat einen Schritt zurück. „Nicht Broders! Du weißt, was er für ein Typ ist. Reichst du ihm den kleinen Finger, schnappt er sich ruckzuck deine ganze Hand."

„Hast du einen besseren Vorschlag? Dann immer her damit. Und eigentlich will ich ihn nur um einen Rat bitten."

„Um einen Rat bitten? Da suchst du dir aber den ganz falschen aus, glaub mir."

„Aber Broders kennt viele Leute und unter Umständen kann er ein gutes Wort für mich einlegen."

„Er tut nichts ohne Gegenleistung. Uns fällt bestimmt etwas anderes ein, ich meine …" Kai zögerte kurz. „Ich hätte da eigentlich schon eine Idee."

„Und die wäre?", fragte Luise ungeduldig.

„Na ja, dazu müsste ich noch einmal abschließend mit jemandem sprechen."

„Aha, und mit wem? Papa, ganz ehrlich. Du hast selbst genug Probleme mit deiner Gaststätte. Die solltest du erst mal in Angriff nehmen." In diesem Moment begann Luises Handy zu summen. „Ja", meldete sie sich.

„Rolf Broders."

„Herr Broders, genau, ich hatte angerufen und würde Sie gern einmal sprechen."

„Nun, dass ist normalerweise kein Problem, nur im Moment ist meine Zeit knapp bemessen. Um was geht es denn?"

„Das, ähm, würde ich Ihnen gern persönlich sagen, wenn das in Ordnung wäre."

Rolf Broders schwieg einen Moment. „Also gut, ich werde schon zehn Minuten für Sie abknapsen können. Sie müssten allerdings zu mir nach Hause kommen. Ich habe gerade die Handwerker da und Sie wissen ja, wie das mit denen so ist: Man sollte jeden einzelnen Arbeitsschritt selbst überwachen."

„Ja, da haben Sie sicher recht. Wann würde es Ihnen denn passen?"

„Am besten jetzt gleich. Es ist elf Uhr, ich bin bis eins daheim. Sehen wir uns also?"

„Danke, ich mache mich augenblicklich auf den Weg."

„Bis gleich", sagte Rolf Broders. „Ich denke, eine Adresse brauche ich Ihnen nicht zu geben. Sie wissen bestimmt, wo ich wohne."

Das wusste Luise allerdings. Rolf Broders' Wohnhaus, das am Rande von Warnemünde stand, war jedem Einwohner bekannt. Was nicht zuletzt an Broders selber lag. Überall im Ort fanden sich Spuren seines Wirkens. Nicht alle waren schlecht, im Gegenteil. Rolf Broders mochte seine Heimat und investierte hier sehr viel Geld in die verschiedensten Projekte.

Broders war ein Warnemünder Junge und hier geboren. Er kannte jeden Winkel und jeden Bewohner, so sagte man. Seine Mutter hatte ihn allein großgezogen, der Vater war unbekannt. Schon als kleiner Junge hatte er Geschäfte gemacht, Urlaubsgästen ihre Taschen zum Strand getragen, die Schuhe geputzt oder kleine Besorgungen erledigt. Dann hatte er einen mobilen Eisverkauf eröffnet und war damit sehr erfolgreich gewesen. Doch von einem Tag auf den anderen änderte sich alles. Die Mauer fiel, die Grenzen öffneten sich und plötzlich fielen Menschen mit sehr viel Geld über den zauberhaften Ort am Meer her. Broders setzte sich durch, nahm einen Kredit auf, von dem böse Zungen behaupteten, seine Enkel würden den noch zurückzahlen müssen, und eröffnete eine todschicke Eisdiele an der Strandpromenade. Die lief von Anfang an und weitere Projekte folgten. Man sagte ihm nach, dass jedes Geschäft, das er anpackte, erfolgreich wurde. Das stimmte nicht so ganz, aber Broders steckte Rückschläge weg und lernte aus ihnen. Dennoch hatte er ein sicheres Näschen für gute Investitionen. Inzwischen gehörten ihm ein Hotel, mehrere Ferienwohnungen, ein Restaurant und ein Fahrrad- und Strandkorbverleih.

Luise hatte mit ihm bisher nur wenige Male persönlich zu tun gehabt. Sie begegnete ihm mit einem gewissen Unbehagen, was wohl auch daran lag, dass Opa Otto Broders nie hatte leiden können. Dennoch mussten die beiden unterschiedlichen Männer im Laufe der Jahre einen Weg finden, miteinander umzugehen. Und das war ihnen immer wieder aufs Neue gelungen. Diese Tatsache machte Luise Mut für das Gespräch, das nun vor ihr lag. Im Endeffekt war Broders auch nur ein Mensch und sie ein echtes Warnemünder Kind, so wie er.

„Ja, natürlich", stammelte sie in ihr Handy und drückte auf die rote Taste. „Ich muss los." Luise wandte sich zum Gehen.

„Nun warte doch mal." Ihr Vater hielt sie am Arm fest.

„Worauf denn? Auf ein Wunder, wie bei dir und Mama?" Sie sah, wie er zusammenzuckte und ihre Worte taten ihr leid. Luise drückte einen Kuss auf seine Wange. „Grüß Mama und bis später."

Entschlossen marschierte sie zurück zu ihrer Wohnung und versuchte noch einmal, ihren Bruder zu erreichen. Doch wieder meldete sich nur dessen Mailbox. Nun war alles egal, sie würde mit Broders reden und Nick eben später informieren.

Eilig holte sie ihr Fahrrad aus dem Schuppen. Damit war sie schneller als mit dem Auto. Luise packte die Papiere in den Korb am Lenker und gab Gas. Sie fuhr zunächst in Richtung ihres Fahrradverleihs und dann immer weiter, bis der Ort scheinbar zu Ende war. Das war er praktisch auch, denn außer einigen abgelegenen Gehöften kam nicht mehr viel. Und eines davon gehörte Rolf Broders.

Damals hatten alle angenommen, er würde sich ein Haus in bester Strandlage nehmen, doch genau das hatte er nicht getan. Er schien ein Mensch zu sein, der Wert auf ein wenig Ruhe und Abgeschiedenheit legte.

Ehrfurchtsvoll stieg Luise am Anfang der langgezogenen Auffahrt von ihrem Rad und lief die verbleibenden Meter zu Fuß. Leise knirschte der Kies bei jedem Schritt unter ihren Füßen. Direkt vor dem Haus lag ein Rondell, in dessen Mitte im Sommer Rosen wuchsen. Jetzt stand dort ein überdimensionaler aufblasbarer Schneemann, der am Abend bestimmt leuchten würde. In allen Fenstern hingen Sterne und ein breiter Schwibbogen mit einem Warnemünder Motiv schmückte eines der Fenster. Aus einem Anbau erklangen laute Geräusche. Jemand hämmerte dort und nun schrillte eine Bohrmaschine.

Luise stellte ihr Fahrrad in den Ständer und näherte sich der Eingangstür. Kaum dass sie den Klingelknopf betätigt hatte, öffnete sich die Tür und Rolf Broders stand vor ihr. Kurz hatte sie damit gerechnet, dass ein Angestellter ihr öffnen würde. Denn Angestellte hatte Broders reichlich.

„Luise Winter, wer hätte das gedacht, dass mal ein Mitglied der Winter-Familie mich in meinem Heim besucht." Er gab ihr die Hand.

„Moin, Herr Broders", erwiderte Luise. „Wenn ich ehrlich bin, hätte ich es mir auch nicht träumen lassen, Sie auf Ihrem Anwesen zu besuchen."

„Aber nun sind Sie da, Luise. Ich hoffe, ich darf Sie so nennen. Aber ich kenne Sie schon so viele Jahre." Er deutete die Größe eines Babys mit seinen Händen an. „Kommen Sie herein und lassen Sie uns in mein Arbeitszimmer gehen."

Sie betraten einen Raum, dessen Fenster auf Rosenbeet und Schneemann zeigte. „Meine Frau", meinte Broders erklärend und deutete auf den üppigen Adventsstrauß auf seinem Tisch. „Immer wenn es Weihnachten wird, eskaliert sie ein bisschen."

„Wer könnte ihr das verdenken", meinte Luise. „Es ist die Zeit, in der jeder es sich daheim ein bisschen schön macht."

„Ja, da haben Sie wohl recht." Broders deutete auf eine kleine Sitzecke, die vor einem Kamin stand. „Nehmen Sie Platz. Also, Luise, was kann ich für Sie tun? Ich nehme mal an, dass es sich um Ihren Strandabschnitt handelt."

Überrascht blickte sie auf. „Woher wissen Sie das?"

„Nun, es war eine gewisse Vorahnung, die mich überkam, als ich zwei und zwei zusammengezählt habe. Es geht das Gerücht in Warnemünde um, Sie würden den Geschenkladen von Hanne übernehmen." Broders legte seine Fingerspitzen aneinander. „Und da man ebenfalls hört, Ihr Bruder hätte ein Angebot, als Model durchzustarten, liegen die Tatsachen wohl auf dem Tisch."

„Ich muss schon sagen, Sie hätten Detektiv werden sollen."

„Ja, vielleicht hätte mir das auch Spaß gemacht. Wer weiß? Ich kann Sie jedenfalls nur zu Ihrer Entscheidung beglückwünschen. Sie, in Hannes Laden, das ist eine feine Sache. Am meisten für Hanne. Ich weiß, wie verzweifelt sie einen passenden Nachfolger für ihr Geschäft gesucht hat. Aber da wäre noch *Strandkorb-Winter* und Ihr Pachtvertrag, aus dem Sie nicht ohne weiteres herauskommen."

„Nicht ohne weiteres ist gut, ich komme da gar nicht raus", sagte Luise.

„Hm, das würde ich so nicht sagen. Für alles gibt es eine Lösung. Zumindest zwischenzeitlich, bis die Pacht neu vergeben wird."

„Und genau diese Lösung würde mich interessieren."

„Verständlich, würde sie Ihnen ja auch den Hintern retten." Broders lächelte schmal.

Da war auf einmal etwas in seinem Blick, das Luise unsicher werden ließ. Die Worte ihres Vaters fielen ihr ein und die Warnungen ihres Opas. Unsicher wechselte sie ihre Sitzhaltung. Sie hätte nicht herkommen sollen. Broders war ein knallharter Typ. Was, wenn er sie in irgendeine Geschichte hineinzog, die sie nicht durchschaute?

„Dann würde ich mal sagen: Butter bei die Fische. Legen Sie Ihre Karten auf den Tisch, damit ich schauen kann, wie wir vorgehen müssten."

Luises Unwohlsein wurde noch größer. Sollte sie nicht lieber gehen? Doch was würde dann geschehen? Zum Glück läutete es an der Tür, was ihr die Zeit gab, ihre Gedanken zu sortieren.

„Sie entschuldigen mich", sagte Broders, machte eine kleine Verbeugung und verließ den Raum.

Luise begann fieberhaft nachzudenken. Sie führte sich noch einmal alle Möglichkeiten, die ihr blieben, vor Augen. Am Ende blieb die Erkenntnis, dass Broders einer der Menschen sein konnte, der ihr eine rettende Idee liefern konnte. Undeutlich vernahm sie Stimmgewirr in der Eingangsdiele. Die Stimmen wurden lauter. Auf einmal flog die Tür zum Arbeitszimmer auf und ihr Vater stürmte herein, ihre Mutter und Nick auf seinen Fersen. Schwer atmend blieb er vor ihr stehen und sah sie an.

„Ich hoffe, es ist noch nichts passiert", stieß ihr Vater zwischen schmalen Lippen aus.

„Passiert? Was meinst du denn?", fragte Luise. „Was macht ihr alle hier?"

Ihre Mutter griff sie am Arm und zog sie sanft auf die Füße. „Wir gehen jetzt und du kommst mit."

„Aber", stammelte Luise und fing einen Blick ihres Bruders auf. Mit seinen Augen deutete er Richtung Tür.

„Danke für deine Zeit, Rolf", sagte ihr Vater zu Broders. „Aber wir klären die Sache selber."

„Und wie, wenn ich mal fragen darf? Luise kann sich nicht zerteilen, in Hannes Laden stehen und Fahrräder und Strandkörbe verleihen. Soll sie ihren Traum etwa aufgeben, nur damit die Firma nicht stirbt? Das wäre reichlich egoistisch von dir."

„Das soll nicht deine Sorge sein." Die beiden Männer standen sich so nah gegenüber, dass ihre Nasen sich beinahe berührten.

„Wenn du meinst", erwiderte Broders und lächelte. „Ich hab meine Geschäfte im Trockenen. Aber ihr habt nur eine Gaststätte, die nicht läuft, und einen aufgelösten Mietvertrag für eine Schlagerbar. Herzlichen Glückwunsch. Oder glaubt ihr etwa wirklich, dass es Swantje noch einmal gelingen wird, ein neues Objekt zu bekommen?"

„Und wenn schon! Das geht dich einen feuchten Kehricht an. Luise, komm."

Luise kam weder dazu, Broders einen Gruß zuzurufen, noch die Hand zu heben. Swantje zog so unerbittlich an ihrer Hand wie früher vor dem Süßwarenregal im kleinen Lebensmittelladen, in dem sie immer eingekauft hatten.

„Nimm dein Fahrrad und komm. Nicks Auto steht draußen vor dem Tor."

Luise war nicht mal in der Lage, sich in den Sattel zu schwingen. Sie schob das Rad einfach durch Broders' Garten, bis sie bei ihrer Familie anlangte, die vor dem Tor wartete. „Könnt ihr mir mal verraten, was das gerade sollte? Ich wollte mir bei Broders nur einen Rat holen."

Ihr Vater schüttelte den Kopf. „Wenn ich eines weiß über Rolf Broders, dann dass es bei ihm keinen Rat einfach nur so gibt. Er hat immer einen Hintergedanken, das kannst du mir glauben."

„Das mag ja sein", erwiderte Luise wütend und lehnte ihr Rad an einen Baum. „Doch im Endeffekt bin ich kein Stück weiter. Wer soll die Strandkorbpacht übernehmen und den Fahrradverleih führen?"

Ihr Vater legte den Arm um Swantjes Schultern. Die anderen sahen sie strahlend und so guter Laune an, dass Luise befürchtete, sie hätten den Verstand verloren. „Ganz einfach! Wir führen *Strandkorb-Winter* weiter", verkündete ihr Vater und drückte Swantje einen dicken Kuss mitten auf den Mund.

Kapitel 22

Luise setzte sich auf den Stuhl, den sie meistens wählte, wenn sie in der Gaststätte ihres Vaters war. Es war ein Platz direkt am Fenster, von dem aus man gut nach draußen, auf die Gasse oder die Menschen, die stehenblieben, um die draußen angebrachte Speisekarte zu studieren, schauen konnte. Immer wenn sie hier saß, fühlte sie sich wieder ein bisschen wie das kleine Mädchen, das hier einst Bilder gemalt hatte. Dann später machte sie an diesem Platz Hausaufgaben, wenn ihre Mutter noch zu tun oder Oma keine Zeit für sie hatte. Sie trank dann immer eine Apfelschorle und im Winter manchmal einen wärmenden Tee und fragte sich oft, ob sie auch eines Tages so viele Teller schleppen können würde wie ihre Mutter. Dazu war es nie gekommen. Obwohl Luise natürlich häufig in den Ferien ausgeholfen hatte. Einfach, weil man das in der Familie nun einmal so machte.

Sie schaute auch heute nach draußen. Kurz bevor sie die Gaststätte erreicht hatten, hatte es zu regnen begonnen. Mit den gestiegenen Temperaturen kam man sich wie an einem stinknormalen Tag im Herbst vor und nicht wie im Dezember.

Nick setzte sich ihr gegenüber, stützte die Ellenbogen auf den Tisch und schwieg. Er musterte sie und Luise sah deutlich, wie er es genoss, mehr zu wissen als sie. „Wir werden dir alles erzählen", hatte ihr Vater gesagt und komischerweise beruhigte sie das. Obwohl ihr immer noch vollkommen schleierhaft war, was er wohl damit gemeint hatte, dass sie *Strandkorb-Winter* weiterführen würden. Wer waren „sie"? Schloss dieser Begriff sie mit ein?

Die Tür öffnete sich und ihr Vater kam herein. Er stellte ein dickes Paket mit Essen mitten auf den Tisch, während ihre Mutter von hinten aus der Küche Besteck und Teller brachte.

„Apfelschorle für alle?", fragte Kai und Luise nickte automatisch.

Dann wurde das Essenspaket geöffnet und frisch gebratener Fisch mit Kartoffelsalat kam zu Vorschein. In einer extra Packung war die Remouladensauce. Luise sah ihrer Familie zu, wie sie sich die Teller vollhäuften, während sie wie erstarrt dasaß.

„Guten Appetit", rief ihr Vater und die anderen stimmten ihm mit bereits vollem Mund zu.

Sie saß auch noch vor ihrem leeren Teller und ließ ihre Blicke schweifen, als die anderen bereits genüsslich kauten. Es war seltsam. Sie gingen so vertraut miteinander um, als hätte es die Jahre voller Streitigkeiten und Schweigen nicht gegeben.

„Was ist denn?", fragte Swantje plötzlich und berührte sie am Arm. „Du isst ja gar nichts. Bratfisch war doch früher immer dein Lieblingsessen."

„Ist es auch heute noch", nuschelte Nick und ließ die nächste Gabel in seinem Mund verschwinden.

„Ich esse nichts, weil ich erst mal von euch wissen möchte, wie eure Pläne für *Strandkorb-Winter* aussehen. Denn ihr habt mich gerade aus einem Gespräch mit Broders herausgeholt, von dem ich mir Hilfe erhofft hatte."

„Ach, wirklich?", fragte ihr Vater und hob eine Augenbraue. „Ich hatte dich gebeten, nicht zu ihm zu gehen. Und das habe ich aus einem guten Grund getan. Noch nie ist ein Winter bei den Broders zu Kreuze gekrochen."

„Na, toll", erwiderte Luise und verschränkte die Arme vor ihrer Brust. „Immer diese Kinkerlitzchen." Dass ihr bei Broders selbst unwohl gewesen war, gab sie lieber nicht zu.

„Nun iss doch was", bat ihre Mutter noch einmal, doch sie schüttelte den Kopf. Wie ein kleines Mädchen, das man gerade vom Süßigkeitenregal weggezerrt hatte und dem man nun gesunde Möhren anbot.

Ihr Vater nahm sich eine zweite Portion und erst, als diese vertilgt war, schob er seinen Teller nach hinten und leerte seine Apfelschorle mit einem Zug. Dann beugte er sich nach vorn und begann zu erzählen. „Wir haben eine Idee. Also eigentlich hatten wir die schon am letzten Samstag, am Morgen nach dem Familienessen." Ihr Vater lächelte Swantje an und die lächelte so liebevoll zurück, wie früher. Allmählich kam Luise sich wie in einer Zeitspirale gefangen vor. War das hier noch Realität? Konnte wirklich mit einem Schlag alles vergeben und vergessen sein? „An dem betreffenden Morgen sprachen eure Mutter und ich über unser Leben. Und wir stellten fest, dass wir unzufrieden sind, jeden Tag ein bisschen mehr. Wir sprachen über unsere Jobs, die Gaststätte, die Suche nach einer neuen Bar und wie toll es doch wäre, auch noch mal neu anzufangen. Genau wie ihr. Selbst wenn man schon über fünfzig ist."

„Weißt du, Lou, ich meine Luise", korrigierte ihre Mutter sich. „Die Bar war toll, ich hatte viel Spaß. Doch auf Dauer befriedigt einen jeden Abend das gleiche Programm nicht. Da sind die immer selben Witze, Lieder und Blicke. Und bei deinem Vater ist es nicht anders. Er führt seit so vielen Jahren diese Gaststätte, anfangs mit mir, dann allein. Auch er würde gern etwas Neues machen. Als wir dann so gemeinsam in der Glühweinbude standen, haben wir eins begriffen: Wir sind einfach am besten, wenn wir zusammenarbeiten. Wir ergänzen uns, allein ist jeder nur halb so gut, aber zusammen …" Ihre Mutter wischte sich eine Träne aus dem Augenwinkel. „Natürlich, ich habe mich damals getrennt. Vor allem, weil mir die Vorstellung Angst machte, auch noch in zwanzig Jahren Bratfisch zu servieren und jeden Samstagabend einen

Schifferklavierspieler dort drüben sitzen zu haben. Dann hab ich allein gelebt, ein paar Jahre, und hab versucht, das Leben zu genießen. Doch dieser Genuss zählt irgendwann nicht mehr, es gibt andere Dinge, die wichtiger sind und das ist: Jemanden an seiner Seite zu haben. Du und Nick, ihr beide habt uns inspiriert mit eurer Entscheidung, *Strandkorb-Winter* sterben zu lassen. Ihr habt uns gezeigt, dass man manchmal einfach nur eine Entscheidung treffen muss."

„Ich bin vorhin so schnell ich konnte zu deiner Mutter gerannt und traf zum Glück dort auf Nick. Ich erzählte, wo du gerade bist und dann, im gleichen Atemzug … ich schwöre …"

Nick nickte zustimmend.

„Im gleichen Atemzug haben deine Mutter und ich dasselbe ausgesprochen: ‚Wir führen *Strandkorb-Winter* weiter, zusammen.' Ich werde mich um die Fahrräder kümmern und Swantje übernimmt den Strand. Dort kann sie immer noch ein kleines bisschen Barbesitzerin spielen. Wir machen das, was wir eigentlich hätten schon längst machen sollen: Die Tradition unserer Familie weiterführen."

Luise musterte die anderen. Ungläubig blickte sie zu Nick, der seine Schultern hob und dann ein Stück Panade vom Bratfisch pulte. „Ist das euer Ernst?", fragte sie ungläubig.

„Unser voller Ernst", sagten Kai und Swantje wie aus einem Mund.

„Aber die Gaststätte hier, ich meine, das war all die Jahre dein Leben."

„War, meine liebe Luise, war. Sie ist es nicht mehr. Sie war es eigentlich schon nicht mehr, als ich sie noch zusammen mit deiner Mutter geführt habe. Aber das hätte ich niemals zugegeben. Denn ein Winter schmeißt nicht hin. Ein Winter zieht durch, bis zum bitteren Ende und noch darüber hinaus. Aufgeben ist Schwäche. Aber ist sie das wirklich? Gehört nicht gerade zum Aufgeben eine ganze Menge Mut? Ich glaube schon."

„Ich weiß gar nicht, was ich sagen soll", stotterte Luise.

„Verständlich, es war eine mehr als spontane Entscheidung. Doch sie fühlt sich so gut an, dass sie nur richtig sein kann", sagte ihr Vater. „Und falls du dir Gedanken wegen der Finanzen machst, die Gaststätte ist mein Eigentum und wird verkauft. Mit dieser Summe können kleinere Schulden und Rückstände getilgt und ein gutes Stammkapital mit rüber genommen werden. Das heißt, ihr könnt euer Geld nehmen und damit machen, was ihr wollt."

„Das klingt irgendwie zu schön, um wahr zu sein."

„Das hab ich auch gesagt", meinte Nick und grinste. „Aber könnte es unter Umständen nicht auch mal ganz leicht gehen bei Familie Winter."

„Ja, schon. Ich muss das wohl erst mal verdauen."

„Und das, obwohl du doch gar nichts gegessen hast", sagte ihre Mutter und schob den Fisch in ihre Richtung. „Schau mal, ein Stück, das nur auf dich wartet, ist noch da."

Auf einmal hatte Luise tatsächlich Hunger wie ein Bär. Sie füllte ihren Teller und schob sich den ersten Bissen in den Mund. Es schmeckte einfach nur lecker und allmählich breitete sich ein wohliges Gefühl in ihrem ganzen Körper aus.

Langsam schlenderten Nick und sie auf der grünen Mole bis ganz nach vorn. Es nieselte immer noch, deswegen waren nur wenige Menschen unterwegs. Nach dem Essen waren sie zusammen aufgebrochen und hatten gemeinsam beschlossen, noch ein paar Schritte zu laufen.

Es hatte Luise hierher gezogen, an diesen Ort. Vielleicht weil ein Teil von ihr hoffte, Fabian würde einfach so angeschlendert kommen.

Im vorderen Bereich der langgezogenen Mauer, die die Mole vom Strand trennte, blieben sie stehen und blickten aufs Meer.

„Was hältst du von der Idee unserer Eltern?", fragte Luise ihren Bruder. „Aber ehrlich."

„Ich fand sie im ersten Moment vollkommen irre. Doch je länger ich darüber nachdenke, umso besser finde ich sie. Es wäre eine geniale Lösung für uns alle. Findest du nicht?"

Luise krauste ihre Stirn. „Ich habe ein paar Zweifel, mir geht das alles viel zu schnell. Vor einer Woche noch haben sie kein Wort miteinander gesprochen und nun werfen unsere Eltern alles über den Haufen. Von jetzt auf gleich."

„Sie sind erwachsene Leute und sollten wissen, was sie tun. Und selbst wenn es schief geht, du trägst nicht die Verantwortung für deren Leben", brachte Nick es auf den Punkt.

„Ja, vermutlich hast du Recht. Ich kann nur manchmal kaum fassen, wie schnell sich alles verändert."

„Stimmt, morgen stehen wir wieder in unserer Glühweinbude und in der kommenden Woche findet schon das große Finale des Wettbewerbs statt."

„Na eben, du meine Güte. Ich hab schon lange nicht mehr geschaut, auf welchem Platz du bist."

Nick streckte zwei Finger nach oben. „Wenn nicht noch eine absolute Katastrophe passiert, solltest du dir für nächstes Wochenende irgendeinen schicken Fummel besorgen."

„Was, ich? Und die Glühweinbude? Mama und Papa wollen bestimmt auch dabei sein, wenn ihr einziger Sohn den Wettbewerb gewinnt", meinte Luise.

„Alles schon organisiert, mach dir keine Gedanken. Einige meiner Freunde springen nur zu gern ein, damit wir alle das Finale gemeinsam genießen können. Auch wenn sich der

Genuss für mich vermutlich in Grenzen halten wird", stöhnte Nick.

„Und dann ist es nicht mehr lang, bis du gehst."

„Und nicht mehr lang, bis du in Hannes Laden stehst."

Luise umklammerte mit ihren Händen das Geländer, das den Molenweg von der großen Wellenbrechern trennte. Der Regen wurde allmählich stärker und Windböen schüttelten sie durch. „Wollen wir noch bis ganz nach vorn?"

Ihr Bruder seufzte. „Ich vermute, mir wird nichts anderes übrig bleiben. Sonst muss ich dich ja allein gehen lassen."

An der Spitze angekommen, reckte Luise ihr Gesicht in den Wind. „Ist das nicht herrlich?", schrie sie Nick zu.

„Nur ein bisschen feucht für meine Begriffe."

„Weichei." Sie atmete ganz tief ein.

„Ich will halt auf mich achten. Nicht dass ich nächste Woche krank bin." Schelmisch sah er sie an.

„Ich weiß, dass das nur eine Ausrede ist. Aber ich will sie heute ausnahmsweise gelten lassen." Noch einmal schaute Luise aufs offene Meer. Weit draußen bäumte sich die Ostsee auf wie ein wildes Ungeheuer. Erste Wellen donnerten gegen die Mole und ließen die Gischt bis auf die Gehwegplatten zu ihren Füßen spritzen. Es schien, als würde das Leuchtfeuer leicht erzittern. Oder vielleicht tanzte es auch mit den Elementen. Ihr Blick fiel auf die Stelle, an der sie mit Fabian gestanden hatte, und Wehmut machte sich breit. Vielleicht war es so, dass man nicht in jedem Bereich glücklich sein konnte. Vielleicht musste es etwas geben, wo es nicht so gut lief, damit man nicht vollkommen überschnappte oder nur noch durchs Leben schwebte.

Nick ergriff ihre Hand und zog sie mit sich. „Nun komm, nicht dass dich der Meeresgott noch holt"; brüllte er ihr ins Ohr.

„An solchen Sturmtagen kann man es finden, das Leuchtturmherz, weißt du noch?"

„Klar, Omas alte Geschichten von dem Schmuckstück, das eines Tages zurück an Land gespült wird. Aber nicht heute. Und nun komm."

Gemeinsam kämpften sie sich Richtung Land, während der Sturm hinter ihnen immer heftiger wurde. Möwen kreischten schrill und es war schwierig zu sagen, ob sie sich den Elementen entgegenstellten oder Mut zusprachen.

Als zu ihrer Rechten der Strand auftauchte, wurde der Wind schwächer.

„Ich hab gesehen, dass du heute früh versucht hast, mich zu erreichen", sagte Nick, als das Haus der Seenotrettung bereits in Sicht war.

„Ja, ich wollte vor dem Treffen mit Broders noch einmal mit dir reden."

„Ich hatte etwas anderes zu tun. Ich hab versucht, Fabian ausfindig zu machen. Deinen Kummer kann ja keiner mitansehen."

Luise blieb stehen. „Und wie hast du das gemacht?"

„Ich war bei den anderen Fahrradanbietern im Umkreis und hab mich erkundigt, ob einer von ihnen noch diesen doofen Katalog hat."

„Diese Idee hatte Pia auch schon." Obwohl Luise glaubte, das Endresultat der Suche anhand Nicks Tonfall schon zu wissen, fragte sie dennoch: „Und?"

„Nichts. Die meisten haben geschlossen und sind nicht erreichbar. Und diejenigen, die ich angetroffen habe, haben nur eine Visitenkarte bekommen und diese weggeworfen, weil sie bereits mit anderen Firmen zusammenarbeiten."

„Ich verstehe", sagte Luise und ließ ihre Schultern herabsacken.

Nick hob mit einem Finger ihr Kinn an. „He, aufgeben ist nicht. Immerhin bist du eine Winter. Ich bin sicher, wir werden Fabian finden und zwar schneller, als du dir vorstellen kannst."

Kapitel 23

Konzentriert versuchte Luise, den Kajalstrich unter ihrem Auge exakt zu ziehen. Doch da ihre Finger zitterten, warf sie den Stift zurück in ihre Schminkschatulle, griff stattdessen nach der Wimperntusche und legte diese großzügig auf. Zum Schluss noch der Lippenstift, der ihren Mund blutrot hervorhob und eine gute Ladung Parfüm auf Hals und Dekolleté gesprüht. Mit weichen Knien ging sie in ihr Schlafzimmer und griff nach dem dunkelblauen Kleid, das sie gestern noch in Rostock erstanden hatte.

„Sie müssen dieses nehmen, unbedingt", hatte die Verkäuferin gesagt. „Es unterstreicht Ihre Augen perfekt. Dann noch die Schuhe dazu und Sie werden alle umhauen."

Nun, als sie fertig angezogen und geschminkt war, musste Luise ihr recht geben. Dabei wollte sie gar keinen umhauen. Sie wollte einfach nur ihrem Bruder im Publikum die Daumendrücken und live dabei sein, wenn er vielleicht den ersten Preis entgegennahm. Luise trat ganz nah vor den Spiegel und sah sich in die Augen. Alle Spuren von Stress und Hektik, die in den letzten Tagen über sie hereingebrochen waren, hatte das Make-up tilgen können. Zum ersten Mal fühlte sie sich richtig schön und begehrenswert und wünschte sich, Fabian könnte sie so sehen. Doch bisher war es ihr nicht gelungen, ihn oder seine Schwester zu finden. Um ihren eigenen Seelenfriedens Willen hatte Luise beschlossen, die Sache vorerst abzuhaken. Nun waren andere Dinge wichtiger und in ihrem Leben passierte im Moment weiß Gott genug.

Wenn sie die letzten Tage Revue passieren ließ, kam sie sich wie in einem Hochgeschwindigkeitszug vor, der einfach sämtliche Bahnhöfe ignorierte und immer weiter raste. Ihr Vater hatte noch am gleichen Tag Nägel mit Köpfen gemacht und war zu einem befreundeten Immobilienmakler gegangen, um seine Gaststätte an den Mann zu bringen. Und tatsächlich waren binnen kurzer Zeit schon diverse Nachfragen eingegangen. Kein Wunder, die Lage war gut, die Ausstattung sowieso. Es fehlte nur ein bisschen frische Farbe und der gewisse Pep, um das Lokal wieder zum Laufen zu bringen und zu einer Goldgrube zu machen, wie Kai sagte. Swantje ihrerseits hatte jegliche Bemühungen um neue Räume eingestellt und sich stattdessen von Luise in die Abläufe von *Strandkorb-Winter* einweihen lassen. Eine ihrer ersten Handlungen war gewesen, die Strandkorbbestellung wieder anzuschieben. Die Herstellerfirma war wegen des ganzen Hin und Her nicht gerade begeistert gewesen, doch Swantje hatte mit ihrem Charme alle Argumente dahinschmelzen lassen. Also bekamen sie im März einige nigelnagelneue Strandkörbe geliefert und der Rest würde es schon noch machen, wie der alte Fred sich ausgedrückt hatte, als Luise ihm die Entscheidung verkündet hatte. Der alte Mann wirkte sichtlich berührt, dass die Firma nun doch nicht aufgelöst wurde. Kein Wunder, hatte er doch so viele Jahren an der Seite ihres Großvaters mitgearbeitet.

Luise hatte sich mit Nick zusammen um die Glühweinbude gekümmert und ihm freie Zeiten eingeräumt, wann immer es ging. Denn ihr Bruder hatte viel zu tun. Der Termin für seine Reise nach Amerika stand nämlich schon fest, das Visum war beantragt. Nick hatte es nicht ausgehalten, Roman so lange auf seine Antwort warten zu lassen und ihm die Entscheidung verkündet. Sein neuer Agent hatte augenblicklich sämtliche Hebel in Bewegung gesetzt, Nick ein Zimmer in einem

Appartement vermittelt und Flüge gebucht. Ende Februar würde ihr Bruder sich auf die große Reise machen und somit nicht mehr miterleben, wie Luise im März Hannes Laden übernahm.

„Aber hey, Schwesterchen, wozu gibt es Telefone? Du bittest einfach jemanden, ein tolles Video zu drehen und schickst es mir dann."

Tapfer hatte sie genickt, obwohl ihr das Herz in die Hose gerutscht war. In stillen Momenten zweifelte Luise an ihren Entscheidungen und ob dieser neue Weg wirklich der richtige war. Doch die Zeit würde es zeigen, niemand konnte die Zukunft voraussagen.

Also ging alles irgendwie seinen Gang und dieser Gedanke ließ sie ins Hier und Jetzt zurückkehren. Seufzend streifte Luise die Pumps von ihren Füßen. Es war für sie unvorstellbar, diese heute den ganzen Abend tragen zu müssen. Obwohl ihr die Verkäuferin versichert hatte, sie würde darin wie auf Wolken laufen. Aber Wolken sahen nun einmal für jeden Menschen anders aus. Stattdessen schlüpfte sie in bequeme Turnschuhe und musste bei ihrem Anblick selber lachen.

Eilig sammelte sie die restlichen Dinge zusammen, steckte sie in ihre Handtasche und packte die Pumps in einen Beutel. Dann zog sie ihren Mantel an und stieg die Treppe nach unten. An Tines Tür klopfte sie kurz und nahm den Schlüssel, der im Sicherungskasten neben dem Lichtschalter deponiert war. Sie öffnete die Tür und trat ein. „Tine, ich bin´s", rief Luise. Dann durchquerte sie den Flur und betrat das Wohnzimmer.

Tine saß in ihrem alten Lehnsessel neben dem Fenster. Sie hatte eine weiche Decke auf ihrem Schoss und die Augen geschlossen. Gegenüber dudelte leise der Fernseher. Doch angesichts einer knarrenden Diele schreckte die alte Frau hoch.

„Luise." Ihre Augen wurden groß. „Du meine Güte, Deern, ich hab dich kaum erkannt. Schön siehst du aus."

Vor zwei Tagen war Tine aus dem Krankenhaus entlassen worden. Sie bekam jetzt zweimal am Tag Besuch von einer Schwester, die sich um sie kümmerte, und einer Therapeutin, die mit ihr einige Übungen zur Mobilisierung machte. Dass es der alten Frau wieder so gut ging, lag nicht zuletzt daran, dass Luise so schnell hatte Hilfe holen können. Nun grummelte Tine wie früher vor sich hin, schimpfte über den Lärm vor ihrem Fenster und schien wieder ganz die Alte zu sein. Nur ihre Beine machten ihr zu schaffen. Aber das war in diesem hohen Alter wohl ganz normal.

„Danke", erwiderte Luise. „Das freut mich. Alles gut bei dir, Tine?"

„Die Schwester war grad da und hat mir nochmal meinen Rücken eingerieben. Nun werd ich noch bisschen Fernsehen und dann ins Bett gehen."

„Wenn etwas sein sollte, meine Nummer hast du."

Tine winkte ab. „Ja, ja, ich hab das Telefon hier liegen und ich werd Ausschau halten nach dem jungen Mann." Sie deutete mit dem Kopf Richtung Fenster.

„Welchem jungen Mann?", fragte Luise.

„Du weißt genau, wen ich meine. Der, mit dem du jetzt mal eine Nacht verbracht hast und der dann vor dem Haus herumgeschlichen ist. Swantje war gestern hier und hat mir die ganze Geschichte erzählt. Nämlich, dass du dein Rendezvous nur wegen mir verpasst hast."

„Halb so wild, so ist das Leben."

„Nun tu aber nicht so, als wäre es dir egal. Das ist es nämlich nicht. Eine alte Frau merkt, was los ist." Tine lächelte. „Ich schau also nach draußen und wenn ich ihn sehe, dann rufe ich ihn zu mir."

Luise drückte Tines Hand. „Das ist lieb von dir, aber ich glaube nicht, dass Fabian noch einmal wiederkommt."

Die alte Frau umschloss ihre Finger und hielt sie fest. Dann sah sie ihr ganz tief in die Augen. „Du solltest so etwas nicht sagen, sondern ganz fest an dein Glück glauben. Ich bin sicher, dass aus euch beiden ein Paar wird. Und ich glaube, dass ihr zu Weihnachten schon gemeinsam unter dem Baum sitzt. Du wirst sehen." Intensiv ruhte Tines Blick auf ihr. Sie sah Luise so lange an, bis diese den Blick senkte.

„Aber nun muss ich wirklich los. Nicht das ich noch zu spät komme."

„Sag Nick liebe Grüße und ich drücke ihm alle Daumen, die ich habe."

Mit noch weicheren Knien als zuvor verließ Luise die Wohnung ihrer Nachbarin. Ihre letzten Worte hatten eine Stelle tief in ihrem Inneren berührt. Mit Fabian Weihnachten zusammen sein ... Nein, nur nicht daran denken oder sich falsche Hoffnungen machen.

Luise eilte zu der Stelle, an der sie sich mit ihren Eltern treffen wollte und widerstand tapfer der Versuchung, einen Moment auf dem Weihnachtsmarkt nach dem Rechten zu schauen. Sie glaubte fest daran, dass Nicks Kumpels alles gut hinbekommen würden und wusste, dass ihre Standnachbarn zur Not hilfreich einspringen konnten. Alle wussten, was Familie Winter heute Abend vorhatte, und drücken ihnen die Daumen.

Luise bog um die letzte Ecke, checkte noch einmal ihre Uhr und sah dann schon ihren Vater mit seinem alten Kombi ankommen.

„Hüpf rein, Luise", rief er nach draußen. „Wir müssen nur noch Mama abholen." Als Luise auf der Rückbank Platz genommen hatte, fühlte sie sich im Rückspiegel gemustert. „Gut siehst du aus, meine Lütte." Ihr Vater gab Gas und holte ihre Mutter ab, die schon vor ihrer Wohnung auf dem Gehsteig stand.

Mit klappernden Zähnen bestieg Swantje das Auto. „Mein lieber Schwan, ist mir kalt. Meine Füße fühlen sich an, als wären sie Eisbrocken, vom Rest des Körpers ganz zu schweigen."

„Warum hast du dir denn nichts Wärmeres angezogen?", fragte Luise und fing einen amüsierten Blick ihres Vaters auf.

„Weil kein einziger Mantel zu meinem Outfit passte. Deswegen konnte ich nur die dünne Sommerjacke überwerfen", stammelte ihre Mutter und rieb ihre Hände aneinander. Dann zog sie den Saum ihres mehr als kurzen Minikleids nach unten. „Dreh ruhig die Heizung ein bisschen höher."

„Die Heizung ist bereits auf höchster Stufe", erwiderte ihr Vater gelassen. „Wenn ich sie noch höher drehen soll, was technisch nicht möglich ist, erreichen wir die Temperatur eines Backofens."

Eine kleine Weile wogten auf den vorderen Plätzen die Argumente hin und her, bis schließlich Stille einzog. Kai näherte sich allmählich der großen Veranstaltungshalle am Rande Rostocks, in der die Wahl zu *Mister Ostseewelle* heute stattfand. Am Eingang des Parkplatzes zeigten sie ihre Tickets und durften zu einem gesonderten Bereich fahren, der nur den Familienangehörigen vorbehalten war.

Minuten später standen sie mit einem Glas Sekt in der Hand im Foyer und betrachteten die Familien und Freunde der anderen beiden Kandidaten. Luise trug inzwischen ihre hochhackigen Pumps und fragte sich verzweifelt, wie es andere Frauen darin länger als fünf Minuten aushielten. Verstohlen stützte sie sich an einer Wand ab und schnappte dabei den Blick eines attraktiven Typen auf, der sie ziemlich unverhohlen musterte. Und nun hob er auch noch sein Glas und prostete ihr zu. Hastig wandte Luise sich ab und sah zu ihrer großen Freude Nick auf sich zukommen.

Er trug einen legeren Anzug und wirkte so unglaublich sexy darin, dass ihr für einen Moment der Atem stockte. Ihre Mutter fiel ihm sogleich um den Hals und Luise musste Nick retten, damit er am Ende nicht noch mit einer nassgeweinten Schulterpartie in den Wettbewerb musste.

„Wie geht es dir?", fragte sie flüsternd, als er sie begrüßte.

„Ganz ehrlich? Mir geht der Arsch auf Grundeis. Die anderen Männer sehen echt gut aus und um einiges jünger und …"

Sie legte ihm einen Finger auf die Lippen. „Pscht, siehst du nicht, wie die anderen dich anschauen. He, du bist immer noch auf Platz zwei im Ranking und für mich der Allergrößte. Außerdem hast du schon einen Vertrag in der Tasche. Wer kann das schon von sich behaupten?"

„Nicht so laut. Roman hat mich gebeten, darüber Stillschweigen zu bewahren. Aber ja, vielleicht hast du recht." Er trat einen Schritt zurück und betrachtete sie von oben bis unten. „Weißt du eigentlich, dass du heute verdammt scharf aussiehst? Und ich als dein Bruder darf das sagen. Deswegen starrt dich wahrscheinlich auch dieser eine Typ die ganze Zeit an."

„Immer noch? Wer ist das überhaupt?"

„Er ist der Bruder von Alexander Benzhoff, einem der anderen Kandidaten und dort drüben steht der Clan von Lorenz Fabinger. Der dritte in unserer Runde."

„Nun aber Schluss", mischte ihre Mutter sich ein. „Genug getuschelt. Wie sieht es aus? Was habt ihr gemacht?"

„Wir haben geprobt, die Show wird ja online live übertragen und ein Teil davon sogar im Fernsehen."

Swantje klatschte begeistert in die Hände. „Ist das wahr? Ich freue mich so."

„Für dich selbst oder für Nick?", neckte ihr Vater und klatschte ihr sanft auf den Hintern.

„Für Nick natürlich."

„Ich muss jetzt wieder nach hinten", sagte dieser. „Aber ich freue mich sehr, dass ihr alle hier seid. Wir sehen uns spätestens auf der After-Show-Party. Und bis dahin dürft ihr mir die Daumen drücken." Dann beugte sich Nick noch einmal zu Luise und legte seine Lippen ganz nah an ihr Ohr. „Für dich, Schwesterchen, habe ich heute Abend eventuell noch eine kleine Überraschung. Schauen wir mal." Und weg war er.

Entgeistert starrte Luise ihm hinterher, bis ihre Mutter sie in ein Gespräch mit den allerwildesten Mutmaßungen, wie denn der Wettbewerb verlaufen würde, verwickelte. Schließlich war es Zeit, den Saal zu betreten. Für Freunde und Familie waren die zweite und dritte Reihe reserviert und Winters suchten ihre Plätze auf.

Luise sah nach vorn auf das Bühnenbild, in dessen Mittelpunkt eine riesige Ostseewelle hing, die das Logo des Wettbewerbs darstellte. Ein Ehepaar näherte sich und nahm seine Plätze in der ersten Reihe ein. Der Mann nickte ihr kurz zu und es dauerte einen Moment, bis sie Roman Seidler erkannte, der heute einen schicken Smoking trug. Die Frau an seiner Seite wirkte fast schon zerbrechlich schmal, trug dafür aber umso mehr Schmuck.

Dann begann die Show. Das Licht im Raum wurde dämmriger und ein einzelner Spot fiel auf die Bühne. Moderne Rhythmen erklangen und einige Damen tanzten als Matrosen verkleidet dazu. Aus ihrer Mitte erschien auf einmal Mareike Petersen, eine sehr angesagte Moderatorin hier oben im Norden, die durch die Veranstaltung führen würde.

Die einzelnen Kandidaten mussten verschiedene Aufgaben erfüllen. Es gab eine Quizrunde, dann einen Sketch mit einem bekannten Schauspieler, in dem es um Schlagfertigkeit ging. Zwischendurch wurden immer wieder Fotos geschossen und dann war es auch schon vorbei. Luise sah auf ihre Uhr und musste feststellen, dass die neunzig Minuten nur so dahingeflogen waren.

Mareike Petersen stellte sich in die Mitte der Bühne. „Nun, meine Damen und Herren, haben Sie schon Ihren Favoriten gefunden? Falls nicht, bleiben Ihnen jetzt genau sechzig Sekunden, um eine Entscheidung zu fällen. Dann beginnt unsere Abstimmung, die genau fünfzehn Minuten dauern wird.

Liebe Online-Zuschauer, hier sind noch einmal unsere drei Anwärter für den Titel *Mister Ostseewelle*. Da wäre mit der Endziffer null eins der smarte Autoverkäufer Alexander Benzhoff aus Stralsund." Applaus brandete auf. „Die Endziffer Nummer null zwei hat Nick Winter, der mit seiner Schwester Strandkörbe in Warnemünde vermietet." Erneuter Applaus. Ihre Eltern klatschten, als würde es kein Morgen geben. „Und zu guter Letzt die null drei, Lorenz Fabinger aus Krummin. Und alle, die sich jetzt fragen, wo dieser Ort wohl liegt – er ist auf Usedom, wo Lorenz als Fischer arbeitet. Ich würde sagen, schenken wir den drei Kandidaten einen dicken Applaus. Dafür, dass sie alle noch nie an einem solchen Wettbewerb teilgenommen haben, haben sie sich wacker geschlagen. Oder was sagen Sie?" Die Halle bebte.

Dann wurde es erneut dunkel im Raum. Vier Spots beleuchteten die Menschen in der Mitte der Bühne. „Nun wird es ernst, die Nummer für die Abstimmung wird unten eingeblendet. Die Zuschauer haben genau fünfzig Prozent Stimmanteil, die anderen Stimmen kommen von einer Jury. Die Abstimmung beginnt in drei, zwei, eins, null Sekunden." Es knallte und Luise, die gebannt an den Lippen von Mareike Petersen gehangen hatte, zuckte zusammen. „Genau jetzt! Die Zeit läuft, ab diesem Moment genau fünfzehn Minuten."

Das Licht ging wieder an. Einige der Anwesenden erhoben sich, um anscheinend zur Toilette zu hasten. Die drei Kandidaten und Mareike Petersen verschwanden hinter der

Bühne. Die meisten im Publikum zerrten ihre Handys heraus oder hielten sie bereits in den Händen. Luise stimmte genau dreimal für ihren Bruder ab, dann ließ sie das Telefon zurück in ihre Tasche wandern. Nick hatte alle Aufgaben mit Bravour gemeistert. Nun war es an den Zuschauern, zu entscheiden. Und eine SMS mehr oder weniger würde Nick nicht retten oder ins Unglück stürzen.

Ihre Mutter tippte wie verrückt auf ihrem Handy herum, bis Kai es ihr aus den Händen nahm. „Steck es ein, Swantje, du hast mehr als genug abgestimmt. Der Rest liegt nicht mehr in unseren Händen." Eigentlich hatte Luise mit einer kleinen Diskussion gerechnet, doch ihre Mutter nickte schweigend.

Immer wieder sah Luise auf ihre Uhr. Der Zeiger schien wie festgeklebt zu sein. Und wie würde es erst Nick hinter der Bühne gehen? Sie konnte sich nicht mal annähernd vorstellen, wie sein Herz wohl rasen würde. Außerdem fragte sie sich immer wieder, welche Überraschung er wohl für sie hatte. Prüfend glitten ihre Augen durch den Raum, doch es war kein bekanntes Gesicht zu sehen.

Nach einer gefühlten Ewigkeit näherte sich die kleine Pause schließlich doch ihrem Ende. Die Zuschauer wurden mit einem Gong zum Platznehmen aufgefordert. Die Moderatorin kam mit den Kandidaten auf die Bühne. Nick wirkte erstaunlich gelassen. Vielleicht weil er wusste, dass von diesem Wettbewerb nicht alles für ihn abhing.

Kurz bevor das Licht endgültig erlosch, schnappte Luise einen Blick von Roman Seidler auf. Er lächelte ihr zu und nickte leicht. Dann widmete sie ihre Aufmerksamkeit wieder den Menschen auf der Bühne.

„Nun, meine Damen und Herren, willkommen zurück. Es laufen die letzten sechzig Sekunden. Alle, die ihrem Favoriten noch zum Sieg verhelfen wollen, sollten sich beeilen." Eine Uhr begann laut zu ticken, dann ertönte ein Gongschlag. „Die

Abstimmung ist vorbei und ich warte nun mit Ihnen zusammen auf das Ergebnis. Lieber Alexander, was sagt dein Puls?", wandte Mareike Petersen sich an den ersten Kandidaten.

„Ganz ehrlich? Mein Puls ist auf Anschlag. So schlimm ist es nicht mal, wenn ich über eine Rennstrecke düse."

„Und bei dir, lieber Nick? Das ist schon eine andere Nummer, als Strandkörbe vermieten, nicht wahr?"

„Auf jeden Fall", erwiderte Nick. „Wobei der Blick auf das Wetterradar in manchen verregneten Sommern auch seine Spannung bietet."

„Oh, das glaube ich sofort. Und du, lieber Lorenz? Man sagt ja immer, Fischer haben die Ruhe weg."

„Das ist alles nur Seemansgarn. Mein Herz rast und ich wünsche mir sehr, dass endlich das Ergebnis verkündet wird."

„Lieber Lorenz, ich glaube, das wünschen wir uns alle. Und dort sehe ich auch schon meine Assistentin mit dem Umschlag kommen." Mareike öffnete besagten Umschlag und entnahm ihm eine Karte. Dann sah sie die drei Männer an und begann zu lächeln. „Ich darf eines verraten: Es war eine super knappe Abstimmung. Denn Platz eins und zwei trennen nur wenige Prozentpunkte. Beginnen wir aber zunächst mit Platz drei in unserem Wettbewerb. Dieser geht an ... Alexander Benzhoff, unseren Autoverkäufer. Herzlichen Glückwunsch."

Der junge Mann hob die Arme, ließ sich kurz feiern und trat dann ein paar Schritte zurück.

Die Moderatorin näherte sich dem Bühnenrand, holte tief Luft: „Und nun ... Die Spannung steigt ..." Sie winkte die beiden verbliebenen Kandidaten zu sich nach vorn. „Lorenz und Nick, kommt bitte zu mir." Sie wartete, bis die beiden links und rechts neben ihr Aufstellung genommen hatten, fasste beide an die Hand. „Der Gewinner ist ..."

Luises Herz schlug bis zum Hals. Sie merkte, wie ihre Mutter ihre Finger umklammerte. Ihr Vater sah auf den Boden und schien etwas zu murmeln. Und sie schloss einfach die Augen. Ihr Kopf war leer. Luise konnte nicht einmal beten. Eine fast schon schmerzende Anspannung umschloss ihren ganzen Körper.

„... mit gerade einmal 0,5 Prozent Vorsprung ... Lorenz Fabinger, unser Fischer aus Krummin", verkündete Mareike und riss dessen Hand in die Luft.

Seitlich von Luise brach ohrenbetäubender Jubel aus. Sie dagegen sah ihrem Bruder ins Gesicht und fing einen Blick von ihm auf. Dann hob sie die Hand zum Mund und warf ihm einen Luftkuss zu. Nick lächelte und schien mit dem Ausgang der Entscheidung mehr als zufrieden zu sein.

„Oh, wie schade", stieß ihre Mutter aus. „Ich hatte ihn wirklich schon auf dem Siegertreppchen gesehen." Swantje war sichtlich enttäuscht.

Kai dagegen schien es ähnlich wie seinem Sohn zu gehen. „Platz zwei, wie wunderbar. Überleg doch mal, wie viele Männer in den Wettbewerb gegangen sind. Und unser Sohn hat beinahe gewonnen. Außerdem wissen wir nicht, wofür die ganze Sache gut ist."

Von hinten kam die Jury, die Blumensträuße sowie die Schärpen für die Finalisten in den Händen hielt. Jeder der Kandidaten bekam eine Schärpe umgelegt, der Gewinner natürlich die größte. Dann wurden Blumen verteilt und eine Trophäe überreicht.

Moderatorin Mareike zog Lorenz Fabinger zu sich und hielt ihm das Mikrofon vor die Nase. „Lieber Lorenz, herzlichen Glückwunsch. Du hast gewonnen."

Der junge Mann strahlte über das ganze Gesicht. „Ganz ehrlich, ich kann es noch immer nicht fassen. Es ist wie ein Wunder und ich sage danke an alle, die für mich angerufen haben."

„Möchtest du sonst noch etwas sagen? Grußworte schicken, zum Beispiel. Jetzt ist die Gelegenheit."

Lorenz drehte sich um und warf einen Blick nach hinten. „Eigentlich hätte ich schon noch etliche Grüße und Dankesworte zu verteilen, aber ich möchte meine Redezeit an meinen Mitstreiter Nick abtreten. Denn der hat etwas noch viel Wichtigeres zu sagen. Beziehungsweise, er hat eine Anfrage, eine ziemlich romantische noch dazu."

Mareike wirkte entspannt. Anscheinend hatte sie von der kleinen Aktion gewusst. Luise dagegen war vollkommen verwirrt, genau wie die restlichen Zuschauer im Saal.

Doch da trat Nick auch schon nach vorn und ergriff das Mikrofon. „Danke, lieber Lorenz, ich weiß es wirklich zu schätzen, dass du mir helfen möchtest. Aber eigentlich hilfst du ja gar nicht mir, sondern einem der wichtigsten Menschen in meinem Leben, meiner Schwester Luise."

Nur aus dem Augenwinkel bemerkte Luise, wie ihre Eltern sie anstarrten, und Sekunden später schien es der gesamte Saal zu tun. Sie spürte förmlich die Blicke der anderen in ihrem Nacken. Und nun kam auch noch ein Kameramann herbei und positionierte sich vor ihr.

„Ohne meine Schwester wäre ich nämlich gar nicht hier. Sie ist ein wunderbarer Mensch, der sich selbst viel zu oft an die letzte Stelle setzt und ihr eigenes Glück hinten anstellt. Vor kurzem zum Beispiel hat sie sich um ihre schwerkranke Nachbarin gekümmert, die mit dem Rettungswagen ins Krankenhaus musste."

In Luises Ohren hämmerte das Blut. Das durfte doch jetzt alles nicht wahr sein. Wenn sie Nick hinterher in ihre Finger bekam, konnte der sein blaues Wunder erleben.

„Sie hat das gemacht, obwohl sie damit die Chance verpasst hat, endlich die Liebe ihres Lebens wiederzusehen. Sie hatte nämlich zeitgleich ein Rendezvous. Und weil sie nicht erschienen ist, hat sich der Betreffende vermutlich gedacht, sie will von ihm nichts wissen und ist in der Versenkung verschwunden. Nun kommt mein Aufruf an euch alle hier und diejenigen, die uns daheim an ihren Computern zuschauen. Wir suchen Fabian Fromm, er lebt seit kurzem hier in Rostock. Lieber Fabian, bitte, melde dich bei Luise."

Kapitel 24

„Eigentlich habe ich nicht übel Lust, dir eins auf die Nase zu hauen", sagte Luise leise, versuchte dabei aber, tapfer zu lächeln. Die After-Show-Party war in vollem Gange und gefühlt alle Blicke waren auf sie gerichtet. „Wie konntest du nur? Ich meine, nun wissen alle Bescheid."

„Umso besser. Je mehr es wissen, desto besser stehen unsere Chancen, Fabian zu finden." Nick hielt ein Champagnerglas in seinen Händen und grinste über das ganze Gesicht. „Es war eine einmalige Chance und ich hab sie ergriffen. Wenn wir ihn jetzt nicht finden, dann weiß ich auch nicht."

Luise presste ihr Glas einen Moment an ihre heißen Wangen, dann leerte sie es mit einem Zug. „Und wenn es Fabian gar nicht recht ist, dass sein Name so in die Öffentlichkeit gezerrt wurde?"

Schon wieder näherte sich ihnen eine Dame und sah Luise mit erhobenem Daumen an. „Ich drücke Ihnen die Daumen, meine Liebe, und hoffe, Sie finden Ihren Fabian. Gott, was für eine romantische Geschichte und dann auch noch so kurz vor Weihnachten." Sie schwebte weiter.

So ging das schon den ganzen Abend. Anscheinend war inzwischen der gesamte Norden auf dem neuesten Stand, ihr Privatleben betreffend. Sie hatte vorhin einen kurzen Blick auf ihr Handy geworfen und unzählige Nachrichten vorgefunden. Natürlich waren auch Glückwünsche an Nick dabei, aber die meisten gingen in eine andere Richtung.

Weil der Kellner mit seinem Tablett gerade an ihnen vorbeikam, schnappte Luise sich ein weiteres Glas.

„Ich hoffe, du betrinkst dich nicht sinnlos", meinte ihr Bruder. „Ich hab es nur gut gemeint."

„Weiß ich doch." Sie seufzte. „Und vermutlich bin ich auch dankbar für deine Aktion, aber …"

„Scht, dort kommt Roman", unterbrach Nick sie in diesem Moment.

Zunächst legte er ihrem Bruder eine Hand auf die Schulter. „Herzlichen Glückwunsch, lieber Nick. Hatte ich nicht gesagt, dass du ein großartiges Talent besitzt?"

„Ja, du hattest es erwähnt, schon damals, am Strand."

„Ich habe eben ein gewisses Auge für Typen und du bist auf jeden Fall ein Typ. Darf ich euch übrigens meine Frau Trudy vorstellen?"

Die schlanke Frau nickte leicht und reichte ihnen dann die Hand. Ihre Finger waren eiskalt und Luise fragte sich, ob sie die letzten Minuten im Freien verbracht hatte. „Herzlichen Glückwunsch, lieber Nick. Und Ihnen, meine Liebe, wünsche ich, dass Sie Ihren Traumprinzen ganz schnell finden. Bei uns in Amerika hätte sich schon ein Regisseur die Rechte an Ihrer Geschichte gesichert und einen Film daraus gemacht.

Oh, dort drüben steht Familie Gunders, die habe ich ja schon zehn Jahre nicht mehr gesehen. Sie entschuldigen mich."

Roman schaute ihr nach. „Hach, meine Trudy, sie lebt hier immer so unglaublich auf. Heimat ist eben Heimat." Dann wandte er sich Luise zu. „Wie ich von Nick gehört habe, gehst du auch deinen Weg und machst Nägel mit Köpfen. Neuer Laden, neuer Job. Herzlichen Glückwunsch."

„Danke, da Nick das Weite sucht, bleibt mir ja nichts anders übrig." Sie lächelte dünn, weil schon wieder einige Gäste ihre hochgestreckten Daumen in ihre Richtung hielten.

„Ich werde auf ihn aufpassen, versprochen", sagte Roman und zwinkerte ihr zu. „Und meine Einladung habe ich nicht vergessen. Obwohl es als Geschäftsinhaberin vermutlich nicht so einfach sein wird, sich für ein paar Tage loszueisen. Vor allem in der Weihnachtszeit. Aber New York ist immer schön."

„Oho, eine Einladung hast du also auch schon?", fragte Nick.

„Na, ich muss doch schauen, wie du dich so schlägst." Luise seufzte und sah auf ihre Uhr. „Seid mir bitte nicht böse, aber ich würde gerne nach Hause fahren."

„Jetzt schon? Der Abend hat doch gerade erst angefangen", meinte Nick verwundert.

„Ich glaube, deiner Schwester ist die ganze Aufmerksamkeit für ihre Person ein wenig unangenehm, nicht wahr?"

„In gewisser Weise schon", gestand Luise. „Und ich bin irgendwie total kaputt und …"

„Okay, okay, schon verstanden." Nick hob die Hände. „Ich wollte dir zwar noch eine Unmenge an Leuten vorstellen, aber ich verstehe, dass du lieber flüchten möchtest. Wie kommst du denn nach Hause? Mama scheint nämlich gerade in Partylaune zu sein." Er deutete ans andere Ende des Saals, wo ihre Eltern gerade miteinander wie achtzehnjährige verknallte Teenager eng miteinander tanzten. Kein Wunder, erschallte doch aus den Lautsprechern ein Lied, das schon in ihrer Jugend gespielt worden war.

„Ich werde mir ein Taxi nehmen", sagte Luise und musterte die kleine Szene mit einer Mischung aus Belustigung und dem Zweifel, ob Swantje und Kai dafür nicht schon zu alt waren. Doch dann sah sie die Freude auf ihren Gesichtern. Beide sahen unendlich glücklich aus. Und so konnte es nicht falsch sein, was sie taten. „Sagst du ihnen, dass ich schon gegangen bin? Ich will die traute Zweisamkeit nicht stören."

„Mach ich." Nick beugte sich nach vorn und gab ihr einen Kuss auf die Nasenspitze. „Und sorry, Schwesterchen, ich konnte einfach nicht widerstehen."

Roman umarmte sie ebenfalls herzlich. „Danke, dass du mir deinen Bruder anvertraust", meinte er grinsend. „Und unsere Verabredung steht. Ich zeige dir New York. Du bekommst eine ganz besondere Stadtführung und die Einladung gilt natürlich auch für eine eventuelle Begleitung."

Luise drückte einem der Kellner ihr leeres Glas in die Hände und verließ den Raum. Mit butterweichen Knien wankte sie zur Garderobe. Gut, sie hatte drei oder vier Gläser Sekt getrunken, sie fühlte sich jedoch, als hätte sie eine Magnumflasche geleert.

Ein junger Mann nahm ihre Garderobenmarke entgegen und musterte sie unverhohlen von oben bis unten. „Sind Sie diese Luise, die diesen Macker hier in Rostock sucht?"

„Ja, wenn Sie so wollen, die bin ich. Warum fragen Sie? Wissen Sie etwa, wo er zu finden ist?"

Der Typ schüttelte den Kopf, hielt ihre Marke noch immer in seinen Händen und machte keine Anstalten, sich auf die Suche nach ihrer Jacke zu begeben. „Nö, aber falls Sie ihn nicht finden …" Er schnappte sich einen Zettel und kritzelte etwas darauf. „Hier ist meine Nummer." Er schnalzte mit der Zunge und sah Luise tief in die Augen. Auf den ersten Blick wirkte er fünfzehn Jahre jünger als sie. Und dieser Eindruck blieb auf den zweiten Blick immer noch bestehen.

Luise ergriff den Zettel, anders würde sie wohl nie zu ihrer Jacke kommen. „Ich werd´s mir merken, danke. Könnte ich nun …" Sie deutete auf die Garderobenmarke.

„Ach ja, na klar, sorry."

So schnell es ging, schnappte sie sich ihre Jacke und trat nach draußen. Du meine Güte, da hatte Nick ihr mit seinem Aufruf ja was Schönes eingebrockt. Hoffentlich ging es nicht so weiter und sie wurde ab jetzt von einem Haufen flirtbereiter Männer angesprochen. Luise trat ein paar Schritte beiseite und zog das Handy aus ihrer Tasche. Dann gab sie den Suchbegriff *Taxi* ein, wählte einfach die erstbeste Nummer und wartete.

„Taxizentrale Rostock, Sie wünschen?"

„Ich würde gern ein Taxi bestellen."

„Hm, das kann aber ein bisschen dauern, wir haben heute Abend zahlreiche Anfragen und einige der Kollegen sind krank", sagte eine gelangweilte Stimme.

„Ja, dann muss ich wohl warten. Ich muss ja irgendwie nach Hause kommen."

„Hilft ja nix, oder?"

Undeutlich vernahm Luise hinter sich Schritte.

„Wo soll das Taxi denn hinkommen? Die Adresse bitte."

„Ich bin hier an der ...", begann Luise, da berührte sie jemand leicht am Arm. Hoffentlich nicht der schmalzige Typ von der Garderobe. In Gedanken legte sie sich schon die entsprechenden Worte zurecht, drehte sich um und schaute geradewegs in Fabians Gesicht.

Er lächelte. „Sie brauchen ein Taxi, habe ich gerade zufällig gehört. Ist das richtig?"

Luise nickte stumm. Aus ihrem Telefon erschallte eine Stimme. „Hallo, hallo?", rief die Frau in der Zentrale.

„Hat sich erledigt", sagte sie leise und ließ das Handy in ihre Tasche plumpsen. „Bist du es wirklich oder träume ich?"

„Ich saß zuhause vor dem Computer und hörte den Aufruf deines Bruders und da dachte ich, es wäre nicht schlecht, herzukommen. Also muss ich Realität sein." Der Schein einer Laterne fiel auf sein Gesicht. Luise sah ihn an und ihr Herz galoppierte immer schneller. „Ich hab also ganz schnell Katrin angerufen, doch die war schon auf dem Weg zu mir, um die Kinderbetreuung zu übernehmen. Sie hat sich die Übertragung natürlich auch angeschaut. Ich soll dich schön grüßen."

„Danke", stammelte sie. „Du hast dir die Verleihung angeschaut?"

„Nun, zum einen wollte ich wissen, ob Nick gewinnt. Wenn man schon mal einen der Finalisten kennt und einige Male für ihn abgestimmt hat, dann ist das wohl Pflicht. Und zum zweiten hoffte ich, die Kamera würde einmal ins Publikum schwenken."

„Warum?" Ihre Frage war nur ein Hauch, weil Fabian noch ein Stück näher gekommen war und ihre Hände ergriffen hatte.

„Ich wollte einen Blick auf dich werfen, dich nur einmal sehen. Aber leider haben sie nur eine Unmenge anderer Leute gezeigt, nur nicht dich."

„Es tut mir so leid", flüsterte Luise. „Das mit der Verabredung war echt dumm gelaufen und dann hab ich versucht, dich zu finden. Aber ich hatte deinen Katalog nicht mehr und die Praxis deiner Schwester war auch unauffindbar und …"

„Pscht", raunte er und näherte sich ihr so weit, dass sie seinen Atem auf ihrem Gesicht spürte. „Nicht mehr reden. Nun bin ich ja da."

Eine halbe Stunde später stellte Fabian seinen Wagen in Warnemünde ab. Wie selbstverständlich schlugen sie den Weg zu Luises Wohnung ein. Noch immer konnte sie ihr Glück kaum fassen und musste ihn ständig ansehen, um festzustellen, dass er wirklich Realität war.

Auf einmal blieb Fabian stehen und schaute an ihr nach unten. „Warum eierst du denn so?"

„Das liegt an meinen Pumps. Die sind saumäßig unbequem, passen aber perfekt zum Kleid. Moment." Luise schüttelte die Turnschuhe aus ihrem Beutel und nahm einen kleinen Schuhwechsel vor. Augenblicklich war sie einige Zentimeter kleiner und musste noch weiter zu ihm aufschauen. „Nun ist es besser, denke ich."

Fabian warf den Kopf zurück und lachte. „Du bist einfach herrlich und wunderbar." Sein Blick fiel auf die Mittelmole und das Lachen wurde noch intensiver. „Weißt du, worauf ich jetzt Lust hätte?"

Luise schaute in die gleiche Richtung. „Sag jetzt nicht, du willst mit dem Riesenrad fahren? Weißt du, wie spät es ist? Die haben garantiert schon geschlossen."

„Die Lichter sind noch an. Einen Versuch ist es auf jeden Fall wert, komm schon." Er zog sie energisch hinter sich her und sie hatte keine andere Wahl, als ihm zu folgen. Sie nahmen den gleichen Weg, den sie kürzlich mit Felix genommen hatte. Der Bahnhof lag verlassen. Der letzte Zug nach Rostock war längst abgefahren.

Noch einmal um die Ecke gebogen, ein Stück am Kai entlanggelaufen und endlich war der kleine Rummel erreicht. Bratwurst- und Losbude hatten bereits geschlossen. Schon von weitem sah Luise, dass die meisten der Gondeln leer waren. Doch Fabian schien sich nicht beirren zu lassen und lief stur immer weiter. Im Kassenhäuschen des Riesenrads brannte zwar eine kleine Lampe, doch vor der Zugangsrampe hing bereits eine Kette mit einem Geschlossen-Schild. Ein Mitarbeiter schien ungeduldig darauf zu warten, dass die letzten Besucher ausstiegen und er endlich Feierabend machen konnte.

„Siehst du, sie schließen wirklich. Wir können ja auch an einem anderen Abend …"

„Nein, heute ist der perfekte Tag. Glaub mir. Du wartest hier", sagte Fabian energisch zu ihr. „Ja nicht wieder weglaufen. Versprochen?"

Sie nickte.

Er stieg einfach über die Absperrkette und trat an das Kassenhäuschen. Aus der Entfernung sah Luise, wie sich eine kurze Unterhaltung zwischen ihm und dem Mann entwickelte. Zwischendurch deutete er einmal zu ihr hinüber und dann auf das Riesenrad. Am Ende zog er seine Brieftasche heraus und schob etwas durch den Zahlschlitz. Dann drehte er sich um und winkte Luise zu sich.

„Sag bloß, du hast den jetzt bestochen, dass wir noch eine Runde drehen können."

„Bestochen nur zum Teil. Ich hab ihm ein bisschen was von uns erzählt und das fand er so rührend, dass er gar nicht anders konnte, als uns noch eine letzte Runde zu ermöglichen. Man braucht in manchen Situationen nur die passenden Argumente."

Grinsend schaute der Mann sie an, hob beide Daumen und Luise fragte sich, was das wohl für Argumente gewesen waren. Langsam näherte sich eine der Gondeln. Während auf der anderen Seite ein junges Paar kichernd ausstieg, stiegen sie ein. Dann begann die Fahrt und sie schwebten Meter für Meter hinauf in den Himmel.

Immer noch sah Luise nach unten, zu dem Angestellten, der ihnen hinterherschaute. „Was hast du ihm gesagt?"

„Das verrate ich dir erst, wenn wir wieder unten auf dem Boden sind. Nun entspann dich doch mal und genieße die herrliche Aussicht." Fabian rutschte direkt neben sie, legte den Arm um ihre Schultern und sah sich um. Und Luise begriff, dass es nun für alle Bedenken zu spät war und sie einfach nur den Augenblick mit ihm genießen sollte.

Dieser war tatsächlich fantastisch. Erst recht jetzt, zu dieser späten Stunde. Mit jedem weiteren Meter wurden die Häuser unter ihr kleiner und kleiner. Die Straßenlaternen wirkten wie Perlen an einer Schnur und die beiden Leuchtfeuer warfen ihren Schein aufs offene Meer, als ständen sie auf einer Modelleisenbahn. Weit draußen näherte sich ein Schiff dem Hafen. Zumindest wirkte es so. Aber es konnte auch auf der

Seefahrtstraße zu einem ganz anderen Ort unterwegs sein. Der Rest des Meeres wirkte nachtschwarz und damit noch unendlicher als bei Tageslicht. Der Horizont war ein diffuser Streifen, weil Ostsee und Himmel miteinander verschmolzen. *Teepott* und Leuchtturm blieben unter ihnen zurück und es schien, als würden Luise und Fabian sich auf einer Höhe mit der obersten Etage des mächtigen *Neptun-Hotels* befinden. Zur anderen Seite strahlte in der Ferne Rostock. Über der Stadt war der Himmel heller, als würde sich eine Kuppel aus milchigem Licht darüber spannen.

„Schön, oder?", fragte Fabian leise.

„Wunderschön", stimmte Luise ihm zu. Dann war der höchste Punkt erreicht. Bald würde die Erde sie wieder haben. Doch das Riesenrad hielt an. „Was ist denn jetzt los?"

„Der nette Mann gönnt uns noch einige Minuten, um die schöne Aussicht zu genießen."

„Wirklich? Und das soll alles sein?" Luise krauste ihre Stirn. „Nun sag schon, was hast du ihm erzählt?", bohrte sie weiter.

„Also gut. Ich hab behauptet, ich würde dir einen Heiratsantrag machen wollen, ganz oben, auf dem höchsten Punkt und hier sind wir ja nun." Er ging auf die Knie.

Luise schluckte. „Ist das dein Ernst?"

„Mein voller Ernst", erwiderte Fabian. „Also, dass ich das mit dem Antrag gesagt habe, nicht, dass ich dir jetzt einen machen möchte. Es wäre also toll, wenn du, sobald wir den Boden erreichen, mitspielen würdest."

„Mach ich."

„Und wenn ich jetzt schon einmal auf den Knien bin, würde ich dir dennoch gerne eine Frage stellen."

War es normal, dass man seinen Puls so überdeutlich hörte? Luise glaubte, jeden einzelnen Schlag ihres Herzens in jeder Faser ihres Körpers zu fühlen. Mit trockenem Mund sah sie zu Fabian hinab.

„Ich möchte dich fragen, ob du mir verzeihen kannst, dass ich damals in dieser Nacht einfach so verschwunden bin, dir keine Nachricht hinterlassen und mich auch nie mehr gemeldet habe."

„Das ist alles?", fragte sie.

„Sag bloß, du hast tatsächlich einen Heiratsantrag erwartet." Fabians Augen funkelten amüsiert im Schein der bunten Lämpchen, die am Dach der Gondel hingen.

„Scherz, natürlich vergebe ich dir. Aber nur unter einer Bedingung. Du musst mir genau erzählen, wie dein familiärer Status ist und warum du verschwunden bist."

Fabian stand wieder auf und gab ihr einen Kuss auf den Mund. „Einverstanden." Dann beugte er sich über den Rand der Gondel. „Sie hat Ja gesagt", schrie er nach unten. Wilder Jubel war die Antwort.

Luise schüttelte den Kopf. „Das war jetzt aber nochmal gelogen."

„Wieso, du hast Ja gesagt, dass du mir vergibst. Also nur eine halbe Lüge." Langsam setzte sich das Riesenrad wieder in Bewegung und sie sanken Richtung Erde. „Es ist eine komplizierte Geschichte, die nicht jeder versteht und deswegen habe ich auch die Flucht ergriffen." Fabian seufzte. „Meine Frau ist Schauspielerin mit Musical-Ausbildung. Sie hat ziemlich schwere Zeiten durchgestanden, ohne Engagement. Greta rannte zu unzähligen Castings und kam dann doch wieder enttäuscht nach Hause. Nach der Geburt unserer Kinder wurde es nicht besser. Und ich spürte, wie sie sich allmählich von ihrem Traum, als Schauspielerin zu arbeiten, verabschiedete. Sie verabschiedete sich aber nicht nur davon, sondern auch von mir. Wir haben uns damals sehr oft gestritten. Ich war wohl auch nicht der verständnisvollste Mann. Kein Wunder, ich hatte meinen Job, gut zu tun und wenn ich von der Arbeit heimkam, erwartete ich zwar nicht, dass das Essen auf dem Tisch stand. Aber ich dachte zumindest, sie müsste doch einigermaßen glücklich sein. Wir hatten ein kleines Häuschen am Rande von München, einen Garten, konnten einmal im Jahr in den Urlaub fahren. Im Grunde all das, was andere auch hatten und die waren zufrieden. Greta aber nicht. Das sorgte immer öfter für Spannungen. Sie gab die Kinder zu meinen Eltern, traf sich mit Freundinnen und klagte diesen anscheinend ihr Leid. So hab ich das zumindest gesehen. Ich hab ihr nicht mehr zugehört, verstehst du. Heute bereue ich das sehr, denn es war der Anfang vom Ende." Fabian unterbrach sich und zwang ein breites Lachen auf sein Gesicht, das eine Augen nicht erreichte. Denn in diesem Moment hatte die Erde sie wieder.

Zwei Angestellte des Riesenrads nahmen sie in Empfang. „Also hat es funktioniert?", fragte einer von ihnen.

Fabian nickte. „Hat es und vielen Dank noch einmal für die Überstunden."

Der Mann winkte ab. „Ach, was ist schon eine Viertelstunde länger arbeiten, wenn man dem Glück auf die Sprünge helfen darf?" Er ergriff Luises Hand und schüttelte sie kräftig. „Herzlichen Glückwunsch, und auf dass viele gute Jahre vor Ihnen liegen. Ich hab letztes Jahr meine Silberhochzeit gefeiert."

„Na, ob wir das schaffen?", erwiderte Fabian launig und gab Luise einen Kuss auf die Stirn.

„Ganz sicher. So verliebt wie Sie beide aussehen. Nicht wahr?" Er stieß seinen Kollegen mit dem Ellenbogen leicht an.

Der schwieg und starrte auf ihre Hand. „Gab es denn gar keinen Ring?", fragte er verwundert.

Fabian schien nach Worten zu suchen. „Ich bin nicht so der Schmuckstücktyp", sagte Luise deswegen schnell. „Sie sehen ja, keine Ohrringe, keine Ringe, nur eine schlichte Kette. So ein Verlobungsring ist doch heutzutage kein Muss."

„Das finde ich auch", stimmte der ältere Mann zu.

„Also dann", sagte Fabian. „Ihnen beiden einen schönen Abend und noch einmal danke." Als sie einige Schritte zurückgelegt hatten, sah er Luise erleichtert an. „Puh, das ist gerade noch mal gut gegangen. Mir fiel vor Schreck gar nichts ein."

„Hab ich gemerkt. Nun hast du mich auch noch zur Lügnerin gemacht. Laufen wir noch ein Stück den Kai nach vorn? Es ist eine so schöne Nacht."

„Gerne, ich könnte vermutlich eh nicht schlafen."

Sie schlenderten am Kai entlang und irgendwann erzählte Fabian weiter. „Eines Tages wendete sich das Blatt. Greta hatte von einem Bekannten von einem Casting erfahren. Was ich damals nicht wusste, war, dass der Job in Hamburg sein würde. Sie fuhr hin, angeblich um sich mit einer Freundin zu treffen und wurde genommen. Ein paar Tage später erzählte sie mir am Küchentisch, dass sie ein Engagement hätte und dieses auch antreten wollte. Ich freute mich für sie, wirklich. Aber ich konnte nicht begreifen, dass sie nach Hamburg gehen wollte. Wie sollte das funktionieren? Greta hatte die Lösung. Ich sollte mit den Kindern einfach mitkommen und mir dort einen Job suchen. Aber unser Leben war damals in München, Familie, Freunde, der Kindergarten. So blieb ich da und sie ging allein." Fabian machte eine Pause und Luise sah den Schmerz auf seinem Gesicht.

„Und dann?", fragte sie leise.

„Wann immer es ging, kam sie nach Hause. Doch so ein Engagement ist kein Zuckerschlecken. Du musst dich glücklich schätzen, wenn du einmal den Fuß in der Tür hast. Es gibt kaum freie Tage und die Strecke von Hamburg nach München ist nicht zu verachten. Als ich das gerade begriffen hatte und mich nach einem Job im Norden umzuschauen begann, verkündete sie mir eines Tages, sie hätte jemand Neuen kennengelernt. Er war wie sie Darsteller und verstand natürlich wesentlich besser als ich, was es bedeutete, ein solches Leben zu führen. Ich konnte es nicht fassen und begriff doch irgendwann, dass es im Grunde schon lange zu Ende gewesen war. Eigentlich hatte Greta mir nur die Augen geöffnet, als sie mir von ihrem neuen Partner erzählte. Dennoch war ich verletzt und fragte mich, wie es nun weitergehen sollte. Wieder stritten wir am Telefon und begriffen doch, das wir reden mussten und zwar dringend.

Wir gaben die Kinder für ein Wochenende zu meinen Eltern und fuhren in die Berge. Wir gingen wandern, sprachen uns aus, heulten, schrien uns an und versuchten, Lösungen für etwas zu finden, was praktisch unlösbar erschien. Als wir auf einem Berggipfel standen, verkündete Greta, dass sie die Kinder bei mir lassen würde. Aufgrund ihrer Arbeitszeiten konnte sie sich nicht um sie kümmern. Zumindest nicht so, wie man es nun einmal muss. Es war das Beste für alle und egal, wie es jetzt auch klingen mag, sie hat sich diese Entscheidung nicht leicht gemacht. Dessen bin ich sicher. Ich sah es in ihren Augen. Seitdem bin ich alleinerziehender Papa. Weil mein alter Job zeitlich nicht mehr passte, suchte ich mir einen neuen und zog nach Magdeburg. Und nun habe ich als Vertriebsgebiet die deutsche Ostseeküste bekommen und es war logisch, noch einmal die Sachen zu packen und nach Rostock zu gehen. Ich hoffe, das war der letzte Umzug. Aber meine Schwester lebt hier und der Weg zu Greta ist wesentlich kürzer als vorher. Sie besucht uns, wann immer es geht. Manchmal holt Greta die Kinder zu sich und in diesem Sommer sind wir alle zusammen sogar für eine Woche an die Nordsee gefahren." Fabian warf ihr von der Seite einen Blick zu. „Das ist mein Lebensmodell und ich durfte durch ein, zwei Erfahrungen feststellen, dass es nicht in das klassische Bild passt, dass wir von einem Mann in den mittleren Jahren haben. Deswegen habe ich die Flucht ergriffen. Ich konnte mir einfach nicht vorstellen, dass eine so tolle Frau wie du …" Er blieb stehen. „Ich hatte nicht den Mut, es dir zu sagen, damals, auf der Mole."

„Du hast dich vor einer Antwort gedrückt und ich dachte natürlich, du wärst in einer Beziehung."

„Dann hätte ich mich nie auf die Nacht mit dir eingelassen."

Luise kaute kurz auf ihrer Unterlippe. „Ich eigentlich auch nicht. Für mich waren Männer, die in Beziehungen stecken, immer tabu. Und dann kamst du und alle meine guten Vorsätze gerieten ins Wanken, weil ich dich so sehr wollte."

„Verbotene Liebe", meinte Fabian und beugte sich zu ihr hinunter und dann fanden sich ihre Lippen. Sie küssten sich und alles um sie herum, der Kai, das Meer, das Schiff, das hinter ihnen in den Hafen fuhr, verschwanden hinter einem Nebel aus Liebe und Begehren.

Kapitel 25

„Lass mich nochmal probieren", verlangte Nick und versuchte, Luise von der Kartoffelsalatschüssel zu verdrängen.

„Nichts da, du verkostest die ganze Zeit und hast mindestens schon einen Teller gefuttert. Wenn es so weitergeht, werden wir heute Abend noch hungern oder uns bei der Fischbude eindecken müssen", protestierte diese energisch und hielt ihren Bruder erfolgreich auf Abstand. „Schau mal lieber, ob ich die ganze Weihnachtsdeko eingepackt habe. Also die Kugeln, die Lichterkette, die kleinen Geschenke und den Weihnachtsmann, den wir immer neben den Baum stellen." Sie hörte, wie Nick im Flur in den bereitstehenden Kisten herumkramte.

„Scheint alles da zu sein."

Luise rollte mit den Augen. „Ist nun alles da oder scheint es nur so?" Sie würzte eine Winzigkeit mit Salz nach, rührte den Salat noch einmal behutsam um und verschloss die gigantische Schüssel dann mit einem Deckel.

„Es ist alles da. Was sind denn das für Sachen?" Nick hielt einen Beutel in die Höhe.

„Das sind Geschenke für Fabians Kinder und ein paar Sachen, mit denen sie sich beschäftigen können, falls ihnen langweilig werden sollte."

Ihr Bruder winkte ab. „Ach, die beiden kriegen wir schon beschäftigt. Immerhin sind genug Leute da. Mit so vielen Menschen wie in diesem Jahr haben wir noch nie Weihnachten gefeiert."

„Und genau deswegen muss es perfekt werden." Luise strich eine Haarsträhne aus ihrer erhitzten Stirn.

„Es muss nicht perfekt werden, es muss einfach nur schön sein." Nick trat zu ihr und sah ihr forschend ins Gesicht. „Bist du aufgeregt wegen … wie hießen Fabians Kinder noch mal?"

„Marie und Finn und nein, ich bin wegen ihnen nicht aufgeregt. Wir haben uns ja vor einigen Tagen schon kennengelernt und viele Stunden miteinander verbracht."

„Die super gelaufen sind. Zumindest hast du mir das gesagt."

Und damit hatte Luise nicht übertrieben. Gemeinsam mit Fabian hatte sie die Kinder bei dessen Schwester abgeholt. Bei der Gelegenheit konnte sie auch gleich einen Blick in Katrins Praxis werfen und war begeistert gewesen. Das erste Aufeinandertreffen mit Marie und Finn hatte Luise im Vorfeld einige schlaflose Nächte beschert und war dann doch ganz einfach gewesen. Die Kinder hatten sie begrüßt und dann waren sie gemeinsam in den Rostocker Zoo gefahren, um dort einen zauberhaften Tag zu verbringen. Am intensivsten war der Moment gewesen, als die kleine Marie beim nachmittäglichen Eis unbedingt hatte neben ihr sitzen wollen. Danach hatte die Kleine ihre Hand gar nicht mehr losgelassen. In Fabians Wohnung, in der Luise auch zum ersten Mal zu Besuch gewesen war, hatten sie zusammen Pizza gebacken, einige Spiele gespielt und dann die Kinder ins Bett gebracht. Luise hatte vorlesen müssen. Während Marie gleich bei den ersten Sätzen eingeschlafen war, hatte Finn ihr mit ernstem Gesicht zugehört. Als das Buch dann doch zugeklappt worden war, hatte der Kleine sie lange angesehen und schließlich gemeint, sie würde ihm gefallen.

Voller Freude war sie zu Fabian in die Küche gegangen und hatte ihm von der kleinen Begebenheit berichtet. Er hatte sie in den Arm genommen und lange geküsst. „Soll ich dir was sagen?

Die beiden lieben dich, und zwar sehr. Das habe ich von der ersten Minute an gespürt. Weil du einfach großartig bist und ein wunderbarer, ehrlicher Mensch. Kinder merken so etwas ganz genau." Wenn Luise an diesen Moment dachte, klopfte ihr Herz immer noch.

Und dann hatten sie irgendwann über den Heiligen Abend gesprochen und wie sie ihn verbringen würden. Finn und Marie waren Weihnachten bei Fabian und nach den Feiertagen bei ihrer Mutter. Er hatte darüber nachgedacht, wie es wohl wäre, wenn sie zu ihm käme. Der Gedanke war einfach nur schön gewesen. Weihnachten zu viert, wie eine richtige kleine Familie. Bescherung, gutes Essen, Lieder singen, Spiele spielen.

Doch dann war Luise klar geworden, dass es auch das letzte Weihnachten mit Nick sein würde. Und wenn sie ehrlich war, wollte sie den Heiligen Abend auch mit ihm verbringen. Diese beiden Wünsche schienen unvereinbar zu sein. Aber waren sie das wirklich? Ihr Bruder hatte dann die verrückte Frage gestellt, wie es denn wäre, wenn sie alle zusammen ein letztes Mal in der Familiengaststätte feiern würden. Denn tatsächlich war ihr Vater sich schneller als gedacht mit einem Käufer einig geworden und würde das *Herz der See* zu Ende Januar abgeben.

Die Idee hatte allen gefallen, auch Fabian, und so stand schnell fest, dass es ein anderes Fest werden würde als in den vergangenen Jahren. Ein Fest voller Freude, über dem aber auch ein leichter Hauch von Wehmut und Abschied hing.

Seit heute Morgen werkelte Luise in ihrer Küche herum und nun würden sie sich gleich auf den Weg zu Kai machen, um gemeinsam den Baum zu schmücken. Nick hatte bereits begonnen, die ganzen Schüsseln, Tüten und Kartons nach unten zu schaffen, wo ein Handwagen für den Weitertransport bereitstand.

Luise drehte noch eine Runde durch ihre Wohnung, um zu schauen, ob sie auch wirklich an alles gedacht hatte. Dann stieg sie die Treppe hinunter und klopfte an Tines Tür. Die alte Frau wartete schon fertig angezogen und auf ihrem Rollator sitzend, die neueste Erwerbung, die Nick ihr kurzentschlossen besorgt hatte, damit Tine wieder ein bisschen mobiler wurde.

„Bereit?", fragte Luise.

„Bist du wirklich sicher, dass du mich altes Schiff mitschleppen willst? Ich bin euch doch nur eine Last und ..."

„Scht", sagte Luise energisch. „Du kommst mit. Denkst du etwa, wir lassen dich an diesem Abend allein in deiner Wohnung hocken? Auf keinen Fall." Sie griff Tines dicke Strickjacke vom Garderobenhaken und half ihrer Nachbarin beim Anziehen. „Und nun los, Nick wartet schon draußen."

Mit kleinen Tippelschritten stieg Tine die Stufen nach unten, umklammerte unten angekommen die Griffe ihres Gefährts und lief los. Luise war immer an ihrer Seite, um die alte Frau notfalls stützen zu können, und Nick zog den Wagen.

Die Luft war klar und kalt. Es war ein schöner Tag gewesen, mit ganz viel Sonnenschein am Vormittag. Wie immer am Heiligen Abend lag eine seltsame Stimmung über der Stadt, eine Energie, die man einfach nicht beschreiben konnte. *Das war der Zauber von Weihnachten*, fiel Luise ein Gedicht ein, das sie früher hatten in der Schule lernen müssen. Die anderen Sätze waren ihr entfallen, aber dieser eine kam ihr immer an diesem Tag in den Sinn.

Da bogen sie auch schon um die Ecke und einen Moment blieb Luise stehen. Vor der Gaststätte ihres Vaters sah sie Kai und Fabian. Gemeinsam schafften sie den gigantischen Tannenbaum ins Innere. Tatkräftig unterstützt von den beiden Kindern, deren Wangen vor Aufregung ganz gerötet waren.

„Sehr schön", hörte sie ihren Vater sagen. „Finn, du musst dort hinten ein bisschen höher heben." Natürlich erledigte ihr

Vater diese Arbeit, aber der Kleine war mit Feuereifer dabei. „So, die Treppe wäre geschafft. Nun haben wir uns aber eine ordentliche Stärkung verdient. Ihr könnt ja mal in die Küche schauen, zu Swantje. Und ich mache mit eurem Papa den Rest." Kai blickte auf. „Schaut doch mal, dort kommen Luise, Nick und die Tine."

Sofort rannte Marie los und Luise fing sie mit beiden Armen auf. „Na du", sagte sie und strubbelte der Kleinen über die Mütze.

„Luise, wir waren schon richtig fleißig. Wir haben den Baum nach drinnen getragen und ich habe Servietten gefaltet und auf die Tische gelegt. Das war gar nicht so einfach."

„Wirklich?", fragte Luise. „Na, da wird der Weihnachtsmann bestimmt kommen."

Neugierig sah die Kleine Tine an. „Und wer bist du?"

„Ich bin die alte Tine."

„Und warum hast du so ein Ding?" Sie deutete auf den Rollator.

„Weil ich nicht mehr so gut laufen kann."

„Oh, ich konnte auch schon mal nicht laufen. Da hab ich mir das Bein gebrochen und nun ist wieder alles heile. Wann kannst du wieder richtig laufen?"

„Nun ist es aber genug mit den neugierigen Fragen", sagte Fabian und seufzte leise. „Marie ist gerade in der Frage-Phase und will alles ganz genau wissen."

„Ach, lassen Sie sie ruhig", schmunzelte Tine.

„Soll ich dir helfen? Ich kann das, ich bin schon ganz schön groß", schlug Marie vor.

„Das wäre natürlich toll. Vielleicht kannst du mich, wenn ich die Stufen nach oben steige, ein bisschen am Arm stützten."

„Klar kann ich das."

Lachend schaute Fabian den beiden hinterher. „Die Kinder sind schrecklich aufgeregt und verbreiten totales Chaos. Ich hoffe, ihr könnt damit umgehen." Er gab Luise einen zarten Kuss und reichte Nick die Hand.

„Zumindest ist es mal was ganz anderes als in den vergangenen Jahren, als wir Weihnachten immer getrennt mit Swantje oder Kai verbracht haben, weil die beiden sich nicht mal zusammen an einen Tisch setzen konnten", meinte Nick und rollte mit den Augen.

„Und nun sind sie ein Herz und eine Seele, unglaublich", sagte Fabian. Dann musterte er fragend den voll beladenen Handwagen. „Was ist das denn alles?"

„Geschenke, Dekoration, aber vor allem ganz viel Essen. Du musst wissen, im Hause Winter biegen sich am Weihnachtsabend die Tischplatten. Luise hat so viele Dinge vorbereitet, dass wir vermutlich noch einige Menschen von der Straße mit einladen können."

Sie boxte ihren Bruder in die Seite. „Stimmt doch gar nicht, das sind nur ein paar Kleinigkeiten."

„Und genauso viele Kleinigkeiten warten vermutlich bereits in der Küche, weil unsere Mutter sich ganz sicher nicht hat lumpen lassen und genauso viel vorbereitet hat", meinte Nick amüsiert.

„Reg dich nicht auf. In ein paar Wochen wirst du unser leckeres Essen vielleicht schon schmerzlich vermissen."

„Da muss ich Luise recht geben. Die amerikanische Küche ist super, aber auf einigen Gebieten gibt es gewisse Defizite. Aber gut, als Model isst man ja eh nur gesunde Sachen", meinte Fabian verschmitzt.

„Wollt ihr eigentlich auf dem Gehsteig feiern?", fragte Kai in diesem Moment von drinnen und schaute um die Ecke. Und endlich gingen alle hinein.

Suchend sah Luise sich um. „Wo ist Opa?"

Kai hob die Schultern. „Wollte in seinem Heim bleiben. Da sang gerade ein Chor und die Tische waren auch schon gedeckt.

Er meinte, es würde für ihn keinen Unterschied machen, wo er nun Abendbrot isst." Ihr Vater wirkte ein wenig niedergeschlagen. „Ich hatte heute das erste Mal das Gefühl, als ob er mich nicht mehr so richtig erkannt hat."

„Ausgerechnet heute", murmelte Luise. „Ob ich es noch einmal versuche? Vielleicht kommt er mit mir mit."

„Lass man, Lütte. Ich hab mit ihm heute Morgen eine Runde am Strand gedreht. Ich glaube, das hat ihm gefallen. Und nun lassen wir ihn einfach dort, wo er sich am besten auskennt."

„Meinst du?"

Kai nickte bestimmt. „Und nun, Essen auspacken, Baum schmücken."

Nach einigen Minuten schwand die Wehmut in Luises Herz. Im Stillen wusste sie, dass ihr Vater recht hatte. Jeder Besuch bei ihr daheim hatte Opa Otto verunsichert. Vermutlich war es wirklich das Beste für ihn, in seiner vertrauten Umgebung zu bleiben.

Sie lud den Wagen aus und sah sich in der Gaststätte um.

Zum letzten Mal erstrahlte das *Herz der See* wie in alten Zeiten. Luise bekam auf der Stelle feuchte Augen. Da waren plötzlich tausende kleine und große Erinnerungen, die sich ihren Weg nach oben bahnten. Sie als kleines Mädchen, das einzelne Getränke zu den Gästen geschafft und versucht hatte, zu helfen. Sie als Teenager, mit wütender Miene, weil die anderen zum Baden gefahren waren und sie ihre Eltern unterstützen musste. Sie bei Familienfeiern und mit Freunden, als lautes Lachen das *Herz der See* erfüllt hatte. Luise wischte sich schnell über das Gesicht. Denn ihr wurden die Augen feucht.

Sie fing einen Blick ihrer Mutter auf. Swantje hatte rote Augen und Luise konnte nur ahnen, was in ihr vorging. Natürlich war Swantjes Herz noch viel mehr mit diesen

Räumen verbunden. Luise umarmte ihre Mutter und hielt sie einen Moment ganz fest. „Alles in Ordnung?"

Swantje nickte. „Alles gut. Zum Glück sind die Kinder hier und bringen ein wenig Leben in die Bude. Das vertreibt den Trübsinn. Wobei ich nicht gedacht hätte, dass ich noch so sehr an all dem hier hängen würde."

„Es war dein Leben, Mama, viele Jahre lang."

„Ja, das stimmt. Ich wünschte, Otto wäre hier."

„Ich glaube, ihm würde gefallen, dass ausgerechnet ihr beide den Betrieb fortführt", sagte Luise lächelnd.

Ihre Mutter holte tief Luft. „Oder er würde uns für vollkommen verrückt halten. Aber die Entscheidung ist gefallen und wir sind fest entschlossen."

„Wann fangen wir denn an, die ganzen Kugeln aufzuhängen?", fragte in diesem Moment eine zarte Stimme von unten. Erwartungsvoll blickte Marie zu ihnen auf.

„Du hast recht", erwiderte Swantje und beugte sich hinab. „Wir sollten wirklich bald beginnen, sonst ist der Weihnachtsmann schon in der Stadt und wir sind immer noch nicht fertig."

Während die Männer gemeinsam die Lichterketten entwirrten, begannen die Frauen, die Dekoration zu sichten, und entschieden, welche Farben dieses Jahr den Baum schmücken sollten. Marie und Finn plädierten dafür, alles ganz bunt zu gestalten, und so wurde es dann auch gemacht. Sogar die alte Tine musste mitmachen. Marie bestand darauf und half ihr, so gut es ging, die Kugeln aufzuhängen.

Draußen vor den Fenstern begann allmählich die Dämmerung herabzusinken. Endlich war der Baum fertig. Finn und Marie durften auf den Schalter drücken und die Lichter flammten auf. Die Kerzen leuchteten und spiegelten sich in den bunten Kugeln. Alle versammelten sich rund um den Baum und Kai griff nach seinem Schifferklavier, das seit vielen Jahren

verstaubt in der Ecke gestanden hatte. Er stimmte
Weihnachtslieder an und sie sangen mit. Die Kinder mit klaren
hellen Stimmen, Tine ganz sacht, beinahe flüsternd und Nick
mit einigen schiefen Tönen dazwischen.

Plötzlich klopfte es an die Tür. Drei laute Schläge erklangen.
Kai hörte auf zu spielen und lauschte. „Wer das wohl sein wird?
Wollt ihr nicht mal nachsehen?"

Luise musste mitgehen, weil Marie und Finn sich allein nicht
trauten, die Tür zu öffnen. Draußen stand der rote Geselle mit
weißem Bart und einem riesigen Sack über seiner Schulter. „Du
meine Güte, war das ein Verkehr", stöhnte der
Weihnachtsmann und wischte sich über die Stirn. „Meine
Rentiere hätten beinahe im Stau festgehangen. Aber zum Glück
haben meine Wichtel alles gerichtet und ich hab es rechtzeitig
geschafft. Wollt ihr mich denn reinlassen?"

Natürlich wollten sie und die Bescherung begann. Jeder
bekam ein Päckchen, musste aber vorher ein Gedicht oder
einen Spruch aufsagen und ein Lied singen. Nick, der vorgab,
keines zu kennen, bekam von Marie sogleich tatkräftige
Unterstützung, damit auch er ein Geschenk bekommen konnte.
Dann wurde ausgepackt, gestaunt, gelacht, später gegessen und
gespielt und alles war genauso, wie Luise es sich vorgestellt
hatte. Es war ein wunderschöner Abend, an den alle noch lange
zurückdenken würden.

Gegen neun waren die Kinder so müde, dass ihnen schon im
Stehen die Augen zufielen. „Ich glaube, es wird Zeit zum
Gehen", sagte Fabian.

Ohne weitere Worte wusste Luise, wo sie die Nacht
verbringen wollte. Bei dem Menschen, auf den sie immer schon
gewartet hatte.

„Geht ruhig, wir kümmern uns um alles", sagte die anderen
und sogar Tine umarmte sie zum Abschied herzlich, wie es

eigentlich gar nicht die Art der alten Frau war. „Das war der schönste Abend meines ganzen Lebens", flüsterte sie in Luises Ohr.

Alle winkten ihnen nach, als sie mit dem mit Geschenken vollgepackten Auto Richtung Rostock fuhren. Gemeinsam brachten sie die Kinder ins Bett und blieben noch einen Moment vor ihren Betten stehen.

„Und, abgeschreckt?", fragte Fabian.

„Im Gegenteil, fest entschlossen", flüsterte sie.

„Trotz der beiden da?"

„Gerade wegen der beiden. Deine Kinder sind wunderbar und ich mag sie sehr. Genau wie der Rest meiner Familie."

„Dein Vater war ganz vernarrt."

„Ja, ich glaube, er hat sich all die Jahre ein paar Enkel gewünscht. Nun hat er welche, ganz plötzlich"; sagte Luise. „Was wird Greta zu alldem sagen?"

„Sie weiß es schon. Ich hab ihr natürlich gesagt, dass wir zusammen Weihnachten feiern. Deswegen hat sie auch nicht angerufen. Um uns dieses erste gemeinsame Fest zu lassen", erwiderte er.

„Das war bestimmt nicht leicht für sie. Immerhin sind es ihre Kinder."

„Aber sie hat ihre Entscheidung damals getroffen, allein, ohne das sie jemand dazu gezwungen hat." Er verstummte und sie sah den Schmerz auf seinem Gesicht und konnte sich nicht mal annähernd vorstellen, wie schwer diese Zeit gewesen sein musste. „Ich würde mich freuen, wenn du morgen noch da wärst, wenn sie die Kinder holen kommt. Oder ist das zu viel verlangt?"

Luise schüttelte den Kopf. „Natürlich bleibe ich da. Ich denke, es ist sogar wichtig, dass wir uns kennenlernen."

„Du musst wissen, Greta ist ein wenig speziell und ich hoffe …"

„Pscht." Sie legte ihm einen Finger auf den Mund. „Wir werden das alles hinkriegen."

Tief sah er ihr in die Augen. „Es ist komisch, dass du das sagst. Aber genau das denke ich schon die ganze Zeit. Das ich mit dir einfach alles hinkriegen werde, was es auch ist." Sanft zog Fabian sie aus dem Schlafzimmer der Kinder, bis in sein Wohnzimmer. Dort öffnete er eine Flasche Wein und reichte ihr ein Glas. „Frohe Weihnachten", sagte er leise.

„Frohe Weihnachten." Ihre Gläser klirrten aneinander, der Wein schimmerte blutrot.

„Auf all das, was vor uns liegt."

„Spannende Zeiten" lächelte sie. „In den nächsten Wochen passieren so viele Dinge. Mein Leben steht seit einigen Monaten Kopf und das ist gut so, weil es viel zu lange in den immer gleichen Bahnen verlief. Ich hoffe nur, es kommt zukünftig nicht wieder alles auf einmal und gerne ein wenig langsamer."

„Dann lass uns langsam machen. Denn niemand drängt uns."

Luise nickte. „Wir allein bestimmen Tempo und Richtung." Sie trat ans Fenster und schaute nach draußen. „Es schneit, schau doch."

„Nun haben wir doch noch richtige Weihnachten. Am Ende wird eben alles gut."

„Solange der Leuchtturm sein Licht über Warnemünde wirft, ist alles gut und alles möglich."

Fabian legte den Arm um ihre Schultern und dann standen sie einfach nur da und sahen zu, wie dicke Flocken vom Himmel fielen.

Danke

Was wäre ein Buch ohne die Menschen, die verborgen im Hintergrund ihren Teil dazu beitragen.

Da wäre mein Mann, der sich verschiedene Passagen wieder und wieder anhören darf und viele gute Verbesserungsvorschläge mit eingebracht hat.

Ich danke meiner Lektorin Christine Rosenthal, die meinen Worten den letzten Schliff gegeben und viele Fehlerteufelchen ausgemerzt hat. Ich danke Nancy Salchow, die mir ein wunderschönes Cover kreiert hat. Ich danke meiner Susi, für kleine Zuarbeiten.

Ich danke Daniela Siegl, die mich mit ihrem zauberhaften Geschäft auf der *Alexandrinenstraße* in Warnemünde inspiriert hat (www.siegel-homestores.de).

Ganz besonders danke ich Euch, meinen lieben Lesern, für Eure Treue und Euer Feedback. Ich sage danke für Eure Briefe und Mails und die vielen Bewertungen. Schreibt mir bitte auch weiterhin, wie Euch mein Buch gefallen hat. Eure Meinung und Eure Rezensionen sind mir sehr wichtig.

Wie immer in meinen Büchern gilt: Nicht jede Straße, nicht jeder beschriebene Ort existiert in der Wirklichkeit oder ist genau dort zu finden, wo ich ihn beschrieben habe. Das ist die künstlerische Freiheit, die sich Autoren nehmen dürfen.

Herzlichst
 Eure, Ihre Evelyn
 www.evelyn-kuehne.de

Bisher erschienene Bücher

Viertel Kraft voraus
Neuanfang auf Italienisch
Dünengeflüster
Dünenrauschen
Dünenzauber
Inselküsse
Rügenträume und Meeresrauschen
Rügenträume und Strandgeflüster
Rügenträume und Bernsteinfunkeln
Das Geheimnis des Kameliengartens
Winter im kleinen Fördehaus
Riss im Nebel
Mord mit Elbblick
Tödliche Trauben
Eine Bühne für den Mörder
Sieben Tage Ostseeblau
Willkommen im kleinen Ostseehotel – Winterstürme
Willkommen im kleinen Ostseehotel – Frühlingsgefühle
Willkommen im kleinen Ostseehotel – Sommerträume
Willkommen im kleinen Ostseehotel – Herbstzauber
Ostseeliebe mit Leuchtturmblick – Winterherzen
Die kühne Marie

Der Frühlingsband von
„Ostseeliebe mit Leuchtturmblick"
erscheint im Frühjahr 2024

Abonniere meinen Newsletter auf
www.evelyn-kuehne.de
um keines meiner Bücher mehr zu verpassen

Willkommen im kleinen Ostseehotel – Winterstürme

Wenn dir der Ostseewind an einem eiskalten Wintertag einen attraktiven Mann an den einsamen Strand weht, das kann doch eigentlich nur... Ja, was eigentlich, Schicksal oder Zufall sein?

Sophie scheint ihren Platz im Leben gefunden zu haben. Zimmermädchen im Ostseehotel Godewind in Ahrenshoop, zwei Kinder, alleinerziehend und resignierte Besitzerin eines Hauses mit reichlich Modernisierungsstau. Für die große Liebe bleibt da keine Zeit. Bis Lars Ziegler, der Regisseur der alljährlichen Ostseeweihnachtsshow ausgerechnet in ihrem Hotel absteigt und Sophies Gefühle kräftig durcheinander wirbelt. Als dann auch noch ihre Chefin einen Unfall erleidet und deren hochnäsige Tochter Denise das Ruder im Godewind übernimmt, ist plötzlich nicht nur Weihnachten, sondern Sophies gesamte kleine Welt in Gefahr.

Band 1 der kleinen Ostseehotelreihe aus Ahrenshoop auf dem Darß

Willkommen im kleinen Ostseehotel – Herbstzauber

Hör auf Dein Herz. Doch was, wenn jeder um dich herum viel besser zu wissen glaubt, was wirklich gut für dich ist und die Stimme deines Herzens immer leiser wird?

Es ist soweit. Veronika, Besitzerin des Hotels Godewind in Ahrenshoop soll in den Ruhestand gehen und das Ruder an Elsa übergeben. So war es zumindest geplant. Doch dann gestaltet sich dieser Rückzug schwieriger als gedacht. Denn Erinnerungen an längst vergangene Zeiten wecken bei Veronika nicht nur Sehnsüchte im Hier und Jetzt, sondern säen Zweifel auf allen Seiten.

Findet Veronika einen neuen Weg zusammen mit ihrem Mann Ferdinand? Kann Elsa sich ihren Traum vom Leben am Meer doch noch erfüllen? Wird es für Kathi und Rene ein Wiedersehen am wildromantischen Weststrand geben? Eines steht fest, wenn die Herbststürme über den Darß ziehen, ist alles möglich.

Der finale Band der kleinen Ostseehotel-Reihe